REPLAY

Elena Sender

REPLAY

ROMAN

Albin Michel

À Tom, Noah et Mia,
qui embellissent chaque jour ma réalité.

« Celui qui a le contrôle du passé a le contrôle du futur. »

George Orwell, *1984*

1

Lorsque j'ai rencontré Tristan pour la première fois, il y a un an et demi, j'ai enclenché malgré moi un processus mortel. J'avais trente-trois ans. Célibataire sans enfant, « quasi vieille fille » dixit Rose-Marie Miller, ma mère, jamais avare d'une saloperie. Après une vie sentimentale plus aride que le désert d'Atacama, j'étais tombée sur LUI. Le clone de Warren Beatty dans *Le ciel peut attendre*, remake 1978. Petite vengeance personnelle après une adolescence gâchée et une vie adulte solitaire passée à bosser sans arrêt ou presque. Il m'avait contactée sur l'appli SMART, *le* site de rencontres *select* pour « hommes et femmes exigeants », qui m'avait déjà fourni quelques aventures sans saveur. Son pseudo Trist30, son profil atypique « créateur de demain » et « nomade enraciné » m'avaient attirée. Après une discussion virtuelle intense d'une cinquantaine de messages quotidiens durant six jours, il m'avait fait la plus incroyable des confidences : il était scénariste de jeux vidéo pour MindTech, la start-up californienne qu'il avait créée avec son frère Ben. Auteur d'Emos, « le jeu qui pilote vos émotions », deux millions d'utilisateurs, un best-seller. J'avais vérifié l'information. Il disait vrai.

Le nombre de prétendantes qui le suivaient sur SMART était probablement indécent. Mais c'était moi que cet homme à part avait choisie. Car, m'a-t-il avoué après quelques messages échangés, il lisait toutes les critiques de livres que je publiais sur mon blog de science et achetait les bouquins que je conseillais… « Je suis ton premier fan », m'avait-il confié. Moi, la discrète, que personne ne calcule jamais dans la vraie vie, j'avais été scotchée, flattée, ferrée.

Le coup de grâce a été porté lors de notre première rencontre IRL (*in real life*). Aucun homme de cet acabit ne s'était pointé dans mon périmètre avant lui. Jamais. Sa photo sur SMART ne rendait pas justice à l'essence de son être. Quand il est entré dans ce café chic de la rue Cler, j'ai failli lâcher mon demi de Grimbergen. Dans le genre brun ténébreux, barbe de trois jours, en veste de toile marine, il dégageait un magnétisme tel que les autres minettes du bar avaient cessé de parler. Il ne les a même pas regardées. Il s'est assis en face de moi, a planté ses yeux gris dans les miens et a dit une grosse connerie pour détendre l'atmosphère. J'ai ri. Lui aussi. Et son charme m'a remuée à l'intérieur comme un râteau laboure une terre dure, sèche et tassée depuis trop d'étés sans pluie. On s'est mis à parler comme deux vieilles copines se fréquentant depuis la maternelle. Et j'ai senti de petites pousses tendres forcer la croûte craquelée de mon armure. J'étais soudain si vivante et si puissamment joyeuse que la tête me tournait. Nous avons dit beaucoup de bêtises et rigolé, devant les regards envieux de mes voisines de table. J'irradiais. Je n'étais plus banale et transparente, mais drôle, érudite et visible. Enfin, je le croyais. De lui, j'ai tout observé. La façon dont il se tenait les deux coudes sur la table, prenant possession de son environnement, ses yeux graves qui ne me quittaient pas. Il était engagé. Très attentif. Tout en lui indiquait que je lui plaisais.

– Alors tu vis en Californie ? ai-je demandé.

– Une partie de l'année. Le reste du temps je le passe en Normandie.

– En Normandie ! Où ça ?

– Dans un lieu magique. Pour créer il n'y a pas meilleur endroit. Mais c'est mon secret.

Mes yeux se sont embués.

– Quand j'étais petite, mes parents m'emmenaient au Grand Hôtel à Cabourg. J'y ai de beaux souvenirs. C'était fantastique.

En disant cela je me suis sentie à la fois nostalgique et très à l'aise. Je me suis demandé pourquoi j'avais livré une donnée si personnelle.

– Que faisaient tes parents dans la vie ?

Il était rare qu'un mec pose cette question au premier rendez-vous. Cela ne m'a pas gênée, au contraire. J'étais bien, en confiance.

– Mon père était prof d'histoire et adjoint au maire, ce qui lui prenait tout son temps. Il est décédé quand j'avais treize ans. Ma mère était une femme de notable. Et les tiens ?

– Mon père était acteur. Il est mort lui aussi, il y a quelques années, d'un accident. Ma mère était mannequin. Elle vit aujourd'hui avec mon frère, aux États-Unis.

Ces détails intimes ont créé, en l'espace d'un instant, un climat de proximité tel que j'avais l'impression de le connaître depuis toujours. Il était Nino, mon amour d'enfance disparu, mais aussi Solal, Julien, Léon, héros de mes lectures. Tous en lui réunis ouvraient une brèche dans ma cuirasse de façade. Après deux heures de discussion intense nous nous sommes quittés chastement, échangeant à peine un baiser effleuré. « C'est une rencontre systémique », m'a-t-il écrit par texto le soir même. Ma gorge s'est nouée. D'excitation. D'espoir aussi. Nous vivions le *match* parfait. La connexion. Je me suis dit que ma solitude allait peut-être enfin connaître son terme. Bon Dieu ! Quel mauvais sort m'a frappée au berceau pour croire que ma vie ne s'accomplirait que lorsqu'un autre être humain viendrait lui donner un sens ? J'aurais – évidemment – dû me méfier. Mais la prudence est moins excitante que l'inconnu, n'est-ce pas.

Nous nous sommes revus plusieurs fois, par la suite, autour de différentes tables, de cafés design, de restaurants bobos sympas, d'une brasserie parisienne, d'un japonais tendance et d'un pub écossais. Chaque rendez-vous nous a rapprochés un peu plus. Comme deux voyageurs qui découvrent une nouvelle terre, nous prenions le temps de l'exploration, sans précipitation. Loin de ces rencontres en ligne qui naissent sur une appli et meurent dans l'heure, souvent à l'horizontale. Nous, nous n'avons pas franchi le pas charnel. *On prend le temps d'apprendre à se connaître*, me disais-je. La vérité, c'est que nos rencontres étaient intenses mais écourtées. Tristan avait toujours quelque chose à faire, une visioconférence avec son frère, un coup de fil urgent à passer à ses financiers, une modification importante à apporter à son dernier jeu et tant d'autres choses qu'il ne disait pas. Il arrivait en retard, partait avant le café, prétendait qu'il avait deux heures devant lui et puis finalement non, me laissant dans l'attente, sur ma faim. Faim de lui. En apparence, je me maîtrisais, détachée, affairée moi-même à de multiples tâches qui n'étaient pas lui. Intérieurement, je ne respirais plus. Pendant vingt-huit jours, je me suis levée chaque matin, fiévreuse, excitée, changeante, heureuse puis irascible, agitée, malade, absente aux autres, à moi-même, mon portable scotché à la main, les yeux rivés à l'écran, sursautant à chaque vibration. Aucune de mes aventures sur SMART ne m'avait fait languir de la sorte. Son attitude était-elle calculée ? Voulue ? Quoi qu'il en soit, l'effet a été démoniaque. En un mois j'étais accro et en syndrome de manque. Alors, quand le vingt-neuvième jour il m'a proposé de le rejoindre le week-end dans sa « retraite » normande, à Villers-sur-Mer, pour me faire découvrir *son monde à lui*, je n'ai pas beaucoup réfléchi. J'ai même ressenti un plaisir intense à ne surtout pas réfléchir. Cela faisait trente-trois ans que je réfléchissais trop, anticipais tout, observais tout, me méfiais de tout le monde, vérifiais le moindre point de détail pour ne jamais trébucher et mobilisais mon savoir livresque et ce que la technologie pouvait m'offrir comme garde-fous, pour me protéger. Je me bardais d'applications en tout genre pour parer à toute éventualité, ne rien laisser au hasard et ne pas souffrir, mon téléphone portable étant devenu mon allié et garde du corps qui m'envoyait des notifications à longueur de journées pour m'aider à faire les meilleurs choix. En tant que journaliste, la prudence et la méfiance sont de mise. En tant qu'être humain, c'est infernal. Plus de trente piges que j'étouffais la vie à vouloir la contrôler, l'organiser, décrypter les émotions – les miennes et celles d'autrui –, me contenir, surveiller mon poids, mon niveau d'exercice physique, mon alimentation et réguler mes humeurs, être à la hauteur de ce que les autres attendaient de moi. Alors, cette fois, cette unique fois, j'ai tout envoyé promener. Basta ! J'étais l'élue, choisie par ce don Juan génie de l'intelligence artificielle, aventurier sorti de nulle part. Je n'ai prévenu personne, même pas Flo ni Avel, mes seuls vrais amis. Je me suis dit que j'allais vivre un moment dément, cosmique, qu'on allait sans doute enfin faire l'amour divinement, comme dans les romans – chose qui ne m'était pas arrivée depuis deux siècles… ou même jamais en fait –, que cela n'appartenait qu'à moi. Plus de trente ans que j'attendais ce moment. Qu'un être exceptionnel m'extirpe de ma routine, remplisse mon âme et ma vie, puisque seule je n'y étais pas arrivée.

J'ai été servie.

J'ai enfilé une robe neuve en soie noire près du corps, par-dessus une lingerie sexy qui m'avait coûté deux bras et dont la dentelle me grattait un peu. L'excitation à son comble, j'ai fait le plein d'essence, attaché la ceinture de sécurité et me suis engagée sur l'autoroute de l'Ouest dans ma Twingo qui venait de passer haut la main le contrôle technique. J'ai roulé sans m'arrêter, fenêtre entrouverte, vent dans la tête, cœur cognant, *Light My Fire* à fond. C'était dingue. J'étais tellement énervée, au-delà du descriptible, que j'avais l'impression de conduire bourrée. J'ai roulé direction la Normandie, ce vendredi, fin d'après-midi. Je chantais. Consciente de mon inconscience, je croyais en ma bonne étoile, de celles qu'on s'invente, qui vous font faire n'importe quoi, sous prétexte que vous vous sentez élue. Finie la vie de recluse, le monde me voilà !

J'ai pris l'A13 en direction de Caen, suis sortie au panneau Lisieux/Pont-l'Evêque, puis après quelques ronds-points ai trouvé la D675 vers Villers-sur-Mer. La voix amicale du GPS m'a guidée jusqu'au bord de la Manche. Des pimpantes maisons de village semblaient m'accueillir, prenant feu dans le soleil déclinant. Tout me souriait. J'ai suivi l'application de pilotage jusqu'à la rue des Ammonites puis la rue Marthe-Chenal, bordée d'un bois. Et les habitations se sont faites plus rares. Au panneau « Falaises des Vaches noires » – l'adresse que Tristan m'avait indiquée – mon cœur s'est emballé. Vive ma vie ! Vive ce nouveau moi intrépide que je découvre et que j'accueille, bras ouverts, neurones éteints.

J'ai atteint la rue du Manoir, roulé une minute jusqu'au rond-point du même nom. Là, un vieux portail vert flanqué d'un panneau en bois peint « Villa des Falaises » m'a appris que j'étais arrivée à destination. La barrière s'est ouverte sans difficulté. Avec un monstrueux frisson d'aventure je me suis engagée sur un étroit sentier caillouteux, brinquebalée dans ma petite voiture comme une pomme dans un panier. J'ai traversé une forêt d'érables tapissés de lierre. Leurs troncs hauts et vifs étiraient leurs ombres sur ma route, qu'elles striaient tels les barreaux d'une prison. Puis, derrière les arbres, a surgi une villa, une construction de plain-pied moderne sur pilotis, en bois rouge et verre dépoli, accrochée en bord de falaise, fouettée par les vents. J'ai stoppé la voiture près d'un bosquet d'épineux. J'ai coupé le contact et, après une inspiration pour calmer mes nerfs tendus comme une corde de guitare, suis sortie, enfilant mon trench-coat sur ma robe noire. Le vent a sifflé dans mes oreilles. Je me suis approchée du bord de la falaise, dont l'arête était envahie de ronces. Une bourrasque m'a déstabilisée, a cinglé mon visage, fait voler mes cheveux. Le ciel incendié avait pour tout horizon un trait de feutre violet. En contrebas, sur la plage mordorée, gisaient cinq grosses masses sombres, tels des monstres marins échoués les uns derrière les autres. Des monticules menaçants qui – je l'avais lu avant de venir – se composaient de craie couverte d'algues noires emprisonnant des fossiles du jurassique et du crétacé. Les fameuses « vaches noires », léchées par les vagues argentées dentelées de blanc que des mouettes nerveuses survolaient, donnaient à cette plage un profil préhistorique fascinant. Du haut de la falaise, j'ai deviné un panneau rouge « Accès interdit ». Le soleil a disparu dans un dernier éclat de feu. Une bise glacée s'est engouffrée sous ma robe, a gelé mes jambes. Mon regard s'est perdu dans l'obscur du ciel. J'étais soudain Catherine cherchant Heathcliff dans la tempête battant la lande des Hauts de Hurlevent. À ce moment-là, j'ai ressenti un grand isolement. Mon corps envoyait un signal de peur, mon ventre un pressentiment. J'aurais dû écouter ces alertes, remonter dans la voiture et faire demi-tour. Mais malgré le froid, mes organes étaient incandescents, mon cerveau déconnecté, ma gorge palpitante. J'ai tourné les yeux vers la villa comme on interroge le destin et Tristan a choisi cet instant décisif pour apparaître. Il est sorti de chez lui, en jean et sweat à capuche noir, tongs aux pieds. Ses cheveux bruns repoussés vers l'arrière, sa barbe plus fournie qu'à notre dernière rencontre obscurcissaient ses traits. Il a sauté les marches en bois du petit escalier qui menait à l'entrée, aussi souple qu'un Yamakasi, tout de noir vêtu, les yeux d'un chat en maraude. J'ai pensé *waouh*... et puis je n'ai plus rien pensé du tout.

Après un rapide baiser sur la joue, Tristan m'a demandé si j'avais fait bonne route et m'a invitée à entrer, une main caressant mon dos. J'avais beau le connaître depuis un mois, j'étais intimidée. Je me suis mise à l'abri du vent avec soulagement, le nez rougi, frottant mes mains glacées l'une contre l'autre. Il m'a proposé une veste de laine, a ôté ses tongs et s'est déplacé pieds nus avec la souplesse d'un matou. Une fois réchauffée, je l'ai suivi. Il m'a fait faire le tour du propriétaire. Sa maison était truffée d'électronique dernier cri. Il m'en a fait la démonstration comme un gosse qui montre son nouveau jouet connecté. Il m'a d'abord montré les deux larges baies vitrées en arc de cercle qui donnaient à voir le ciel rougi, le bord de la falaise et au loin la mer mauve ourlée d'écume. Un tableau perpétuel, mouvant, hypnotisant, qu'un store à lamelles programmé exposait plus ou moins à la vue selon ses ordres. Il a posé la main sur une console au mur, m'expliquant que les éclairages et l'ambiance sonore étaient dosés par un système intelligent en fonction du nombre de personnes dans la pièce, et même de leur identité, grâce à une reconnaissance des visages à l'entrée. Chaque pièce possédait des « scénarios » qu'il avait préprogrammés. Le tout dirigé par Andy, son « majordome », une intelligence artificielle qui pilotait les caméras de surveillance et à qui il s'adressait à voix haute. Une pensée fugace m'a traversé l'esprit. *À part Andy, on est seuls ici...* Je l'ai chassée aussitôt. Devant la première baie vitrée était disposé un canapé arrondi rouge sang, autour d'un poêle suspendu à foyer ouvert. Dans le prolongement une cuisine américaine, aux belles proportions, invitait à s'accouder au bar, juché sur de hauts tabourets. Devant la seconde baie vitrée une table d'architecte sur tréteaux faisait face à la mer. Le long du mur du fond, une bibliothèque de bois, aussi large que haute, était garnie de « vrais » livres papier ! Nous nous en sommes approchés. J'étais comme aimantée par les ouvrages qui m'appelaient. Il y en avait plusieurs centaines, parmi lesquels certains que j'avais plébiscités sur mon blog. Tristan a couvert ses livres d'un regard amoureux.

– Je te l'ai déjà dit mais depuis que j'ai découvert ton blog je dévore les livres. Tu as combien d'abonnés déjà ?

Sa voix était douce et nerveuse. J'ai laissé échapper un rictus satisfait.

– Presque trente mille.

– C'est fort. Je ne suis pas toujours d'accord avec toi, mais à chaque fois j'y trouve une idée, une réflexion.

Je lui ai souri, séduite. L'ego est un des leviers clés des manipulateurs, comme l'affirmait Christophe Caupenne, ancien négociateur du RAID, dans son *Petit guide de contre-manipulation.* Ils repèrent ta faille et t'apportent exactement ce que tu recherches pour mieux te soumettre. Mais connaître les mécanismes n'immunise pas pour autant de la flatterie.

Tristan a passé un doigt sensuel sur la tranche des livres, en un geste qui m'est familier. J'ai caressé à mon tour le dos des ouvrages avec l'impression que nous faisions partie de la même tribu. Ma gorge a palpité, j'étais touchée plus que je ne voulais l'admettre. On s'est souri. Voilà. Deux compagnons de route, au diapason. J'ai cherché dans mon sac un petit sachet en papier kraft que je lui ai tendu.

– Tiens. Un petit cadeau.

Le visage de Tristan s'est éclairé. Du paquet il a extrait la drôle de créature rose globuleuse au visage humanoïde que j'avais dénichée sur un étal de jouets au marché de la rue Cler.

– Qu'est-ce que c'est ?

– Un blobfish. Un poisson des abysses qui intrigue les scientifiques. Quand je l'ai vu, je me suis dit que cela ferait un parfait personnage pour tes jeux.

– Génial !

Tristan a déposé la figurine sur l'étagère du milieu de la bibliothèque.

– Je l'adore.

J'ai poursuivi :

– Ce poisson a été qualifié de plus laid du monde mais je ne suis pas d'accord.

– Moi non plus. Il a droit à sa chance.

On a ri de nouveau et je me suis sentie fleurir comme un champ de coquelicots.

Pour parachever la visite, Tristan a contourné la bibliothèque, derrière laquelle un petit couloir s'ouvrait sur deux portes. Il a désigné celle de droite, derrière laquelle une pièce donnait sans doute sur la mer.

– Ma chambre.

Puis celle de gauche.

– Le saint des saints.

Elle était fermée par un digicode. Il l'a ouverte. J'ai glissé une tête. La pièce, percée d'une meurtrière donnant sur les arbres du parc, renfermait juste une table en U surmontée de plusieurs ordinateurs.

– C'est le serveur de tes jeux ?

– Le serveur est aux États-Unis. Là, je crée mes univers.

Une fois que nous fûmes installés sur son canapé, quelques instants plus tard, le cocktail bleu qu'il m'a tendu dans un verre évasé avait une saveur inconnue et une texture de velours. Son parfum m'a enivrée. Le sucre sous la langue a décuplé mon énergie. Nous avons bu en souriant. Et, véridique, des capteurs au fond de nos verres ont signalé à Andy que nous étions sur le point de finir. Alors, quelque part vers le coin cuisine, un shaker s'est déclenché.

– J'aime bien inventer des trucs, a résumé Tristan, inutilement.

Plus tard, tout en sirotant mon deuxième cocktail, je l'observais attiser le feu dans la bouche du poêle accroché au ciel. Les manches retroussées de son sweat laissaient voir ses avant-bras tatoués aux muscles déliés. Je le détaillais avec délectation et étonnement aussi. Les épaules larges, le cou fort, les traits fins, les cheveux noirs épais, implantés haut sur le front, le nez droit, à la cloison légèrement déviée, élargie à sa base, la moustache et la barbe qui rehaussaient ses pommettes sous des yeux d'acier insondables. Son corps était planté dans le sol avec souplesse ; comme si au moindre signal il allait d'une détente se propulser, faire un salto arrière et disparaître. Il était Saigo Takamori, le dernier samouraï, corps agile et âme tranchante. J'étais légèrement ivre. Je me suis demandé : Pourquoi m'as-tu choisie, moi ? Pourquoi m'avoir sélectionnée parmi toutes les créatures qui ont dû te harponner en ligne ? Que puis-je t'apporter ? Je ne suis pas une bombe, je n'ai pas d'éclat particulier. Juste une fille qui aime lire. Suis-je la plus simple ? La moins emmerdeuse ? Peut-être t'offré-je une pause après toutes les belles filles probablement exigeantes qui ont croisé ta route… Moi je n'exige rien. Juste d'être là, avec toi, de discuter, rire et être appréciée. À quel moment vas-tu me dire « Je t'aime bien, t'es une fille sympa mais… » ? Comme s'il lisait dans mes pensées, Tristan a brisé le silence.

– Tu es incroyable tu sais ?

Je n'ai pas répondu, aux anges.

– Tu es là, juste à profiter du moment. C'est rare.

J'ai cherché une réponse, le nez dans mon verre, en buvant à petites gorgées, touchée. Il a brisé du petit bois d'un craquement sec et a jeté les brindilles dans les flammes.

– J'ai l'impression qu'à toi je peux tout dire. Que tu comprends tout. Sans jugement.

J'ai reçu ses mots avec éblouissement, chacun d'eux électrisait mes fibres nerveuses. Je regardais sa bouche sensuelle, son ossature sèche, sa peau sans défaut. L'ivresse émoussait ma vigilance et voir ses lèvres bouger, sourire, ses dents bien blanches et alignées déclenchait des petits éclairs aigus entre mes reins. Je n'avais plus peur. Je lui plaisais. Ce n'était pas une erreur. Ma vraie vie commençait là, maintenant. Je prenais la vague et me laissais porter. Il a fini de ranimer le feu puis il est venu s'asseoir à côté de moi. Il a avancé une main vers mon visage et a joué avec mes boucles châtains.

– Que tu es belle…

Alors ça. Je me suis mise à frissonner de toutes mes cellules. Je lâchai prise, lui caressai la joue à mon tour et osai.

– J'ai envie de toi.

À quoi aurais-je pu prétendre d'autre. Cela faisait un mois que je dépérissais de ne pouvoir le toucher, le caresser, me donner à lui. Il a pris ma main, déposé un baiser au creux de ma paume, m'a regardée intensément et dit :

– Je sais.

J'ai cillé. Ce n'était pas exactement la réponse que j'attendais mais… il a avancé ses lèvres vers moi et m'a embrassée doucement puis plus profondément. Tout s'est ouvert en moi comme si j'accédais à un niveau plus élevé de conscience, que j'avalais le monde, ses couleurs et ses contours, que je comprenais tout enfin. Il s'est écarté de quelques centimètres et tenant mon visage entre ses mains a murmuré :

– Tu n'as pas peur d'être comme cela toute seule avec moi au milieu de nulle part ?

J'ai ricané bêtement.

– Pfff.

Il a déposé de légers baisers sur mes joues, mes lèvres, mon nez.

– Tu sais qu'il pourrait pourtant t'arriver des bricoles.

J'ai ri encore, contre sa bouche, mon nez effleurant les poils doux de sa barbe.

– J'adore les bricoles.

– Tu me donnes ton feu vert ?

– Le vert, l'orange et le rouge, ai-je répondu crânement.

J'étais prête à le suivre et à tout lui donner. Vraiment ? Ou n'était-ce qu'un artifice pour lui plaire ? Il s'est détaché de moi et je l'ai entendu ordonner tout haut :

– Andy, scénario 6 !

J'ai gloussé. Mais c'était très sérieux. D'un coup le salon s'est obscurci, la musique s'est arrêtée et une porte à droite de l'espace cuisine, que je n'avais pas encore remarquée, s'est soudain éclairée. Il s'est levé. Son ombre projetée sur moi a masqué la lumière. Ses pupilles ont brillé comme celles d'un animal.

– Veux-tu vivre une expérience hors du commun ?

Ce n'était plus une question. J'ai haussé les épaules et répondu avec un air de défi :

– De toute façon on va tous mourir, non ?

Il m'a tendu la main.

– Tout restera dans un cadre sécurisé, n'aie peur de rien.

Je me suis levée à mon tour. Allait-il m'embarquer dans un truc SM à la *Fifty Shades of Grey* ? J'espérais bien que non, j'avais trouvé le livre si mauvais ! Serrant sa main je l'ai suivi docilement. Il m'a entraînée vers la porte. Elle était fermée par une simple clé que Tristan a tournée. Derrière, une dizaine de marches de pierre s'enfonçaient dans l'obscurité... Une ampoule au plafond s'est allumée. Une corde passée dans des anneaux servait de rampe pour la descente. Quelle inconscience de le suivre mais je n'étais plus moi-même. Il m'a précédée. J'ai mis mes pas dans les siens, hypnotisée. En bas de l'escalier s'ouvrait une pièce faiblement éclairée par des spots dirigés vers le sol. Un souplex d'une surface de dix mètres sur cinq, en murs de briques et sol en terre battue. Au centre de cette cave trônaient deux fauteuils ressemblant à celui d'un dentiste, recouverts d'une sorte de tissu velouté beige, comme de la peau. Chacun faisant face à un écran plat fixé au mur. Et à côté de chaque siège, une tablette, avec des manettes et des fils. La température était élevée, je n'avais pas froid, au contraire. J'ai senti une sourde appréhension parcourir mon corps.

– Qu'est-ce que...

– Tu vas voir, c'est unique, m'a interrompue Tristan.

Et c'est à partir de là que tout a basculé.

2

Tristan s'est glissé derrière moi et j'ai senti son parfum, un mélange de terre chaude et de cannelle. Il m'a caressé la nuque, le dos, et a fait glisser la fermeture éclair de ma robe.

– Tu seras mieux.

Je l'ai laissé faire, parce que j'en crevais d'envie. Ma robe s'est affaissée à mes pieds dans un bruissement de soie. Je n'étais plus vêtue que de ma lingerie coûteuse qu'il n'a même pas semblé remarquer. J'avais peur, mais en même temps je le désirais, intensément. Cela faisait depuis notre première rencontre que je n'aspirais qu'à sentir sa peau lisse, vivante et brûlante contre la mienne.

– Tu veux bien tout enlever ?

Je me suis tendue.

– On n'est pas pressés, si ?

– Comme tu voudras.

Tristan m'a alors doucement poussée vers le fauteuil de gauche.

– Installe-toi là.

Il avait toujours cette voix tendre et nerveuse, des gestes fermes. Maître de lui et déjanté. J'ai pris place dans le siège en question. Je me suis dit qu'après tout on allait peut-être se relaxer, grâce à une invention de son cru, et que je devais me détendre. Tristan s'est penché vers moi, m'a embrassée sur le front et d'une main experte m'a allongée totalement, mon dos enfoncé dans le faux cuir du fauteuil. Puis il a actionné un levier quelque part derrière le dossier, ce qui a eu pour effet de déclencher un mécanisme. J'ai senti mes bras et jambes nus être enserrés par des gouttières rigides recouvertes de mousse et d'un tissu souple comme de la peau humaine. En réaction mes muscles se sont contractés.

– Tristan, je ne crois pas que…

Il m'a caressé les cheveux.

– Tu es entièrement libre, ne t'inquiète pas. Pour que l'expérience soit la plus réussie possible il ne faut pas trop bouger au début afin de bien régler les paramètres.

J'ai entendu autour de moi des sons apaisants, de mer et d'oiseaux, et humé un parfum d'iode et de lavande mêlés, et puis j'ai perçu le *beat* régulier d'un son électro.

– La musique est synchro avec tes battements cardiaques, m'a-t-il glissé à l'oreille, ça fait planer.

Sa voix était réconfortante, mais quelque chose ne collait pas. J'étais saoule, lui non. Il gardait une parfaite maîtrise de lui-même. *Attention !* m'a alertée ma conscience alors que le battement de la musique m'attirait irrésistiblement. Et puis soudain, j'ai senti des picots arrondis appuyer sur mes jambes, ma poitrine et mon… entrejambe.

– Tristan, je ne suis pas sûre de vouloir.

– Hé, on ne dit rien tant qu'on n'a pas essayé, ma beauté. Attends de voir, c'est dément.

Il a alors fixé sur ma tête un casque de réalité virtuelle, de grosses lunettes munies d'une visière opaque. Je ne voyais plus rien. J'étais attachée à ce fauteuil, sans plus pouvoir bouger. Et Tristan a encore murmuré à mon oreille :

– Tu m'as fait découvrir ton monde, Loïs, à moi de te faire découvrir le mien.

Le chat avait attrapé la souris. Je ne le voyais plus mais le sentais s'affairer autour de moi. Je contrôlais tant bien que mal ma panique naissante. Je devais lui faire confiance et accepter de nouvelles expériences. J'ai entendu le bruissement de vêtements qu'on ôte puis le frottement du cuir, il s'asseyait lui-même dans le fauteuil de droite. Puis j'ai perçu des cliquetis de clavier. Je ne maîtrisais plus rien. Je subissais et j'étais coincée. Physiquement et mentalement. Je m'étais fourrée toute seule dans cette situation, tout ça parce qu'un homme exceptionnel avait bien voulu de moi. Je respirais lentement, en conscience, ça allait peut-être être intéressant, il fallait que je me calme. Et tout à coup, le casque s'est allumé, une image est apparue sur la visière. Un paysage grandiose. Une plage infinie, en bordure d'océan, WAOUH.

– Tu es bien ?

Tristan me parlait. J'ai fait oui de la tête.

– Tu as un joystick sous les doigts, tu peux avancer ou reculer avec. Et voler, en l'actionnant vers le haut.

J'ai poussé la manette et je me suis mise en mouvement. J'ai marché le long de la plage, puis, en dirigeant le manche vers le haut, OOOHHH, j'ai décollé à quelques mètres du sol ! J'ai survolé le paysage qui défilait sous mes pieds, tel un oiseau libre. Mon cœur s'est décroché. J'ai souri sous le coup de la sensation extraordinaire. J'ai survolé une mangrove, des palétuviers, les méandres d'une rivière scintillante puis suis revenue sur la plage déserte où l'eau transparente léchait le sable cristallin. J'ai même cru sentir le soleil chaud sur ma peau.

– C'est génial !

– Tu vois ! Et regarde, je suis là !

J'ai pivoté la tête vers la droite et j'ai découvert Tristan, du moins son avatar, en tout point ressemblant, à côté de moi. Il a tendu la main. Je l'ai regardé de haut en bas. Il était magnifique et nu. J'ai baissé la tête vers mes pieds. J'ai vu *mes* jambes !

– Je suis toute nue aussi ?

L'avatar de Tristan a ri.

– Bah oui !

J'ai ressenti une sorte de malaise. Un décalage. Mais après tout, il était temps que je m'ouvre à d'autres expériences.

– J'aimerais te présenter à des amis.

J'ai relevé les yeux. Nous n'étions plus seuls. Un, deux, trois, quatre, dix ombres étaient apparues par génération spontanée sur la plage devant moi. Des avatars d'hommes et de femmes avaient émergé de l'eau, nus comme des vers. Des corps humains aux visages de créatures. Un aigle, un tigre, une louve, un clown blanc, une renarde.

– Hello les amis ! a dit Tristan.

– Hello, ont répondu les autres d'une voix synthétique.

– Je vous présente Loïs89 qui nous a rejoints ce soir comme je vous l'avais annoncé.

Il a annoncé quoi à qui ? Et pourquoi a-t-il donné mon nom ? J'ai remué, de plus en plus mal à l'aise. Les avatars – hybrides – ont répondu d'une même voix :

– Hello Loïs !

Celle de Tristan a jailli à ma droite.

– C'est une novice, nous devons être accueillants avec elle.

Je les ai dévisagés un par un, la peur a commencé à enrouler ses anneaux autour de mon ventre. Je n'étais plus maîtresse de moi, prise en étau dans cette machine de cuir et de métal, cette intelligence artificielle qui imposait des images à mes yeux, des sons à mes oreilles.

Les dix avatars se sont déployés. Le tigre et l'aigle se sont assis sur le sable. La renarde et le clown blanc se sont agenouillés près de l'eau. La louve est restée debout. Les autres aussi. Je leur faisais face, nue, livrée, prisonnière. La musique techno s'est amplifiée et tous ont commencé à bouger en rythme. Tristan s'est adressé à moi dans le casque :

– Sous tes doigts à gauche tu as un bouton et une molette. Lorsque tu veux toucher quelqu'un, tu le vises avec le curseur qu'actionne la molette, puis tu appuies sur le bouton de gauche autant de fois que tu le souhaites.

Mes doigts ont exploré l'extrémité de l'accoudoir du fauteuil et senti, en effet, des boutons. Mais je ne voulais toucher personne. Tristan a poursuivi, d'un ton calme :

– Et moi quand je veux te toucher j'appuie aussi.

Je sentis des sortes de chatouilles au niveau de ma poitrine. Les picots recouverts de peau faisaient des mouvements de rotation sur mes seins.

J'ai sursauté.

– Tristan ! Je ne me sens pas bien.

– C'est normal au début. Détends-toi.

Me détendre ! Tous mes muscles étaient contractés, mes talons et mes coudes s'enfonçaient dans le fauteuil pour amoindrir le contact des doigts articulés. J'étais faite comme un rat. J'ai entendu Tristan parler à la renarde :

– Viens là, toi !

L'avatar a pris une pose lascive. J'ai entendu un cliquetis frénétique à ma droite et la renarde s'est mise à grogner en se cambrant. Tristan était en train de la… stimuler à distance. *Putain.* Je fermai les yeux. Ce fut ensuite au tour de la louve et de l'aigle, qui ont répondu en stimulant Tristan. J'ai entendu des mots très crus et des grognements à travers mon casque. J'étais pétrifiée, obligée d'assister à *ça.* Puis Tristan s'est adressé de nouveau à tous :

– C'est une rencontre cosmique, mes amis. Il n'y a plus de poids, plus de corps, nous sommes au-delà du terrestre, dans un monde différent où l'on peut s'affranchir de son moi charnel et devenir celui ou celle que l'on est vraiment. Nous pouvons tous faire l'amour en même temps et vivre un orgasme cosmique universel. Jamais nous ne ressentirons cela autrement. Libérons-nous, il est temps.

Ses mots ont eu tout l'effet inverse. Je me suis raidie encore plus sur mon siège. Des phalanges articulées ont comme poussé autour de mes jambes, de mes bras, de mon dos, et elles effectuaient des massages, pilotées par les avatars de l'autre côté de l'écran.

– Maintenant, ouvrons les portes de nos énergies ! a crié Tristan.

J'ai sursauté, j'étais entravée, la tête coincée dans ce casque. En face de moi, j'avais ces dix avatars à tête de bêtes qui s'excitaient à distance, les uns les autres, en beuglant des obscénités. J'ai vu soudain deux croix bleues s'afficher au-dessus des avatars de renarde et de clown blanc et j'ai senti les picots qui faisaient pression sur mes chairs pour forcer le chemin. C'était eux qui actionnaient le levier. Tristan s'est joint à leur stimulation. J'ai fermé les yeux très fort, comme si je pouvais me transporter ailleurs, m'exfiltrer de mes deux corps, le faux et le vrai, mais je sentais toujours la pression des doigts. Je les ai entendus crier dans un maelström de trucs dégueulasses, mêlés à des gémissements et halètements vibrant en écho dans le casque. Jusqu'à ce que le dégoût atteigne un pic et qu'à l'intérieur de moi quelque chose se brise. Mon cerveau a disjoncté. Mes muscles se sont relâchés, mon corps ne s'est plus défendu. Mon esprit s'est dissocié, je l'ai vu flotter au-dessus du fauteuil, mes membres livrés à la machine infernale. J'ai laissé faire les bêtes. Des impulsions électriques fusaient de toutes les parties de mon encéphale. Mon disque dur a grillé. J'ai ouvert la bouche pour hurler à la mort. Mais le cri est silencieux dans le monde virtuel. Un goût de fer a inondé ma bouche, m'est monté au nez. La voix de Tristan a résonné dans mes tympans sans que je comprenne ce qu'il disait. Puis le son est redevenu net.

– Loïs, Loïs.

Il m'appelait. J'ai senti les gouttières se desserrer, les picots quitter mes chairs et le casque s'écarter. Des doigts me palpaient, m'agrippaient, me pétrissaient. J'ai tendu les mains en position de défense, repoussant de toutes mes forces celui qui me touchait. Je me suis relevée du fauteuil, prise de vertige, la vue brouillée, crachant du sang que j'ai essuyé du revers de la main. Tristan continuait de parler trop fort, je l'ai repoussé.

– Tu saignes. Parle-moi. Ça va ?

– Me touche pas !

– Que s'est-il passé ?

Je me suis levée, j'ai essayé de le contourner, mais il s'est mis en travers de ma route. Il m'a attrapé le bras.

– Réponds-moi, que s'est-il passé ?

J'ai dégagé mon bras. Tristan a haussé le ton.

– Hé, je te parle !

– Ne me touche pas !

– Qu'est-ce que t'as fait, bordel ?

– Laisse-moi partir !

Tristan m'a saisi les deux bras cette fois, voulant m'attirer contre lui, et j'ai senti ses doigts s'enfoncer dans ma peau.

– Explique-moi !

Alors je me suis contorsionnée pour me libérer de son étreinte et j'ai foncé dans le tas. J'ai envoyé un coup, un deuxième, poings fermés, avec la volonté de faire mal. Il s'est protégé puis il a répliqué. Une masse s'est abattue sur mon œil gauche. J'ai chancelé, me suis rétablie. Il a hurlé :

– Mais calme-toi, putain !

J'ai ramassé comme j'ai pu ma robe par terre, me suis ruée dans l'escalier. Arrivée en haut j'ai attrapé mon sac au pied du canapé, mes chaussures, mon manteau et me suis enfuie.

3

Ce matin, un an et demi après les faits, j'ai un mauvais pressentiment depuis que je me suis réveillée. Pourtant je peux affirmer que ça va vraiment mieux. Je dors maintenant avec seulement un demi-cachet de somnifère et encore je n'en prends pas toutes les nuits. Je parviens même à passer plusieurs heures sans y penser. D'un naturel optimiste je me dis que je suis sur une pente ascendante. Bien sûr, parfois cela peut revenir, brutalement, sans crier gare, par flashs. Je me revois attachée sur ce siège, me débattre, m'empoigner avec Tristan, m'enfuir à moitié nue de la villa, monter dans la voiture, démarrer en trombe, me lancer sur la route, appeler Flo en panique, rouler trop vite sur les petites routes et donner ce coup de volant qui me fait voler dans le décor. La syncope, les sirènes, le réveil, l'hôpital, ma mère au téléphone, prévenue par Flo qui n'a pas su qui appeler d'autre.

– Mais qu'est-ce que t'as fichu ? Je ne comprends rien à ton histoire. Il faut que tu portes plainte, je préviens mon amie Brigitte qui est avocate.

Et puis, le matin, la fameuse Brigitte avocate :

– Ces histoires de monde virtuel sont difficilement compréhensibles pour le péquin moyen et le juge non plus n'y entendra rien. Avez-vous été oui ou non touchée sur vos parties intimes par l'agresseur ? Quelque chose qu'on puisse médicalement prouver ?

Moi, groggy.

– … Non.

– Donc il ne peut y avoir d'agression sexuelle.

– Mais il m'a…

– Ce qui est virtuel n'existe pas, Loïs. En revanche, l'hématome à l'œil, c'est tangible. Le médecin vous a donné un certificat d'ITT de combien de jours ?

– Huit.

– Parfait. On va porter plainte pour coups et blessures.

– Mais…

– Faites-moi confiance. Sinon vous risquez de vous lancer dans une longue procédure où votre vie privée sera décortiquée et la partie adverse vous traînera dans la boue. J'en ai parlé avec votre mère, elle pense comme moi.

Alors, suite à ma plainte pour coups et blessures, deux flics sont allés sonner dans la matinée chez Tristan, qui a reconnu les faits sans trop de problème. Oui, il s'était laissé « emporter ». Il en était « désolé ». Je pense qu'il devait être très soulagé que je ne le poursuive pas pour viol. La suite s'est passée très vite. En raison d'antécédents judiciaires, de faits similaires – une bagarre avec un voisin il y a quelques années et un accident de voiture suivi d'un délit de fuite –, le procureur a décidé sa comparution immédiate. Après l'audience, alors que je sortais de l'hôpital, l'avocate m'a annoncé le verdict – un an de sursis probatoire, assorti de dix-huit mois d'obligation de soins pour Tristan et de mille euros de dommages et intérêts pour moi –, je suis restée muette. Cette nuit s'achevait sur un épilogue « très satisfaisant » selon l'amie de ma mère. Et pourtant, j'avais l'impression d'avoir été utilisée comme un jouet, puis qu'on m'avait fait taire.

– C'est un accident de la vie, a commenté de nouveau ma mère au téléphone quelques jours plus tard comme si j'avais trouvé un hérisson écrasé sur le bord de la route.

Un accident… j'avais percuté un séducteur qui avait fait de moi un avatar sexuel.

– Tu n'as pas été prudente, je ne t'ai pas élevée ainsi, a-t-elle poursuivi.

Maman... Maman... pas ça... Je l'imaginais à l'autre bout du fil, élégante dans une robe haute couture passée de mode, coiffure impeccable, ongles vernis et bagues coûteuses aux doigts.

– Quand je pense à tout ce qui aurait pu se passer, a-t-elle ajouté.

Parce qu'il ne s'est rien passé ?

– Tu t'en remettras ! On doit toutes prendre sur soi avec les hommes.

J'ai eu envie de hurler tout un tas d'horreurs dans le combiné. Je n'ai évidemment rien dit, consciente de l'inutilité de la démarche. Honteuse probablement aussi.

Je secoue la tête et chasse ces souvenirs. Comme tous les matins, je m'active, m'habille. Il est huit heures trente quand je claque ma porte après avoir avalé un grand café. Je descends les escaliers, devant la porte d'Avel je souris et envoie un baiser à travers les murs. Arrivée dans la cour de l'immeuble, je passe devant la loge de la concierge, regarde si j'ai du courrier et pousse la lourde porte cochère pour me retrouver dans la rue. Tout est parfaitement à sa place et normal. Sauf cette boule d'anxiété qui est en train de grossir dans mon estomac.

À présent, je marche dans l'avenue Bosquet, Paris VIIe. En jean, baskets, mains enfoncées dans mon blouson imitation cuir, le nez à l'abri dans un foulard gris et rose noué autour du cou. Depuis cette nuit-là, j'ai relégué les tenues près du corps qui me mettaient un tant soit peu en valeur. Je leur préfère des jeans ou jupes larges, tuniques longues, robes évasées ou grands pulls selon la température. Ce corps vit mieux caché.

Je traverse dans les clous et pénètre dans la boulangerie à la devanture XIXe siècle *Les Merveilles de Paris*. Il y a quelques clients du quartier, têtes chenues, bien vêtus. Quand c'est mon tour, j'achète un petit pain multicéréale graines de lin et un jus de grenade, scanne mes achats avec la caméra de mon smartphone qui enregistre les caractéristiques nutritionnelles de ce que j'avale et me fait gagner des points « santé ». Je sors de la boutique en mordant dans le petit pain. Mon cerveau m'envoie une dose de dopamine, pour le plaisir de manger et la satisfaction de prendre soin de moi. Cent douze pas plus loin, me voici à destination. Il est primordial pour moi de respecter les normes que me recommandent mes applications. C'est ma stratégie de survie. Normalement, ça marche. Mais si l'angoisse que je ressens ne cède pas d'ici une heure, je prendrai un cachet.

En montant les étages, je fais le bilan : sur mon appli santé il me manque quarante minutes de sport pour atteindre mon quota hebdomadaire de points d'activité physique. Il faut que je programme une séance de jogging au Champ-de-Mars, à deux pas d'ici. La maîtrise de mon corps est devenue une obsession depuis « la nuit des Vaches noires », comme je l'appelle parfois. Je ne dois plus sortir des clous. JAMAIS. Le contrôle est mon salut.

Le compte Twitter de mon blog de lecture affiche des centaines de *likes* et des commentaires. Je me félicite. Je me suis battue pour créer cet espace dédié aux livres scientifiques. Son succès croissant depuis cinq ans me stimule pour faire encore mieux. Je dévore les livres, ayant gagné en vitesse de lecture. Les auteurs m'envoient désormais leurs ouvrages pour figurer dans mes colonnes, gage de reconnaissance. Tout en gagnant mon poste de travail, je fais défiler les commentaires, que je lis en diagonale. Je consulte aussi Facebook, Instagram, etc. J'ai bloqué Tristan sur tous les réseaux. S'il n'apparaît pas, c'est qu'il n'existe pas. C'est basique, ça fonctionne. On peut se sortir de tout. L'important, c'est la volonté et la rigueur.

Dix-huit mois.

Ça fait dix-huit mois.

La salle de rédaction est quasi pleine, les journalistes, casque sur les oreilles, dictent leurs textes à voix haute, les plus anciens frappent sur leurs claviers. Je traverse l'open space en faisant un petit signe de la tête à certains d'entre eux et prends place derrière mon bureau, le plus planqué, pas loin de la sortie de secours. On le reconnaît de loin mon bureau, à ses livres papier entassés en piles branlantes sur mes étagères. Les derniers vestiges de la documentation qui a été supprimée il y a un an avec l'avènement du livre numérique. Des reliques que je chéris et défends. J'allume mon ordinateur, le numéro du journal en ligne *World News-Paris*, ou *WNP*, s'affiche en première page. Je clique sur l'onglet « Science à lire » et parcours mes articles parus ce matin. Il y a un certain nombre de messages auxquels je dois répondre, mais rien d'urgent. Plus tard. J'ouvre ma liseuse numérique, passe en revue la liste des titres des prochains livres annoncés par les éditeurs. J'en sélectionne deux que je peux avoir lus dans la journée. J'aurai parcouru le premier dans deux heures et je compte une heure de rédaction. À treize heures j'aurai écrit mes critiques pour le lendemain et pourrai me concentrer sur le portrait de Sylvia Lanzano, la neuroscientifique spécialiste mondiale de l'intelligence humaine et artificielle, qui vient de publier son dernier ouvrage chez Masset, *L'IA au service de l'humain*. Il me restera du temps ce soir pour finir les piges extérieures – des critiques d'ouvrages de voyage à destination des magazines de compagnies aériennes – qui me permettent de boucler cette fin de mois. L'important c'est d'abattre du travail. D'enchaîner les tâches. Lire. S'occuper le cerveau par les pensées, les récits, les thèses intelligentes d'auteurs qui m'extirpent de la rumination. Me nourrir de leur esprit. Les célébrer. M'oublier.

Je visse mes AirPods dans mes oreilles, lance la musique de concentration ainsi que le chrono, et commence la lecture de l'ouvrage. La mécanique de lecture rapide se met en branle. Mes yeux sautent d'une ligne à l'autre. En m'absorbant totalement dans la tâche je peux atteindre les cinq cents mots à la minute et donc avoir fini en moins de deux heures. L'auteure discute de la convergence des cerveaux humains et de la machine. C'est passionnant. Je relève un instant les yeux de l'écran et sors de mon sac mon carnet de notes ainsi qu'un stylo-feutre à pointe fine, de ma marque préférée. Avec un plaisir tactile, j'ouvre une page vierge du bloc-notes, la lisse du plat de la main puis écris le titre du livre, en haut, centré. Le contact de la pointe du feutre sur le papier déclenche comme à chaque fois une onde de satisfaction. Contrairement à la plupart de mes collègues, je n'ai pas réussi à m'en passer. Alors que les autres se sont convertis au logiciel de dictée vocale qui fonctionne parfaitement bien et fait gagner un temps monstre, j'aime toujours former les lettres, sentir la pointe glisser sur la surface lisse et tracer ses courbes bleues qui font jaillir des mots. J'organise mes idées sur la page, un dessin, des pictogrammes, pour synthétiser ma lecture. Soudain ma gorge se serre violemment sans raison apparente. Dix-huit mois.

À dix-huit heures trente, la porte de chez moi claque dans mon dos, signal qu'un nouveau jour s'est écoulé sans trop de difficulté. C'est-à-dire sans heurt, en parvenant à achever la montagne de boulot qui se présentait à moi. Bien. Un pas après l'autre, comme dit Jules Marx, mon psychiatre.

J'ouvre le frigo et me sers un verre de kombucha, la boisson fermentée conseillée sur mes sites de santé référencés. Puis je fais le tour de mon petit appartement, rituel du soir. La minicuisine bien rangée, la salle de bain, impersonnelle, mais avec une petite baignoire. Ma minuscule chambre où l'on peut à peine faire le tour du grand lit, mais qui possède une belle fenêtre. Mon coin « salon » et son kilim élimé au sol, étagères bon marché croulant sous les livres et dizaines de petits pots de plantes avec leurs étiquettes, qui attendent d'être rempotées. Tout est habituel, calme. *Allez ma fille, si tu veux être encore là le mois prochain faut que tu te bouges les fesses.* Je me laisse tomber sur le canapé qui jouxte la porte-fenêtre ouvrant sur l'étroit balcon, le luxe de mon logis. La boisson gazeuse a un goût de bière et de thé.

« Les émotions sont l'apanage de l'être humain, écrit Sylvia Lanzano, elles sont l'outil d'adaptation à l'environnement. Il faut les décrypter pour pouvoir les moduler. Contrairement à la machine, on peut s'en servir pour prendre de meilleures décisions. » Présentement, j'éprouve un véritable soulagement d'être rentrée chez moi, à l'abri, mais l'angoisse ne m'a pas quittée de la journée. Je pressens une menace. Et je sais très bien pourquoi même si j'essaie de ne pas y penser.

Les piges complémentaires me maintiennent à flot financièrement, je n'ai pas le choix. Il va me falloir de la motivation pour m'y remettre, alors que j'ai envie de revoir la dernière saison de *Downton Abbey*. Je puise dans la crainte de ne pas réussir à payer mon loyer la volonté de m'atteler à la tâche. Mais j'ai aussi besoin d'un break. Je saisis la télécommande avec une certaine gratitude. *Heureusement que tu es là toi.* J'allume l'écran. Mon profil utilisateur apparaît. L'algorithme de recommandation, qui me connaît mieux que personne, me propose d'emblée de visionner la suite des séries sélectionnées pour moi. Je clique sur la flèche *Play* et passe un deal avec moi-même : un épisode et j'attaque le premier papier. Pour me motiver je visualise les neuf cent soixante euros brut que cela va me rapporter, de quoi payer les trois quarts de ma location.

Je n'ai même pas le temps de lancer le film, la sonnerie de l'interphone me fait sursauter.

Je demeure là une fraction de seconde, le cœur cognant, à fixer le boîtier blanc. Je n'attends personne. Je me lève avant que la sonnerie ne me déchire une seconde fois les tympans. Je m'approche de la porte et décroche le combiné. Une voix masculine dit avoir un paquet pour moi. Mon cœur a un raté puis reprend sa course, en accéléré. Je n'ai rien commandé. Mon pressentiment devient certitude. J'appuie sur le bouton. J'attends derrière la porte. La machinerie de l'ascenseur s'enclenche, le balancier remonte. Pause. Puis le balancier redescend et j'entends la plainte de la cabine qui s'élève. Celle-ci parvenue au cinquième, la clenche de sa porte claque. Un coup d'œil au judas. C'est bien un coursier qui sort de l'ascenseur, les bras chargés d'un paquet carré. Et sur la boîte un énorme bouquet de pivoines blanches enveloppé de papier transparent.

Le coursier a juste relevé la visière de son casque de moto. J'entrouvre la porte avant qu'il ne sonne.

– Madame Miller.

– Oui.

– J'ai besoin d'une signature.

Je signe sur son terminal numérique, attrape le paquet – moyennement lourd – ainsi que les fleurs et referme la porte.

Je retourne au salon, pose la boîte sur la table basse et demeure interdite, le bouquet à la main. Je l'observe, le porte à mes narines. Le parfum des pivoines excite mes neurones olfactifs. C'est là que je découvre un carré de bristol bleu, attaché à l'une des tiges par un élastique vert entortillé. Je détache la carte. Elle porte une inscription rédigée à la main :

« Viens jouer. Pour tout recommencer. T. »

Je manque de tout lâcher. Je le savais. Dix-huit mois. La période de mise à l'épreuve de Tristan s'achève bientôt et il est de retour. Il n'en a pas fini avec moi.

Dans la cuisine, j'ouvre la poubelle-tube habillée de son sac de cinquante litres bien ajusté qui n'attend que mes offrandes. J'hésite. J'adore les pivoines et je n'ai pas les moyens de m'offrir un tel bouquet. Alors, je fais ce que je ne devrais pas faire. Je remplis un vase d'eau et arrange les fleurs à l'intérieur, avant de déposer le bouquet sur une sellette près de la fenêtre.

Ce ne sont que des pivoines.

Je m'assois sur le canapé, face au paquet fermé déposé sur la table basse, et je le scrute, sans bouger, comme si je m'attendais à ce qu'il s'ouvre tout seul et qu'un troll démoniaque en surgisse.

Comme les fleurs, je devrais m'en débarrasser mais il m'attire. Je le caresse du plat de la main et, c'est plus fort que moi, j'arrache l'adhésif marron qui retient les pans du carton. À l'intérieur, du papier à bulles protège un casque de réalité virtuelle. Un modèle dernier cri, léger et design. Et dans un sachet en plastique sont pliés deux gants haptiques, c'est-à-dire des sortes de longues mitaines bardées de capteurs et d'effecteurs à enfiler sur les bras, jusqu'aux coudes. Je fouille le fond de la boîte. Pas de mot ni de notice, rien. Je me demande ce que je dois faire mais en réalité j'ai déjà décidé. Je suis chez moi, il ne peut rien m'arriver et la curiosité me ronge, j'ai besoin de savoir. J'enfile les gants, chausse le visiocasque sans fil et ajuste les oreillettes. Je suis poussée par une force invisible qui pilote ma volonté. Une lumière bleue éclaire la visière. Une flèche apparaît à portée de main à hauteur de mes yeux. Je tends le doigt devant moi pour la toucher, ce qui déclenche un flash blanc.

En haut à gauche sur l'écran je vois apparaître une icône dorée :

RePlay

J'avance encore la main devant moi pour effleurer l'icône. Une musique emplit le visiocasque, faite de percussions qui rythment des sons électroniques qui entonnent un air aventureux. Je fais un pas en avant et un portail monumental doré apparaît devant moi. J'avance encore d'un pas, les portes s'ouvrent sur une clairière ensoleillée pailletée d'or où des papillons volettent. Une prairie au cœur d'une forêt de fin d'été. Des pépiements d'oiseaux emplissent l'espace auditif. Une brume bleutée nimbe la trouée végétale, parant de gouttes de rosée un parterre de fleurs, azalées, myosotis, pâquerettes hautes sur tige, boutons-d'or, chardons violet vif et pivoines nacrées. Le tableau est charmant. Je respire un peu plus librement. Je fais un pas de plus, le cœur cognant dans ma poitrine, fouillant le décor bucolique pour tenter d'y déceler un élément tangible.

Soudain une petite silhouette se matérialise devant moi. Un personnage que je reconnais immédiatement : un blobfish rose. La masse globuleuse, dotée de deux grands yeux roulants, d'un nez en patate et de deux diverticules faisant office de bras, me salue.

– Bienvenue dans le jeu !

Je ne bouge plus. Le poisson blob cligne des yeux, fait un geste vers deux portes qui viennent d'apparaître, surmontées chacune d'une icône, « Bienvenue » ou « Jouer ».

Je tends la main vers la première, qui s'ouvre. Me voici toujours dans cette clairière mais la lumière décline, comme si le soir tombait. Le ciel prend des tons orangés. Et là, j'entends des bruits de pas écrasant des feuilles. Cela vient du sous-bois. Je tourne la tête vers la droite. Une ombre se détache parmi les feuillus puis entre dans la lumière ; le personnage sort du couvert des arbres. Un adonis que je reconnais évidemment, avec ses grands yeux gris parfaitement rendus par les algorithmes, sa barbe courte et ses cheveux noirs souples qu'une légère brise mathématique fait ondoyer. L'avatar de Tristan s'adresse à moi. Ses lèvres bougent et j'entends sa voix résonner dans mon crâne.

– Bonjour Loïs, ça me fait plaisir que tu aies accepté mon invitation. Je savais que tu te connecterais dès réception. Ma période de mise à l'épreuve s'achève et je t'attendais.

Je suis incapable de parler.

– Je te présente RePlay, mon nouveau jeu.

Je retrouve la parole.

– Je n'ai rien accepté du tout.

J'ai parlé tout haut. Si quelqu'un me regarde par la fenêtre, il va voir une femme debout dans son salon discuter toute seule. Une folle.

Il sourit.

– Tu es tellement curieuse de tout.

J'essaie de réfléchir vite, d'analyser, pour comprendre ce qui est en train de se produire. Mais mon cerveau tourne à vide. Je ne bronche pas. J'attends la suite.

– Ce nouveau jeu va nous permettre de revivre notre passé et de nous transformer, de nous *RePlay*. Pour aller mieux. Pour nous réconcilier avec nous-mêmes et avec les autres. On va pouvoir tout rejouer. Je l'ai créé grâce à toi et *pour* toi. Tu m'as inspiré. Je viens te l'offrir.

– Je ne veux plus que tu me contactes.

– N'aie crainte. Tu as été ma muse et je veux te montrer ce que j'ai fait pour toi. Tu n'as qu'à demander et l'on revisite n'importe quelle étape de ta vie. Il te suffit d'aller dans le menu, je vais te guider. Viens !

L'avatar de Tristan me tend la main.

Je recule.

– Ne me touche pas.

Cette phrase, c'est la dernière que j'ai prononcée devant lui, il y a dix-huit mois.

Je dois arracher ce casque, c'est la seule chose à faire pour couper l'illusion, mais je reste là.

– Loïs, j'ai travaillé dur pour obtenir ce résultat. Donne-moi une chance de te le présenter. Tous les deux on va changer le monde, les rapports entre les gens. Avec ce jeu, tout est de nouveau possible !

– Laisse-moi.

Je suis incapable de formuler une autre idée. Mais lui continue comme si je n'avais rien dit.

– J'ai compris ce qui nous était arrivé à tous les deux ce soir-là. Et j'ai la solution. Ici. Viens.

Il tend une main et soudain le décor de verdure disparaît. Nous nous retrouvons dans une pièce sombre, la cave de la villa.

– Non !

Je crie, recule d'un pas, me déporte vers la droite, heurte un meuble, mais Tristan se matérialise à côté de moi, il tend la main pour me toucher, j'esquive. Je sens sa pression sur mon coude. Je sursaute.

– Viens. Grâce à RePlay on recommence tout. Tu ne vas pas te défiler encore une fois !

Je dégage mon coude.

– Au secours !

J'arrache le visiocasque et le jette devant moi de toutes mes forces. Il se fracasse contre la bibliothèque. Je recule encore, trébuche sur le canapé et m'affaisse au sol. Suffoquant. *Oh mon Dieu, oh mon Dieu, oh mon Dieu.* Je regarde le casque gisant à terre, comme s'il était vivant, que Tristan allait en jaillir. Je tends la main à l'aveuglette autour de moi à la recherche de mon téléphone. Dès que je le trouve je cherche l'un des derniers numéros composés. Trois sonneries dans le vide. Messagerie.

– Allô, docteur Marx. C'est Loïs Miller. Rappelez-moi s'il vous plaît, de toute urgence !

4

Le fer à souder dans la main droite, la tige de métal dans la gauche, penché sur une carte à puce qu'il intégrait dans un disque dur ouvert en deux devant lui, le jeune Tristan pensait à son ouvrage, priant pour que son père ne rentre pas trop tôt, pas avant qu'il ait terminé. La lumière de la fenêtre éclairait d'un éclat de fin d'été son bureau de collégien bien ordonné. Sa gueule d'ange aux traits réguliers animés d'intenses yeux gris, aux cheveux coupés ras par une main militaire, était tout à son ouvrage, la langue un peu sortie. Un coup d'œil sur le mode d'emploi lui indiqua qu'il avait presque fini. Avec cette petite modification maison, pour quelques euros son ordinateur allait devenir une bête de course. Et il pourrait jouer enfin au jeu vidéo à la mode dont tous ses copains parlaient et qui lui était strictement interdit. Interdit par son père, comédien qui ne jurait que par les bouquins, mais ça, il savait y faire. Il ne restait plus qu'à intégrer la nouvelle carte graphique et il pourrait enfin défier ses camarades. Le claquement de la porte d'entrée le fit sursauter. Zut ! Méticuleusement, il coula le dernier point de métal sur la carte mère, puis, avec une économie de gestes, il saisit le plateau sur lequel il avait installé son atelier clandestin et le planqua dans une cache à double fond qu'il avait aménagée dans le bloc tiroir de son bureau. En moins d'une minute il fit disparaître toute trace et outils de bricolage informatique, sans oublier son carnet de croquis où il avait dessiné les personnages de son futur jeu vidéo inspiré des BD d'heroic fantasy. Il attrapa dans son cartable cahiers et manuels scolaires.

– TRISTAN ! gueula le père.

Le jeune garçon se dressa sur ses pieds et quitta la chambre qu'il partageait avec Ben, son petit frère encore au centre de loisirs à cette heure-ci. Il gagna le salon. Jean Danton s'était déjà servi un whisky, sans même ôter sa veste.

– Elle est où ta mère ?

Tristan haussa une épaule.

– Sssssais pas.

Son père s'assit lourdement dans son fauteuil, son corps imposant occupant tout le siège. Son profil d'acteur, autrefois un peu connu, était à peine éclairé par les persiennes à demi fermées en ces dernières journées de grosses chaleurs. Il ne tournait dans aucun film depuis un an, le téléphone ne sonnait plus. Son petit boulot d'animateur à la radio locale suffisait tout juste à payer le loyer.

Il avait déjà sifflé presque tout son verre.

– Va m'en servir un autre.

Tristan s'exécuta. S'il était serviable et silencieux peut-être que les foudres ne s'abattraient pas sur sa tête. Peut-être qu'il ferait sa rentrée en troisième sans bleus, pour une fois. Sans avoir à opposer d'explications foireuses aux langues trop curieuses.

– T'as fini tes devoirs de vacances ?

– Oui.

– Va me les chercher, que je vérifie.

– J'ai tout fait.

– Va me les chercher !

Quelques minutes plus tard, le cahier ouvert sur ses genoux, Jean Danton faisait réciter son fils. Les notions de maths et de technologie étaient apprises, comprises et parfaitement maîtrisées. Tristan, debout dans le salon, s'en sortait avec excellence. Puis le père tourna les pages jusqu'au cours de français, et l'adolescent se raidit, jetant des regards implorants à la porte d'entrée. Sa mère allait ouvrir, ils allaient entendre la clé jouer dans la serrure, maintenant, tout de suite. Helen Danton rentrerait, en nage, portant les courses. Et en rangeant les affaires dans la cuisine elle discuterait avec son mari des problèmes d'argent, du fait qu'ils ne pouvaient plus s'en sortir avec son seul travail d'hôtesse et qu'il fallait que Jean Danton ravale sa fierté et se décide à accepter le poste – correctement payé – d'animateur de rayon qu'on lui proposait au centre commercial. Ils se disputeraient comme d'habitude, il crierait, l'intimiderait, et elle finirait par lâcher prise et donner raison à son mari pour avoir la paix et se protéger. Lui, Tristan, pourrait se faufiler dans sa chambre et se faire oublier jusqu'au retour du petit Ben. Ils dîneraient en regardant le journal télévisé et les enfants pourraient aller se coucher.

Mais la clé ne tourna pas dans la serrure et Jean Danton s'était arrêté sur le passé simple.

– Conjugue-moi le verbe « croire ».

À la première faute, le père tiqua mais passa outre et lui laissa une chance, aimant se montrer magnanime et qu'on lui en soit reconnaissant. À la deuxième, il claqua la langue contre son palais et grogna :

– C'est pas su ça !

À la troisième, il rugit.

– Ne me fais pas croire que tu as appris ta leçon ! Tu es incapable de réciter sans faute et sans bégayer. Tu crois que tu vas réussir ton année comme ça ? Tu te fiches de qui ? Crétin !

Il se leva et désigna la porte du fond :

– Ta chambre !

Tristan tourna les talons avec soulagement, c'était la fin de la séance de torture. Sauf que son père lui emboîta le pas. Tristan le sentit dans son dos, présence massive, pas pesant ; la peur s'insinua sous sa peau. Ils entrèrent dans la pièce.

– À ta table ! ordonna Jean Danton. Cahier de brouillon !

Tristan fit glisser un cahier devant lui.

– Stylo !

Le garçon prit le premier crayon à portée de main. Son père passa en revue les multiples livres de la bibliothèque qui prenaient la poussière et en piocha un qu'il ouvrit au hasard.

– Si tu crois que tu vas écrire comme un débile avec des textes bourrés de fautes toute ta vie, tu te trompes, mon petit bonhomme. Pas un Danton. À ton âge je récitais des poèmes par cœur et rédigeais des textes que les professeurs prenaient en exemple. Un Danton n'est pas un tocard analphabète. Je vais te les faire entrer dans le crâne les conjugaisons et la grammaire, jusqu'à ce que tu saches parler français ! Écris !

Et l'acteur commença à déclamer *L'Odyssée* en mettant le ton. Tristan se pencha sur sa feuille et écrivit, dents serrées. Il hésita. Il ne savait plus. Les mots se brouillaient, les lettres s'entremêlaient. Il les inversait. Jean Danton se pencha par-dessus son épaule et lut la première phrase.

– Épelle-moi « fascination ».

– F… a… s… i…

– Mais c'est pas possible ! Tu as quoi dans la cervelle ?

Le coup derrière la tête surprit Tristan plus qu'il ne lui fit mal. Il releva la nuque. Yeux rougis, nez morveux. Pas un son n'était sorti de sa bouche. Le père continua à réciter et Tristan à écrire sous la dictée. Mais l'adolescent ne savait plus rien, n'entendait plus rien. Il écrivait au hasard, comptant sur la chance. Lorsqu'il se trompa d'accord au verbe « avoir » et oublia un s à « compagnons », un autre coup s'abattit sur son oreille droite. Le garçon n'entendit plus qu'un bourdonnement pendant quelques secondes. Il se redressa, les joues en feu. Il détestait les livres, il détestait le français et il haïssait son père. La main paternelle se leva de nouveau mais n'eut pas le temps de frapper.

RePlay. Celle de Tristan la saisit au vol, d'une poigne de fer. Il se lève brusquement et fait face à son père, lui opposant un corps d'homme fort apte à la lutte. Haute stature, muscles puissants. D'un mouvement brusque il tord le bras de Jean Danton, le forçant à se ployer vers l'avant. Le père gémit de surprise et de douleur.

– Ne résiste pas ou je te casse le bras, PA-PA.

Tristan se penche vers son oreille.

– C'est fini, STOP. BASTA.

Le père est coincé sous le poids de son fils.

– J'écris mal parce que j'ai un gros problème, figure-toi. Si tu m'avais envoyé chez un spécialiste, tu l'aurais su et j'aurais pu m'en sortir. Je suis dyslexique. Tu ne sais que gueuler, accuser les autres et te citer en exemple. Aujourd'hui je suis adulte, et je te demande de t'excuser. Pour tout le mal que tu nous as fait, à Ben, à moi, à maman, et la confiance que tu ne nous as pas donnée.

Jean Danton, à moitié étouffé sous le corps de son fils, bredouille, cherche l'air.

– Je ne savais pas.

– Dis que je ne suis pas un débile mental.

– Lâche-moi !

– Dis-le.

– Tu n'es pas un débile mental.

– Dis que tu regrettes d'avoir frappé maman.

– Je regrette.

– Que tu aurais dû aller en taule pour ce que tu lui as fait.

– J'aurais dû.

– Dis que t'es un salopard.

Jean Danton ravale un juron, Tristan accentue la pression sur son bras tordu.

– Dis-le.

– Je suis un salopard.

Tristan lâche son père et, essoufflé, ivre de sa victoire, éclate de rire.

– Bordel, ce que ça fait du bien. MERCI ! Tu peux crever maintenant, vraiment. Sans regret.

Tristan ôte son visiocasque, les yeux exorbités, rigolant et pleurant en même temps. Il est assis dans son bureau. Il respire trois fois, pour réintégrer sa réalité. Il est revigoré, exalté, soulagé.

Ses esprits recouvrés, il connecte son téléphone portable et appelle son frère en visioconférence.

– Yo, Ben.

– Yo. Alors ?

– C'est dément !

Ben est aussi surexcité que son frère aîné.

– Ça y est ?

– J'ai *RePlay* le daron. Tu aurais vu ça, c'était géant ! Quel gros bâtard ! Il s'est excusé. ENFIN. Je l'ai écrasé. Dix ans de psychanalyse en vingt minutes. Je t'envoie la séquence. PUTAIN, ce que ça fait du bien. Il faut que tu testes.

Il rit encore.

– Ben, notre jeu est… révolutionnaire. Ça va faire un carton.

Il marque une pause.

– Tu te rends compte, frérot ? Nous avons conçu la première machine à remonter le temps. Ce jeu va remettre les pendules à l'heure. Tout le monde va se l'arracher.

Ben a un sourire béat.

– C'est énorme. Ton idée était énorme. Quel talent, franchement bravo !

Tristan se caresse la barbe.

– Ouais. Et j'en connais une qui va devoir l'admettre, peu importe le temps que cela me prendra et ce que cela me coûtera.

5

Sept heures trente. À la fenêtre, lèvres collées à mon mug de café, je regarde mon quartier se réveiller. Dans la poubelle gisent les restes du paquet que Tristan m'a envoyé et les fleurs écrasées par-dessus. J'ai tout fourré dedans après avoir explosé le casque contre le mur. Trop de questions m'assaillent et je les rejette en bloc, refusant même de les formuler. Le mode autruche m'allait très bien jusqu'ici et ce n'est pas le coup de boutoir de Tristan qui va me faire changer de stratégie de défense. Mon seul désir est qu'il disparaisse de ma vie, de ma vue, de mon espace mental. Qu'aucune information le concernant ne m'atteigne, comme si je l'effaçais de mon disque dur. Mais ça, ce n'est pas gagné. Et lui ne l'entend pas ainsi, il veut que je le regarde et interagisse. Il ne supporte pas que je ne l'admire plus. Il veut que je continue à le voir, à jouer avec lui. Qu'on recommence la partie. *Enfoiré.*

Je détaille la façade haussmannienne fraîchement ravalée, au-dessus de la boutique de massages japonais et de l'agence de voyages, le symbole du chic parisien aseptisé. Ce VIIe arrondissement me fait me sentir aussi étrangère que les nombreux expatriés américains installés ici. C'était une folie de venir habiter dans ce quartier, mais Avel m'a obtenu un loyer correct grâce à sa tante, la propriétaire de l'immeuble, et je m'y sens tellement en sécurité ! Ici tout est propret et à sa place. Aucune fausse note. Et la rédaction est à deux pas, m'épargnant ainsi le stress des transports en commun. Le décor de théâtre de l'avenue, bien rangé, sans rien qui dépasse, dissimule l'agitation des petites rues adjacentes vivantes qui commencent à s'animer. Plus loin sur la droite, ma boulangerie préférée a déjà ouvert ses portes et il me semble percevoir d'ici des effluves de petits pains sortant du four, mais ce doit être mon imagination. Mon ventre gargouille. Mon regard erre dans la pièce. Mon appartement de poche sent la poussière et des cartons de livres sont empilés au pied des étagères. Un jour je ferai un grand ménage.

Hier au téléphone j'ai tout raconté au Dr Marx dès qu'il m'a rappelée, il m'a calmée, m'a demandé si j'avais la preuve de ce que j'avançais. Hélas non. J'avais réduit le visiocasque en miettes et j'ai eu beau essayer de le faire redémarrer, rien n'y a fait. « On se voit pour notre rendez-vous demain, Loïs. »

J'ai passé une nuit de sommeil chimiquement induit, entortillée dans un plaid sur le canapé, me sentant plus en sécurité que dans mon lit, allez savoir pourquoi. La lueur du jour m'a extirpée d'une torpeur artificielle collante que je tente maintenant d'effacer à coups de caféine. J'étire mes lombaires. Ne plus penser à *ça*. Ma journée est chargée et je ne sais pas encore comment la prendre. Je dois avant tout finir le portrait en souffrance de Lanzano. Mes bouquins à lire et mes deux critiques du jour, une grosse réunion au sujet des prix Lasker, le rendez-vous avec Marx à l'heure du déjeuner, puis celui avec Flo, sans compter mes piges pour pouvoir toucher ces *putains de neuf cent soixante euros* qu'il me faut pour boucler le mois. Allons, toujours un pied devant l'autre, comme le serine mon psychiatre, « pas à pas ». Comme une balade sans heurt sur une petite route de campagne. Là, j'ai plutôt l'impression de m'être pris un bus dans la tronche ou qu'un gros coup de frein m'a projetée contre le pare-brise de ma bagnole. Mais non. Il faut me reprendre. Il ne s'est rien passé ou pas grand-chose. C'est juste un hoquet de l'histoire. Tristan va disparaître aussi vite qu'il est réapparu. Il a tenté de s'imposer.

Eh bien, il gît à présent avec son jeu dans la poubelle, comme un vulgaire carton usagé, prêt à être dégagé.

L'odeur et le goût du café me réconfortent. Je m'accroche à ces rituels matinaux, immuables, rassurants. Comme cette voiture-balai de la mairie de Paris, qui passe toujours sous mes fenêtres à la même heure pour évacuer les premières feuilles d'automne. Un jet d'eau nettoie la chaussée, laissant derrière lui un trottoir immaculé. Si je pouvais faire pareil avec ce type… Balayé. De nouveau être insouciante, légère, comme *avant*. Cet *avant* que je situe bien loin pourtant. Tellement loin que je me demande s'il a un jour existé. *S'il n'y a pas un avant, il peut y avoir un après…* Je souris. *Ah, ça c'est de la haute psychologie positive, ma Lolo.*

Je pose ma tasse sur le rebord d'une étagère et je m'agenouille devant mes pots de fleurs. C'est le dernier moment pour les plantations avant l'hiver. Je dépote des bleuets, malaxe la terre pour dégager un peu les racines puis les plante dans une jardinière qui viendra prendre place sur mon étroit balcon, ma jungle faite maison. Des clés du paradis et des croix de Jérusalem rejoignent ma composition. Mes doigts pétrissent avec bonheur le riche terreau. Au mois de mai, des massifs rouges, roses et violets viendront trancher sur ma bruyère blanche. La pression s'allège au niveau du sternum, mes côtes s'élargissent pour laisser entrer un filet d'air. Je m'essuie les mains sur mon T-shirt, arrose mes bacs et range mon petit matériel. J'empile les pots vides et les jette dans la poubelle emballages de ma kitchenette. Je fais couler de l'eau et passe l'éponge sur la bonde pour éliminer toute trace de liquide. Je termine le travail en essuyant avec un chiffon doux.

Dans la micro-salle de bain, toute de blanc carrelée, je me débarrasse de mon T-shirt XXL maculé de terre. Il atterrit dans le bac à linge sale. J'évite de regarder le reflet de mon corps dans le miroir et monte dans la petite baignoire pour y prendre une douche. Sous le jet d'eau chaude, je frotte énergiquement ma peau avec du savon.

Viens jouer, pour tout recommencer. NON. Qu'est-ce que tu

veux encore de moi, Tristan ? Qu'est-ce que ton esprit tordu a encore inventé ? VA TE FAIRE FOUTRE. Je m'adresse tout haut au mitigeur chromé qui me renvoie mon image déformée. Je laisse la colère couler et disparaître avec l'eau savonneuse dans le trou d'évacuation, direction les égouts. Depuis le temps l'ecchymose au visage s'est effacée, bien sûr, mais à l'intérieur je sais ce qu'il en est. Danton m'a bousillée, réveillant le spectre qui sommeillait en moi depuis la nuit des temps. Je pousse le variateur d'eau chaude et le jet devient brûlant. Je me lave longuement, enduis mes cheveux de produit adoucissant « pour boucles soyeuses ». Quand je finis par sortir de la douche, je me regarde cette fois frontalement dans la glace. J'ai minci, me suis musclée. *Je suis plus forte qu'avant.* Je ferme les yeux, pour chasser l'image de l'avatar de Tristan me tendant la main hier soir. Plus forte peut-être. Mais la vérité, c'est qu'il est de retour et que j'ai peur de lui.

6

– Comment allez-vous, Loïs ?

– Pas terrible, après ce qu'il s'est passé.

Quand Jules Marx m'a ouvert la porte pour la première fois, il y a un an, j'ai eu une impression mitigée. La cinquantaine, les cheveux gris, un regard bleu bienveillant escorté de profondes rides expressives, des lunettes en métal passées de mode, un sourire… cérébral, m'ont inspiré confiance. Mais le médecin m'a tellement rappelé mon père que je me suis dit : *Ouh là, ça va pas m'aider ça.* Je me suis assise en face de lui, en proie à un ballet d'émotions indéfinissables, ne sachant par où commencer. C'était la première fois que je pratiquais l'exercice de parler à un inconnu rétribué pour m'écouter. Non pas que je n'en avais pas eu besoin jusque-là, mais je n'en avais pas eu envie.

– Que puis-je faire pour vous ? m'a-t-il demandé ce jour-là, d'une voix basse.

– Me sortir de cet état, ai-je répondu.

– Comment décririez-vous cet état ?

J'ai réfléchi quelques secondes et lâché la première chose qui m'est venue :

– À l'arrêt.

J'ai été guidée vers lui par le centre médico-psychologique, qui m'a prise en charge lorsque j'ai fait une attaque de panique, au cinéma, lors d'une scène de violence. Puis, à raison d'une visite par semaine, de treize à quatorze heures, à ma pause déjeuner, ce bureau de consultation m'est devenu familier : deux fauteuils en tube d'acier et assise de cuir fauve font face à un grand bureau Louis-Philippe vide, excepté, sur le coin gauche, une boîte cubique de mouchoirs en papier, arc-en-ciel. Je lui parlais, sans trop de difficulté, et j'utilisais ses mouchoirs, beaucoup. Lui ne disait pas grand-chose. De temps à autre, quand le besoin se faisait sentir, il me tendait la boîte. Tout ce qui touchait le Dr Marx m'intriguait. Je cherchais à savoir, à faire des recoupements. Il ne portait pas d'alliance et ses chemises n'étaient pas toujours bien repassées, il avait souvent l'air fatigué. De part et d'autre de son bureau, des rayonnages accueillaient des ouvrages de Jung, Freud, Lacan, mais aussi du maître zen Thich Nhat Hanh et de François Roustang, le célèbre hypnothérapeute. On y trouvait également des objets d'ailleurs : un bouddha, un Ganesh en plâtre, trois bonzaïs bien entretenus. Syncrétisme psy voyageur.

Aujourd'hui, je ne veux pas pleurer. Je veux être forte devant lui, brave. Comme pour montrer à mon père que j'ai du courage, qu'il peut être fier de moi. Marx me laisse prendre place comme à l'accoutumée, puis s'assoit derrière son bureau.

– Et si nous reprenions ce que vous m'avez dit au téléphone ? Donc vous étiez chez vous quand vous avez reçu le paquet et vous l'avez ouvert.

– Oui.

– Pourquoi ?

– Je voulais savoir ce que c'était.

La voix de Marx est engageante.

– Pourquoi ?

– Je voulais savoir ce qu'il me voulait.

– Vous saviez que c'était lui ?

– Oui, à cause de la carte.

– Celle des fleurs ?

– Oui.

J'ai l'impression de passer un interrogatoire et de devoir me justifier.

– J'ai compris que c'était lui et j'étais curieuse.

– Et là, dans le jeu, il vous a proposé de revivre votre soirée.

– Oui, voilà. Il m'a dit qu'il avait créé ce jeu en pensant à moi. Et qu'on pouvait jouer et tout recommencer. On s'est retrouvés dans la cave et, là, j'ai tout cassé.

Jules Marx laisse s'installer un silence, qu'il brise lui-même :

– Vous avez fait du chemin depuis ces mois, bravo. Vous pouvez être fière de vous.

Je le regarde, perplexe.

– Observez-vous. Comme vous gérez bien cet événement.

Je cille. Certes, je ne me suis pas écroulée. Mais je n'ai pas l'air pour autant d'être dans une forme olympique.

– Pourquoi me dites-vous cela ?

– Pour que vous preniez conscience de vos progrès. Il n'y a pas si longtemps, le simple fait de prononcer son nom vous faisait pleurer.

– D'accord mais je fais quoi, moi, avec ça ?

– Avec quoi ça ?

– Avec Tristan Danton qui s'impose à moi, à travers son jeu. Et qui veut remettre ce… truc sur le tapis.

Marx marque une pause.

– Vous avez envie d'en faire quoi ?

Je serre les lèvres.

– Ça fait dix-huit mois que je me tais, que je le tiens à distance pour essayer de passer à autre chose. Et maintenant, il est là, chez moi, en plein milieu de mon salon.

– C'est vous qui l'y avez invité en quelque sorte.

Je souffle par le nez.

– Je n'aurais pas dû, je sais ! Et quand je l'ai revu, j'ai eu envie de…

– De ?

– De fuir.

– Que ressentez-vous ?
– J'ai peur.
– Pourquoi ?
– J'ai l'impression qu'il est hors de contrôle.
– Vous aimeriez lui dire quoi ?
– J'aimerais lui dire : « Reconnais le mal que tu m'as fait et disparais. »
– Vous aimeriez qu'il s'excuse pour ce qu'il a fait ?
Je sens les larmes me monter aux yeux et ma gorge devenir douloureuse.
– Évidemment. Oui.
Marx me tend le paquet de mouchoirs. J'en attrape un, m'éponge les yeux. Le docteur place ses mains en coupe devant sa bouche.
– Depuis le début nous avons évoqué les événements qui ont réactivé en vous un traumatisme antérieur.
Je hoche la tête, sa voix se fait plus profonde.
– Il va peut-être falloir maintenant laisser sortir la colère ou d'autres émotions.
– Oui, peut-être.
Il appuie sa paume sur la table.
– Bien. J'aimerais vous proposer quelque chose. Après votre appel, j'ai pris la liberté de contacter une de mes consœurs. Parce qu'elle avait évoqué quelque chose d'intéressant il y a quelques mois et que j'y ai repensé. Sur ses conseils, j'aimerais vous proposer d'aller jusqu'au bout de votre démarche. Affronter ce pour quoi vous êtes venue. Accepteriez-vous de la rencontrer ?
Je hausse une épaule.
– Ça consiste en quoi ?
– Pour le moment, juste écouter son idée. Elle travaille à Caen mais elle a une permanence à Paris.
Je regarde Marx, la demi-heure est quasi écoulée.
– D'accord, quand ?
– Je vais voir si elle peut se libérer cette semaine. Je vous rappelle pour reprendre rendez-vous ?

7

Par la baie vitrée on peut quasiment toucher la mer de plomb striée d'écume dentelée. Des constellations de mouettes crient au-dessus d'un chalutier de retour de pêche. Le regard perdu dans le gris, Tristan sirote un thé vert brûlant. Son souffle projette un voile de buée sur la vitre. Du doigt, il trace un cercle. Un monde. Il est seul au monde. Roi du monde. De tous les mondes. Il inspire, expire, plusieurs fois, et trace d'autres cercles entrelacés. Les anneaux olympiques. De l'autre côté de l'Atlantique, l'Amérique. Elle lui manque. Il aime sa retraite normande, son temple de la création, mais la liberté et le speed décomplexé californiens sont tout aussi jouissifs. Bientôt.

Le ciel s'obscurcit, les nuages s'amoncellent en masses de plus en plus denses. Il distingue à présent son reflet dans la vitre. Torse nu, il se trouve objectivement beau. Pas aussi grand qu'il l'aurait souhaité, mais le visage sculpté, aux pommettes hautes, couronné de mèches brunes souples et souligné d'une barbe bien taillée, comme la mode l'exige. Ventre plat, poitrine large, muscles ciselés sans être ostentatoires, peau sans défaut. Ce corps entretenu que tant de nymphes ont embrassé. Prince autoproclamé à qui aucune femme n'a jamais résisté. Elles ont eu beau se la jouer indépendantes, les coquettes ont toutes fini à l'horizontale à pousser des cris sous ses coups de reins, réels ou virtuels. À tout accepter pour lui plaire. Il les a désirées puis méprisées pour cela.

Toutes, sauf ELLE.

Loïs, une bibliothèque humaine, douée d'un esprit synthétique et critique aigu, une orthographe et un style parfaits, une plume précise. Elle n'est pas d'une grande beauté, certes, mais il émane d'elle une intelligence irrésistible qui l'a troublé. Elle s'est rebiffée, l'a repoussé, secoué, retourné comme un gant, sans conscience de la sensualité pure qu'exhalait son refus, et lui a fouetté le sang. Il en est resté coi tout en ne comprenant pas la rebuffade. Il avait dû commettre une erreur tactique, être trop impatient. Si seulement il avait pu tout recommencer et l'éveiller à son monde virtuel, parfait…

Deux nuits après l'incident s'était produit le flash, la révélation, quasi mystique. Il avait eu l'Idée. Et si, aujourd'hui, les outils technologiques permettaient de refaire ce qu'on avait mal fait, ou d'effacer ce qu'on regrettait ? Ou de revivre les moments que l'on avait aimés, encore et encore ? Tordre le cou au temps qui passe grâce au pouvoir de l'intelligence artificielle et de la réalité virtuelle ? *My God.*

Il s'était levé, avait déambulé comme un fou dans une cellule capitonnée. Il était sorti sur la falaise, le vent avait cinglé son visage. Il avait regardé la lune se reflétant sur la surface opaque de l'océan.

Une machine à remonter le temps.

Il allait concevoir la première machine à remonter le temps !

Yes. Il avait éclaté de rire à la face des étoiles. *Je vais le faire.* Il avait ri comme un dément et pensé à Jean Danton, son père, colossal et misérable, à la figure de qui il aurait tant aimé cracher sa haine, mais qui était mort avant.

Et puis la douceur avait pris le pas sur la rancœur. Grâce à sa machine, il pourrait ramener Loïs à lui, il en était persuadé.

Après avoir travaillé nuit et jour pendant des mois, puis fait cravacher aux États-Unis son armée de codeurs de MindTech, menée par Ben – toujours le pied sur l'accélérateur quand il s'agissait de réaliser les idées les plus délirantes de son frère –, il pouvait enfin contempler son œuvre. Elle n'était pas encore parfaite, l'algorithme de RePlay ne prenant en charge que quelques scénarios, mais la base fondamentale était là. Et il fallait vite communiquer, occuper le terrain, pour déclencher plus de financements et améliorer le système.

Au pied de la falaise, sur la plage, paissent les « vaches noires », ces blocs sombres baptisés ainsi par les marins en mer se languissant de la terre ferme. Bon Dieu, ce qu'il aime ce lieu, ciel et mer confondus. Ici, il est libre de créer, comme si les divinités du monde d'en haut s'adressaient à lui sans intermédiaire.

C'est une illusion bien sûr. Les vaches ne sont que des mottes de terre grasse truffées de fossiles. Mais qu'importe. Tristan soupire de contentement. L'humain aime entretenir des illusions et se raconter des histoires. Toujours les mêmes histoires. C'est sa caractéristique par rapport aux autres espèces. Exactement ce qu'avait écrit Loïs dans sa chronique sur *L'Espèce fabulatrice* de Nancy Huston. « En inventant des mondes, nous transformons le réel pour le rendre vivable, avait souligné Loïs. Les histoires nous aident à supporter la vie, pour lui donner un sens, combattre son insignifiance ou justifier ses atrocités. » Il avait dévoré le livre de Nancy Huston, comprenant ce que Loïs avait voulu exprimer, et avait lui-même pris des notes sur son carnet secret, où il pouvait faire toutes les fautes de français possibles et imaginables sans que personne y trouve rien à redire.

Lui, Tristan, roi des rois, finira comme tout le monde par pourrir sous la terre ou réduit en cendres dans un crématorium. Mais d'ici là, il va créer sa légende et façonner l'imaginaire des gens. Lui, le plus génial de tous les faiseurs d'histoires, le maître des illusions, qui invente des récits, des jeux, pour que les humains supportent leur vie et se détournent de l'obsession de leur mort, lui a un rôle majeur à jouer. Il le sait.

Il avale une gorgée de thé qui lui brûle la gorge. Il est celui qui va offrir aux humains une machine à histoires, un univers pour se réinventer. La possibilité de se racheter, de corriger ses erreurs, de pardonner. Lorsque des millions de joueurs s'en empareront, le monde deviendra meilleur. Et lui accomplira son destin, sa reine à ses côtés.

8

Vingt-quatre heures se sont écoulées, à peine, et me revoici dans le cabinet du Dr Marx. Même heure, même endroit, les choses se sont comme précipitées. En entrant, j'ai tout de suite noté le changement. Aujourd'hui mon psychiatre est rasé de près. Il porte une chemise bleue, propre et repassée, à petits motifs, sur un pantalon gris à pinces qui tombe impeccablement sur des chaussures cirées. Il m'a laissée m'installer puis est aussitôt ressorti de la pièce. J'attends, dans un silence épais, ce qu'il va se passer. J'observe les murs, les livres de sa bibliothèque avec l'envie d'en feuilleter certains. Pendant plusieurs minutes, je ressens le temps qui s'écoule, lentement. J'ai éteint mon téléphone portable, mais j'ai déjà envie de le rallumer, de surfer sur les réseaux sociaux, d'aller lire les commentaires du blog, pour tromper mon angoisse. Je perçois des bruits de voix, je redresse la tête. Ils se rapprochent. Et soudain, la porte s'ouvre. Marx précède une grande femme brune qui se matérialise dans l'embrasure de la porte. La cinquantaine, en tailleur rouge, lunettes sur le nez. Jolis cheveux. Joli visage. Mon corps se raidit. Je me lève et poliment lui tends la main. Elle la saisit, vigoureusement.

– Pr Jouan.

Je ne respire plus. Je m'assois. Elle prend place sur la deuxième chaise à côté de moi. À présent, nous faisons toutes deux face à Marx qui a réinvesti son fauteuil. Je croise les jambes, les mains jointes sur mon genou. Un silence s'installe en forme de point d'interrogation, que Marx rompt.

– Loïs, je vous présente le Pr Jouan. C'est une de nos plus grands spécialistes des nouvelles pathologies liées à l'usage du numérique. Elle dirige un groupe de recherche au CHU de Caen, notamment sur les troubles dus aux jeux vidéo. Et aussi, elle est chargée des soins de suivi de Tristan Danton.

Ça a claqué comme une détonation dans mon crâne. Je regarde Marx, la « professeure », puis de nouveau Marx. Je me doutais que Tristan avait un ou une psychiatre puisqu'il était tenu à une mise à l'épreuve, plus précisément à une « obligation de soins ». Mais je n'avais pas réalisé, jusqu'à cet instant précis, qu'il consultait – lui aussi – un médecin, à qui il parlait, comme je parle à Marx, à qui il racontait sa vie, justifiant peut-être son comportement, se trouvant des excuses. Lui parlant de moi sans doute. Et pour lui dire quoi ? Que sait-elle que je ne sais pas ? Je sens les commissures de mes lèvres s'abaisser. Qui plus est, il a droit – évidemment – à une femme médecin belle, brillante, classe… Je souffle des naseaux. Je commence à respirer plus vite et à saliver. Pourquoi Marx ne m'a-t-il pas prévenue ? Sans doute de peur que je refuse sans même écouter ce qu'ils ont à me dire. Je sais qu'il va se produire quelque chose que je ne vais pas apprécier. Mon corps le sait, se prépare à l'attaque ou à la fuite, le sang bat à mes oreilles, et j'ai soudain très froid dans les jambes et chaud dans la poitrine. La psychiatre joint les mains.

– Je suis en effet M. Danton durant son obligation de soins. Elle va bientôt prendre fin.

Je serre les dents. *Tu crois que je ne le sais pas ?* Je ne bouge pas d'un millimètre. Je me tais. J'observe la psychiatre qui continue de parler comme si de rien n'était, comme si j'étais un témoin objectif de l'histoire qu'elle raconte. Elle poursuit :

– Jusque-là, il a eu une conduite exemplaire.

La vache. Incapable de soutenir son regard, je fixe mes mains et fais tourner ma bague à l'annulaire. L'anneau offert par mon père pour mes treize ans, juste avant sa mort. De qui me parle-t-elle ? De ce salopard qui m'a violée dans sa cave par avatars interposés ? *Une conduite exemplaire, tu parles !* Je vais me boucher les oreilles. Qu'elle ne me donne aucune nouvelle de celui que je veux enterrer. Je l'ai relégué dans le coin le plus obscur de mon cerveau, que personne ne vienne l'exhumer ! Je ne veux savoir ni ce qu'il devient ni comment il mène sa vie, ses états d'âme, ses projets. Rien. Mais Jouan continue à parler.

– Nous devons nous assurer que la thérapie a fonctionné, que la probabilité de récidive est minimale et que vous repartez tous les deux sur une base saine.

Je lance un regard furibond à Marx. Il hoche la tête d'un mouvement rassurant. Et, enfin, il ouvre la bouche :

– Loïs, nous sommes là pour vous, pour vous aider.

Je lâche, dents serrées :

– Vous auriez pu me prévenir.

– Oui, probablement, mais, s'il vous plaît, écoutez ce que nous avons à vous dire.

Il emploie le « nous » maintenant. Il fait équipe avec Jouan, faisant voler en éclats notre duo père-fille. Je me sens soudain stupidement abandonnée à mon sort. Jouan reprend la parole :

– Le Dr Marx m'a appris que Tristan Danton vous a fait parvenir avant-hier son nouveau jeu ainsi qu'un bouquet de fleurs.

Je fais oui de la tête. Elle poursuit :

– Il me semble donc qu'il serait judicieux de réfléchir rapidement à une solution pour clore cette affaire de manière bénéfique pour tous. J'en avais déjà discuté avec votre médecin il y a quelque temps, mais ce nouvel élément me pousse à envisager d'accélérer le processus, si vous en êtes d'accord.

Je la regarde sans comprendre. Marx renchérit :

– Le Pr Jouan souhaite mettre en place ce que l'on appelle une « médiation restaurative » thérapeutique.

Jouan lui coupe presque la parole :

– Cette possibilité a été créée en France par la loi du 15 août

2014. La médiation restaurative rend possibles les rencontres entre auteurs de délits et leurs victimes pour apaiser les souffrances, panser les plaies et restaurer le lien social. Une expérience bénéfique pour tous. Cela n'a jamais été fait au CHU de Caen et je souhaiterais proposer cette première au sein de notre hôpital.

Je la dévisage, incrédule. Elle ne semble pas remarquer mon attitude.

– C'est une pratique ancestrale venue des Inuits et des Maoris, introduite dans le monde anglo-saxon dans les années 1970 et expérimentée en France à la maison centrale de Poissy depuis 2010.

Je continue à la fixer comme un lapin pris dans les phares d'une voiture. Je n'ai toujours pas prononcé un mot.

– Dans des cas comme celui de M. Danton, les personnes addictes au virtuel peuvent avoir perdu la notion de la réalité des sujets, des personnes. Et cette médiation lui permettrait de replacer ses actes dans le monde du réel.

J'ouvre la bouche, sèche, et la referme. Alors Jouan m'achève.

– En ce qui le concerne, M. Danton semble tout à fait disposé à vous rencontrer, pour de vrai.

9

Le cachet d'aspirine tombe au fond du verre d'eau et le son de l'effervescence apaise déjà un peu sa migraine. C'est devenu le rituel de la mi-journée. Tristan ingurgite le breuvage en grimaçant. Il s'installe à son bureau surmonté de trois écrans et, sur l'un d'eux, ouvre sa salle de visioconférence. Comme tous les jours à l'heure du déjeuner, Ben le rejoint, de l'autre côté de l'Atlantique. Son frère cadet apparaît dans la fenêtre vidéo. Avec son T-shirt vert *Made in Detroit* moulant son embonpoint, sa casquette à l'envers et son gobelet Coca XXL devant lui, il est difficile de considérer ces deux hommes comme frères. Pourtant ils ont bien un air de famille. Ben boit une rasade de soda.

– Yo bro', ça va ?

– Ça va.

– Tu prends encore tes médocs ?

Tristan plisse les yeux. Il a mal. Il sait que dans dix minutes la pression derrière ses orbites sera atténuée.

– Ouais.

– T'as fait un scanner ?

– Oui, y a rien.

– *Great*. Et il dit quoi ton toubib ?

– C'est peut-être oculaire, à cause des écrans. Et la psy dit que c'est peut-être là-dedans.

Il touche son front du doigt.

– Et toi, ça roule ? Je t'ai dit d'arrêter ces saloperies de sodas, Ben. T'as encore grossi, on dirait une baleine échouée ! Et comment veux-tu dormir en ingurgitant des litres de coke ? Je t'ai dit de faire gaffe à ta santé.

– *What's the fuck, T. ?* On dirait Mum.

Le front de Tristan s'assombrit.

– Comment va-t-elle ?

Ben hausse les épaules.

– C'est pas terrible. Elle perd un peu la boule. Le nouveau traitement n'a pas vraiment d'effet. Mais au moins elle ne souffre pas et elle a l'air heureuse là où elle est.

Les frères laissent passer un silence. Ben l'interrompt.

– Bon, tu m'as dit que tu avais trouvé un bug ?

– Yep. Dans la *map overhead* de l'intro, juste après le blob, quand je déplace un nouveau *skin* dans mon inventaire pour faire un avatar, il se duplique, le jeu *freeze* et plante. Tu devrais regarder de plus près.

– OK, on va régler ça *now*. Je prends la main.

Ben pianote sur le clavier d'un de ses ordinateurs, pénètre dans les entrailles du serveur du jeu, qui ronronne au sous-sol de leur start-up dans le quartier South of Market à San Francisco. Il remonte les codes correspondant à la carte endommagée et rédige de nouvelles commandes.

– Je vois le problème. Là ça devrait aller.

Ben fait plusieurs manipulations informatiques, tapant plus vite que son frère aîné sur ses différents claviers.

– J'envoie à Moreen pour qu'elle teste.

Il se penche sur le côté de son fauteuil et s'adresse à quelqu'un.

– *Mo', I corrected the code. Try it please. Thank you.*

Tristan ouvre davantage les paupières, le mal de tête commence à refluer. Ben est revenu sur l'écran.

– Tu ramènes quand ta fraise ? On a besoin de toi à la boîte pour la promo. Et pour maman, tu dois prendre le relais.

Tristan hausse les épaules.

– Dès que la France me lâche les burnes.

– *Fuck.* Franchement. Z'ont pas d'autres gens à emmerder ? Dix-huit mois qu'ils te retiennent !

– Ils m'adorent. Normalement je suis libre à la fin du mois.

– Perds pas de temps. La campagne de promo va être dingue. Tout le marché est en jeu.

– J'arrive dès que je peux.

– C'est-à-dire ?

– Fin novembre max.

– Parfait. On doit *green ligther* RePlay pour Noël.

– Je sais. Et je te jure que je fais tout pour accélérer le bazar. J'ai même accepté de faire une sorte de test pour que la psy me signe vite le bon de sortie, et je n'aurai plus de problèmes pour voyager.

– C'est quoi ce truc ? On peut le pirater ?

Tristan ricane, se lève et revient avec sa tasse de thé vert.

– Un truc maori que la psy veut adapter en France.

– *No way.*

– Une rencontre entre les deux parties d'un conflit, tu vois. La psy dit qu'en plus ça pourrait régler mes maux de tête une fois pour toutes et puis c'est une bonne occasion.

– De quoi ?

– De remettre les pendules à l'heure.

– *What do you mean ?*

– On va se rencontrer avec Loïs.

– La *bitch* qui a porté plainte ?

Tristan sursaute comme si on l'avait piqué aux fesses.

– L'appelle pas comme ça !

Ben avale une bonne rasade de Coca.

– *Why ? It's a bitch, without question.*

Le regard de Tristan vire au noir et la douleur le relance dans la nuque.

– Je t'interdis de dire cela.

– Mais bro' ! Sans cette meuf tu serais ici en train de préparer le lancement du *game* et pas à boire du *fucking tea* tout seul comme un con.

– Sans cette meuf, comme tu dis, y aurait pas de RePlay, *bastard* ! Y aurait même pas de jeu, y aurait RIEN ! *No game.* C'est grâce à elle que j'ai eu l'idée du millénaire qui va nous faire décrocher la lune. Alors respecte-la !

– Ouais, ben en attendant, elle t'a collé un procès au cul et elle veut plus te voir.

La bouche de Tristan se fend d'un pli mauvais.

– C'est provisoire, tu peux me croire. Bientôt, elle sera de nouveau tout à moi.

10

Non mais sans déconner. Je quitte la rue Campagne-Première furibarde. Il faut que je marche. La marche a toujours été l'antidote à mes angoisses croissantes. Là, je vais devoir rejoindre Saint-Jacques-de-Compostelle à pied si je veux évacuer ma rage ! Je vais exploser les dix mille pas quotidiens nécessaires pour être dans le vert de mon appli santé. Dès que je pourrai de nouveau parler, je raconterai tout à Flo, pour déverser le trop-plein de mes méninges. Je ne devrais pas, elle n'a pas besoin de ça. J'ai honte de mon incapacité à prendre sur moi, mais c'est un cas de force majeure.

C'est elle que j'ai appelée au secours lorsque je me suis enfuie de la villa des Falaises, il y a un an et demi. Une fois encore, elle va ramasser les morceaux, les recoller, me calmer et me raisonner avant que je prenne de mauvaises décisions. Il y a des personnes dans la vie – peu – qui sont là, quoi qu'il advienne. Toujours de votre côté. Quand je vais lui raconter cela… « Je suis le psychiatre de Tristan Danton », « Il a un comportement irréprochable », « En ce qui le concerne, il est prêt à vous rencontrer »… Je ne suis plus très sûre de l'exactitude des mots de cette femme, reçus comme une paire de gifles dans un état second, mais c'est ce qu'il m'en reste. L'écume de cet incroyable retournement de situation. *Putain de putain de putain*, je me répète en boucle en passant devant *La Closerie des Lilas.* Le ciel est bas, comme s'il rapetissait toute chose et oppressait ma poitrine. Je dois avoir l'air d'une folle, le visage crispé, les yeux exorbités fixés sur un point devant moi, mains enfoncées dans les poches de mon blouson. Le revoir et discuter avec lui de notre « situation ». *Merde ! Non ! Jamais !* J'ai dépensé une énergie surhumaine pour l'extraire de mes pensées depuis cette nuit atroce. Ce n'est pas pour réactiver son souvenir en un claquement de doigts et replonger en enfer. Rien que de voir son avatar m'a rendue malade. Pour quelle raison devrais-je m'imposer de nouveau cela ?

Devant mon attitude réfractaire, Jouan m'a parlé comme à une demeurée de l'importance de remédier au traumatisme par une « confrontation bienveillante ». Ben voyons ! C'est peut-être bon pour les autres, les personnes solides, mais pas pour moi. Je ne suis pas assez forte, pas assez blindée pour traverser l'épreuve sans y laisser le peu de plumes qu'il me reste. Je ne suis pas guérie. Je vais de nouveau perdre mes moyens devant lui, me sentir moins que rien, baisser la tête, m'abîmer. Non. J'ai besoin d'alliés. Marx ? Et pourquoi Marx ne me protège-t-il pas ? Pourquoi a-t-il accédé à la demande de la partie adverse ? C'est une trahison. C'est décidé, je n'irai pas.

Je poursuis dans le boulevard de Port-Royal, marche quelque deux cents mètres jusqu'à la rue du Faubourg-Saint-Jacques et pénètre dans l'enceinte de l'hôpital Cochin. Je traverse le hall d'entrée sans prêter attention aux panneaux indicateurs, connaissant fort bien mon chemin. En mode automatique j'appuie sur le bouton de l'ascenseur. La cabine s'ouvre et je laisse passer une femme d'à peu près mon âge qui pousse une perfusion. Ça me fait redescendre brutalement sur terre. *Cesse immédiatement de te plaindre. Tout va bien.* Je m'arrête au troisième étage, la salle des chimiothérapies est précédée d'une affichette décorée d'un arc-en-ciel fleuri.

Je traverse la salle d'attente, occupée par deux femmes et un monsieur en pleine lecture de magazines people. Au mur figurent des annonces pour des cours de yoga, de maquillage, de méditation, et des conseils pour supporter l'épreuve bravement, en conscience, afin de rester dans le monde des vivants. Je me dirige vers une porte à gauche et entre dans une salle baignée de lumière. Les larges fauteuils de soin sont tous occupés. Flo s'est installée dans celui le plus proche de la grande fenêtre donnant sur le jardin. Elle est en tailleur gris, yeux fermés, bras reposant sur les accoudoirs. Je remarque ses baskets blanches à fleurs jaunes. Où nous a-t-elle dégoté ça ? Les derniers relents de colère fondent comme neige au soleil.

– Coucou beauté.

Ma meilleure amie ouvre les yeux et me sourit. Je dépose un baiser sur sa tempe, approche une chaise pliante en plastique et m'y laisse tomber. Nous avons repris nos petites habitudes depuis qu'elle a rechuté, il y a cinq mois. Sa voix sort, claire.

– Ça me fait trop plaisir de te voir.

Rien que l'entendre me détend aussitôt.

– Tu as vu le docteur ?

– Oui.

– Qu'a-t-il dit ?

– On continue avec le même protocole en attendant les prochains résultats. L'infirmière va arriver pour commencer.

Je caresse le bras de mon amie, ma bouée, ma chérie. Elle a posé sur ses genoux un dossier à lire mais ne l'a pas encore ouvert.

– Tu bosses ?

– Couci-couça. Je prépare une série de portraits de députés européens en vue des élections. C'est pas très pressé, ça va.

Flo n'a jamais cessé de travailler. Elle préfère aménager ses horaires car, dit-elle, le travail la maintient dans la vie. J'aimerais lui donner davantage, mieux, prendre sur moi son inquiétude comme elle sait toujours prendre en charge la mienne. Mais je me sens souvent gauche.

Je regarde Florence, forte et vulnérable, sa perruque bien disposée sur son crâne lisse, le cathéter introduit dans la veine sous la clavicule, par lequel l'infirmière va instiller le produit qui tuera les mauvaises cellules mais hélas aussi des bonnes. Son visage est marqué, soucieux, dénudé et sage. Ce traitement qui l'épuise et lui flanque la nausée peut lui sauver la vie. À sa place, je pressens que je n'aurais pas sa dignité, je perdrais pied. Mais qu'en sais-je ? Depuis qu'elle a commencé les traitements, nous nous sommes juré quelque chose : faire de ces séances un moment de papote entre filles, où l'on parlerait de tout. Ce n'est pas toujours facile, car l'angoisse n'est jamais loin, mais on s'y tient. J'ai promis de la mettre au courant de mes lectures et de lui rapporter des ragots. Aujourd'hui j'ai de quoi la distraire.

– Bon, t'es prête ?

Elle tousse dans son poing. Je vois sa pupille étinceler.

– Oh là oui.

– Je sors de chez Marx et j'ai un truc énorme à te raconter.

Une heure plus tard je retourne à la rédaction en état de fonctionner. Flo en mode guerrière a épongé le trop-plein d'angoisses désordonnées et de propos pas très cohérents que j'ai tenus concernant les psys et Tristan. Elle m'a remise sur les bons rails, me posant beaucoup de questions.

– Tu as essayé son nouveau jeu ?

– Non, je l'ai fichu à la poubelle.

– Ça serait intéressant de savoir ce que c'est, surtout si tu l'as inspiré, non ?

– Flo, comment veux-tu qu'un jeu te permette de revivre ton passé ? C'est *fake*.

Elle a haussé les épaules.

– Sa compagnie a créé Emos, je te rappelle. Trente millions d'utilisateurs au moins, le jeu le plus performant et addictif qui soit.

– Oui, je sais.

– Alors il a très bien pu développer un algorithme qui te mette en scène dans certaines circonstances, je ne sais pas, c'est pas mon rayon mais à ta place je ne sous-estimerais pas ce type ; tu devrais en parler à Avel, il s'y connaît, lui. C'est peut-être intéressant.

– Peu m'importe, je ne veux plus avoir affaire à lui, c'est tout.

– Tu ne te sens pas du tout de le revoir ?

– Du tout.

– Parfois la confrontation peut être bénéfique.

J'entre dans l'open space où les journalistes travaillent, la tête dans les épaules. Je vise mon bureau, flottant au-dessus de mon corps, le cœur battant trop vite. Quelqu'un tape du poing sur son bureau, je sursaute. Je me débarrasse de mon blouson, m'assois dans mon fauteuil pivotant, inscris mon mot de passe dans l'ordinateur et affiche mon article en cours. Le portrait de Lanzano qui n'avance pas. Je relis mon accroche, mon premier paragraphe et soupire. Je n'étais pas concentrée, cela se voit. Quelques minutes plus tard, je me lève pour aller me faire couler un café à la machine.

Je retourne à ma table et bois une gorgée du breuvage au goût de brûlé. Je me branche sur l'appli « Zen » et, oreillettes chaussées, je respire pendant une bonne minute au rythme d'une petite musique d'ascenseur. Mon cœur apaise sa course. Je dois retourner à mon article. Mais, au lieu de cela, j'ouvre une page dans le moteur de recherche internet et tape le nom du Pr Jouan. Je découvre qu'elle est médecin psychiatre, enseignante et chercheuse au pôle psychiatrie du CHU de Caen. Elle pratique depuis quinze ans la thérapie par exposition à la réalité virtuelle pour les troubles mentaux. C'est *la* grande spécialiste du domaine. Je fais défiler les occurrences et me connecte dans la foulée au site de ses publications médicales. Elle a signé plus d'une centaine d'articles. Ses sujets récurrents sont les effets des jeux vidéo sur le cerveau, l'évaluation de la réalité virtuelle en psychothérapie, en gériatrie, mais aussi la question de l'addiction aux écrans. Je les passe rapidement en revue. Elle a, par exemple, montré que les jeux vidéo d'action avaient un effet positif sur certaines zones cérébrales en développant chez le joueur des capacités de focalisation et d'attention supérieures à la moyenne. Ou encore, dans un autre article, elle pose la question du traitement des troubles addictifs liés à l'exposition à la réalité virtuelle et propose une thérapie de « retour au réel ». Elle a participé à la commission scientifique chargée du rapport sur les pathologies produites ou accentuées par le monde numérique. Je clique sur cet article et le parcours des yeux. Là, je découvre qu'elle a aussi à son actif un essai, intitulé *Réalité virtuelle, thérapie du XXI*e *siècle*. Je me tasse sur mon fauteuil. Son CV est en béton. J'aurais préféré ne rien trouver sur elle. J'aurais alors pu prétexter qu'elle n'avait aucune compétence pour mener à bien l'expérience hasardeuse qu'elle me suggère. Mais je dois me rendre à l'évidence, elle est capée, respectée, citée. Une petite voix connue se fait entendre, qui profite toujours de mon manque de confiance pour s'imposer : *Et s'ils avaient raison ?* Je jure entre mes dents. *Merde, non.*

11

Jules Marx commande sans hésiter le plat du jour, l'épaule d'agneau confite. Un accroc à son régime amaigrissant. Claire Jouan opte pour l'assiette végétarienne et tous deux se mettent d'accord sur une bouteille d'un litre d'eau gazeuse. La brasserie de *La Closerie des Lilas* s'est vidée à cette heure de déjeuner tardive et ils ont pu bénéficier d'une table près de la baie vitrée donnant sur le boulevard du Montparnasse. Marx aime le décor bistro Art déco, mais rouspète souvent de n'entendre parler qu'américain ou russe quand il y vient, quasiment tous les matins, boire un espresso tout en lisant le journal.

Pour une fois, il prend le temps de déjeuner car il est en bonne compagnie. Grande brune au regard intense et au franc-parler, Claire Jouan fait partie de ces femmes qui en imposent. Elle l'a contacté en plein cœur de l'été alors qu'il s'escrimait à achever son prochain ouvrage, sur les phobies, dans sa maison familiale de Haute-Normandie. Il s'agaçait sur un chapitre que son éditrice lui conseillait de reprendre mais que lui estimait satisfaisant. Il avait apprécié d'être interrompu par la sonnerie du téléphone, échappatoire bienvenue alors qu'il tournait en rond. Il avait décroché son portable et entendu sa consœur évoquer « un dossier très urgent ». De la part d'une psychiatre renommée, ça méritait d'être écouté. Lorsqu'elle lui avait révélé qu'elle était en charge des soins et de la mise à l'épreuve obligatoires de Tristan Danton, Jules Marx avait redoublé d'attention et remis la réécriture de son chapitre à plus tard.

– Le centre médico-psychologique m'a donné vos coordonnées comme thérapeute de Loïs Miller, avait-elle énoncé d'une voix claire.

– En effet, oui, c'est le cas.

– Tristan Danton est un de ces cas typiques d'addiction aux jeux virtuels avec dissociation que je vois se multiplier dans ma pratique. Ses soins obligatoires prennent fin dans trois mois.

– Que puis-je pour vous ?

– Coopérer avec moi pour éviter une récidive.

Le Dr Marx ne connaissait rien aux nouvelles technologies et le monde virtuel n'était pour lui, alors, qu'un divertissement de plus à l'instar de la télévision ou d'Internet. En écoutant la professeure, un monde s'était cependant ouvert à lui et beaucoup de questions s'étaient bousculées.

La plupart des réponses étaient arrivées quelques jours plus tard, lorsqu'il avait accepté l'invitation de la spécialiste à venir visiter son laboratoire du CHU de Caen.

Il s'était libéré un mercredi d'août et avait lancé son antique Peugeot bleu marine sur la route pour gagner le Calvados. Il ne l'avait pas regretté. Il s'était garé sur le parking du tout nouvel hôpital, qui se composait de deux pavés blancs en forme de huit reliés par une passerelle. Dans le hall il s'était adressé à l'accueil, qui lui avait indiqué le pôle psychiatrie, troisième étage. Parvenu devant le service, il avait dû sonner à une porte sécurisée, attendre qu'un infirmier vienne lui ouvrir puis l'introduise dans le département « soins et réalité virtuelle », une enclave moderne, aux couleurs vives. Puis on l'avait conduit dans le bureau du Pr Claire Jouan.

– Docteur Marx, bonjour.

Une grande et belle femme énergique lui tendait une main fraîche. Les pommettes hautes, les cheveux raides et noirs, détachés, encadrant des yeux en amande, elle portait une blouse blanche ouverte sur un chemisier rouge décolleté. Il s'était dit qu'il était rare de rencontrer une telle femme et s'en était trouvé tout ragaillardi. Il s'était redressé, avait rentré son ventre et avait passé une main dans ses cheveux épais argentés. Après lui avoir fait visiter le service et présenté différents confrères, Jouan l'avait invité à entrer dans une petite pièce blanche rectangulaire dont le mur du fond comportait une glace sans tain. Celle-ci révélait une deuxième salle, peinte en noir, traversée de deux barres blanches. En son centre, un patient, debout dans un cercle tracé au sol, portait un casque avec écran intégré, dont s'échappaient deux antennes qui détectaient les mouvements de sa tête. Lentement, il faisait des pas en avant et, sur le retour écran dans la salle de contrôle, on le voyait cheminer dans une ville virtuelle. Dès qu'il avançait, l'image, recalculée en temps réel, respectait son point de vue. L'illusion était parfaite. Le Pr Jouan commenta :

– Il ne sort plus de chez lui depuis des mois parce qu'il est terrifié à l'idée de tomber. Il est venu jusqu'ici en taxi puis on l'a installé dans la pièce. Par le truchement de la réalité virtuelle, *virtual reality* ou *VR* en anglais, on lui réapprend à aller en ville, à contourner les obstacles, à se lancer sur un passage piéton.

Devant l'écran de contrôle, une neuropsychologue parlait au patient, via un micro. Elle lui suggérait de se placer au milieu de la rue, d'oser avancer de quelques pas.

– On contrôle ses constantes physiologiques pour évaluer son état d'anxiété, poursuivit Jouan. Et on l'invite à parler, surtout si des images angoissantes surgissent.

– Pouvez-vous compter les arrêts de bus ? questionna la neuropsychologue dans un micro.

Le patient se figea, tétanisé. La psychologue essaya de le tranquilliser. Le Pr Jouan poursuivit :

– Grâce à la réalité virtuelle, nous aidons des patients phobiques, notamment. Ceux qui craignent de marcher, par exemple, qu'ils soient atteints d'affections neurologiques, de maladies psychiatriques, ou simplement âgés. On leur fixe des objectifs pour qu'ils se concentrent sur autre chose que sur la marche. La réalité virtuelle offre un support pour l'imaginaire, et les patients constatent assez vite leurs progrès, donc reviennent. Nous avons aussi testé le principe sur la phobie de l'avion, des araignées ou de la foule, des grands classiques. Ça marche bien.

Marx était très intéressé.

– Dans mon ouvrage en préparation, je n'ai consacré qu'un paragraphe à ces techniques mais je crois que je devrais leur accorder plus de place. Pourriez-vous me transmettre vos publications sur le sujet ?

– Je vais vous mettre en contact avec une des doctorantes qui vous donnera toutes les références qu'il vous faut.

Ils sortirent ensuite de la pièce et passèrent devant une autre salle vitrée. Là, un joueur de golf, casque de VR sur la tête, tentait un swing.

– Ici, nous appliquons notre programme pour la rééducation post-AVC, expliqua Jouan. Quand les patients anxieux n'osent plus se servir d'un membre qui a été paralysé, on leur propose cette remédiation. Le fait d'occuper le cerveau à une tâche plaisante, en toute sécurité, fait oublier la difficulté et diminue les appréhensions.

– Et la récupération s'en trouve accélérée ?

– Des enregistrements cérébraux ont montré plus de recrutements des zones motrices lorsque le patient s'entraîne de la sorte, en effet. Il semblerait que la réalité virtuelle permette aux victimes d'AVC de reconstruire le chemin neural qui va permettre de faire bouger un bras immobilisé.

Marx était impressionné. Quelques instants plus tard ils se servaient un café fort dans la salle de réunion. Issu de l'école de psychanalyse freudienne, Marx n'avait traité qu'avec distance et un peu de condescendance ces nouvelles techniques au service du mental. Et il était en train de se demander s'il n'avait pas eu tort, pris du retard ou manqué une évolution intéressante. Son approche était classique, il le savait. Ces « gadgets » lui apparaissaient comme des dérivatifs qui empêchaient le sujet de pratiquer une véritable introspection. Pourtant, force était de reconnaître que dans certains cas cela pouvait s'avérer utile. Il se sentait rajeunir, tel un étudiant qui découvre de nouvelles notions.

– Comment les patients réagissent-ils à cet univers virtuel ?

Jouan lui tendit une boîte de palets bretons qu'elle déposa ensuite devant eux.

– Au début, il peut y avoir des sensations de nausée et de vertige qui viennent très rapidement. D'ailleurs l'expérience génère des difficultés auxquelles les éditeurs de programmes virtuels ne s'attendaient pas, et pour lesquelles ils trouvent peu à peu des parades. Quand vous enfilez un casque, c'est un peu comme si vous coupiez une grande partie de vos sens et que vous accédiez à de nouvelles perceptions. Je vous ferai essayer tout à l'heure.

– Il faut que le cerveau s'habitue, j'imagine.

– Le monde réel vous envoie chaque seconde des milliers d'informations de distance, d'espace, de son, de volume, de vitesse, de pression et de position que le cerveau intègre naturellement. Dans la réalité virtuelle, toutes ces informations disparaissent, au seul profit de la vision, de l'audition, voire des sensations tactiles grâce aux gants ou aux combinaisons haptiques. Dans ces conditions, le trouble de la perception est le signe que votre cerveau fonctionne bien, il refuse de se voir amputé de toutes les informations qui lui sont généralement nécessaires.

Jules Marx croqua dans un biscuit, pensif.

– Mais comment le cerveau accepte-t-il ce nouveau corps ?

– Assez vite le cerveau intègre le corps virtuel comme le sien. De nombreuses expériences tendent à prouver que le simple fait de visualiser vos mains et bras dans l'espace virtuel, par l'intermédiaire de manettes de contrôle, permet à votre cerveau de remettre les choses en place, du moins en partie. Il faut, comme dans le monde réel, un ou plusieurs points de référence qui « fixent » la présence physique dans le monde virtuel. Certaines expériences ont même été faites avec des nez virtuels visibles par le porteur du casque, qui semblent effectivement atténuer les sensations de malaise. Et des expériences ont montré que, si vous faites mal à un membre virtuel, la personne le ressent.

Marx but son café.

– L'immersion peut-elle engendrer des problèmes psychologiques ?

– Quelques-uns ont été observés, comme la dissociation. Ce qui peut être problématique. Une étude canadienne a pointé l'accroissement de l'expérience dissociative de dépersonnalisation et déréalisation, avec une dévalorisation du réel objectif au profit de la réalité virtuelle.

– La VR provoque-t-elle des altérations neuronales ?

– Nous multiplions les expériences pour essayer de comprendre comment se comporte précisément le cerveau dans les conditions de la réalité virtuelle. Ce qui est déjà démontré, c'est que, tout comme lors de la prise de substances psychotropes, certaines zones du cerveau s'activent en VR alors qu'elles ne le devraient pas.

– Vous voulez dire que le cerveau réagit de manière différente en réalité virtuelle et dans la réalité ?

– Il semblerait que oui.

– N'est-ce pas inquiétant ?

– Je dirais que ce qui est le plus préoccupant, c'est davantage l'aspect social. Les géants de la Silicon Valley ont des projets de « VR sociale », des mondes virtuels interactifs, appelés métaverses où vous pourrez partager votre univers avec vos amis, coupé de la société réelle. L'équivalent de ce que connaît le Japon depuis quelques décennies avec les *otaku* obsédés par les jeux vidéo, ou les *hikikomori*, ces jeunes qui ne sortent plus de chez eux.

Marx n'y tint plus et sortit de la poche de sa veste un petit carnet à spirale et un stylo-bille bleu.

– Cela vous dérange-t-il si je prends quelques notes pour mon livre ? Je n'ai plus une excellente mémoire.

Claire Jouan acquiesça.

– Faites.

– Pourriez-vous m'en dire plus dans le cadre plus spécifique des phobies ?

– Le résultat des thérapies classiques couplées à l'usage d'un casque de réalité virtuelle est incomparablement plus performant qu'une thérapie académique.

Marx fit la moue.

– Vraiment ?

– Avec un casque de VR, le patient peut être confronté à l'objet de sa phobie irrationnelle tout en sachant qu'il peut s'extraire de l'expérience à tout moment. Ainsi, pour un individu sensible au vertige, nous avons développé toute une série d'environnements virtuels reproduisant des situations limites, comme les ascenseurs, balustrades, ponts… Vous devriez aller les voir. J'ai une thésarde qui travaille là-dessus en ce moment. On fait un travail inouï sur la douleur aussi. Notamment chez les grands brûlés qui redoutent souvent le nettoyage des plaies. On a mis au point au CHU un programme de VR où les patients sont plongés dans un univers de froid polaire. Ils peuvent naviguer à leur guise dans ce monde. Ils ne ressentent plus l'eau qui coule sur leurs bras, ni les gestes infirmiers. Ils n'ont même plus besoin de morphine. Un miracle.

Attablés à *La Closerie des Lilas*, Jules Marx et Claire Jouan poursuivent la discussion commencée trois mois plus tôt, comme si elle n'avait jamais été interrompue. En revoyant la psychiatre ce matin, Marx a ressenti de nouveau une excitation agréable. Veuf depuis huit ans, il avait oublié cette plaisante sensation. Cette femme vous fait vous sentir viril. Sa façon de vous regarder probablement.

Il boit un grand verre d'eau gazeuse pour se concentrer sur l'objet de leur déjeuner.

– Ce jeu, que votre patient M. Danton a inventé et a envoyé à ma patiente, ça consiste en quoi ?

Claire Jouan boit à son tour une gorgée d'eau.

– C'est un jeu qui permet de rejouer les événements du passé.

– Comment ça marche ?

– Le joueur décrit à l'avance ce qu'il désire revivre, avec le plus de détails possible, ainsi que les acteurs de l'histoire, et l'algorithme met le joueur en scène, grâce aux données qu'il a fournies à la machine, ou qu'il récupère sur Internet.

– Qu'est-ce qu'un algorithme ?

– C'est une succession de calculs qui donne des ordres en fonction des réponses obtenues.

– Et comment peut-il s'adapter à une situation en temps réel ?

– Ça c'est ce qu'on appelle le *machine learning*. L'algorithme apprend en temps réel en fonction des réactions du joueur. Danton a repris l'architecture de son précédent jeu Emos pour le faire évoluer.

– Vous croyez que son jeu est valable ?

Claire Jouan enfourne une bouchée de salade, prend le temps de mâcher avant de répondre. Marx remarque ses lèvres bien dessinées et le pli qu'elles prennent lorsque sa mâchoire s'active pour broyer les aliments. Il a du mal à détacher ses yeux de cette partie de son visage. Cette femme a quelque chose d'animal, qui excite chez lui des instincts primaires. Il attrape le sel et en saupoudre son plat pour recadrer son attention et écouter ce qu'elle dit.

– Cela n'a rien d'un *serious game* comme celui que je vous ai présenté dans mon service, développé dans un contexte médical pour une pathologie donnée. Cela reste un jeu.

– Pourtant vous en avez parlé tout à l'heure comme de quelque chose d'important.

– L'avenir nous le dira. En tout cas il est important pour mon patient, c'est sûr. Il aurait pu écrire un livre, une chanson. Il a créé un jeu pour exprimer ses émotions, son repentir en quelque sorte. Vous voyez ?

Marx découpe un morceau de viande d'agneau et l'enfourne. La cuisson est parfaite.

– Je vois mais admettez que le fait de l'envoyer à ma patiente n'était pas des plus judicieux.

– En effet. Sa composante d'impulsivité n'est pas encore tout à fait régulée. C'est pour cette raison que je propose cette médiation.

Marx saisit la perche tendue.

– Je crois comme vous que cette confrontation peut être bénéfique, même si c'est très nouveau il est vrai. Je vais tout faire pour que cela fonctionne.

– Une « médiation », pas une confrontation. Cela fera du bien à mon patient aussi. La fin de cet épisode regrettable l'engagerait sur une pente positive et l'ancrerait pour de bon dans la réalité.

– C'est ce que vous souhaitez démontrer ?

– Entre autres, oui. Ce qui m'intéresse particulièrement dans ce cas, c'est d'adapter le principe de la médiation au numérique.

– C'est-à-dire ?

– Saviez-vous qu'en 2017, aux États-Unis, une joueuse en ligne a porté plainte pour « viol » de son avatar ?

– Vraiment ?

– Tout à fait. Son personnage a été agressé sexuellement en ligne par un autre personnage.

– Et que s'est-il passé ?

– Un procès a eu lieu, contre le joueur qui pilotait l'avatar. Psychiquement cela a été reconnu comme viol. Avec une peine symbolique certes, mais une peine tout de même.

– Incroyable.

– Ces cas vont se multiplier à l'avenir car la réalité virtuelle va envahir notre espace psychique en créant de nouvelles interactions sociales et potentiellement de nouvelles victimes. J'aimerais aider à anticiper ce tournant. Aider les joueurs à remettre du réel dans leurs actes pour prévenir ce genre de délits avant qu'ils ne se produisent. Cette médiation fait partie des méthodes qui me semblent adéquates. C'est une bonne base de travail qui permettrait de développer de la VR sans dommage pour la société.

Marx attrape un morceau de pain et l'engloutit nerveusement. Le gratin dauphinois qui accompagnait le plat pèse dans son estomac et il regrette son choix. Le Pr Jouan est convaincante. Et en même temps il réalise combien il s'en remet à elle dans un domaine qui lui est inconnu. C'est une prise de risque. Jouan pousse ses pions.

– Comment pensez-vous convaincre Loïs Miller de coopérer ?

– Difficile à dire. Elle s'est braquée immédiatement.

Il songe *in petto* que la psychiatre s'y est prise de manière trop brusque mais, tel un élève qui craindrait de déplaire à la maîtresse, il lui semble délicat de soulever ce point devant elle. Il avale un peu d'eau gazeuse.

– Ma patiente est en hypervigilance. La mettre dans une situation où elle n'a pas entièrement le contrôle génère chez elle une forte angoisse paralysante.

– J'ai pu le constater. Et donc ?

– Et donc il lui faut du temps.

Les sourcils de la psychiatre se rapprochent, accentuant la ride du lion au-dessus de son nez aristocratique.

– Oui, mais du temps nous n'en avons pas beaucoup. Bientôt M. Danton sera libéré de son obligation de soins et les toutes nouvelles lois m'imposent de me porter garante de la faible probabilité de récidive. C'est pourquoi je désirerais appliquer le programme. Ce qui nécessite des séances de préparation.

– J'essaierai de convaincre Mme Miller. Mais, à tout moment, si je sens que cela peut lui être préjudiciable, je la retire du jeu.

Claire Jouan sourit largement pour la première fois.

– C'est le cas de le dire.

12

Il est seize heures et je viens de boulotter une demi-plaque de chocolat noir avec un cappuccino bon marché tiré de la machine à café. Maintenant je sens une acidité le long de l'œsophage. Ça m'apprendra à bouffer n'importe quoi. Je quitte mon bureau et me dirige vers les toilettes pour dames. Je m'enferme dans un des cabinets et m'assois sur la cuvette fermée, tête entre les mains. Ce n'est pas le chocolat qui me fait mal au bide, mais la peur. La crise d'angoisse s'est déclenchée d'un coup alors que je parcourais les articles de Claire Jouan à propos de l'univers virtuel qu'elle maîtrise parfaitement. J'ai commencé à sentir une forte chaleur à hauteur de la poitrine et des joues, puis une moiteur dans les paumes de main. Mon amygdale, cette structure cérébrale qui détecte le danger, s'est activée, et je me suis mise à sécréter des hormones du stress, du cortisol et de l'adrénaline. Je me sens très très mal.

Cette psychiatre est reconnue mondialement, c'est indiscutable, et la « médiation restaurative » qu'elle propose est une nouvelle réalité médicale, encore peu usitée en France, certes, mais en plein essor, surtout depuis les nouvelles lois antirécidive. J'ai la nausée. Et donc quoi ? La science a décrété l'efficacité de la méthode et donc je dois m'y soumettre ? Sinon « je ne mets pas toutes les chances de mon côté », « je me complais dans ma rumination ». J'entends Rose-Marie Miller d'ici. « On te propose d'aller de l'avant et toi tu fais la fière, grandis un peu ! » Je me sens au bord de tomber, d'une chute vertigineuse, la mort en bas. La fin qui m'attire comme un soulagement. Elle me semble belle, pure, souhaitable, libératrice. Tout mon corps est aimanté par elle. Que la peur et l'angoisse cessent. Que la vis sans fin qui s'enfonce dans mon crâne stoppe sa rotation. J'ai envie de tout arrêter là, abréger net mon existence et avec elle la souffrance.

J'aurais aimé être plus forte, prendre les coups de la vie avec mépris – *même pas mal*. J'aurais aimé être une superhéroïne qui rebondit – comme on dit – et pardonne, et avance, et retrouve en un claquement de doigts la joie de vivre qui vous revigore le cœur. L'allégresse sans rancœur, ni arrière-pensée ni regret. Une fille résiliente qui aime la vie, à tout prix. Mais je n'y suis pas parvenue, même avec le temps. Ce putain de temps dont tout le monde vante les mérites mais qui n'a, dirait-on, aucun effet salvateur sur moi. Des débris épars de ma mémoire surgit la voix de Leonard Cohen entonnant *Famous Blue Raincoat*. D'où vient cette désespérance ? Elle ressemble au chant de l'humain qui se découvre faillible et se heurte à la finitude des choses. Quand tout lui dit qu'il faut renoncer à la colère et accepter. Mais je ne veux pas renoncer à ma colère. Si j'y renonce, c'est que Tristan a gagné. *Maman, que m'as-tu fait ?* Cette incapacité à aller de l'avant, à ne plus regarder dans le rétroviseur, à oublier, à passer à autre chose, c'est à cause de toi tout ça. *Tu m'as broyée, sans même t'en inquiéter.* Tout comme cette obsession d'être aimée qui m'a plongée dans la gueule du loup. *Tout est de ta faute.* Je me redresse. J'étire le cou pour regarder par la petite fenêtre qui surplombe les toilettes et Verlaine murmure à mes oreilles :

Le ciel est, par-dessus le toit,
Si bleu, si calme !
Un arbre, par-dessus le toit,
Berce sa palme.

Sois honnête, Loïs, dis la vérité ! Des larmes emplissent soudain mes yeux. Je peux bien être sincère dans ce huis clos ridicule avec moi-même, là, assise sur la cuvette des toilettes. En dehors de moi, qui peut l'entendre ?

La vérité, toute nue, la voici. Lorsque j'ai rencontré Tristan, j'y ai cru. J'ai cru avoir trouvé ma place. Les pièces du puzzle se sont emboîtées et je me suis sentie entière, pleinement désirante, sans retenue. J'étais recomposée, sans plus de pensées parasites et morcelées, dans le flux, consciente de mon être jeté dans la vie. Il m'a regardée, avec probablement une admiration qui m'a fait renaître, m'a réchauffée. J'existais. J'ai plongé, sans me poser les questions habituelles. Je me suis totalement laissée aller, emportée par la vague. Et puis, il m'a écrabouillée.

Pourquoi a-t-il voulu faire cela, comme ça, avec moi ? J'avais dit non, mais l'avais-je dit assez fort ? À quel instant ne m'a-t-il plus écoutée, pour me transformer en objet virtuel ? À quel instant ai-je disparu en tant que personne ? Qu'aurais-je dû dire, quelle alerte aurais-je dû envoyer pour que cela ne m'arrive pas ?

Ces questions bombardent mon crâne. Sous la colère percent la morsure de la culpabilité, l'orgueil piétiné, la honte, un certain fatalisme aussi. Qu'ai-je fait ? Je me mouche avec un morceau de papier-toilette. La blessure, trop profonde, ne s'est pas refermée et ne se refermera jamais, malgré les séances avec Marx et toutes les pilules de la pharmacopée que j'ai pu avaler. S'il y a des batailles qui vous patinent et vous durcissent le cuir, d'autres vous émiettent et vous tuent. Suis-je brisée pour de bon ? Je jette le papier dans la cuvette et tire la chasse d'eau en reniflant. Je me suis leurrée. Rien n'est réglé. Finalement, une seule chose est sûre : ça ne peut plus durer, sinon je vais vraiment en crever.

13

Dix-sept mois plus tôt.

Sur la toile, une silhouette indéterminée, orange et violet, s'éloignait en ondulant dans un ciel jaune et vert. Tristan fixait ses formes chamarrées, cherchant une inspiration. Le Pr Jouan ne parlait pas beaucoup. Deux consultations – obligatoires – et il ne savait déjà plus comment combler les silences. Il avait lu qu'elle était une spécialiste du numérique, mais pour l'instant il ne voyait pas la différence avec une psy lambda. Il n'en avait, cependant, jamais vu de près alors il lui était difficile de juger. Il baissa les yeux sur ses propres mains, sa jambe droite tressautait. Puis il consentit enfin à la regarder et lui sourit de manière polie.

– Je ne sais pas trop quoi vous dire de plus, en fait.

Jouan croisa ses mains sur le bureau.

– Dites ce qui vous vient à l'esprit.

– Eh bien, je ne vois pas trop pourquoi je suis obligé de vous parler.

– Vous savez pourquoi vous êtes là.

– Oui.

– Pourquoi ?

– Parce que j'ai eu un problème avec une amie et que le juge m'a dit d'aller vous voir, vous devez vous assurer que je ne recommence pas.

– Vous voudriez me parler de cette amie ?

– Loïs ?

– Oui.

– Je peux en parler, oui.

– Comment est-elle ?

– Moyenne, cheveux bouclés, châtains.

– Elle vous plaisait ?

– Oui, beaucoup. Bon, c'était pas… je veux dire, j'ai eu des femmes incroyablement plus belles dans ma vie. Elle, elle est différente.

– C'est-à-dire ?

– Une intellectuelle. Je l'ai tout de suite vu à ses mails au début.

– Et physiquement, elle vous plaisait aussi ?

– Oui, elle avait un joli regard.

– Quand vous l'avez rencontrée pour la première fois pour de vrai, elle correspondait à vos attentes ?

– Oui. On a bien discuté.

– Alors que s'est-il passé chez vous, après ?

– On était bien. Vraiment bien. Mais elle n'a pas apprécié un jeu que je lui ai proposé et, je ne sais pas, elle s'est énervée. Elle m'a frappé, j'ai répliqué. J'aurais pas dû, je sais. On avait pourtant une vraie connexion. Je n'ai pas compris pourquoi elle s'est retournée contre moi de la sorte.

– Parlez-moi de ce jeu.

Tristan réprima un rictus : ça, il pouvait en parler des heures.

– J'ai créé de toutes pièces une *sex room* virtuelle.

– Qu'est-ce que c'est ?

– C'est du cybersexe si vous préférez. Le sexe à distance. Et j'ai créé un espace dans lequel tout est possible.

– Pourquoi avoir créé cela chez vous ?

– Parce que cela me plaît. Les premières *sex rooms* ont été inventées aux États-Unis par un joueur en ligne génial qui a eu l'idée de connecter les ordinateurs à des gadgets sexuels, permettant de se stimuler à distance. Mais c'était assez sommaire et pas très synchro. Après, il y a eu l'apparition de la réalité virtuelle et ensuite on a couplé les deux. J'ai moi-même inventé cette interface, qui mêle la VR à des capteurs des cinq sens, c'est un prototype qui a un grand succès. Je fais payer un abonnement symbolique à des bêta-testeurs pour pouvoir améliorer la chose. Mais bientôt je le commercialiserai pour de bon.

– Qu'aimez-vous dans le sexe virtuel ?

– C'est plus excitant.

– Plus excitant que quoi ?

– Que le SRL.

– Le ?

– *Sex in real life*, voyez, le truc conventionnel.

Les mains de la psychiatre se décroisèrent, saisirent un stylo et elle nota quelque chose dans un cahier.

Tristan tendit le cou.

– Vous notez quoi ?

– Rien de spécial. Donc, c'est plus excitant qu'une relation sexuelle conventionnelle, vous dites. Vous n'aimez pas les conventions ?

– Non. Ça m'ennuie.

– Les conventions vous ennuient ?

– Oui.

– Avoir des relations sexuelles incarnées vous ennuie ?

– On peut dire cela, oui.

– Je ne veux pas être intrusive, mais avez-vous des problèmes… sexuels ? D'érection, par exemple ?

Tristan haussa les sourcils.

– Ça va pas, non !

– Bien. Pouvez-vous me décrire votre pièce ?

Les yeux de Tristan s'animèrent.

– Il y a deux fauteuils face à deux écrans plats. On a tous des visiocasques et des manettes pour piloter les accessoires.

– Quels accessoires ?

Tristan la fixa plus intensément, un éclair de gourmandise dans les pupilles.

– Des stimulateurs, pinces, vibreurs. Ça dépend de ce qu'on cherche. Pour ceux qui aiment, j'ai connecté des capteurs et stimulateurs pour le corps entier. Le toucher est encore imprécis, mais on va s'améliorer. Je travaille aussi, pour le futur, à des revêtements qui viendraient à votre contact et auraient la souplesse et la chaleur de la peau humaine. Vous auriez la sensation physique que quelqu'un vous caresse.

Claire Jouan soutint son regard, et prit encore des notes.

– Vous aimez toucher les autres, ou être touché, par une femme, ou un homme ?

– Oui, mais par l'intermédiaire de ces interfaces, c'est d'un tout autre niveau, du point de vue des sensations. C'est beaucoup plus fort, intense.

– Vous connaissez les gens de l'autre côté de l'écran ?

– Je les connais dans l'interface.

– Pas dans la réalité.

– C'est MA réalité !

– …

– Ce que j'aime, c'est la performance et explorer tous les possibles. *Sky is the limit.*

– …

– Et, vu le succès, le nombre de demandes d'abonnement à mes soirées, je vais vous dire, je ne suis pas le seul.

– Et vos partenaires, les personnes réelles que vous invitez dans cette pièce, comme votre amie, sont-elles d'accord ?

– Oui.

– Elles sont prévenues ?

– Ça dépend.

– Ça dépend de quoi ?

– Le plus souvent je leur dis une fois chez moi. Parce qu'il faut être dans l'ambiance.

– Et elles sont d'accord ?

– Oui !

– Pourquoi pensez-vous que cela se soit mal passé avec votre amie alors ?

Tristan leva les mains et haussa les épaules.

– Alors ça ! Aucune idée. Elle n'est pas comme les autres.

Tristan porta une main à l'arrière de sa tête en grimaçant. Jouan plissa les yeux.

– Tout va bien ?

– Oui oui. J'ai juste mal au crâne.

– Prenez votre temps.

– Pourquoi ça s'est mal passé avec elle ? J'en sais rien. Ça partait normalement, et puis elle s'est braquée. Je n'ai pas compris. Elle n'a pas réagi comme je l'attendais. J'en suis désolé.

– Désolé pourquoi ?

– J'aurais dû m'y prendre autrement, l'y amener plus en douceur. Elle analyse tellement tout. J'aurais dû lui expliquer avant ce qu'il allait se passer. Mais je voulais la surprendre. Et puis franchement ça se passe de commentaire cette expérience en temps normal, non ? Faut la vivre, c'est tout.

– Vous regrettez ?

– Oui. Si c'était à refaire, je ferais autrement.

– Autrement ?

– Je la préparerais d'abord et l'installerais ensuite.

Il regarda de nouveau ses mains.

– Vous posez beaucoup de questions pour une psy. Un psy ne parle pas normalement, enfin pas autant.

Jouan lui renvoya un regard impassible. Tristan détourna les yeux.

– Je vais devoir faire ces séances pendant plus d'un an encore ?

– Cela vous dérange-t-il ?

– C'est juste que je ne vois pas trop ce que je vais vous raconter de plus.

– …

– Je me connais. Ça va vite me saouler ce petit jeu. Je sais que je ne suis pas un fou.

– Parce qu'il n'y a que les fous qui ont besoin d'une thérapie ?

– Non, mais j'ai mal apprécié la situation avec elle, d'accord. Sinon tout est normal.

– Tout est normal ?

Elle referma son carnet.

– Nous verrons cela à la prochaine séance.

Tristan était déjà debout.

– Vous n'auriez pas un Doliprane ?

14

Je rentre chez moi, lessivée, les visages de Marx, Jouan et Tristan devant les yeux. Le trio infernal. Je ferme la porte à clé et enlève mes vêtements jusqu'à la salle de bain. Par réflexe je monte sur la balance connectée, qui envoie mon poids à mon appli santé. Il est normal. Bien. Les événements n'ont pas perturbé mes paramètres.

Je tourne le mitigeur à fond et fais couler l'eau fumante dans ma minibaignoire. Je verse de la mousse, des sels à la lavande, m'attache les cheveux, et dès que l'eau brûlante atteint un niveau assez haut je m'y plonge avec un soupir d'aise. Étant donné l'exiguïté du bac, je ne suis pas allongée, mais à demi assise. L'eau recouvre mes cuisses, m'enveloppant de sa nappe de feu, la rougeur gagne mes joues et une légère ivresse m'envahit. La chaleur gagne mon ventre, mes seins. Je ferme les yeux, lâche prise, dépose les armes.

Je dois trouver une solution. Les choses ne peuvent pas continuer ainsi. Je dois sortir du cercle vicieux, être créative. Je flotte ainsi plusieurs longues minutes, enivrée de chaleur, mon sang battant aux tempes, fixant un point rouge sur le voile de mes paupières fermées. La réponse à mes questions est là, quelque part. Sylvia Lanzano l'explique très bien dans son premier ouvrage, *Le Cerveau relationnel*. Le cerveau conscient sollicite vingt pour cent de son fonctionnement. Les quatre-vingts pour cent restants composent les décisions inconscientes. Mon cerveau sait donc quoi faire, car il a appris durant toutes ces années plus de choses que je ne peux le concevoir. Il faut que je laisse cette partie intuitive émerger et me montrer le chemin. Que je lui lâche la bride. Pour cela, je dois cesser la rumination, laisser passer les pensées sans les juger, et sentir dans quelle direction mon esprit veut se diriger.

J'ouvre les yeux : je respire plus librement, soufflant délicatement sur la mousse, à contempler les bulles de savon qui s'agrègent, fusionnent, éclatent. Un embryon de paix éclot au niveau de mon cœur. L'esprit plus clair, j'éprouve le plaisir de la sérénité retrouvée, toute fragile et éphémère qu'elle soit. Je souris tristement. Me confectionne une barbe avec l'écume blanche, comme lorsque j'étais petite et que papa était encore là. Puis je prends de l'eau chaude dans mes mains en coupe et m'en asperge le visage, plusieurs fois de suite. Je reste encore un long moment, sans rien faire, savourant ce temps blanc, vide, dans lequel mon moi se dissout. Puis, l'eau commence à tiédir et la chair de poule gagne mes bras, ma nuque. Je me lève, déclenchant un tsunami dans la baignoire, aspergeant les rebords et le tapis de bain. J'attrape une large serviette-éponge blanche dans laquelle je me blottis. Je sais ce que je dois faire et vers qui me tourner.

*

Le calme est revenu dans la maison, les enfants dorment et Mohammed regarde une série dans le lit. Il est vingt et une heures. Flo a dit à son époux qu'elle préférait poursuivre son tri. Il l'a embrassée et lui a glissé :

– Ne veille pas trop tard.

Après s'être servi une tisane, elle s'est installée à la table de la cuisine, qu'elle venait de nettoyer des restes de repas de toute la tribu. Elle aime ce moment de la journée où elle reprend possession des lieux, après que la tornade familiale a tout mis sens dessus dessous. Le lave-vaisselle ronronne, bruit réconfortant qui indique la remise à zéro du compteur de couverts et casseroles sales avant le nouvel assaut du lendemain. Pour prendre de l'avance sur le petit déjeuner, elle a déjà sorti quatre bols de couleurs différentes, quatre assiettes, les paquets de céréales, le paquet de brioche, le miel, les confitures et la corbeille de fruits. Elle prépare le lendemain, sans doute pour conjurer le sort, s'assurer qu'un autre jour va se lever pour eux, pour elle.

À présent, elle a ouvert son ordinateur portable et le logiciel de photos. Elle passe en revue les cinq mille clichés qu'elle a en stock. Elle trie les prises de vue pour confectionner des albums en ligne qu'elle compte faire imprimer. Voilà des années qu'elle reporte ce travail fastidieux mais depuis quelques jours elle considère cela comme une priorité. C'est même devenu son obsession. Constituer des souvenirs tangibles. Elle remonte dans le temps et surgissent les photos papier qu'elle a scannées une à une, du temps de ses études. Loïs apparaît souvent. Elle choisit les meilleures et les fait glisser dans un cadre prévu à cet effet.

Elle n'a plus assez d'énergie pour se mentir. Elle sait qu'elle prépare sa sortie. Ses deux jeunes enfants doivent avoir toutes les cartes en main, le jour où elle ne sera plus là pour leur raconter l'histoire de leur naissance. Qu'il est étrange de se sentir partir et de vouloir rester. Comme une fête que l'on doit quitter trop tôt, avant la fin, à regret.

Elle sélectionne plusieurs clichés de ses parents, qui remontent à leur rencontre, et les dispose dans l'album virtuel. Elle serre les dents. On lui dit d'être confiante et son entourage la rassure le mieux possible mais elle sait. La rechute cancéreuse est pire que l'annonce de la première tumeur parce qu'on pensait avoir gagné la partie. Et en fait, non. La saloperie est revenue. Alors qu'elle a suivi à la lettre toutes les recommandations, les protocoles médicaux, qu'elle a fait gaffe à tout, ne plus boire, ne plus fumer, mieux manger, reprendre une activité physique, réguler son sommeil. Elle le vit comme une trahison, comme si la vie ne voulait plus d'elle. Elle ferme les yeux fort. *Pas d'apitoiement, pas le temps.* Elle a essayé de ne pas regarder les forums. Mais qui y parvient ? Le médecin a dit que ça allait marcher, cette fois encore, qu'on faisait tout pour, en tout cas. Les forums sont moins formels et les analyses guère encourageantes.

Elle parcourt les photos qui lui restent, se replonge dans la contemplation de ses souvenirs. Et s'égrènent les années collège et lycée à Lille, la bande de copains, Irène, Jacques, Tania et Sandra. Elle s'arrête sur cette dernière, et sa main tremble légèrement. Elle observe son amie d'enfance, surgie de sa mémoire, mais qui en réalité ne l'a jamais quittée. Sa gorge se serre, sa vue se brouille. Si seulement on pouvait tout recommencer.

15

Seize mois plus tôt.

L'électricité dans l'air était palpable quand Tristan prit place pour la troisième fois dans le fauteuil du cabinet de consultation. Il ne tenait pas en place et sa jambe droite était comme toujours agitée de soubresauts.

– Si vous saviez.

Claire Jouan saisit son carnet de notes et son stylo, pressentant que la séance allait déboucher sur quelque chose.

– Je vous écoute.

Le jeune homme lissa sa barbe soignée, plusieurs fois de suite. Il émanait de lui un charme indubitable et particulièrement aigu aujourd'hui, avec cette tension qui projetait son corps vers l'avant, comme s'il allait bondir et s'évader par la fenêtre. Elle cilla et se concentra sur son stylo. Tristan se mit à parler avec un débit rapide.

– La fois dernière, quelque chose m'est resté en tête. Une phrase que j'ai dite ici et qui m'a réveillé la nuit. « Si c'était à refaire. » Cette phrase m'a obsédé, je n'arrivais plus à m'en défaire. Comme si elle voulait me révéler quelque chose que je n'arrivais pas à saisir.

– …

– Et soudain, cette nuit, il m'est apparu une évidence, c'était fulgurant. C'était ce qu'il fallait que je fasse. Je devais trouver le moyen de « refaire ».

– …

– Au fond, c'est comme la voiture du Dr Brown.

– De qui ?

– *Retour vers le futur*… Laissez tomber. Ce qu'il me fallait, c'était un moyen de recommencer, tout. Vous savez, je conçois des jeux vidéo avec mon frère.

– Oui.

– Dans chaque partie en mode *battle* on a une jauge de vie, on l'épuise, on meurt et puis à la prochaine partie on revit. C'est le principe de base. On a droit à plusieurs chances pour arriver à grimper au niveau supérieur, OK ?

– Oui.

– Je me suis dit : pourquoi ne pas refaire la même chose mais avec sa vie ? Aujourd'hui, l'intelligence artificielle peut créer des scénarios qui s'adaptent en temps réel à nos réactions. Alors oui, c'est possible.

Le Pr Jouan avait du mal à le suivre.

– Qu'est-ce qui est possible ?

– Si j'ai assez d'informations, de données, sur vous, votre vie, vos problèmes, vos regrets, oui je peux vous permettre de vous faire revivre des situations qui vous ont blessée, et vous pourrez les jouer autrement.

Claire Jouan avait posé son crayon, une expression indéchiffrable sur le visage.

– Rejouer sa vie ?

– Oui.

– Mais cela ne changerait rien à ma vie actuelle.

– Non, bien sûr, vous ne changerez pas les faits, ce n'est pas de la magie. Mais cela vous permettrait de changer votre rapport à ces faits. Par exemple, de cesser de ruminer sur des choses que vous n'avez pas dites, ou pas faites, car vous auriez de nouveau l'occasion de les faire ou de les dire.

La psychiatre demeurait silencieuse et immobile, ce qu'il prit pour une invitation à poursuivre.

– Et puis, dans un deuxième temps, on a réfléchi avec Ben, qui est à San Francisco et que je ne peux pas rejoindre car je suis coincé ici. On a réfléchi à comment impliquer les protagonistes de l'histoire. Si vous voulez changer quelque chose au passé, avec des gens toujours en vie, pourquoi ne pas le faire avec eux ? Les faire rejouer. Comme une thérapie, par le jeu. Dans un univers virtuel parfaitement sécurisé. Plus les joueurs arriveraient à pacifier leurs rapports, plus ils gagneraient de points. Et par exemple, si c'était possible, j'inviterais Loïs à venir jouer avec moi et on pourrait revivre notre rencontre sans conflit. Et tout serait arrangé.

Jouan battit des cils et commença à faire des petits carrés sur son carnet, qu'elle coloria ensuite.

– Vous pensez que ça pourrait marcher ? Je veux dire, que la technologie est au point ?

– Bien sûr ! Aujourd'hui, avec le *deep learning*, les programmes apprennent au fur et à mesure. Nos algorithmes peuvent s'adapter aux situations et les faire évoluer.

– Je sais.

Bien sûr qu'elle savait. Le *serious game* qu'elle avait développé à l'hôpital était basé sur un *deep learning* élémentaire. Si elle avait disposé des sommes délirantes de MindTech, elle aurait pu faire bien mieux. Elle aligna des petits ronds à côté des carrés, signe chez elle d'une attention soutenue.

– Et vous avez des financements pour cette idée ?

– J'y travaille. Ce qu'il nous reste à déterminer, c'est quelle masse critique d'informations il nous faut recueillir au départ pour avoir de quoi créer le scénario personnalisé de base et adapter les réponses. Le reste, créer des avatars conformes, faire évoluer les scénarios, on sait faire. Je suis déjà en lien avec le créateur d'un psy virtuel pour qu'il nous aide à bâtir la structure du jeu.

Tristan la regarda droit dans les yeux.

– Tout cela est absolument confidentiel bien sûr.

16

Au premier coup de sonnette Avel ouvre la porte et m'accueille, comme à son habitude, l'air surpris. T-shirt et jean noirs, un casque audio autour du cou, ses yeux bleus cernés et plissés derrière une paire de lunettes rondes en métal sous une bataille de cheveux blonds. Je lui souris avec ingénuité, comme si c'était normal de débouler chez lui sans prévenir à vingt heures.

– Je te dérange ?

Il sourit, goguenard.

– Tu veux que je te réponde quoi ?

Il s'efface pour me laisser entrer dans son F1. C'est grâce à lui que j'ai pu louer l'appart du dessus, à sa tante, propriétaire de l'immeuble. Dès qu'un logement dans mes moyens ou presque s'est libéré, il m'a prévenue et j'ai signé le bail sans véritable dossier, une aubaine. Je me tords les mains, j'ai les joues écarlates et les yeux brûlants comme si je sortais d'une folle partie de jambes en l'air.

– J'ai besoin d'un conseil.

– T'as chopé Ryan Gosling et tu sais pas comment le larguer ? T'es toute rouge.

Je hausse les épaules.

– J'ai pris un bain.

– Tu devrais le faire plus souvent, ça te va bien.

Je rougis davantage, me rendant compte que j'ai enfilé ce qui m'est tombé sous la main avant de dévaler les escaliers, c'est-à-dire un jogging et un vieux pull noir troué aux coudes, sans culotte ni soutien-gorge. Heureusement, Avel n'est pas du genre à se formaliser. Lui et Flo sont mes deux amis de l'école de journalisme de Lille. Tous les trois, on formait le trio inséparable qui rêvait de devenir « les hommes du président ». Quinze ans plus tard, Florence suit la politique française pour un hebdo engagé politiquement plutôt à droite. Avel est vidéaste free-lance pour des webzines spécialisés dans les nouvelles technologies. Et moi je tiens la rubrique « Science à lire » de mon magazine en ligne. On ne deviendra jamais les Bob Woodward et Carl Bernstein de notre génération, mais on adore notre métier et on ne se voit rien faire d'autre. Avel et moi, notre truc, c'est de vulgariser des choses complexes pour le grand public. Il m'arrive de faire appel à lui pour qu'il m'éclaire sur deux ou trois notions de high-tech. Et lui me sonne dès qu'il s'agit de science. On adore s'expliquer des choses. Quand on est lancés tous les deux, personne ne peut nous arrêter, mais ce soir il a l'air très occupé.

– J'ai un truc urgent à finir. Tu me laisses cinq minutes.

Avel vit seul et ça se voit. Son appartement encombré est bâti sur le même plan que le mien sauf qu'il a installé son bureau dans la pièce que j'ai, moi, consacrée à ma chambre, et qu'il dort dans le salon sur un canapé-lit. J'ai essayé maintes fois d'argumenter contre cette organisation illogique, en vain.

Il m'invite à entrer dans son bureau, donc. Je pousse un paquet de journaux étalés sur un pouf XXL derrière sa table de montage et trouve une petite place pour y caler mes fesses. Il s'est assis à sa table de travail devant deux écrans. Je remarque que le dos de son T-shirt est estampillé d'une marque de bière belge. Il bidouille, en train de monter une vidéo. J'ose l'interrompre.

– Tu es sur quoi ?

Il pointe un doigt en l'air pour me faire taire, place son casque sur ses oreilles et se met à lire un texte, penché sur le micro branché devant lui. Il enregistre le commentaire d'un nouveau webdoc. Je balaie la pièce du regard. Il y règne le plus grand désordre, sauf dans sa bédéthèque où plus de quatre cents albums sont rangés avec maniaquerie par auteur. Makyo-Hérenguel ; les Bajram, *Caïn et Abel* ; tous les Arleston ; Joann Sfar. Je me lève, attrape un Tardi, *La Débauche*. Avel accepte de me laisser emprunter de temps à autre une de ses BD, si je jure de la lui rapporter dans la semaine.

L'enregistrement achevé, Avel fait plusieurs manipulations compliquées sur des molettes et des boutons, ôte enfin son casque avant de pivoter vers moi.

– Je lance un format de sujets vidéo sur mon portail « 60 science ». Soixante secondes maxi pour expliquer un concept complexe. Un peu comme « Ma thèse en 180 secondes », mais encore plus short.

– Bravo. Et t'es sur quoi là ?

– L'algo de la voiture autonome.

– Celle qui a tué un cycliste ?

L'information avait agité la rédaction la semaine dernière. Une deuxième cycliste s'était fait renverser par une voiture sans pilote. Le troisième mort depuis la mise en service à Paris.

– J'explique pourquoi la voiture ne s'est pas arrêtée.

– Et pourquoi ?

– L'algorithme peut être calibré pour être plus ou moins sensible aux « faux positifs », c'est-à-dire des objets comme un sac en plastique ou des morceaux de papier, qui ne sont pas à éviter. Le logiciel aurait été paramétré de manière très tolérante à l'égard de ces faux positifs afin de ne pas surréagir.

– C'est ça son alibi ? La voiture a pris cette pauvre femme pour un sac en plastique ?

– Il a détecté la présence d'un obstacle mais n'a pas voulu s'écarter de sa route. C'est un problème de réglage, pas une défaillance technique.

– Je pense que la famille va être sensible à cette subtilité. Et maintenant ils vont faire quoi ?

– Ils vont recommencer avec des programmes plus discriminants, qui reconnaîtront davantage les obstacles.

– C'est flippant. Tu sais ce qu'en dit le physicien et philosophe Alexeï Grinbaum ?

– Nan.

– Il estime que l'IA ne devrait pas à avoir à faire ce genre de choix moral ou éthique. Par exemple, si une voiture autonome doit choisir entre tuer son passager ou un piéton, que doit-elle faire ? Eh bien ce n'est pas à elle de choisir, car une machine, qui n'a pas de conscience, ne peut connaître la notion de bien et de mal.

– Mais alors tu fais comment pour choisir ?

– Il propose que l'on injecte du hasard dans les algorithmes. Dans les cas critiques, un tirage au sort s'opère – le passager ou le piéton – et c'est la chance qui prévaut. Comme ça on ne peut pas s'en prendre à l'IA.

– Pas mal. Tu as son contact ?

– Oui. Et je te passerai son bouquin.

Il retourne à ses boutons pour faire quelques nouvelles obscures manipulations puis revient à moi.

– J'ai fini.

Je m'extirpe du pouf, range la BD à sa place dans la bibliothèque, et viens m'asseoir sur le second fauteuil pivotant de sa table de montage. Je me sens un peu intimidée à présent, je ne sais pas pourquoi. Avel me fait encore languir. Je me demande s'il ne le fait pas exprès. Il se lève et va chercher deux bières fraîches dans le frigo de son coin cuisine, qu'il rapporte décapsulées. Il en pose une devant moi sans me demander mon avis. Je remarque déjà trois cadavres de Leffe derrière son clavier. Ça sent la sueur et le houblon.

– Tu n'aères jamais ?

Avel se contente de sourire et boit une gorgée.

– C'est l'odeur du travail bien fait, ma chérie.

Il me regarde en se marrant.

– Allez, vas-y, raconte, t'en peux plus.

– Mais pas du tout.
– C'est ça. Allez, crache.
– Bon, voilà. Je ne sais pas par où commencer mais tu peux être de bon conseil. Tristan Danton, de MindTech, m'a envoyé son nouveau jeu.
Avel se rembrunit subitement.
– L'autre connard ?
Je fronce les sourcils.
– Oui.
– RePlay ?
– Tu connais ?
Il désigne un carton encore fermé au pied du bureau, en tout point identique à celui que j'ai reçu, à côté d'autres cartons intacts.
– Ouais. Je viens de le recevoir avec des codes, pour une démo.
– Tu sais ce que ça vaut ?
– Non, je ne l'ai pas encore testé. Mais, d'après un blog américain, c'est bien réalisé.
Il boit une gorgée de bière. Je l'imite.
– C'est fou d'être arrivé à faire un truc pareil, non ?
– Les algos qui te permettent maintenant de faire dire ou jouer ce que tu veux à n'importe quelle personne, c'est devenu monnaie courante.
– Le *deep fake* ?
– C'est ça. Tu peux créer n'importe quel avatar réaliste à partir de photos de gens. Tu associes ça à une gestion du big data, les données massives que tu trouves sur Internet. Plus les données personnelles d'un individu, et *bing*, tu rejoues ce que tu veux, comme si tu y étais. En faire un argument marketing pour les gens qui en ont besoin, c'est pas con.
Je sens Avel intéressé mais aussi hypertendu. Je tente un sourire pour le détendre.
– Tu n'aimerais pas revivre un truc, toi ?
Mon pote s'essuie la bouche d'un revers de main.
– Plein !

– Du genre ?

Avel me toise.

– La dernière soirée de l'école, sans hésitation.

Il boit au goulot sans me quitter des yeux.

– Ouais, celle-là je me la repasserais bien en boucle.

Je pince les lèvres.

– T'es con.

Il se marre franchement.

– C'est toi qui as posé la question !

Bon prince, il enchaîne :

– Donc Danton t'a envoyé son paquet. Mais il ne devait pas purger sa peine sans te contacter ?

– Si. Mais elle touche à sa fin.

– Ah.

– J'étais super mal, j'en ai parlé à mon psy et c'est là qu'il m'a proposé un truc, un peu spécial.

Avel ricane.

– Un plan à trois, Danton, lui et toi ?

– Non ! Il m'a fait rencontrer la psy de Tristan, le Pr Jouan.

Avel cesse de sourire.

– Waouh, ça vaut le plan à trois.

– Elle souhaiterait que je rencontre Tristan pour une sorte de médiation thérapeutique. Une démarche de conciliation. Et je ne sais pas quoi faire. Flo est plutôt pour. Elle dit qu'il faut que je me confronte à mes peurs une bonne fois pour toutes. Moi, je suis morte de trouille. Et toi, t'en penses quoi ?

Je regarde Avel avec des yeux de chat perdu. Mais si je m'attendais à de l'indulgence de sa part, c'est raté.

– J'en pense que j'hallucine ! Ce mec est un connard. Et je ne comprends même pas que tu songes à le revoir.

Piquée, je rétorque :

– Je sais et ce n'est pas mon idée. Mais honnêtement, je ne sais plus comment avancer. Et Flo pense que je devrais y réfléchir. Je sais pas moi, c'est peut-être pas idiot.

L'expression d'Avel est sombre et dans ses pupilles s'allume une lueur dangereuse qui ne présage rien de bon. Je commence à me demander si j'ai bien fait de descendre. Pourtant, d'ordinaire il a un avis plutôt objectif et m'aide à réfléchir. Mais là, sa colère obscurcit son jugement. Il demeure un instant ainsi sans ajouter quoi que ce soit puis il revient à son ordinateur, tape des instructions sur son clavier et lance une impression. L'imprimante crache une feuille qu'il attrape et me tend.

– Tu veux mon avis ? Tiens, le voici. J'hésitais à te montrer ça, mais bon.

Je regarde la page, interloquée. C'est une liste de plus de cinquante noms et prénoms, suivis de pseudos, de dates sur l'année écoulée et d'adresses électroniques.

– C'est quoi ?

– Toutes les conquêtes de ce bâtard. Toutes les nanas qu'il s'est tapées avant et après toi.

Incrédule, je passe la liste en revue et le sang quitte mon visage.

– Comment as-tu eu ça ?

– Tu n'as pas lu la presse ? Il y a trois mois, des hackers ont mis en ligne dix gigaoctets de données liées à trente-deux millions de comptes, dont l'intégralité de la base de données des sites de rencontres LoveLife, 2deChance et SMART. Ils ont balancé les mots de passe et les noms. Du coup, t'avais accès aux comptes des gens. J'ai eu la curiosité de regarder l'escarcelle de monsieur Je-baise-tout-ce-qui-passe.

– Pourquoi t'as fait ça ?

– Comme ça.

Je blêmis de plus belle.

– Comment ça, « comme ça » ? Pourquoi ?

– Sais pas. J'ai saisi l'occasion d'en savoir plus.

– C'est le prétexte le plus vaseux de l'histoire des prétextes. Pourquoi tu me donnes ça ?

– Pour que tu arrêtes de t'enflammer pour ce type.

Ma voix se brise.

– Je ne m'enflamme pas !

– Tu parles ! Tu acceptes ses cadeaux et maintenant tu vas le revoir.

– Je n'ai pas dit que j'*allais* le revoir. J'ai dit que les psys m'ont conseillé de le faire et que j'y réfléchissais. Tu veux que j'en fasse quoi de ta putain de liste ?

– Oh, mollo. C'est toi qui viens me demander mon avis. Je te le donne. Si tu avais l'idée brillante de le revoir et de passer l'éponge, garde en mémoire comment ce trouduc te considère. Un nom sur une liste. *That's all folks !*

Je fulmine.

– Je ne veux *pas* passer l'éponge.

– Tu m'as l'air bien partante pourtant.

– N'importe quoi !

– Et puis…

– Et puis *quoi* ?

Avel a l'air gêné.

– Le prends surtout pas mal hein, mais…

– Mais *quoi*, bordel ?

– Y a un truc bizarre.

– Quel truc ?

– J'ai vu les photos des filles et…

– Et ?

– Elles sont différentes de toi.

– C'est-à-dire ?

Avel semble de plus en plus ennuyé.

– Différentes quoi.

Je le fixe durement.

– Canon tu veux dire ? Plus belles ?

Avel ferme les yeux.

– Différentes en tout cas. Et moi je me demande : pourquoi il te poursuit, toi, alors qu'il lève des tas de bimbos ? Y a un truc malsain. Tu devrais faire attention.

J'enrage.

– Tu cherches à m'humilier en plus de tout ? Tu penses que je suis une erreur dans son parcours, c'est ça ?

– C'est pas du tout ce que…

Je me lève et, sa liste à la main, je quitte la pièce.

– Salut !

Je grimpe les marches quatre à quatre pour retourner chez moi, la page imprimée bien serrée entre mes doigts. Je claque la porte, envoie valser mes baskets derrière le canapé et balance la feuille à la poubelle. À quel jeu joue Avel à vouloir me rabaisser ? Tu parles d'un ami ! Je suis en rage contre lui, contre moi. Pourquoi suis-je allée lui raconter pour Tristan, RePlay et la médiation ? Je pensais qu'il m'aiderait à y voir plus clair, tu parles ! Il est incapable de raisonner objectivement. Pourquoi m'a-t-il balancé cette horrible liste ? À cause de cette soirée d'il y a dix ans ? Lui, moi. C'était une nuit de folie, une histoire à laquelle nous n'avons jamais donné suite. Alors que veut-il ?

Il n'est pas loin de vingt-deux heures. Dans la cuisine je trouve du pain de mie complet bio en sachet. J'ai une envie régressive de nourriture qui me colmaterait le ventre. Je sors un pot de beurre de cacahuètes – étrangement pas si mal noté sur mon application nutritionnelle – et me tartine vigoureusement un sandwich roboratif que je mâche en marchant de long en large.

Mon sandwich englouti, je sens la vague d'angoisse sur le point de déferler de nouveau. Je ne sais plus que penser ni que faire. J'avale un yaourt et fais passer le tout avec un coup de vin rouge, directement à la bouteille. C'est du grand n'importe quoi ! Je note tout cela sur mon appli santé. La honte. Je rattraperai des bons points de nutrition plus tard.

Je suis un nom sur une liste. Bordel !

Le stress est remonté en flèche et affronter la nuit me paraît au-dessus de mes forces. Seul un somnifère me fera dormir.

J'ôte mon jogging et mets un grand T-shirt. J'hésite à prendre un cachet entier, comme avant. Finalement, je le coupe en deux et en avale une moitié avec un verre d'eau. Je reviens dans le salon mais suis si perturbée qu'il va falloir un tour de force pour m'allonger. J'attrape mon sécateur et ouvre la porte-fenêtre du balcon. L'air vif saisit ma peau et me donne la chair de poule. Ma première victime sera un de mes deux rosiers nains, que je taille au niveau des premiers boutons. Ils vont se fortifier pendant l'hiver et repartir de plus belle. Je rabats les tiges qui pointent vers l'intérieur et coupe les branches les plus faibles. Puis je ratiboise les géraniums dont les fleurs sont fanées et étête mon petit laurier. Avec une balayette, je ramasse ensuite toute la terre et les débris de végétaux qui jonchent maintenant le sol du balcon et du salon. Je vais déposer le tout dans mon seau à compost. L'air froid m'a congelée et a calmé mes nerfs. Je sens mon stress fondre et mes yeux picoter. Je referme la fenêtre, dépose le sécateur, me lave les mains et rejoins mon lit, juste à temps avant de lâcher prise, roulée en boule dans ma couette, assommée par la chimie magique.

Mes paupières brûlent. Des images surgissent, sans queue ni tête. Le géranium rouge. Le séduisant visage de Tristan, ses yeux fous. Les sourcils blonds froncés d'Avel. Mon lit se met à tanguer. Tristan est nu, nimbé d'une auréole pourpre avec un masque de renard, entouré de nymphes plus belles les unes que les autres. Avel rigole, nu aussi, une bière à la main. Tout se mélange et se brouille dans ma tête. Le cachet déconnecte mes aires cérébrales et mes pensées ne sont plus cohérentes. Je ferme les yeux très fort, plongeant dans le coton de l'inconscience.

*

Quatre mois plus tôt.

Tristan n'avait pas l'air dans son assiette. Mâchoires serrées, cou raide, mains nerveuses. Claire Jouan le regarda avec attention.

– Comment allez-vous ?

Il était assis au bord du fauteuil, comme s'il était prêt à déguerpir.

– J'ai cette migraine qui revient trop souvent.

– Êtes-vous allé voir votre médecin ?

– Oui, il m'a donné des trucs.

– Vous a-t-il prescrit des examens ?

– Oui, je vais les faire.

– Bien. Et sinon, comment avez-vous passé cette semaine ?

– Bien bien, RePlay avance. J'ai hâte d'avoir terminé. Le jeu. Et puis ça, ces séances.

– Que ferez-vous lorsqu'il sera terminé ?

Tristan eut un léger sourire.

– Je vais lui envoyer.

– À qui ?

– À Loïs.

Il s'assombrit.

– Vous savez qu'elle m'a bloqué sur les réseaux sociaux ?

Il haussa les sourcils et secoua la tête.

– Ça m'a énervé. Franchement.

Il se caressa la barbe.

– Son numéro de téléphone aussi, bloqué. Et sa boîte mail renvoie mes emails comme spams. Pareil pour son blog, j'ai dû créer un faux compte pour pouvoir y avoir encore accès.

Jouan nota quelque chose dans son carnet.

– Je croyais que vous ne deviez pas la contacter.

– Oui oui… d'accord. Mais vous vous rendez compte ? Elle m'a blacklisté. Ça me tue. Elle me fait passer pour quoi ? Je ne suis pas un psychopathe.

– Vous craignez qu'on vous prenne pour un psychopathe ?

– À voir comment elle se comporte, on dirait que je suis un fou dangereux. C'est n'importe quoi. Personne ne m'a jamais traité ainsi.

– Personne ?

– Aucune femme.

– Elles vous ont traité comment, les autres ?

– Elles m'apprécient. Dans un rapport normal. On passe un bon moment et on se quitte, tranquilles. Sans rien se devoir.

– Toutes ?

– Oui.

– Et donc Loïs Miller n'est pas dans un rapport normal avec vous ?

Tristan regarda Jouan fixement.

– Voilà, vous l'avez dit.

– Pourquoi ?

– Mais j'en sais rien moi. C'est une folle ! Déjà elle a porté plainte, alors qu'on aurait pu s'expliquer tous les deux sans tout ce merdier. Et puis maintenant elle me jette, me *ghoste*.

– Vous *ghoste* ?

– Elle me fait disparaître de son réseau, me zappe. Comme si j'étais un criminel. Or, la vérité, c'est que c'est elle qui m'a agressé en premier. J'aime que les choses soient justes et j'apprécie pas vraiment son attitude de rejet. C'est bon j'ai assez payé, il me semble, non ?

– Qu'aimeriez-vous ?

– Que nos relations soient *normales*. Qu'on puisse discuter sans se prendre la tête. Qu'elle accepte de m'avoir comme ami sur Facebook, que je puisse commenter son blog, qu'elle me réponde, des trucs simples comme ça.

– Vous y pensez souvent ?

– Oui. Ça m'énerve.

– Vous aimeriez qu'elle vous dise quoi ?

– Je sais pas moi. Qu'on n'est pas fâchés. Qu'elle m'aime bien. Qu'on discute comme avant quoi.

Claire Jouan reposa son stylo.

– À quel point diriez-vous que cette pensée vous obsède ?

*

J'ouvre les yeux, deux billes effarées. Par la fenêtre je constate qu'il fait nuit et la rue est parfaitement silencieuse. Quelque chose m'a réveillée. Je me redresse, aux aguets. Je ne perçois que le grognement du réfrigérateur. Je me lève, sans faire de bruit, m'enroule dans un châle en laine et, le cœur cognant dans ma poitrine, j'avance dans l'appartement. J'allume la pièce principale : rien. Tout me semble normal. Sur la table du salon, mon ordinateur allumé clignote. Je ne comprends pas ce qui m'a tirée de mon sommeil. Ou alors c'est seulement que le cachet ne fait plus effet. Je m'assois devant ma table et touche la souris. Le volet de la messagerie s'affiche. Un mail d'Avel est arrivé. Sans objet. Je l'ouvre.

Lo,

Je ne voulais pas être brutal avec cette liste (que je te redonne en PJ avec les liens internet cette fois). Je ne voudrais pas que tu replonges dans les mailles du filet de ce type, c'est tout.

Souviens-toi comme tu as eu du mal à t'en sortir. Peut-être que d'autres filles de cette liste ont aussi souffert de ce pervers. Alors oublie-le et take a good care.

Avel

Je soupire. Malgré ses pseudo-excuses et son ton conciliant, mon enfoiré de pote ne lâche pas l'affaire. Il veut que je me fourre cette liste dans le crâne. Et ça marche. Il est quatre heures du mat' et je rouvre le décompte funeste.

Je déroule le document, l'esprit étrangement affûté et les idées claires, comme si j'avais eu mon content de sommeil. Il a bien bossé, Avel. Des dizaines de lignes. Nom, prénom, détails perso, photo de profil, date de connexion et liens vers des pages Facebook. Je reconnais bien la rigueur du journaliste… Mes yeux sautent d'une ligne à l'autre et mon cerveau fait des calculs. Iris, Éléonore, Maria, Lucie, Mathilde, Emmy, etc. Toutes ont en commun d'avoir le profil mannequin et d'avoir accepté au moins un rencard avec Tristan, sur SMART. Avant, pendant, après notre « mésaventure ». Je n'ai aucune envie de lire ça, et pourtant. Ne pas le lire reviendrait à me cacher la tête dans le sable. Les vannes sont ouvertes, allons-y. Nauséeuse, je scrolle l'énumération, qui me semble interminable. Je me sens soudain très très petite et très très insignifiante. Mais quelle hypocrite je suis. Lors de rencontres sur Internet, on se fait chacun dans son coin son petit tableau de chasse. Néanmoins, à chaque nouvelle rencontre, nous agissons comme si elle était unique. Et ça l'est d'une certaine façon. Nous ne faisons pas le compte de nos conquêtes, ni l'étalage de leurs atouts et de leurs défauts. On tâche de se montrer sous son plus beau jour, c'est tout. Jusqu'à une nouvelle rencontre... À tel point qu'on peut se demander à quel moment il faut s'arrêter. Et si c'était encore mieux ailleurs ? Et recommencer, recommencer, comme une addiction à sa propre insatisfaction. Je savais bien que je n'étais pas la seule... mais à ce point. Je plaide la naïveté. Lorsque Tristan et moi avions discuté, j'avais ressenti une densité intime dans ses propos, qui m'avait touchée. Comme s'il était arrivé sur ce site un peu par hasard, un peu gauche, comme moi. Je m'étais dit que nous nous retrouvions telles deux âmes à la dérive, et qu'immédiatement nous nous comprenions. On s'était même confié des choses personnelles par écrit. Nos adolescences compliquées. Ma mère abusive, son père violent. Nos deuils sans fin. Ce n'était pas *rien* quand même.

Je me suis raconté un conte de fées.

Cette liste me montre crûment ma première impardonnable erreur. Avoir voulu croire que j'étais différente. Tristan avait été si attentif que je m'étais sentie singulière. Cette suite de noms me prouve le contraire. Il chasse, souvent, et beaucoup, plusieurs filles à la fois. Au vu des dates inscrites en regard des photos, je me rends compte qu'il y en a eu d'autres pendant notre pourtant très courte relation. Et tout de suite après. Mon Dieu.

Je me lève et me dirige droit vers le placard de la cuisine, au-dessus des plaques de cuisson, où je trouve la bouteille de whisky. Un Balvenie de seize ans d'âge, mon préféré, que je réserve aux grandes occasions. Je reviens avec un verre à pied (sacrilège) rempli. Je viens de prendre une bonne baffe dans la figure, c'est mon seul remède, à l'efficacité éprouvée.

Je fais partie de la liste. Comment ai-je pu croire que ce genre de type agirait autrement ? À quelle histoire me suis-je raccrochée ? Et pourquoi ai-je eu tellement besoin de cette fable pour vivre ? Pourquoi ne pas juste accepter que nous étions des adultes nucléaires, lâchés en liberté, mus par le désir de posséder ? Nous nous sommes rencontrés, nous avons voulu coucher ensemble, point barre. Pourquoi attendre plus ? À l'heure des applis de rencontres, le romantisme est une aspiration désuète, presque malsaine. Je ferme les yeux, je me pince l'arête du nez.

Je suis sur le fauteuil dans sa cave, attachée. Je subis. Je crie.

J'ouvre brusquement les yeux et, soudain, j'envisage la situation sous un angle différent, avec du recul, me décollant de mon nombril. Et si Tristan avait fait du mal à d'autres filles, d'autres victimes de sa pièce diabolique ?... Je me redresse. L'idée – tellement évidente – me frappe. Et, tout à coup, toutes ces filles alignées sur cette liste ne m'apparaissent plus comme des rivales mais comme des sœurs.

L'horloge de l'ordinateur indique quatre heures trente du matin, je suis ivre, certes, mais encore assez cohérente pour agir. J'ouvre ma messagerie et commence à écrire.

À quatre heures cinquante, j'ai pondu un petit texte tourné comme il faut. Je le copie et méthodiquement l'insère cinquante fois dans le corps des mails. Puis j'appuie sur la touche *Envoyer*. Je me lève en titubant légèrement. Bienfaitrice carapace alcoolique. Et m'écroule sur le canapé, la tête dans un coussin brodé offert par ma mère.

17

La sonnerie de mon téléphone portable me réveille, la tête coincée entre deux parpaings, paupières collées. Je tâtonne au pied du canapé pour l'attraper. J'ouvre un œil pour voir qui ose : François, mon chef. Je rugis : « Mais bordel il ne dort jamais ?! » La luminosité dans le salon m'indique cependant qu'il ne doit pas être si tôt que cela. J'ai la réponse sur la pendule posée au sol, qui attend une bonne âme pour être accrochée un jour au mur. Dix heures dix. « Eh m… » Je me racle la gorge et décroche :

– Allô ?

– Mais qu'est-ce que tu fiches, Loïs. Ça fait six fois que je t'appelle !

Je grimace, un méchant troll me pince un nerf derrière les orbites.

– J'ai pas entendu. Désolée. Que se passe-t-il ?

– Lanzano ! Elle vient d'avoir le prix Lasker !

Je me redresse d'un coup.

– Ça vient de tomber ?

– Y a une heure ! T'as fini son portrait ?

– Oui, oui, presque.

Je mens. Je me lève tout en écoutant mon patron déblatérer je ne sais quoi et dans la cuisine me fais couler un café. Je flotte quelque part entre le monde des vivants et celui des zombies. François parle toujours.

– Tu arrives quand ?

– Dans dix minutes.

– Grouille. Là on a bâtonné une dépêche. On publie le portrait dès que tu arrives, dans une demi-heure, cet après-midi on passe son interview et entre-temps tu lui envoies un mot pour qu'on ait une réaction.

– Oui, oui, oui.

Je tourne sur moi-même. Mon café à la main, j'entre dans ma chambre, hagarde, comme si je découvrais pour la première fois cet endroit, et je cherche des yeux des fringues mettables. Mon crâne est léger comme une boule de bowling lestée d'une enclume et, si l'autre continue à parler si fort dans le combiné, il y a de fortes chances qu'il explose en envoyant des bouts de cervelle sur tous les murs.

– À quatorze heures, tu enregistres une séquence vidéo pour le site web, son parcours, son apport majeur en intelligence artificielle. C'est bon, tu as noté ? Allez, on t'attend. Dépêche !

Il raccroche. Je reste quelques secondes immobile. Puis, comme si la touche *GO* avait été enclenchée par un doigt invisible, je passe en mode urgence. Je jette mon téléphone dans mon sac à dos. Bois ma tasse de café dans la salle de bain avant de me laver les dents. Topo de la situation : le prix Lasker est l'antichambre des prix Nobel et les Français, qui plus est les Françaises, sont rarissimes à l'avoir décroché. C'est un sujet en or. Mais mon portrait est loin d'être terminé, l'interview encore en vrac, tout comme ma tête. Bien. Tout va bien. J'attrape des sous-vêtements, un jean, un T-shirt blanc, un pull, des baskets, j'attache mes cheveux avec un élastique que je trouve – Dieu merci – sur le bord du lavabo. *Quelle bonne âme t'a mis là toi ?* Je parle tout haut, pour être sûre de ne rien oublier. « Chargeurs de téléphone, d'ordi, carnets de notes… » J'attrape au passage une boîte de paracétamol.

Quelques secondes plus tard, je claque la porte de l'appartement et dévale les escaliers. Je passe devant chez Avel, hésite un instant, *non, pas le temps.*

Je bondis dans l'avenue Bosquet et me presse. Et là, je me congratule d'avoir choisi un appartement à cent cinquante mètres du boulot.

Sylvia Lanzano, Prix Lasker. Bien sûr, elle le mérite amplement. Grâce à ses trente ans de travaux sur le circuit neuronal des émotions et du contrôle de soi. Huée à ses premières publications il y a trois décennies, elle a fini par emporter la reconnaissance de l'ensemble de ses pairs. Aujourd'hui, sa comparaison entre cerveau humain et cerveau artificiel lui vaut d'être considérée comme une éclaireuse du futur.

Sur le chemin, je prends mon téléphone, en quête du numéro de portable de la chercheuse. Nous nous sommes rencontrées il y a un mois à Paris. Nous avons partagé un moment exquis à dérouler le fil de sa vie, ses espoirs, sa vision de l'avenir. À la charnière entre biologie, high-tech et philosophie. L'entretien qui aurait dû durer trente minutes s'était prolongé pendant une heure et demie. Je trouve son numéro de portable et, marchant toujours, rédige un texto. Je lui laisse une petite heure pour réagir à ce message avant de l'appeler directement. La Franco-Italienne doit être tellement sollicitée… Mais comme on s'est bien entendues, j'ai mes chances.

Arrivée à la porte cochère devant la rédaction, je tape le code et pénètre dans la cour. Je monte au deuxième. À peine ai-je un pied posé sur la moquette de l'open space – a-t-il un sixième sens ou bien un système de télésurveillance braqué sur moi ? –, François déboule.

– T'as eu Lanzano ?

– Je l'ai contactée. J'attends une réponse. Je t'envoie le portrait.

Je traverse le plateau où la moitié des rédacteurs travaillent, concentrés. Je salue ceux dont je croise le regard.

– Ta copine a gagné ! me lance Patrick, le spécialiste des États-Unis.

Je pointe le pouce en l'air.

Je me glisse à ma table, tape mon mot de passe dans l'ordinateur et attends que tous mes documents s'affichent. Je me donne très exactement dix minutes pour torcher un papier déjà bien avancé. Challenge. Ma messagerie se connecte et m'annonce plus d'une trentaine d'emails, *fichtre*. Par réflexe je les passe en revue. Au milieu des newsletters habituelles, des relances d'attachés de presse et des multiples alertes qui font la recension de toutes les publications parues, je tique devant trois mails. Des réponses à mes divagations nocturnes… Ma main meurt d'envie d'ouvrir les messages. Non. Le travail avant tout.

Je clique sur mon document en cours de rédaction. Le relis rapidement. La seule façon de m'en sortir est d'oublier la fin, pas rédigée, et de retravailler le début avec l'annonce du prix. Je mets mon casque audio sur mes oreilles, lance ma playlist de Bill Evans, et le piano jazz emplit l'espace mental. Mes doigts se mettent à courir sur le clavier. Je rédige la nouvelle accroche, droit au but. Puis je lisse, coupe, corrige et mets un point final à mon texte que je transfère sur le back-office du site web, ce bureau partagé, salle des machines de notre site internet où chaque journaliste enregistre ses articles. J'effectue une recherche photo dans la banque d'images à disposition, trouve un portrait flatteur de Sylvia. Je finis par une minibio en quelques dates clés. À dix heures et deux minutes, j'appuie sur *Envoi*.

Je souffle. YES.

Je ferme les yeux. Je mérite un café.

Je reviens avec ma tasse, un sentiment agréable de soulagement m'envahit. *Ça, c'est fait.*

Je dois continuer. L'interview maintenant. Je retourne sur le bureau de l'ordinateur et ouvre mes notes d'interview. Tout y est, sauf sa réaction au prix, évidemment. Il ne me faut que quelques mots de plus et ce sera bon. Je vérifie mon téléphone, pas de réponse encore. Le web est gourmand, pressé, exigeant. Mais une seule phrase d'elle suffira pour faire un titre, qui sera repris et répété à l'envi si les dieux des réseaux sociaux sont avec moi. À présent, le système médiatique est tel que seuls le titre et la phrase d'accroche comptent. Pourvu qu'ils comportent les bons mots-clés, mon article sera référencé par les grands maîtres de la Toile qui le hisseront au sommet de leur liste de *top news*. Alors les internautes le partageront à leur tour et ainsi de suite pour faire monter le nombre de clics de souris. Et plus le site aura de visiteurs – même si les gens ne lisent pas l'article –, mieux il sera classé dans les audiences et plus les espaces publicitaires vendus par le site prendront de la valeur. Voilà. Je viens donc d'écrire à l'arraché le portrait, que probablement personne ne lira, d'une chercheuse remarquable, portrait dont seul le titre sera lu et (peut-être) vite partagé, tout aussi vite oublié, remplacé par le prochain papier au titre accrocheur. Cette course aux clics et aux *likes* est devenue la pulsation cardiaque de notre métier. Cela ne nous rend pas heureux – on n'a pas choisi d'être journaliste pour cela – mais on ne sait pas comment arrêter la machine infernale qui s'est emballée, en recherche désespérée de rentabilité. Je bois une gorgée d'eau dans ma gourde qui doit traîner là depuis des lustres. Elle a un goût de plastique. Et puis je fais ce que je ne devrais pas faire. J'ouvre de nouveau ma boîte mail.

Il est midi, la pression est retombée. François n'est plus à son bureau et sur l'écran géant qui domine l'open space, je vois avec satisfaction que le portrait de Lanzano est à la une du site et « fait du clic ». La courbe d'audience est en croissance constante depuis sa publication. Elle va poursuivre son ascension encore quelques heures avant de redescendre. Il sera alors temps de publier l'interview avec sa déclaration. Bien. Ça fera oublier mon début de journée calamiteux. Je vérifie de nouveau mon téléphone, pas de réponse de la chercheuse primée. J'ai donc un peu de répit devant moi.

Je ferme ma boîte mail, me lève, attrape mon blouson et sors discrètement par la porte coupe-feu. La journée a commencé de manière chaotique et elle ne semble pas vouloir en rester là. Les collègues vont se passer de moi une petite heure, le temps que je fasse le tri dans ma tête avec ma meilleure amie.

Une fois dans l'avenue Bosquet, je relâche tout l'air que j'ai dans les poumons, m'apercevant que j'étais en apnée depuis mon arrivée sur les chapeaux de roues. Je marche vite, remontant la rue jusqu'à la place de l'École-Militaire. J'entre dans la brasserie *La Place*, fauteuils de velours rouge et serveurs en pantalon noir et chemise blanche. Leur menu est monotone et cher, mais le cadre est agréable et il y a assez d'espace entre les tables pour pouvoir discuter tranquillement. Florence m'attend au fond de la salle, lunettes sur le nez, en train de déchiffrer la carte. Je me jette quasiment dans ses bras, ce qui a pour effet de faire légèrement dévier sa perruque rousse sur son front.

– Oh pardon, je suis désolée.

D'une main sûre, Flo redresse son carré auburn et me sourit. Je m'assois en face d'elle.

– Suis un peu en retard, pardon. Comment ça va ?

– Mieux que toi apparemment.

Je lui raconte en deux mots mon début de journée catastrophique puis nous commandons deux salades niçoises. Ce qui fait de bons points pour mon application santé. Dès que le serveur est reparti, je l'interroge sur ses résultats. Elle a ce sourire que je connais bien, presque d'excuse.

– Pas terrible. Je dois revoir l'oncologue.

– Pas terrible, c'est-à-dire ?

– Les marqueurs ne baissent pas, en tout cas pas assez. On va passer à une plus forte dose.

Nous discutons de la thérapie jusqu'à ce que le serveur revienne en apportant les salades. Des haricots verts, des œufs durs, parsemés de quelques anchois. Comme à chaque fois je me dis que les portions sont chiches pour dix-sept euros mais les produits sont frais. J'arrose copieusement d'huile d'olive et sale les œufs.

– Donc en fait, on attend ?

– Oui, voilà.

Je la regarde avec toute la tendresse que je ressens pour elle.

– Ça va aller. Ils vont trouver, lui dis-je.

Elle se met à rire.

– Bof, j'ai pris rendez-vous avec mon notaire.

Elle a la dignité désespérée des braves. Je lui caresse la main par-dessus la table. Pas question de s'apitoyer.

– Je comprends. Si tu veux mettre tes affaires en ordre, fais-le. Mais tant que tu n'as pas les genoux à terre, c'est pas perdu.

Flo saisit une moitié d'œuf dur.

– J'ai commencé à trier plein de vieux trucs, tu sais. Et j'ai envie de reprendre contact avec des amitiés perdues de vue.

– Ah oui ? Qui ?

– Des copines du lycée et de l'université. Je pensais même aller à Lille bientôt pour en revoir certaines.

– Je les connais ?

– Non, c'était avant qu'on se rencontre.

Elle a soudain l'air gêné et un signal d'alarme s'allume dans ma tête.

– Que se passe-t-il ?

– Oh, rien qu'un brin de nostalgie idiote. J'ai regardé toutes ces vieilles photos et c'est fou le nombre de gens qui ont traversé ta vie ; ceux que tu as adorés, détestés si fort, et pourtant oubliés. Au moment où tu es avec eux, ils sont si importants, tu te confies à eux, tu les écoutes, tu dis que rien ne pourra jamais nous séparer. Et en fait nos routes se disjoignent, les gens disparaissent de ton horizon et toutes ces affections restent derrière toi. Je ne sais pas, c'est comme un grand gâchis de sentiments, tu ne trouves pas ?

– Tu penses à quelqu'un en particulier ?

– Oui, non, juste une impression. Fais pas attention, je dis n'importe quoi.

Je pense savoir à qui elle fait allusion mais le terrain est miné. Il y a des zones d'ombre chez Florence, comme chez moi d'ailleurs, dans lesquelles, par pudeur extrême, nous ne nous aventurons jamais. Elle soupire.

– C'est ton histoire de jeu, RePlay, ça m'a taraudée. Tout d'un coup je me suis demandé : et si seulement je pouvais refaire... Tu vois ? Allez, j'ai envie de parler d'autre chose. Raconte-moi ce qu'il t'arrive. Tu m'as dit que c'était urgent.

J'ai honte à présent. Urgent, franchement ?

– Ce sont des bêtises. Je me sens ridicule par rapport à...

Le sourire de Flo s'éteint aussitôt.

– Ah non, commence pas. Tu ne m'as pas traitée comme une malade depuis le début et tu ne vas pas t'y mettre maintenant. Pas d'apitoiement sinon je me tire.

Elle n'a plus l'air de rigoler du tout, j'enchaîne, rapidement.

– Tu as raison. Désolée.

Je lui raconte alors tout. Mes infos sur Claire Jouan, mon grand moment de désespoir la veille, ma décision de m'ouvrir à Avel, sa réaction épidermique et son horrible liste. Et enfin, la rafale de mails que j'ai envoyés la nuit dernière, alcoolisée.

Flo écarquille les yeux.

– T'as pas chômé en vingt-quatre heures. Et elles t'ont répondu ces filles ?

Je marque une pause.

– Certaines. Faut dire que j'ai mis le paquet.

Tandis que je fouille dans la poche de mon blouson à la recherche de mon téléphone portable, Flo admet qu'elle était au courant pour la liste.

– J'ai eu Avel au téléphone hier soir tard. Il était très remonté contre Danton et très inquiet pour toi. Il a peur que tu te fasses avoir de nouveau.

Je hausse les épaules.

– Ah ça oui, il a été odieux.

– Je lui ai dit que je n'étais pas d'accord avec lui. Entretenir le ressentiment ne mène à rien. Il n'est pas objectif. Il t'aime trop.

Je ne relève pas car je viens de mettre enfin la main sur mon portable. J'ouvre ma boîte d'emails et, sans plus de cérémonie, je les lis à haute voix.

@Jasmine : « Je ne vous connais pas, ne me recontactez pas. »
@Violette : « Vous avez des nouvelles de Tristan ? Savez-vous où je peux le joindre ? »
@Anna : « Je ne sais pas ce que vous cherchez mais entre Tristan et moi c'était une histoire unique, ne venez pas vous mêler de ce qui ne vous regarde pas. »
@Marianne : « Allez vous faire foutre. »

Je marque une pause et lève les yeux vers Flo qui a cessé de manger, le visage plus pâle. Je repose le téléphone et croise le regard consterné de mon amie.

– C'est un festival. J'ai cru qu'il y avait peut-être parmi elles d'autres victimes. Mais non. Je me suis ridiculisée. Je suis trop conne.

Je repose mon portable sur la table.

– J'ai honte.

Flo me caresse le poignet.

– Ce n'est pas à toi d'avoir honte et tu n'es pas conne.

J'avale une olive et un anchois qui aiguise mes papilles.

– Je me suis encore raconté une fable. Que j'allais trouver des alliées, qu'on allait montrer au monde entier que Danton est un pervers ou que sais-je. C'est dingue. C'est comme si mes yeux ne pouvaient jamais voir la réalité telle qu'elle est. Finalement je finis par me demander si son monde virtuel n'est pas plus vrai que ma réalité.

On laisse passer un ange et Flo reprend la main.

– Ce que je vois moi, c'est qu'après tout ce temps, ça te torture toujours autant et ça, c'est préoccupant.

– Je commençais à aller mieux et paf, il s'impose de nouveau dans ma vie, il apparaît, il veut me rencontrer, me faire jouer à son jeu, je me sens acculée, dos au mur.

Flo prend une inspiration.

– Exactement. C'est pourquoi je crois que…

– Quoi ?

Elle me tient la main plus fermement à présent, comme si elle craignait que je m'enfuie.

– Contrairement à ce que dit Avel, tu devrais accepter cette médiation. Te confronter à lui. Démystifier. Peut-être que l'entendre te dire des choses, éventuellement te demander pardon, te ferait le plus grand bien aujourd'hui.

– Lui, demander pardon ? Mais tu rigoles. Il n'a jamais reconnu quoi que ce soit. Il a pensé que j'étais coincée, c'est tout. Et puis depuis tout ce temps que j'essaie de l'effacer, non !

– Visiblement, il n'a pas envie que tu l'effaces de sitôt. Alors maintenant tu as besoin de laisser tomber cette colère qui est en train de te bouffer, besoin de tirer cela au clair.

– Je ne lui pardonnerai jamais.

Florence souffle par les narines, je sens qu'elle s'agace même si elle essaie de rester douce.

– Personne ne te demande de faire cela. À partir de maintenant, soit tu passes à autre chose, soit tu affrontes le truc, mais tu ne restes pas le cul entre deux chaises. La vie passe. Crois-moi. Est-ce qu'au moins tu as cherché à comprendre ce qu'était RePlay ?

– Non.

– Si ça se trouve, ce jeu apporte vraiment du positif. Si ça se trouve, ce type a fait quelque chose de bien. Et cette psy qui le suit a l'air douée. Tu ne crois pas qu'on peut changer ? Que tu peux lui laisser une chance ?

– Quoi ?

– Les gens peuvent évoluer.

Je plonge mes yeux dans ceux de ma meilleure amie. Je vois sa fatigue derrière le maquillage discret, sa peau plus grise sous le fond de teint, ses lèvres pâles. Tous les efforts qu'elle fait pour me sortir de l'impasse dans laquelle je me suis fourrée alors qu'elle-même est en sursis. Je baisse les yeux.

– Tu as raison.

*

Deux mois plus tôt.

– J'ai beaucoup réfléchi vous savez, pendant l'été.

Tristan, le teint hâlé, les cheveux bruns aux épaules, était profondément calé dans le fauteuil faisant face à Jouan. Ses yeux brillaient d'un éclat singulier qui intensifiait son regard. Jouan se dit qu'il avait dû en faire chavirer plus d'une sur la plage.

– Ah oui ?

– Oui, j'ai beaucoup repensé à tout cela. Et je ne suis plus du tout en colère contre Loïs. Bien au contraire, même. Je crois avoir tout compris.

– Tout ?

– Oui. Je comprends pourquoi elle m'a bloqué sur les réseaux, pourquoi elle m'a rejeté en un sens.

– Pourquoi ?

– Parce que je ne lui ai pas apporté ce qu'elle attendait.

– …

Claire Jouan le regardait avec attention.

– C'est une idéaliste. Quand vous lisez ce qu'elle écrit et les livres qu'elle choisit, c'est évident !

– …

– Elle est idéaliste et elle attend une relation idéalisée. Alors que moi, voyez, je suis du genre pragmatique. Je vois les choses telles qu'elles sont et les humains tels qu'ils sont. Je pense qu'elle n'a pas supporté ma lucidité, d'une certaine façon.

– C'est intéressant, ce que vous dites.

– Le virtuel n'est qu'un moyen d'expression comme un autre. Et il peut révéler le pire comme le meilleur de l'être humain, voyez. Elle n'a pas supporté cette confrontation.

– …

– Alors elle m'a rejeté. Ce que je peux comprendre au fond. C'est pourquoi je pense que tout vient d'un malentendu. Si elle voyait plus le monde tel que je le vois, elle me comprendrait. Mais pour cela il faut que je lui montre.

– …

– Alors je continue à la suivre sur les réseaux. Et je pense même qu'elle cherche parfois à me parler à travers son blog.

– C'est-à-dire ?

– Le choix des livres, il n'est pas anodin. Lorsqu'elle critique *Cerveau et silence. Les clés de la créativité et de la sérénité*, je comprends ce qu'elle veut me dire.

Claire Jouan nota quelque chose dans son carnet.

– Vous pensez qu'elle veut dire quoi ?

– Que le silence, la déconnexion servent à nous régénérer. Le silence est nécessaire. Elle m'explique par là sa mise en retrait. Je comprends le message qu'elle m'adresse. Alors je lui réponds à ma façon.

– …

– J'ai créé un nouveau compte avec un pseudo et je lui envoie des remarques, des critiques. Comme ça on reste en contact, de manière indirecte. Une sorte de nouvelle relation virtuelle, en somme. Et petit à petit je vais pouvoir lui montrer le monde à ma façon.

– …

Claire Jouan ferma son carnet de notes.

– Bien. Il me semble, Tristan, que nous devrions envisager sérieusement une chose à laquelle je pense depuis un certain temps. Voilà, je me dis qu'il serait souhaitable pour tous les deux, elle et vous, d'échanger dans un cadre thérapeutique.

– C'est-à-dire ?

– C'est une proposition que j'aimerais vous faire, à elle et à vous. Une rencontre, en présence de vos thérapeutes, pour discuter, écouter, et avancer. Dans la réalité. Cela me permettrait aussi de signer sans retenue votre fin de sursis probatoire.

Tristan eut un sourire sincère.

– Ce serait fantastique.

*

À peine sortie de la brasserie, mon téléphone vibre. Lanzano ! J'avise un banc sur l'avenue, fixe mes oreillettes tout en sortant un carnet et un stylo de mon sac. Je décroche enfin.

– Madame Lanzano, bonjour, merci beaucoup de m'avoir rappelée.

– Bonjour, je n'ai que quelques secondes, allons-y.

J'appuie le carnet sur mes genoux.

– Je m'en doute. Tout d'abord, toutes mes félicitations. Qu'est-ce que ce prix Lasker va changer à votre vie ?

Nous nous entretenons pendant quatre minutes où je note les premières impressions de la chercheuse. Elle a un débit rapide et je m'accroche à mon stylo pour prendre ses déclarations sous la dictée, le plus fidèlement possible. Je lui fais repréciser une phrase puis la remercie chaleureusement. Je raccroche et passe en revue les pages que je viens de noircir. Super. Je repars vers la rédaction d'un pas rapide. J'ai tout ce qu'il me faut pour publier mon interview et alimenter la vidéo pour le web. Lanzano est ce qu'on appelle une « bonne cliente », c'est parfait. Je remonte à mon bureau, fais une halte devant la fontaine et remplis ma gourde d'eau glacée que je bois d'un trait. De retour à ma table de travail, je boucle l'interview en une demi-heure et je dépose le tout sur le back-office. Puis je rejoins l'équipe vidéo dans le studio d'enregistrement au troisième étage pour tourner un petit sujet. À seize heures, je retombe sur mon fauteuil à roulettes, yeux fermés, après avoir vu sur l'écran géant mes publications affichées. *OUF.* Le soulagement provoque une envie de sucré. Je vais me chercher au distributeur de l'étage un paquet de madeleines et un grand café. Et, en trempant les gâteaux dans le breuvage avant de les engloutir avec bonheur, je découvre que j'ai reçu un message vocal.

> « Loïs, bonjour, c'est le Dr Marx. Je vous propose que nous rediscutions de la proposition du Pr Jouan à notre prochain rendez-vous lundi. Réfléchissez-y d'ici là. Je vous souhaite une bonne journée. »

Je sors une deuxième madeleine de son paquet et lui fais prendre le même chemin que sa petite sœur. Après un bain de pieds dans mon café, elle finit, ramollie, dans ma bouche. Bien. Je vais être raisonnable. Je vais faire face et ne plus me défiler.

18

Il est dix-huit heures trente. Les bras alourdis par un sac en papier plein à craquer de vivres et de deux petits pots d'azalées, je pousse la porte cochère de mon immeuble et entame la montée des marches. J'ai pris une décision et rien que pour ça je me sens déjà mieux. Je m'arrête devant chez Avel. À l'aide de mon coude j'appuie sur sa sonnette. Le battant s'ouvre quasi immédiatement, comme si Avel avait guetté mon passage. Il a l'air épuisé, ses cheveux plus anarchiques que jamais. Il dépose un baiser sur ma joue.

– Salut. Je suis désolé pour hier.

Je lui retourne son baiser sur l'autre joue.

– Moi aussi.

– Je n'aurais pas dû te donner cette liste.

– Ne dis pas ce que tu ne penses pas. Mais c'est bon. Passons à autre chose.

– Non, j'ai été idiot.

– Tout va bien. Je crois que ça m'a aidée, même. Ça m'a fait avancer. Je peux entrer une seconde ?

Avel s'écarte.

– Oh oui oui, pardon.

J'entre chez lui et m'appuie dos à la porte, sans poser mon sac de courses. Il enfonce ses mains dans ses poches.

– T'as vu Flo ? Ça va ?

Je fais la moue.

– C'est pas terrible. Mais elle tient le coup.

Un silence épais flotte entre nous. La dispute d'hier a laissé des traces. Nous tentons tous les deux d'adopter un ton normal mais le malaise persiste, fait de non-dits, de regrets, de culpabilité et de tout ce qu'on peut imaginer entre deux amis qui se sont emportés. Mais je ne perds pas de vue mon objectif. J'hésite encore une fraction de seconde puis me lance :

– J'aimerais te demander un petit service.

– Oui, bien sûr.

– L'autre jour j'ai cassé mon exemplaire de RePlay. Pourrais-tu me prêter le tien juste pour aujourd'hui, avec tes codes promo, pour essayer ?

Avel soulève un peu les sourcils. Je vois bien qu'il s'évertue à rester impassible mais que la curiosité le ronge. J'ai envie de tout lui dire. *Je vais essayer de comprendre ce que Danton a conçu supposément à cause de moi. Ta liste a fait éclater la bulle d'illusion mortifère que j'avais créée autour de cette pseudo-histoire d'amour. Allons jusqu'au bout des choses à présent. Je dois reprendre le pouvoir. C'est-à-dire savoir...* Mais je me tais. C'est plus commode. Sans un commentaire Avel va chercher le carton, toujours pas ouvert.

– Je vais t'aider à tout remonter.

Nous grimpons l'escalier jusque chez moi. Avel dépose le jeu sur la table basse tandis que je déballe les courses dans la cuisine.

– Je te laisse mes codes, le test est nominatif.

– Mais toi tu vas faire comment après ?

– J'ai droit à deux essais.

Il se dirige vers la sortie.

– Tu me raconteras ?

– Oui. Je te le rends dès demain.

– Tu peux le garder plus longtemps, j'ai beaucoup de jeux à tester avant celui-là et la sortie officielle n'est qu'en décembre.

Sur le pas de la porte, Avel hésite mais finalement se garde d'ajouter quelque chose. Il redescend chez lui. Le silence se dépose sur les meubles, les fleurs, les livres. Je réglerai la discorde avec Avel plus tard. Pour l'instant, il n'y a plus que le jeu et moi.

Je retourne dans la cuisine et fais chauffer de l'eau dans la bouilloire. Je n'ai pas la moindre idée de ce qui m'attend. Je fais couler l'eau brûlante sur un sachet de tisane au gingembre. Le parfum piquant titille mes narines. Tout en sirotant mon breuvage, je reviens dans le salon. Je respire un grand coup pour oxygéner mon cerveau, puis connecte mon téléphone à l'enceinte et choisis dans ma playlist l'album *Simulation Theory* de Muse.

19

Les beats du morceau *Algorithm* font vibrer mes tympans, accélérer mon cœur et bouger ma tête en rythme. Je n'ai plus le choix de revenir en arrière. Je suis allée trop loin, j'ai envie de savoir.

Le moment est venu. J'éteins la musique. Le silence reprend ses pleins droits, troublé seulement par ma respiration. J'enfile lentement les gants haptiques, bouge les doigts pour vérifier que les capteurs sont bien en contact avec chaque phalange et aussi avec le creux de mon poignet pour la mesure de mon pouls. Me voici au pied du mur. J'ajuste le casque sur ma tête de telle sorte que les deux oreillettes se logent dans mes oreilles. Instantanément, la connexion se fait. Un flash bleu dans la visière m'indique que j'entre dans le jeu. J'ai l'impression de m'être transformée en Wade Watts, le geek d'Ernest Cline dans *Ready Player One*.

Aussitôt le flash dissipé, je me retrouve propulsée, sans surprise, dans le paysage bucolique de la première fois, souligné par une nappe de musique électro. Le blob rose avec ses yeux en soucoupe fait son apparition. D'un large sourire de monstre gentil, il me désigne les deux icônes « Bienvenue » et « Jouer ». J'ignore la première et avance la main vers la seconde. Mon cœur bat très fort. Comme c'est une version pour la presse, je dois dicter à haute voix le code d'accès d'Avel, qui s'inscrit dans une case prévue à cet effet. Rien ne peut m'arriver de fâcheux. Personne ne sait que c'est moi, j'avance incognito.

Au bout de quelques secondes, au centre d'un maelström de couleurs et de fleurs tourbillonnantes, un portail de style gothique s'ouvre. Et là, une large roue vert et bleu tourne autour de deux cartouches, « Premium » ou « Invité ». Je clique sur le second. Des instructions défilent, trop vite. Mes paupières papillotent. Je dois accepter les conditions générales. Je clique. Puis j'apprends que j'ai droit, comme me l'avait indiqué Avel, à deux sessions d'essai « Presse », où « l'expérience sera fidèle à la version définitive mais plus brève ». Je clique sur « Suivant ». Un clavier virtuel géant se superpose au paysage.

– Bonjour Avel, me dit une voix suave. Pour qu'on puisse mieux te connaître, il faut que tu répondes à des questions à l'aide du clavier ou par dictée vocale, ensuite clique ou dis « Suivant ». Merci. Et bonne expérience !

Je clique sur « Suivant ».

– Construis ton avatar, me dit la voix.

Et, c'est drôle, apparaît devant moi une silhouette masculine qui me rappelle en tout point Avel, avec ses cheveux blonds en pétard et son allure cool. Je souris à travers mon casque. Si je veux, je peux modifier sa coupe, ses yeux, ses habits... Mais non, il me plaît comme ça. Je me sens étrangement indiscrète, comme si je me glissais dans sa peau, dans sa vie. Je clique de nouveau sur « Suivant ». Je m'amuse beaucoup pour le moment. La question qui vient est plus délicate.

– Votre *RePlay* concerne... au choix votre : Père / Mère / Sœur / Frère / Fils / Fille / Conjoint / Conjointe / Ex-conjoint / Ex-conjointe / Ami / Amie / Amis / Employeur / Employeuse / Collègue / Autre.

Je me frotte les lèvres et le menton, à la recherche de quelque chose de crédible. Cette situation est inattendue je dois dire, et j'aurais dû l'anticiper. Je coche « Amis ». La suite est encore plus déconcertante.

– Par rapport à vos Amis votre *RePlay* concerne : Une discussion / Une bonne nouvelle / Une dispute / Un malentendu / Une maladie / Un décès / Autre.

Je hausse une épaule et sélectionne « Autre ». Un bloc s'ouvre et je dois taper quelque chose, mais quoi ? Je me creuse la cervelle pour trouver un événement marquant que l'on aurait partagé. Et puis soudain c'est l'étincelle. J'écris : « Fête, soirée d'intégration. » Les questions s'enchaînent.

– Ce *RePlay* concerne une soirée avec vos Amis ? Oui / Non.

Oui, je confirme. La voix me demande :

– Où cette soirée a-t-elle eu lieu ?

J'écris : « ESJ Lille. »

– Quand cette soirée a-t-elle eu lieu ?

Facile de m'en souvenir. Il se trouve que c'était l'anniversaire d'Avel, le 24 septembre, il y a douze ans. J'entre la date exacte.

– Quels amis étaient là en particulier ?

Là, je dois encore faire appel à ma mémoire. Mais ce n'est pas si compliqué. Je tape le nom de Florence, bien sûr. Et puis ceux de la promotion avec qui nous sommes restés en contact depuis. Une fois le premier cercle décrit, j'élargis au deuxième. L'opération est facilitée par le fait que la plupart de nos anciens camarades exercent à la télévision ou à la radio, et certains sont même connus et renommés. J'écris au total vingt noms auxquels j'ajoute quelques professeurs de l'époque. Je pense que pour tester le jeu, c'est suffisant.

La machine se met à mouliner. Et puis, tout à coup, un espace de libre expression apparaît, accompagné de l'icône d'un micro.

– Racontez-moi les circonstances de cette fête que vous voulez revivre.

Oh ! RePlay fait même de l'analyse de discours naturel maintenant, l'une des choses les plus difficiles qui soient en matière d'intelligence artificielle ! Je pince les lèvres, le cœur rapide et l'esprit troublé. Qu'est-ce que je vais bien pouvoir raconter ? Je prends une voix deux tons au-dessous de la mienne, si jamais une analyse vocale s'attend à la voix d'un homme, et je me mets à broder, avec une certaine aisance je dois dire.

– Cette fête était pour moi la consécration d'un choix de vie, le début de ce métier que j'avais choisi, après avoir végété dans une filière informatique qui me déprimait. Ce soir-là fut ma première soirée de vraie rencontre avec des camarades que j'allais côtoyer pendant deux ans et que je continuerais à fréquenter par la suite, mais aussi avec des professeurs aguerris qui allaient me communiquer la passion du métier. Comme dans une vraie famille, je me suis senti enfin à ma place, accueilli. Il y avait une joie, une gaieté, une exaltation, que j'ai rarement ressenties après dans ma vie. J'aimerais la revivre et retrouver ce qui m'animait alors, la passion de mon futur métier.

C'est suffisant.

Je me tais.

Un silence. Une petite roue tourne.

Puis la voix reprend la parole :

– Dans quel univers voulez-vous vivre votre *RePlay* ? Réaliste / Fantasy. Je sélectionne « Réaliste ».

– Cher Avel, énonce la voix féminine. Dans trente minutes votre *RePlay* sera prêt.

Trente minutes. J'enlève le casque et, très excitée par un mélange gazeux de curiosité et de nervosité, je déambule dans mon appartement. J'imagine en ce moment même les algorithmes de reconnaissance du langage naturel en train de disséquer, synthétiser, interpréter chaque mot et expression de mon récit. D'en tirer des déductions, des hypothèses. Sans doute un moteur de recherche lance-t-il des requêtes sur ces soirées d'intégration qui ont lieu à Lille, à chaque nouvelle promotion, pour tenter d'enrichir les données que j'ai fournies. D'autres lignes de codes fouillent probablement Internet pour retrouver des éléments sur chacun des personnages dont j'ai donné les noms. Retrouver les traces multiples qu'ils ont laissées sur la Toile, afin de les rendre le plus réalistes possible, tandis que des paysages, des lieux et des objets savamment calculés se mettent en place pour la grande représentation. C'est ça. J'imagine les coulisses d'un théâtre d'improvisation, où les acteurs s'échauffent, les accessoiristes s'affairent, tandis que les décors s'installent et que le scénario s'ajuste. Une petite voix en moi me dit que je devrais peut-être prendre des notes pour un article. Oui, peut-être. Mais c'est tellement insolite que je suis sûre de me souvenir de tout sans avoir à écrire une ligne. Il est dix-neuf heures trente. Je n'ai pas vraiment faim, mais dans la cuisine je me découpe un morceau de brie, que je pose sur un bout de baguette. Je fais sauter la capsule d'une bière belge fraîche et en bois la moitié. Je passe la demi-heure suivante à rêvasser devant ma fenêtre, en mâchonnant mon pain au fromage, ma bière à la main. Jusqu'à ce que, soudain, la voix synthétique m'interpelle.

– Cher Avel, votre *RePlay* est prêt. Veuillez chausser le visiocasque, et bon voyage dans votre mémoire.

Quarante-huit minutes plus tard, j'enlève le casque de réalité virtuelle et le pose délicatement sur ma table basse comme s'il était en cristal. Je m'affaisse dans le canapé, abasourdie. Je regarde l'heure. Trois quarts d'heure se sont écoulés sans que je m'en aperçoive. Je demeure un moment comme ça, tassée sur le divan, à revivre la scène. Ma main tâte le canapé à la recherche de mon portable. Je décoche le mode avion et lance un appel.

– C'est encore moi.

– Salut.

– J'ai testé RePlay.

J'entends le souffle suspendu d'Avel, à l'autre bout du fil, un étage en dessous, en fait. J'ai la voix enrouée.

– J'ai programmé notre première soirée, à l'ESJ. J'ai juste donné quelques noms de la promo, les profs et la date. Et là, je me suis retrouvée dans les locaux de l'école. Le hall, et la cour où les deuxième année avaient installé un bar éphémère, tu te souviens ? J'ai revu les copains. Manu, Arthur, Amin, Élodie. Flo, bien sûr. Je suis passée à un moment devant un miroir et je t'ai vu, enfin ton avatar. Et puis les profs sont venus nous faire le *blind test* avec les questions d'actu débiles, tu te souviens de ça aussi ? L'IA a tellement de données en ligne qu'elle peut aller chercher tous les détails. Le plus dingue c'est que je me suis vue moi aussi. Forcément. Puisque j'étais toi. Je me suis rencontrée, pour la première fois. Y avait même Roche et son discours : « Vous êtes ici pour faire reculer l'ignorance. Votre devoir sera d'éclairer les zones d'ombre, et d'expliquer les choses inexplicables ! »

Je marque une pause.

– Je n'en reviens pas.

Mes mots sont accueillis par un silence que mon ami finit par interrompre :

– J'ai lu quelques posts de bêta-testeurs, et en effet, les algorithmes de recherche de MindTech ont l'air hyper au point.

Je poursuis.

– C'est d'une puissance ! Ça marche, son truc.

– Bah, t'as vu leur punchline : « Tout recommencer pour un nouveau départ », rien que ça. Très ambitieux.

Avel veut se la jouer cool mais il a la voix blanche. Il est extrêmement nerveux en réalité. Je presse la base de mon nez entre deux doigts, sentant poindre un léger mal de crâne. Je laisse passer plusieurs secondes.

– La question que je me pose, c'est pourquoi, que compte-t-il faire d'un jeu d'une telle envergure ?

– Qui ?

– Danton.

Le ricanement d'Avel est sincère cette fois.

– Séduire des millions d'utilisateurs, se faire un paquet de blé, pardi !

Il marque une pause.

– Et puis… je pense qu'il aimerait bien t'y retrouver, te « RePlay » pour « prendre un nouveau départ ».

Je me redresse.

– Il peut toujours courir !

– Comme ça il pourrait effacer ses actes et essayer de te faire avaler qu'il a été un gentleman dans un monde parallèle. Ça te plairait ?

Je ne mords pas à l'hameçon. Une pensée plus subtile cherche à se frayer un passage en moi. Elle prend corps. Je la laisse se forger. Elle est teintée de colère rentrée, d'amertume et d'aigreur.

– Je ne sais pas comment dire, mais j'aimerais lui démontrer qu'on ne peut pas rejouer le passé. Que ce serait trop facile. Et qu'on doit assumer ses actes dans le réel, face à face, entre humains, sans écran interposé. Je n'ai pas besoin de son RePlay pour me mesurer au passé. Je n'ai pas besoin d'un écran pour l'affronter. J'en suis désormais persuadée.

*

Claire Jouan vient de prendre place derrière son bureau, tandis que Tristan s'affale dans le fauteuil de consultation. Elle croise les mains et sourit légèrement.

– J'ai une bonne nouvelle pour vous.

Le jeune homme la toise, goguenard.

– Je peux réserver mon billet pour San Francisco ?

– Un peu de patience encore. Mais oui, c'est lié.

Jouan ouvre son agenda.

– Loïs Miller a enfin donné son accord pour la médiation restaurative.

Le visage de Tristan s'éclaire.

– *Awesome.*

– Nous allons donc fixer ensemble une date, que nous leur proposerons, et puis nous mettrons en place le protocole de préparation.

Tristan lève les yeux au ciel.

– Quel protocole ? Ça fait plus d'un an et demi que je viens ici. Vous pensez que j'ai besoin de suivre un protocole, sérieusement ?

20

Entre la Grand-Place et la cathédrale, Lille regorge de boutiques, galeries d'art, cafés et restaurants. En longeant les rues piétonnes, Florence admire les façades comme elle le ferait d'un tableau de maître. Les ruelles pavées, étroites, sinueuses, qui suivent le tracé des canaux aujourd'hui disparus. Les nombreuses maisons de ville de la première moitié du XVIIe siècle, dont les façades mêlent grès, brique et pierre calcaire. Mais aussi les fameux rangs lillois, rangées de maisons identiques, hautes et étroites. Florence se sent toujours chez elle ici, même si elle n'y vit plus depuis vingt ans. Au bout de la rue de Béthune, l'artère piétonne la plus fréquentée de la ville, ses pas la conduisent jusqu'à la place du Vieux-Marché-aux-Chevaux. Au centre a été aménagé un nouvel espace pour garer vélos en libre service et scooters électriques bleus. Elle n'a aucun souvenir de ce qu'il y avait avant. Les temps changent. À sa gauche, elle découvre de nouvelles boutiques en rez-de-chaussée des maisons élancées à deux étages : une onglerie, un magasin de sport et un *Café citoyen* qui a installé une terrasse avec petites tables et chaises rouges branlantes sur les pavés. De là, elle aura un bon point de vue. Elle pivote sur elle-même et regarde enfin la maison pour laquelle elle a fait tout ce chemin. Haute, briques rouges et volets jaunes. Ce matin, la brume mange les toits mais elle en devine les tuiles grises et le haut conduit de cheminée.

Ce matin, elle a menti à tout le monde sans culpabiliser. Elle a appelé son rédacteur en chef, prétendant qu'elle n'était pas en forme, et prétexté à son mari une interview matinale pour quitter la maison à l'aube. Par un cycle mystérieux de la vie, elle a voulu revenir aujourd'hui à son point de départ, seule. Elle est née très exactement à cinq cents mètres de cette place. Et là, dans cette maison, habitait Sandra, sa meilleure amie. Combien de fois Flo est-elle venue se réfugier ici quand ça chauffait trop avec son père, qui pouvait « mourir de tout sauf de soif », comme disait sa mère. Le regard de Flo s'attarde sur la fenêtre de la chambre mansardée en haut à gauche. L'horloge de la place indique neuf heures cinquante. Trop tôt pour sonner sans s'être annoncée.

Elle entre dans le *Café citoyen* où deux quinquagénaires discutent politique au comptoir, fait signe au serveur qu'elle s'installe à la table collée à la vitre et commande un espresso. Qu'est-ce qui l'a poussée à revenir ? Une envie de dérouler le fil de sa vie qui touche à sa fin, d'en retrouver la consistance, la solidité, la tension, ainsi que tous les visages aimés qui ont pu s'y rattacher. Flo réalise qu'elle est en train de faire ses adieux.

Quand Loïs a parlé de ce jeu, RePlay, quelque chose de sourd a remué en elle, au-delà de la maladie, de la rechute, du risque de mourir. Loïs a, sans le savoir, soulevé une question fondamentale, instillé malgré elle comme un poison… « Et si seulement… ? » Nous vivons tous avec des mots tus, par pudeur ou fierté, qui pèsent comme des corps morts au fond de nos ventres. On s'agite – beaucoup – pour les oublier. Et un jour, à la faveur d'un détour ou d'une sortie de route, ils ressurgissent du néant, cruels et insistants. « Et si seulement. » Sandra, son amie-amoureuse des années lycée. Sa tendresse possessive, son total don de soi mental, physique… Qu'après le bac elle n'a jamais revue. Pourquoi les gens les plus proches rompent-ils ainsi leurs affections ?

Elle boit son café, les yeux rivés sur cette porte fermée. Elle a besoin de savoir, d'éclaircir ce point obscur qui lui serre encore la gorge vingt ans après. Là, toute seule, tandis que Loïs va, au même moment, affronter ses démons, elle entreprend, elle aussi, une démarche de vérité. Jeter la lumière sur les zones d'ombre, refuser qu'elles obscurcissent la joie d'être vivant. Chasser la peur. Car ces terreurs confuses, que l'on cache dans nos recoins les plus sombres, nous consument irrémédiablement jusqu'à nous laisser sans force, au crépuscule de la vie.

Soudain la porte s'ouvre ; Florence se redresse.

Elle voit sortir une version rabougrie de Mme Duquet, la mère de Sandra. Et tout son passé la frappe de plein fouet.

*

Les balais d'essuie-glace étalent sur mon pare-brise des gouttes de pluie grosses comme des billes. Dans ma Twingo, garée sur le parking de l'hôpital de Caen, je regarde des gens passer, le chauffage poussé à fond. Je me dis que Leonard Cohen aurait aimé le ciel fermé, gris, bas, le petit crachin qui vous pénètre la peau, les gens qui vont quelque part, le nez dans leur écharpe. De quoi chanter le désespoir d'un amour perdu. *So long Marianne*. Je navigue sur mon smartphone, ouvre mon appli santé et y note ce que j'ai avalé ce matin, les dix minutes de yoga et les cinq minutes de méditation. J'obtiens en échange des étoiles pour ma semaine.

Flo n'a pas répondu à mon texto et sa messagerie instantanée est déconnectée. Je n'ai pas voulu qu'elle vienne, pour lui épargner de la fatigue, j'aurais cependant bien aimé lui parler, pour puiser en elle *du courage. Du courage. Du courage.* Il est dix heures quinze. À présent Aznavour entonne *La Bohème* à la radio. Je ne sortirai qu'à la demie. Je pense à papa, Flo, Avel. À ma mère, à qui j'ai dit que je ne voulais plus des conseils de son avocate et qui l'a mal pris. Est-ce ici que tout change ? Y aura-t-il un avant et un après cette journée ? Comme à l'aube de toute bataille, un calme trompeur m'habite. Une tension extrême qui permet de me concentrer sur l'épreuve à venir mais qui s'achèvera probablement en migraine ou crise de larmes. Qu'importe. C'est mon choix.

Il y a un mois, RePlay a tenté de me convaincre que le passé était une matière modulable, alternative. Qu'on peut le revisiter et le transformer. Mais non. Ce qui est fait est fait. Et on peut, au mieux, réparer. Tristan va devoir l'entendre et l'accepter. Florence m'a donné sa bénédiction, voyant dans cette rencontre l'aboutissement d'un an et demi de galères. Avel, à qui j'ai rendu son jeu, a finalement approuvé du bout des lèvres aussi. « Va lui dire en face ce que tu penses de lui, qu'on passe à autre chose. » Au fond, mes proches aussi en ont marre de cette histoire.

Dès la fin de ce « truc », je file. Cet après-midi, direction le Grand Hôtel à Cabourg pour une nuit. Et tant pis si mon compte en banque est passé dans le rouge. Je me vois déjà disparaître dans leur peignoir moelleux XXL immaculé, me plonger dans leur piscine d'eau de mer à trente degrés et siroter une tisane sophistiquée qui « détoxifie pour un équilibre retrouvé ». C'est une folie, mais l'argent – que je n'ai pas – ça sert à ça.

Je le mérite après tout. Depuis que j'ai accepté l'épreuve, je m'y prépare à raison d'une séance par semaine avec Marx. Tel est le protocole de la « médiation restaurative ». D'ordinaire – pour les cas plus graves je suppose –, la préparation dure des mois. Mais là, pour une question de timing que je n'ai pas totalement élucidée, tout s'est accéléré. Je ne vais pas m'en plaindre. Comme pour une mauvaise dent à arracher, une fois le rendez-vous pris on a hâte d'en finir. Marx m'a donc fait suivre un protocole psychologique préparatoire que, indécrottable bonne élève, j'ai appliqué à la lettre. Par ailleurs, j'ai (évidemment) voulu tout savoir sur la question, épluché des articles, visionné des vidéos. Je ne suis ni la première ni la dernière à être soumise à cette épreuve. L'Institut français pour la justice restaurative (IFJR), créé en 2013, a formé à ce jour plus de mille professionnels de la justice aux rencontres condamnés-victimes. Le principe : « Plutôt que de se préoccuper de savoir si les “délinquants” ont reçu la punition qu'ils méritent, la justice réparatrice se concentre sur la réparation des préjudices causés par le crime. » J'ai surligné cette phrase en jaune.

Que Tristan ait dû suivre une thérapie pendant un an et demi a peut-être permis une forme de réparation au sein de la société mais, vis-à-vis de moi, ça n'a rien changé. Car le fond de l'histoire n'a pas été jugé et mon préjudice demeure. J'avoue ne pas savoir au juste ce qui permettrait d'effacer l'ardoise. Peut-être qu'une reconnaissance publique de sa culpabilité pourrait aider. J'essaie encore une fois de rappeler Florence et me casse à nouveau le nez sur sa boîte vocale.

*

– Monique ?

Mme Duquet a un mouvement de recul, voyant une inconnue lui adresser la parole alors qu'elle sort pour aller faire ses courses. Et puis elle lève les yeux vers la jeune femme, dont le visage lui semble familier.

– Je suis Florence Dubois, l'amie d'école de Sandra.

L'énergique visage de la vieille dame s'éclaire.

– Mais oui, Florence ! Vous êtes de passage à Lille ?

Flo explique qu'elle a voulu revoir le quartier de son enfance. Que ses parents ont déménagé en Touraine et qu'elle n'est pas revenue depuis dix ans.

– Je vous accompagne jusqu'au marché, qu'on puisse parler ?

Monique Duquet secoue la tête.

– Non, le marché attendra. Ça me fait plaisir d'avoir une visite. Avez-vous le temps pour une tasse de café ?

Lorsque Flo s'enfonce quelques instants plus tard dans le canapé en velours marron, des sensations enfouies remontent à la surface. Elle jurerait que le divan est toujours le même et le reste n'a pas changé. Les poutres sombres du plafond bas, l'odeur de vieux bois verni, de cire, de huche à pain déclenchent en elle une rafale de souvenirs. La pièce a été rénovée, les papiers peints refaits, mais les meubles sont toujours à la même place. L'escalier étroit qui dessert l'étage lui rappelle la boum en cinquième où elle avait embrassé un garçon pour la première fois. Flo détaille chaque centimètre de la pièce, laissant sa mémoire s'exprimer après avoir été trop longtemps réprimée.

Monique Duquet revient avec un plateau chargé de deux tasses de Nescafé, d'une assiette de cookies industriels, du sucre, du lait, et le pose devant elles.

– Vos parents sont heureux en Touraine ?

– Pas mal du tout, répond Flo.

Elle boit une gorgée de café et repose sa tasse délicatement sur la soucoupe, dans un léger tremblement.

– Et Sandra, quelles sont les nouvelles ?

21

Le nouvel hôpital de Caen est une splendeur. Cent dix mille mètres carrés de bâtiments blancs sur un terrain de douze hectares boisés, selon le panneau explicatif à l'entrée, illustré par un plan de l'hôpital vu du ciel. Formé de deux « huit » aux toits entièrement végétalisés, il héberge plus de trente-cinq blocs opératoires et un plateau technique exceptionnel. Je lis par le menu le détail des équipements, consciente que j'essaie de gagner du temps. Parvenue à la dernière ligne, j'admets que « bon, ça suffit ». Je jette un œil aux indications de ma convocation téléchargée sur mon téléphone. C'est simple, je me dirige vers le huit de droite. Derrière des vitres coulissantes un immense hall dessert des couloirs et des ascenseurs. J'avise le guichet d'accueil où une dame en rose m'indique le service de psychiatrie.

Lorsque les portes de l'ascenseur se referment sur moi, je me dis qu'il est encore temps de faire machine arrière. Je peux prendre ma voiture, retrouver Paris, mon F1, mes séries, mes livres et mes pots de fleurs, et laisser le temps faire son œuvre. Mais j'ai déjà parcouru trop de route pour reculer. Et le temps, sur moi, n'a aucun effet.

Au troisième étage les portes s'ouvrent. Des flèches bleues indiquent en face le service « soins et réalité virtuelle », fermé par une porte à code, à gauche une porte blanche sans indication et à droite un long couloir aux portes bleues identifiées par des noms et des numéros. Je remonte ce corridor d'un pas automatique, à la recherche de la salle 303. Mes chaussures à talons claquent sur le lino vert. Je dois renvoyer l'image d'une femme sévère, cheveux tirés en chignon, en trench-coat sur un tailleur-pantalon noir. Au bout du couloir, je tourne encore à droite dans un autre couloir et aperçois au loin trois personnes qui attendent. Mon cerveau scanne les silhouettes. Pas de Tristan. Je lâche un peu d'air de mes poumons comprimés. En revanche il y a Jouan, Marx et une autre femme, la cinquantaine, forte. Quand j'arrive à leur hauteur, on me présente Mme Chenu, médiatrice au sein de l'hôpital. Je salue tout le monde puis m'éclipse aussitôt pour « me rafraîchir ». J'ai envie de détaler comme un lapin. Les toilettes des femmes sont à deux portes de là. Je m'y engouffre et m'enferme dans le premier cabinet que je trouve, rutilant, clinique. Ça sent le produit désinfectant, et le sol – un carrelage dix centimètres sur dix blanc – est encore humide d'un nettoyage récent mais les joints sont à refaire. Tous ces éléments s'impriment dans ma mémoire. Je m'assois sur la cuvette, le visage dans les mains. Décidément c'est le seul endroit où je me sente moi-même en ce monde ! Mon cœur cogne, je transpire. Un an et demi que je me noie dans le travail et les médocs pour le fuir et voilà, je vais me retrouver face à lui, pour de vrai. Tout mon courage, mon approche raisonnable de ce mois écoulé volent en éclats. Mon moi se désintègre. Je dois me rassembler, affronter cette peur nue, tranchante comme une lame, seule. Je suis parfaitement sobre, clean et mal. Mon corps et la part reptilienne de mon cerveau ne demandent qu'à fuir. Tout vaut mieux que la violence de cet instant.

Être adulte, faire face. Mais comment ?

Je me rajuste, fouille dans mon sac et découpe un demi-cachet d'anxiolytique. *Faut pas déconner.* Il n'y a pas de honte à se sentir soutenue, plus forte, grâce à quelques millimètres cubes de poudre blanche. Je tire inutilement la chasse d'eau. Pousse la porte battante. Me lave les mains, consciencieusement. Geste barrière.

Je me regarde dans le miroir. Mes traits ne sont que tension et crainte. J'ai souhaité être impériale et victorieuse aujourd'hui. C'est raté. Je passe les mains sous le sèche-mains, longuement. Je prends le temps de me recoiffer. Front dégagé. Rien qui dépasse. Le masque de la dignité. *Tu parles.* Mon maquillage léger ne coule pas, c'est déjà ça. Ma bouche est pâle, ligne fine et serrée. Mon allure générale, austère. Et lui, comment va-t-il être ? Quel est son état d'esprit en ce moment précis ? J'enfonce mes ongles dans mes paumes. *Tu sais pourquoi tu es là. Rappelle-toi ce qu'il t'a fait. Va témoigner.* J'entends frapper à la porte, la voix de Jules Marx résonne.

– Tout va bien ? On vous attend.

*

Florence referme doucement la porte de la maison des Duquet et se retrouve sur la place du Vieux-Marché-aux-Chevaux, le visage blême et tenaillée par l'envie de vomir. Elle doit s'appuyer au mur quelques instants pour ne pas vaciller. Elle ne peut même pas pleurer, sidérée. Elle s'est pointée trop tard. Un cumulonimbus crève dans le ciel, larguant soudain sa masse d'eau qui explose sur les pavés. Florence ouvre son parapluie et reprend le chemin de la gare. Elle voit tcus les appels manqués de Loïs. Elle tente de la joindre en retour. En vain.

*

Il y a bien un moment où on ne peut plus se planquer. Je sors enfin des toilettes. Le couloir me semble plus long et plus sombre que tout à l'heure. Distorsion optique. Et les bruits de voix me parviennent, sourds et cotonneux. Distorsion auditive. Le groupe attend toujours devant la porte 303.

Et soudain, là, devant moi, je le vois.

Il est de dos.

Debout.

Vivant.

Réel.

En jean, manteau noir et chemise noire, mains dans les poches, discutant avec Claire Jouan. Ses cheveux ondulés ramenés vers l'arrière. Il ne me voit pas, pas encore. Il a cette posture décontractée, cette façon d'occuper l'espace entièrement. Il happe l'air, absorbe tout l'oxygène autour de lui. Ce corps dense, en mouvement – même sans bouger –, les pieds enracinés dans le sol, les épaules larges, les jambes souples et solides, cette force qui se dégage de ses muscles durs que je devine sous sa chemise.

Mais merde, qu'est-ce qui m'arrive. Je ferme les yeux, les rouvre. Il est toujours là. Ignorant de moi. La lumière des néons allumés trace des arabesques devant mes pupilles. Je ne vais pas m'évanouir, tout de même. Je suis transmutée en statue. Je finis par mouvoir mon corps de pierre et m'approche du groupe. Je me suis préparée à toutes sortes de sentiments en le voyant, j'ai même écrit sur un carnet toutes les possibilités, joué mentalement la scène sous tous les angles possibles, pour être prête. Mais je ne m'attendais pas à ça. Ressentir ma faiblesse et son emprise physique. Me retrouver dominée, sans qu'il bouge un pouce. Je fais encore un pas.

Comme averti de ma présence, il pivote légèrement sur son axe et m'aperçoit. Il marque un temps, les yeux brillants. Un sourire juvénile étire ses lèvres.

– Loïs.

Une détonation silencieuse percute ma tête et mon cœur.

Un dieu grec.

Beau.

À se pendre.

Je stoppe net.

Je suis assommée par sa perfection. Et je comprends alors comment il a pu « jouer » avec moi. Sa présence est telle que j'aurais fait n'importe quoi pour qu'il se lie à moi, quitte à me damner. Je me mords les lèvres. Je *dois* me ressaisir. Je ne dois pas le trouver attirant. C'est *interdit*.

Mes mains tremblent. Je réponds par un petit salut poli de la tête, menton levé et lèvres serrées.

– Bien, dit Claire Jouan, nous sommes au complet, nous pouvons entrer.

Elle porte un tailleur-jupe gris avec une chemise blanche. Les yeux maquillés, les cheveux lissés en arrière par une queue-de-cheval basse. Un pendentif rouge marque son cou d'une tache sanguine. Elle est très belle. De ce genre de beauté impériale que je ne posséderai jamais. En un flash, je les imagine en séance tous les deux. Le roi et l'impératrice, deux seigneurs en train de deviser, de refaire le monde, de parler de moi.

Comme au ralenti, Jules Marx vient à ma rencontre, dans un costume bleu sombre un peu trop serré, sans cravate. Il me paraît endimanché de la sorte. Il se place à mes côtés et la légère pression qu'il exerce sur mon coude me redonne un peu de consistance. Le cercle se décompose pour entrer dans la salle. Je tremble comme une feuille. Puis le cercle se reforme à l'intérieur.

La pièce est grande, éclairée par la lumière naturelle de deux grandes fenêtres donnant sur un patio paysager, orné d'un tilleul, vert-de-gris, pleurant sous la pluie. En son centre des tables sont disposées en U. Quel soulagement ! Je craignais bêtement que l'on soit assis en cercle sur des chaises, à l'américaine ! Là, la protection des tables me rassure. Le décor est comme celui de n'importe quelle salle de réunion, impersonnel. Mme Chenu allume les plafonniers et la pièce me semble un peu plus chaleureuse soudain, comme une salle de classe en novembre, lorsqu'on regarde, au chaud, la cour de récréation jonchée de feuilles mortes balayées par l'averse.

Les oreilles bourdonnantes, je me place où l'on me dit de me placer, à côté de Marx. En face de nous, Claire Jouan et Tristan s'installent. Et, en bout de table, cette Mme Chenu préside. Je l'observe enfin : cheveux raides descendant aux épaules, tunique bleue à petits motifs fleuris et sautoir à tournesols. Elle dégage une aura maternelle, sympathique. Je fais mine de fouiller dans mon sac pour chercher mes lunettes. En réalité j'attrape une deuxième moitié de médicament que je glisse discrètement sous ma langue. Puis je sors mes lunettes, mon carnet de notes, un paquet de mouchoirs en papier et mon stylo-feutre à pointe fine. Celui qu'on peut effacer grâce à une petite gomme dure placée sur le bouchon. Je dispose mon téléphone portable devant moi, bien en vue, comme une bouée de secours.

Tristan se retrouve assis en face de moi. Il n'a ni stylo ni cahier, juste son téléphone qu'il dépose également devant lui, en une parfaite symétrie, sans me lâcher des yeux.

J'ouvre le carnet et par réflexe écris la date et l'ordre du jour : « Médiation », comme si j'étais à l'école ou en interview. Je retourne le stylo et efface aussitôt le mot pour écrire à la place : « Confrontation ».

– Bonjour à tous, je suis Francine Chenu, chargée de médiation au CHU, et je vous remercie d'être venus. Pour la première fois, grâce à l'initiative du Pr Jouan, nous allons mettre en place une médiation restaurative dans l'enceinte de l'hôpital de Caen. Nous ne sommes pas dans un cadre judiciaire, mais bien médical. Le principe est simple, nous allons, pendant une heure, une heure et demie, essayer de coconstruire une relation plus apaisée entre les parties ici présentes. La règle du jeu est tout aussi simple, c'est moi qui vous donne la parole. Nous allons éviter, autant que faire se peut, les interactions directes. Si vous voulez vous parler les uns les autres, vous vous adressez à moi. De la même façon, si vous avez une question, posez-la-moi.

Elle se tourne vers Tristan.

– Monsieur Danton, vous achevez votre sursis probatoire, cette séance était une proposition et n'était pas obligatoire, aussi je vous remercie d'être là. En revanche, vous aviez une obligation de soins suite à votre condamnation pour coups et blessures sur

Mme Miller. Vous avez suivi, m'a-t-on dit, de manière exemplaire vos séances avec le Pr Jouan.

Elle s'adresse à moi.

– Madame Miller, vous avez dit que le geste de violence pour lequel M. Danton a été condamné a eu des conséquences négatives sur votre vie, au-delà des séquelles physiques. Je vous remercie aussi d'être là. Vous êtes suivie par le Dr Marx depuis les faits. Vous avez repris le travail, vous allez mieux. Mais, il y a un mois, vous avez reçu un présent de la part de M. Danton. Cela vous a beaucoup troublée et, à la suite de cet événement, le Pr Jouan et le Dr Marx ont suggéré que l'on mette en place cette rencontre. Monsieur Danton, pour en revenir à vous, avez-vous eu dans l'intervalle, depuis ces dix-huit mois, d'autres affaires judiciaires ?

Tristan secoue la tête.

– Non.

– Vous et Mme Miller vous êtes-vous revus depuis ?

Nous secouons la tête tous les deux.

– Non.

– C'est la première fois, comme je vous le disais, que nous organisons une médiation restaurative au CHU, donc je vous remercie encore de vous prêter à l'exercice. Si cela se passe bien, sachez que cela pourrait être un excellent exemple pour des gens qui, comme vous, font face à une situation conflictuelle.

Elle se tourne vers les deux psychiatres.

– Si vous en êtes d'accord, je vais donner la parole tout d'abord à Mme Miller puis à M. Danton, et après vous pourrez vous exprimer si vous le souhaitez. Madame Miller, souhaitez-vous dire quelque chose ?

Je me redresse sur ma chaise, les pieds bien à plat sur le sol, puis m'éclaircis la gorge. Ma voix sort, trop faible à mon goût et enrouée, mais avec tout de même assez d'assurance pour parler.

– Oui. Une amie très proche m'a fait comprendre, il y a quelque temps, que si je désirais vivre il fallait que j'affronte enfin mes peurs. Haruki Murakami écrivait dans *Autoportrait de l'auteur en coureur de fond* que « les blessures émotionnelles représentent le prix à payer pour être soi-même ». J'ai donc décidé d'affronter ces blessures émotionnelles, sans peur, et de voir si je peux recommencer à vivre, après.

Mme Chenu hoche la tête d'un air bienveillant.

– Je vous remercie, madame Miller, pour cette jolie introduction. Nous allons donc évoquer la situation particulière qui nous amène ici. Si j'ai bien compris, il y a dix-neuf mois, vous avez eu des mots avec M. Danton, une dispute qui a dégénéré, et il vous a frappée.

Mon instinct me pousse à faire confiance à cette femme.

– C'est mon avocate qui m'a conseillé de ne parler que du coup de poing pour gagner du temps et simplifier la procédure.

Francine Chenu fronce légèrement le sourcil et d'un signe de tête m'invite à poursuivre. Je m'adresse à elle, évitant de regarder dans la direction de Tristan. Mais je le sens, en face de moi, tendu, ses mains jouent avec son smartphone.

– J'ai rencontré Tristan via une appli de rencontres. Nous nous sommes fréquentés pendant un mois, à Paris. Puis il m'a invitée chez lui, pas très loin d'ici.

Je déglutis et poursuis :

– Lorsque je suis arrivée ce jour-là, ce samedi soir, dans sa maison, à aucun moment Tristan ne m'a laissé entendre ce qu'il préparait.

Mme Chenu hoche à nouveau la tête pour m'encourager.

– Prenez votre temps.

Je sens le regard insistant de Tristan sur moi, sa jambe tressaute sous la table. D'une voix toujours enrouée, je poursuis mon récit. La soirée, les cocktails, le majordome artificiel. Et puis la cave où tout est arrivé.

Ma voix n'est plus qu'un filet. Marx se penche vers moi doucement.

– Vous n'êtes pas obligée, Loïs.

– Si si, je vais y arriver, je suis là pour ça.

Un quart d'heure plus tard, un silence de cathédrale accueille la fin de mon récit. Je ne leur ai rien épargné. Je lève les yeux et regarde enfin l'assistance. Je transpire et j'ai froid. Ma gorge est si serrée que je ne peux plus avaler ma salive et mon cœur bat de manière anarchique dans ma poitrine. Tristan regarde ses mains comme un livre ouvert et sa jambe a cessé de s'agiter. La médiatrice et les psychiatres ont l'air saisis. Je conclus :

– Ce que je me demande aujourd'hui, c'est pourquoi ne pas m'avoir alertée sur ce qui allait se passer. Je ne suis pas un avatar et j'aurais aimé que Tristan ne me traite pas comme tel.

Tristan relève enfin la tête, me fixe du regard et m'interrompt d'une voix blanche :

– Ce n'est pas ainsi que cela s'est passé, tu me fais passer pour un monstre.

Francine Chenu lève la main.

– Adressez-vous à moi, monsieur Danton. Je vous remercie de laisser finir Mme Miller.

Cette fois c'est Jules Marx qui prend la parole sans qu'on la lui ait accordée.

– Loïs a besoin que Tristan reconnaisse qu'il ne l'a pas avertie et qu'il l'a chosifiée.

C'est au tour de Claire Jouan de s'interposer.

– Pas du tout ! Vous faites une surinterprétation, vous allez beaucoup trop loin. Je connais Tristan depuis près de deux ans, je sais combien il respecte l'humain et ses jeux ont été créés en ce sens, dans le respect des libertés et…

La médiatrice interrompt les psychiatres.

– Merci de vos interventions, mais je vous ai priés de vous adresser à moi et de ne pas répondre directement les uns aux autres. Nous ne sommes pas là pour juger des vertus des jeux vidéo, personnellement j'en serais bien incapable. Nous sommes ici pour réfléchir ensemble à l'attitude de M. Danton et à la façon dont il a pu blesser Mme Miller. Et aussi à comment faire en sorte de réparer ce préjudice pour dépasser cet antagonisme.

Monsieur Danton, on ne vous a pas entendu sur le fond. Vous n'avez pas prévenu Mme Miller qu'il était question d'un jeu sexuel. Confirmez-vous que, bien que ce soit virtuel, les sensations physiques dans le jeu sont les mêmes que dans la réalité ?

Tristan hoche la tête.

– On s'y emploie, c'est tout l'intérêt.

Francine Chenu ouvre les mains de manière interrogative.

– Quel est alors, dans ce jeu, le moyen que vous avez mis en place pour que le joueur ou la joueuse puisse dire non ? Vous n'êtes pas sans savoir que le principe de consentement est clair : n'importe qui, engagé dans une rencontre sexuelle, peut dire « non » jusqu'au tout dernier moment.

Tristan pose les coudes sur la table et joint les mains. Il a repris des couleurs.

– Absolument. Vous avez parfaitement raison. Mais vous savez, ces jeux sont totalement nouveaux et en continuel perfectionnement. Il est vrai qu'à l'époque les fonctionnalités du programme, qui n'était encore qu'un prototype, ne permettaient pas d'interrompre le jeu à tout bout de champ. Je n'avais pas intégré ce paramètre car, je dois vous le dire, je n'en avais pas vu l'intérêt, étant donné que tout s'était toujours bien passé avec les bêta-testeurs, c'est-à-dire ceux et celles qui testent les premières versions du jeu. Être *game designer*, c'est être en perpétuelle recherche de nouveauté, et il n'est pas faux de dire que parfois on flirte avec les limites. Mais je vous assure que, lorsque j'ai compris que Loïs avait mal vécu l'expérience, j'ai envisagé un bouton « Stop », grâce auquel on peut immédiatement se retirer de la partie. Vraiment, Loïs, je suis désolé que tu aies mal compris mes intentions. Je désirais t'offrir du plaisir et non pas contraindre ta liberté !

Ces belles phrases, si claires et bien construites, flottent dans la salle. L'averse s'est muée en rideau de pluie fine et sa voix a pris une tonalité mélodieuse. Je braque mes yeux sur lui. Je suis frappée par l'opaque intensité de son regard. La dernière fois que je l'ai croisé, c'était par avatars interposés et cela ne traduisait pas la tension et la complexité du personnage. Ses cheveux bruns encadrent harmonieusement son visage. Sa peau souple, au hâle velouté, souligne sa solide structure osseuse parfaitement symétrique. Le cachet d'anxiolytique me ramollit les neurones, m'attendrit la couenne, fait jaillir des pensées incongrues : cet être humain est inaltérable, indestructible. Il n'a aucune peur, ne craint rien ni personne. Il dégage une puissance qui donne envie de faire des bébés. Moi qui n'en ai jamais voulu… Un enfant avec lui serait en bonne santé assurément, aurait des gènes infaillibles. C'est un reproducteur, un étalon.

Je déraille. Mes yeux papillotent. Tristan me couve du regard, à sa manière, et moi, sans même m'en rendre compte, je me mets à pleurer.

Jules Marx vole à mon secours.

– Loïs, on peut arrêter, si vous le souhaitez.

Je secoue la tête, prends un des mouchoirs de mon paquet, le déplie et m'essuie les yeux en m'adressant à la médiatrice :

– J'aimerais dire à Tristan qu'il aurait dû arrêter, même si le programme ne le permettait pas. Je lui ai dit « non » à plusieurs reprises mais il ne m'a pas écoutée. Ce n'est pas le problème du sexe virtuel. C'est son problème à lui, de ne pas prendre l'autre en compte, de n'avoir aucune espèce d'empathie.

Tristan riposte.

– Pardon ? J'ai tout fait pour que tu te sentes bien ! Je suis en totale empathie avec toi ! Depuis le premier jour !

– Adressez-vous à moi, monsieur Danton, le rappelle à l'ordre Francine Chenu.

– Je n'ai pas compris ce qu'il se passait, je vous assure. Il faut remettre la situation dans son contexte. Une soirée dans une *sex room*. Ce n'est pas classique je vous l'accorde mais ce n'est pas si original que cela non plus.

Je sursaute.

– Comment ça ?

– C'est assez courant chez les geeks de notre génération. J'ai commis l'erreur de penser que tu aimerais découvrir ce monde. Toi qui es toujours curieuse de tout. Mais au fond tu étais moins aventureuse que je ne le pensais. C'est tout.

Tristan regarde la médiatrice et moi je le regarde, lui. L'œsophage me brûle. Une indignation acide coule de ma bouche sans que je puisse rien y faire.

– Je n'étais pas comme ces dizaines de filles que tu as fait venir avant et après moi, c'est ça ?

Tristan fronce les sourcils.

– Pourquoi dis-tu ça ?

Je monte d'un ton :

– Parce que c'est ton kif, ça, d'amener chez toi des filles pour les livrer aux autres. Tu montres ta puissance. Tu diriges. Tu es le maître de ton jeu et nous, on obtempère, on obéit. Nous ne sommes que tes marionnettes !

Au moment où ces mots franchissent mes lèvres, je les regrette aussitôt. Tristan réagit comme s'il venait de s'asseoir sur une pelote d'aiguilles.

– Quoi ? Je joue au même jeu que tout le monde, que crois-tu ? Que me reproches-tu ? Qu'il y ait d'autres filles que toi ? Tu pensais être la seule ?

– Monsieur Danton, tonne la médiatrice.

Il émet un petit rire.

– Et toi, et vous ? Vous cherchez quoi, toutes, sur ces sites de rencontres ? Hein ? Madame la médiatrice, laissez-moi vous expliquer. Quand les femmes rédigent leur profil sur SMART, elles partent en quête de quoi, à votre avis ? Je vais vous le dire. Elles veulent ferrer un amant. Il doit être beau, musclé, grand de préférence, les dents bien blanches, la peau sans défaut. Il doit avoir de la culture, sans la ramener, des références, une bonne éducation ; il doit en même temps aimer la nature, les balades, la méditation, les lectures et les films inspirants. Tout en ayant plutôt une bonne situation, un métier intéressant, voire qui rapporte. Sans oublier les passions. Il faut qu'il aime le jazz, un ou deux peintres contemporains, New York. Qu'il aime les chiens ou les chats et surtout, qu'il les comprenne.

Le teint de Tristan a viré au gris. Francine Chenu le laisse parler, comme si elle était en train de saisir le sens caché de la pièce qui se joue sous ses yeux et dont les psychiatres ne perdent rien non plus.

– C'est vrai ça, poursuit Tristan, encouragé par l'attention de son auditoire féminin. Elles cherchent l'homme qui va leur faire croire qu'elles sont exceptionnelles. Indépendant certes, mais qu'elles sauront dompter. Elles sont en quête d'un dur mais un peu sentimental quand même, par inadvertance, un type qui va leur raconter des histoires d'éternité, d'amour toujours. Mais qui, en même temps, ne sera pas trop gentil.

Sa voix orageuse s'est chargée d'amertume, son regard passe de l'un à l'autre membre de son auditoire.

– Mais si jamais on a le malheur d'avoir un défaut, un petit quelque chose qui ne va pas dans leur tableau parfait, elles nous détrônent. On devient le sale bonhomme, le pauvre type, qu'on *ghoste*. Voire qu'on traîne devant un tribunal, n'est-ce pas Loïs ? Une sortie de route et elles nous jettent comme de la merde. Elles qui se pâmaient devant nos muscles, nos sourires, nos qualités quelques instants plus tôt, deviennent de véritables harpies lorsque l'on tombe en disgrâce.

Je déglutis douloureusement et ma voix tente piteusement de recouvrir la sienne.

– Tu fais des généralités, c'est ton droit. Mais quand je suis venue chez toi, la première fois, je me fichais que tu sois parfait. Je voulais mieux te connaître.

Francine Chenu a renoncé à les empêcher de s'adresser l'un à l'autre directement. Elle semble fascinée par ce qu'elle voit et entend. Tristan, en roue libre, riposte :

– Ah oui ? Tu voulais savoir qui j'étais vraiment ? C'est ça qui te plaisait chez moi ? Pas ce corps que j'entretiens ou ma réussite professionnelle ? Pas mon goût pour Scott Joplin, Kupka et les Doors, ou pour les poèmes de Neruda ? Non, c'est moi, vraiment ? Sais-tu seulement qui je suis ? Connais-tu mon enfance, ma vie ?

J'ouvre la bouche, la referme. Tristan ne sourit plus du tout.

– Si je t'avais envoyé des messages bourrés de fautes de grammaire et d'orthographe, tu m'aurais choisi ?

Je hausse les épaules.

– Ce n'était pas le cas.

Il ricane méchamment.

– J'ai oublié d'être con tout de même ! J'utilise trois logiciels de correction, grammaire, orthographe, syntaxe... tu ne t'en doutais pas, n'est-ce pas ?

Je reste bouche bée. Il poursuit :

– Ah, tu vois ! Tu dis vouloir me connaître « pour de vrai », mais si j'étais apparu tel que je suis, tu serais partie en courant, au premier message reçu.

Je me sens dévaler une pente verglacée.

– Mais qu'est-ce que tu racontes ? Ce que je te reproche, Tristan, c'est de m'avoir entraînée dans un scénario terrifiant, de m'avoir jetée en pâture à des créatures. Et quand j'ai paniqué, tu n'as su que me faire du mal. Tu ne m'as pas aidée.

La médiatrice intervient enfin :

– Je vous ai laissés échanger et il me semble que l'on avance, c'est bien, je vous en félicite.

Tous les deux nous la regardons, étonnés. Elle marque un temps d'arrêt puis s'adresse à moi :

– Madame Miller, serait-il possible que... Je fais juste une suggestion et peut-être suis-je dans le faux. Serait-il possible que votre ressentiment vienne des événements regrettables de cette soirée bien sûr, mais également peut-être aussi, d'une certaine façon, d'une amertume due à une sorte de déception... amoureuse ?

Mon cœur sursaute. Je la dévisage. Puis je dévisage Tristan. Et là je discerne dans ses yeux quelque chose d'inouï. Une lueur de victoire qui disparaît immédiatement. Ma parole, il a obtenu ce qu'il souhaitait, l'absolution. Je me tais, accablée. Après un instant suspendu, il reprend la parole, adouci :

– Loïs. Te blesser était vraiment la dernière de mes intentions. Vous avez raison, madame Chenu, entre nous il y a toujours eu quelque chose de différent. Un rapport amoureux. On n'y peut rien.

Je baisse les yeux sur mes paumes vides, perdue, le cœur pulsant du sang bouillant dans mes carotides. Le Dr Marx, à côté de moi, demeure immobile. Nous ne comprenons pas, ni lui ni moi, comment les choses ont pu ainsi se retourner. Je voulais que Tristan reconnaisse l'agression et demande pardon, et me voilà remisée au rang des filles qui ont mal digéré un chagrin d'amour. Claire Jouan reste impassible, mais ses longs doigts rassemblent déjà les quelques feuilles et l'agenda disposés devant elle, signe que, pour elle, le débat est clos.

– Puis-je ajouter quelque chose ?

C'est Tristan qui a parlé. Je relève le nez.

– Loïs, je peux t'aider. Avec RePlay.

J'ai un hoquet.

– M'aider à quoi ?

– Ce n'est pas juste un jeu. Il est fait pour toi et toutes les Loïs de ce monde qui bloquent sur un événement. Il faut que tu en tires tout le bénéfice possible. On pourrait revivre cette soirée qui a dégénéré et faire en sorte que cela se termine mieux. Je t'invite également à rejouer ce qui t'a fait souffrir dans ton enfance pour pouvoir le dépasser. Comme j'ai pu le faire de mon côté.

– De quoi parles-tu ?

– J'ai compris que cette nuit-là a dû réactiver chez toi des choses terribles. Mais tout cela peut être transformé, avec RePlay.

Compris ? Compris quoi et comment ? Je toise Jouan. Marx lui aurait-il répété des informations confidentielles me concernant ? Tristan poursuit sur sa lancée :

– Si tu voulais, on pourrait refaire cette soirée et échanger nos rôles. Je travaille à un nouveau mode qui le permet. Il n'est pas encore tout à fait au point mais plus on aura d'utilisateurs et de données et mieux ça marchera. Tu pourrais vivre ce que j'ai vécu et moi me mettre à ta place. On pourrait mieux se comprendre. Accepte mon aide. Tu comptes tellement pour moi.

Il a prononcé ces mots avec une douceur infinie. Ce type qui éructait quelques minutes plus tôt sur la perversité des femmes n'est plus que tendresse et compréhension. Je le quitte des yeux une seconde pour scruter l'assistance. Ils boivent tous ses paroles. Le Pr Jouan hoche légèrement la tête, Mme Chenu paraît satisfaite. Elle a ramené ses ouailles au bercail, tout le monde s'aime et a envie de progresser. Seul le Dr Marx semble circonspect. Tristan embrasse l'atmosphère et resserre ses filets autour de nous, moi y comprise. Comment fait-il ? Il a réellement l'air désolé et contrit, soucieux de mon bien-être. Mais pas coupable, pas responsable. Presque victime.

– Loïs, désirez-vous répondre ?

J'ai l'impression que tout le monde m'observe telle une gamine capricieuse. Je baisse de nouveau la tête.

– Si tu ne comprends pas ce que j'ai voulu dire ici, ce n'est pas dans un monde virtuel que tu comprendras davantage.

Jouan nous gratifie d'un sourire neutre.

– Je propose que l'on s'arrête là. Docteur Marx ?

Voilà.

Je ressors de là éreintée. Comme si une vague chargée de gravier m'avait submergée, laminé la peau, raclé le cerveau et rejetée sans force sur la rive. Tristan est trop fort, trop habile, trop pervers. Je ne fais pas le poids et me demande qui le peut. J'ai cru le secouer un peu en racontant publiquement toute la crudité de ce qu'il m'avait imposé. Mais il est parvenu à charmer l'assemblée et à me déstabiliser. Je ne peux exprimer ce que je ressens vraiment car j'ai du mal à y voir clair. Une partie de moi est frustrée tandis qu'une autre est soulagée que cela soit fini.

Tout le monde va repartir satisfait de cette séance, avec au cœur le sentiment du devoir accompli. Les psychiatres peuvent boucler ce dossier qui s'enlisait. La médiatrice a eu son heure de gloire et pourra vendre à sa direction l'idée d'une cellule de médiation restaurative et décrocher des budgets. Tristan est entré accusé, il ressort la tête haute, libre, sa rédemption en étendard. Et moi ? Je quitte le CHU assommée. Je marche vers ma voiture. J'appuie sur le bip, m'écroule sur le siège conducteur en imitation cuir et ferme la portière dans un *clang* rassurant. *J'ai essayé,* pourrai-je dire à Flo et à Avel. *Je vous jure que j'ai essayé.*

Le Dr Marx m'a proposé que l'on rentre ensemble mais j'ai décliné. J'ai envie d'être seule, à cuver, à nettoyer la boue, à lécher ma blessure, sans témoin. Et puis j'ai pris rendez-vous avec moi-même à l'hôtel.

Étrangement, un sourire étire alors mes lèvres. Au fond du trou je ressens toujours une sorte de paix, un soulagement dans la certitude que je ne peux pas descendre plus bas. Mon pied gauche vient ôter ma chaussure droite. Puis mes orteils droits aident l'autre à se déchausser. Mes plantes de pied épousent le tapis de sol de l'habitacle, mes mains s'enroulent sur le volant, mes fesses et mon dos se calent dans le fauteuil. Je mets le contact, le moteur s'enclenche sans heurt, prêt à m'emporter très loin d'ici. La froideur lisse du levier de vitesse emplit ma paume. Mon pied nu cherche la rugosité de l'accélérateur. La machine s'ébroue et fait marche arrière, marche avant, puis se coule dans la circulation du parking de l'hôpital. Le GPS m'indique de prendre à droite puis au rond-point à gauche, direction Cabourg, le Grand Hôtel.

Devant la porte coulissante du CHU, Claire Jouan serre la main de Tristan Danton.

– Cela s'est bien passé. Bravo.

Tristan opine du chef.

– Je crois que j'ai été assez bon, non ?

– Je ne sais pas, monsieur Danton, on en reparle à votre dernière séance, demain ?

– Vous ne trouvez pas ?

– N'en faites pas trop quand même.

Tristan lui décoche une œillade complice.

– Je vous en prie, ne boudons pas notre satisfaction. C'est fini. J'ai encore un truc à régler puis en route pour les États-Unis.

– En effet.

– Franchement, je crois que ça a fait du bien à Loïs de s'exprimer. Elle avait besoin de mettre tout cela sur la table. Je pense qu'on va pouvoir repartir sur de bonnes bases, elle et moi.

Claire Jouan dévisage son patient sans rien dire. Les nuages se sont déchirés pour laisser passer quelques rayons de soleil. Tristan sort de la poche intérieure de son manteau une paire de Ray-Ban, qu'il chausse.

– Et vous savez quoi ? Vous aviez raison, je n'ai plus mal à la tête.

22

Je roule sur la départementale, en silence, fenêtre conducteur ouverte. Le plafond bas s'est déchiré et par endroits l'azur se devine entre les nuages moutonneux. Mon visage est fouetté par le vent et, de temps à autre, réchauffé par de brèves apparitions du soleil. J'ai peut-être une pierre dans le ventre mais je ne suis pas morte. C'est un bon point.

À Cabourg, ma Twingo prend la direction des plages. Il n'y a pas grand monde, quelques courageux en terrasse qui bravent le temps capricieux.

Je me gare près de la jetée, éteins le moteur. La mer est là. Fidèle. La marée haute s'ourle d'un petit clapot gris que guette une colonie de mouettes silencieuses. Je sors de ma voiture et, toujours pieds nus, franchis les quelques marches de pierre qui mènent à la plage. Les vaguelettes déposent à chacun de leurs allers-retours une dentelle d'écume blanche sur le sable. Mes pieds entrent en contact avec le rivage humide et froid tandis que je relève mon pantalon et le replie en larges revers jusqu'aux genoux.

À son extrémité, la plage est bordée de falaises. Le sable cède alors la place à des rochers coupants qui égratignent les pieds si on n'y prend garde. J'en ai passé des dimanches après-midi sur cette côte, à scruter les crabes, traquer les bigorneaux, et faire peur à mon père en sautant d'un affleurement de roche à l'autre. « Lolo, fais attention ! » Une pensée émue pour lui. « Tu t'es bien battue, ma fille. » Voilà ce que j'aurais aimé qu'il me dise, là maintenant.

Le soleil est juste assez timide pour que mon ombre s'étire, silhouette effilée et diffuse sur le sable orangé. Le craquement des couteaux et autres coquillages sous mes pieds, crissement de gâteaux secs, est jubilatoire. J'atteins l'eau. Le froid gagne mes orteils, puis mes chevilles, calme mes nerfs. Je m'immobilise. Chaque vague glacée saisit ma peau et remonte jusqu'au cœur, le gelant à tout jamais. L'air vif pénètre dans mon cou. Dans quelques minutes je ne sentirai plus rien. Les mouettes, goélettes blanches sur le métal liquide, ne bougent pas, moi non plus. La tentation d'avancer de quelques mètres encore est forte. Et si je lâchais les freins, entrais dans l'acier froid qui m'aspire, m'en remettais à lui ? Je me loverais dans ce tombeau glacé, m'envelopperais de son linceul fluide en attendant la fin. Plus de tracas, juste le grand silence blanc, l'engourdissement du cœur, le départ paisible. Je fais un pas de plus. L'eau gelée recouvre mes pieds, déjà insensibilisés. Il suffit d'un pas, et cesserait ce fracas cérébral. Un pas, et je gagnerais la tranquillité. J'avance. Le gel prend mes mollets, mon sang se fige, muant mes jambes en deux poteaux de bois. Une vibration, quelque part, me tire de ma léthargie. Ça vient de la poche de mon pantalon. Les doigts gourds, je farfouille pour extraire mon téléphone. Mon sang se remet à circuler. Je fais un pas en arrière et décroche.

– Flo ?

– Tu es où ?

– Sur une plage à Cabourg. Tu m'entends bien ?

– Oui, oui, comment ça s'est passé ?

– Pas très bien. Flo, Flo ? Que se passe-t-il ?

La voix de mon amie s'éraille dans un sanglot.

Le bruit du ressac et le ricanement des mouettes me tirent du sommeil vers sept heures. Je prends le temps de recouvrer mes esprits. La première personne à qui je songe est Florence.

Les événements du jour précédent m'apparaissent irréels. Nous avons parlé trois bonnes heures hier. Tout d'abord quand j'étais sur la plage, puis dans la voiture. Je l'ai ensuite rappelée de ma chambre d'hôtel, une fois réchauffée. Je l'ai écoutée me raconter, tout en vrac, ses souvenirs, ses questionnements, et déverser sa peine. La perte de son amie d'enfance l'a effondrée. « Elle est partie en quatre mois, tu te rends compte ! Et je ne l'ai pas su. Tu trouves cela juste, toi ? » « J'aurais dû la recontacter beaucoup plus tôt. On était si proches, on aurait pu s'épauler. Pourquoi ne l'ai-je pas fait ? Je crois que j'étais trop centrée sur moi et je l'avais classée dans les affaires non résolues à dénouer plus tard. J'ai repoussé, repoussé. Mais la vérité c'est qu'on n'a pas le temps. On croit qu'on a le luxe d'attendre, mais c'est faux. Il faut aimer et le dire quand il est encore temps. Et s'il y a des non-dits ou des conflits, il faut aussi se les coltiner pour ne rien regretter. J'aurais tellement dû... »

J'ai entendu un bruit de verre à l'autre bout du fil.

– Tu es chez toi ?

– Oui, il n'y a personne heureusement. Il faut que je me remette avant que Mohammed ne rentre du boulot.

– Tu vas lui en parler ?

– Oui, non, je vais voir. Je ne saurais pas lui expliquer. Tu comprends ?

Oui, j'ai compris.

– Et toi ? m'a demandé Florence.

Alors je lui ai décrit par le menu la séance de médiation au CHU. Les réponses de Tristan. Nos joutes verbales et la réaction de l'assemblée. Son changement d'attitude, combatif, puis soudainement compatissant. Elle a écouté sans chercher à m'exposer son point de vue, jusqu'à ce que je conclue, toute seule, qu'il fallait désormais que je laisse toute cette histoire derrière moi. Accrochées au téléphone comme deux naufragées à la même bouée, nous nous sommes soutenues ainsi. À bout de larmes, nous avons décidé de passer plus de temps ensemble. Et que nous pourrions même convier Avel, s'il promet de ne pas nous juger, car on l'aime bien malgré tout. Nous avons ri et nous sommes redit à quel point nous étions importantes l'une pour l'autre. Puis nous avons raccroché.

Une odeur de café et de pain grillé m'excite à présent les narines et une énergie imprévisible parcourt mon corps. J'ai beaucoup rêvé. Entre autres, de la salle de médiation qui se transformait en piste de cirque où je devais dompter un renard. *Hypersubtil, mon inconscient.* Matthew Walker, professeur de neurosciences et de psychologie à l'université de Berkeley, suggère, dans son ouvrage *Pourquoi nous dormons*, que le sommeil et le rêve seraient une thérapie nocturne. Pendant la nuit, raconte-t-il, la concentration d'adrénaline, souvent associée au stress, décroît, chute, notamment pendant le sommeil paradoxal, la phase au cours de laquelle on rêve le plus. En revanche, les principales structures liées aux émotions, l'amygdale et l'hippocampe, sont, elles, réactivées. Le sommeil et le rêve agissent donc, selon lui, comme un baume apaisant sur des douleurs.

En ce qui me concerne, il semble que le traitement nocturne ait fonctionné. La nuit m'a permis d'évacuer les émotions fortes de la veille et la page se tourne. J'étire mon corps de tout mon long entre les draps. La caresse de la flanelle flatte chaque centimètre carré de ma peau. Je me sens vivante, plus vivante que jamais même. Mes orteils jouent un moment avec les replis de la couette de plumes légère. Je prends le temps de respirer et de me réveiller entièrement. Finalement, je me lève, enthousiasmée par l'idée d'un petit déjeuner, en peignoir blanc, face à la mer et face à moi-même, avant un divin massage aux huiles chaudes et une renaissance bien méritée.

Dans la salle à manger de l'hôtel aux murs pastel, la baie vitrée panoramique donne sur la lame bleue aiguisée de la mer. Des tables rondes dressées sont réparties de façon que chaque convive puisse profiter du spectacle du soleil revenu. Pour l'heure, seul un couple en peignoir blanc prend son café. Je m'installe dans un fauteuil de chintz fleuri, à une petite table verte, face à la plage. Je boude le petit déjeuner « minceur » et porte mon choix sur la version « normande » plus consistante. Au buffet, croissant au beurre d'Isigny, pain tressé, fromage au lait cru, miel local. Je me sers avec appétit, sans oublier un large mug de café noir et du jus de poire de la ferme. Je dévore des yeux cette assiette copieuse. Le bénéfice secondaire des grosses émotions, c'est la déculpabilisation. Je mentirai par omission à mon application santé.

Je beurre généreusement ma première tartine et y étale une bonne louche de miel qui dégouline sur la croûte épaisse. Je me lèche les doigts. Le jus de poire est sucré à souhait, le café à température idéale et pas trop corsé. J'abandonne un temps le pain pour découper un morceau de croissant au feuilleté craquant et caramélisé que je laisse fondre sur ma langue. Depuis quand ne me suis-je pas autorisé cette folie ? Je prends le temps de savourer, captivée par la puissance de la sensation. Quel monde virtuel pourrait reproduire ça ?

Ce matin le ciel indigo forme avec la mer lisse deux aplats de couleur qui se partagent l'horizon. Le drapeau planté en bord de plage faseye mollement. À droite, un monsieur promène son terre-neuve qui, museau dressé, hume l'air, puis plonge sa truffe dans le sable à la recherche de trésors. À gauche, un brise-lames vermoulu fait le bonheur de hordes d'oiseaux marins qui piétinent en attendant le retour de la pêche, quand d'autres traversent l'atmosphère en criaillant. La contemplation de ce tableau paisible m'arrache un sourire de contentement et je ferme les yeux un instant.

– Bonjour.

Je les rouvre brusquement.

Tristan se tient devant moi, en tenue de sport.

– Je peux ?

Sans attendre ma réponse, il prend place dans le fauteuil en face de moi et fait signe au serveur pour commander un thé. Mon visage s'est fermé. Le désarroi revient au grand galop.

– Tu m'avais dit que tu adorais cet hôtel, que tu y es venue de nombreuses fois avec tes parents, tu t'en souviens ? J'ai décidé de faire mon jogging dans le coin et j'ai reconnu ta voiture. Ça tombe bien, je voulais te parler. J'allais t'appeler aujourd'hui.

Ma main se crispe sur le couteau.

– Me parler de quoi ?

– Laisse-moi t'expliquer jusqu'au bout et prends tout le temps que tu veux pour me répondre.

Il détaille mon peignoir.

– Tu vas faire des massages ?

Je resserre les pans du tissu-éponge sur moi.

– Oui.

– Tant mieux, ça va te faire du bien.

– C'est ce que tu voulais me dire ?

Tristan rit.

– Non ! Je voulais te dire d'abord que le truc d'hier, tu sais, pfff, c'était pas pour nous.

– …

– On vaut mieux que cela. Je veux dire, c'est bon pour les autres, mais nous on est différents. On peut se parler sans tierce personne, tu ne crois pas ?

Tristan a ce sourire séducteur qui, un jour, au fond d'un bar, m'a fait chavirer.

– Je suis plein d'empathie pour tout ce que tu as traversé. Tu ne peux pas imaginer comme je suis en lien avec toi. Moi aussi, je veux mieux te connaître. Je souffre aussi de tout ce qu'il t'arrive.

– Je ne suis plus une intello qui ne supporte pas les fautes d'orthographe ?

– Laisse tomber ! J'ai dit ça pour la galerie. Ça leur a plu du reste.

Tristan sourit, satisfait.

– J'aimerais me racheter d'une certaine façon. Comme je te l'ai dit, tu es à l'origine de RePlay. Et chez MindTech, avec Ben nous avons un énorme programme d'évolution. Rien que pour les *gamefields*, c'est-à-dire le paysage de jeu, nous allons multiplier les *maps*, et nous rapprocher le plus possible de l'univers des joueurs, qu'ils puissent augmenter leur expérience utilisateur. En anglais, on appelle cela l'UX. Plus nos questionnaires de départ seront pointus, plus l'UX sera intense. Nous avons une équipe de psychologues qui travaille là-dessus aussi bien sûr. Et les avatars deviennent de plus en plus réalistes. Mais l'idée majeure est de connecter les gens entre eux. Nous allons créer des scénarios où les protagonistes d'un conflit, d'un malentendu, d'une mésentente, pourront se retrouver virtuellement et discuter. Et échanger leurs rôles pourquoi pas. Avec, toujours, des suggestions de résolution de conflit. J'ai une autre équipe, de programmateurs, qui bosse en ce moment sur ce point. Et ce n'est que le début. Nous avons des idées plein les poches et tous les talents nécessaires en intelligence artificielle pour les réaliser.

– Quel est le rapport avec moi ?

– Tout ça est né de notre rencontre. De notre malentendu. J'ai réfléchi à tous ces gens qui souffrent. Et une nuit l'idée a jailli.

– Et ?

Le serveur pose devant Tristan une théière fumante. Celui-ci prend le temps de se verser une tasse.

– J'aimerais te proposer un pourcentage sur les futurs bénéfices. En tant qu'inspiratrice de RePlay.

Je dévisage Tristan, il semble tout ce qu'il y a de plus sérieux.

– Pourquoi ?

– Je *viens* de t'expliquer. C'est une manière d'effacer l'ardoise entre nous et de te rendre un peu de ce que tu as contribué à concevoir. J'ai compris que tu ne voulais pas t'en servir pour guérir mais tu peux accepter une compensation.

Je cille. Il poursuit :

– Nous sommes à parts égales avec Ben, donc je te propose cinq pour cent de mes cinquante pour cent.

– …

Il a un demi-sourire.

– Aujourd'hui, nous comptons le mettre en vente à un prix d'appel de quatre-vingt-neuf euros, avec le casque et les gants. Mais ensuite nous mettrons en place une version premium à cent vingt-neuf avec des fonctionnalités supplémentaires inouïes.

Je plisse les yeux. Il continue :

– Ce n'est que prévisionnel. Mais si on se projette avec la même progression que notre jeu Emos, la fourchette haute, en cinq ans, nous fera dépasser le cap des deux milliards de dollars de chiffre d'affaires et disons grosso modo la moitié de bénéfices. J'ai fait un rapide calcul, cinq pour cent pour toi peuvent te rapporter rapidement entre un et cinq millions d'euros, sans rien faire.

Tous ces chiffres tournoient devant mes pupilles dilatées. Je reste immobile. Le ciel vient de s'ouvrir en deux.

– Cinq millions.

– C'est la fourchette haute.

– Et la fourchette basse ?

– Selon les précommandes, tu peux tabler au moins sur deux cent mille euros la première année.

Je cligne des yeux plusieurs fois très fort.

– Deux cent mille.

– Si tu es d'accord, tu as ce soir un contrat de mon avocat dans ta boîte mail. Avec un minimum garanti de cent mille euros.

Je me passe une main sur la bouche et le menton. Mon cœur tambourine. Cent mille euros, ou rien que cinquante mille, me donneraient une bouffée d'oxygène qui changerait la donne dans ma vie. Avec cinquante mille euros, je rembourse mes dettes, notamment ce que j'ai emprunté à ma mère pour la voiture. Avec cent mille, j'ai un apport pour peut-être m'acheter un petit coin à moi ; et avec plus… je ne peux même pas concevoir ce que j'en ferais.

Je prends un morceau de croissant mais je n'arrive plus à avaler. Si seulement Flo ou Avel étaient là. Tristan me regarde en souriant comme un enfant fier de son bulletin de notes.

– Alors ? Tu en dis quoi ?

– C'est… surprenant.

– Tu acceptes ?

Je ramasse les miettes tombées autour de l'assiette et les verse dans ma tasse vide.

– Je ne sais pas.

Tristan tend la main au-dessus de la table et me caresse les doigts, que je ne retire pas.

– Tu as jusqu'au lancement. Prends tout ton temps pour réfléchir. Mais on formerait une sacrée belle équipe tous les deux, tu crois pas ?

23

L'infirmière pose le plateau et les deux gobelets devant Florence, qui a choisi le fauteuil de chimiothérapie le plus proche de la fenêtre. De là, elle a vue sur les toits parisiens et quelques arbres qui n'ont pas encore perdu toutes leurs feuilles.

– J'ai apporté un café pour votre amie.

Flo lui répond par un sourire contrit.

– C'est gentil à vous, mais elle vient de partir.

– Je vous le laisse, si jamais vous en voulez un deuxième.

Florence ramène le plaid sur ses épaules. Alors que la météo de novembre est plutôt clémente, elle ne parvient pas à se réchauffer ce matin. L'humidité lui fend les os et mine son moral. Le personnel soignant est on ne peut plus adorable, l'infirmière a été délicate et discrète, comprenant d'instinct son état d'esprit du jour : fragile. Flo ferme les yeux. Elle a pressé Loïs de partir vite pour ne pas être en retard à son rendez-vous, chez l'avocat de Danton. Quelle histoire compliquée. Florence soupire. Une petite voix en elle se demande si elle n'a pas poussé sa meilleure amie à accepter un dangereux deal. Mais elle la fait taire. Si Loïs peut gagner l'argent qui lui permettra de se lancer dans les projets qui lui tiennent à cœur, tant mieux. Elle, elle attend que la poche de liquide ait fini le trajet dans ses veines. Que le produit détruise le mal. Même si, depuis ses derniers résultats, décourageants, elle ne croit plus totalement dans la chimie salvatrice.

Une femme d'une cinquantaine d'années, au joli profil, a pris place à côté d'elle. Sur son crâne lisse, elle porte un foulard à motifs joyeux – des clochettes roses sur fond vert d'eau. Elle a les pommettes hautes et le nez retroussé.

– J'ai un café en trop, ça vous dit ? lui propose Florence.

La femme secoue doucement la tête.

– Hélas non, je ne le digère pas très bien en ce moment.

La femme a un sourire pâle et lumineux à la fois.

– Vous êtes suivie par le Dr Levy ? demande-t-elle.

– Oui, et vous ?

– Stanislas.

– Ah, je ne le connais pas.

– Il est bien aussi.

La femme bouge sa main en guise de salut.

– Je m'appelle Marie.

– Florence.

– Enchantée.

– De même.

Flo se dit que cette femme doit être une bonne vivante qui aime rire et s'amuser. Elle le porte sur son visage. Elle ressent un élan de sympathie immédiat, attirée par l'énergie potentielle de cet être humain qui partage avec elle ce moment particulier.

– Vous êtes là pour quoi, vous ?

– Le rein. Et vous ?

– Le poumon.

Marie sourit tristement.

– Il est bien placé, votre cathéter. Il se voit à peine.

Flo sourit.

– Oui, c'est discret.

Trente minutes de causerie à voix basse plus tard, une complicité s'est instaurée entre elles.

– Votre traitement a été établi par un robot, vous ? demande Marie.

– Un robot ?

– Une intelligence artificielle ?

Florence hoche la tête.

– En effet, c'est ce que Levy m'a dit.

Lorsqu'elle a appris cela, Florence a regardé le médecin avec un étonnement non feint.

– Je suis soignée par une IA ?

Le jeune médecin a hoché la tête avec orgueil.

– Absolument. Ce programme compile toutes les publications concernant votre type de cancer. Ce qu'aucun esprit humain n'est capable de faire.

– Il s'appelle comment ?

– C'est le programme Sherlock, l'avenir de la médecine personnalisée. Vous devriez faire un article là-dessus.

Florence a dévisagé son interlocuteur, frappée par son ton détaché. Se rendait-il compte qu'il parlait d'un programme censé lui sauver la vie ?

– Est-ce fiable ?

– Cela a été testé dans un des plus grands centres de cancérologie de New York.

– Lequel ?

Flo a perçu de l'agacement chez son oncologue.

– Le Memorial Sloan Kettering Cancer Center.

– Et là-bas ils ont de bons résultats ?

– J'y ai effectué ma thèse de doctorat et je peux vous assurer que c'est la médecine du futur.

Flo regarde Marie.

– Je ne sais pas quoi en penser.

– Comment voulez-vous qu'on sache ? On ne peut que faire confiance. Vous suivez un régime particulier, vous ?

– Non…

– Et de l'acupuncture avant les chimios ?

– Non plus.

– C'est pourtant pas mal, je trouve. On a moins de nausées. Vous savez, il y a plein de choses pour améliorer le quotidien.

Je fais du yoga thérapeutique, de la mise en beauté avec l'association Fleur de Lys. De la méditation.

Florence éclate de rire.

– Vous faites tout !

Marie opine du chef.

– Tout ! Pas vous ?

Flo secoue la tête.

– Non. Je prends mes médocs, je viens là et le reste du temps je travaille ou je m'occupe des enfants, en essayant d'oublier la maladie.

– Si vous voulez, je peux vous donner des adresses de gens vraiment épatants. Ça change la vie.

– J'en vois assez, des médecins.

– Non, pas des médecins, d'autres gens qui sont là pour aider à traverser l'épreuve et mieux la vivre.

*

Ça sent la peinture, l'encre et un parfum de synthèse. Le cabinet d'avocats est installé dans le 1er arrondissement, juste derrière le Louvre. Une fois devant la lourde porte cochère, j'ai tapé le code que la secrétaire m'a communiqué, traversé la petite cour intérieure pavée et, au fond, lu l'enseigne accrochée à une paroi vitrée industrielle, « J.K. Finwajc », dont j'ai écorché le nom au téléphone pour prendre rendez-vous. Une brève recherche m'a appris que « J.K. » signifiait Jean-Karl, avocat spécialisé dans le droit des nouvelles technologies, exerçant entre Paris et New York. JKF se dit « particulièrement actif au sein de la FrenchTech et du réseau de Business France » aux États-Unis et au Canada. Il gère les affaires de MindTech, la start-up des frères Danton, depuis sa création, en 2015.

Je patiente devant un panneau horizontal recouvert d'arabesques multicolores. J'ai déjà vu ce genre d'œuvre à l'exposition « Artistes & Robots » au Grand Palais. La toile était réalisée par de petits modules sur roulettes équipés de feutres de couleur, leur mouvement aléatoire traçant des dessins uniques. L'art robotique est-il de l'art ? Alors que je débats intérieurement de cette question, je m'aperçois que quelqu'un est entré et m'observe. Un homme aux cheveux grisonnant sur les tempes, cravate improbable à carreaux écossais.

– Loïs Miller ?

Il me propose un café que j'accepte. Puis je le suis en tirant sur ma jupe en jean. Nous nous installons autour d'une table ronde dans un bureau parfaitement ordonné aux couleurs criardes. « Jean-Karl » ouvre une pochette en carton bleu.

– Alors comme ça, vous allez faire partie de l'aventure RePlay ? Bienvenue.

Son sourire est direct, ses yeux vifs. J'acquiesce sans mot dire.

– Tristan m'a transmis, comme à vous, tous les éléments pour établir le contrat que je vous ai fait parvenir hier.

J'ai en effet reçu un précontrat par email. Le document est simple. Seule la partie monnaie virtuelle m'a déconcertée.

– Avez-vous des questions ?

– Oui, à propos des « RePlaycoins ». Pourriez-vous m'expliquer précisément en quoi cela consiste et comment cela fonctionne ?

L'assistant entre pour déposer deux cafés devant nous dans des tasses en verre à double paroi qui me font penser à des boules de sapin de Noël. Jean-Karl attend que la porte se referme pour commencer son explication.

– Tristan souhaite vous verser un à-valoir de cent mille euros sur les précommandes de RePlay.

Je déglutis, m'efforçant de me composer un visage impassible, mais dans mon ventre des milliers de cellules font la danse de la joie.

– Puis, il souhaite vous céder un certain nombre de RePlaycoins. Ce sont des unités d'une nouvelle monnaie virtuelle qui représenteront la valeur du jeu lorsqu'il sera mis sur le marché. Si la société prend de la valeur marchande – et elle en prendra –, le cours du RePlaycoin montera. Libre à vous de revendre ensuite vos titres quand il vous plaira et ainsi de multiplier vos gains. Vous avez des questions ?

– Non.

J'engrange les informations mais mon cerveau s'est arrêté aux cent-mille-euros-bientôt-sur-mon-compte. Les mains légèrement tremblantes, je prends mon exemplaire du contrat et le parcours de nouveau à vitesse rapide. Mais mon cœur envoie tellement de sang à mon cerveau que ma vue se brouille et je ne parviens pas à lire correctement.

– Il y a une phrase que j'aimerais expliciter avec vous, page deux.

Les feuilles tournent.

– Vous écrivez : « Les parties signataires du contrat s'engagent à promouvoir RePlay. » Qu'est-ce que cela implique ? Je ne veux pas m'engager dans une campagne de promotion pour le jeu.

Jean-Karl secoue la tête.

– Bien sûr, non, c'est théorique. Il nous faut justifier le contrat, vous comprenez ? Par exemple, ce pourrait être d'assister au lancement.

Je hausse les épaules, sans répondre. Cent mille euros. Je n'ose demander quand ils comptent me les verser. Je signe mes exemplaires. L'avocat rassemble les feuillets.

– Vous aurez un premier virement après le lancement officiel du jeu, dans une semaine je crois.

Dire que je marche en sortant du cabinet d'avocats serait un mensonge. Je flotte, mes pieds effleurant à peine le trottoir, un sourire irrépressible aux lèvres. Cent mille euros, sur mon compte, dans une semaine. Les larmes me montent aux yeux. Mon souffle joue du clairon et mon cœur du tambour. Je pense à tout ce que je vais pouvoir rembourser et faire avec cet argent. Mettre de côté bien sûr. Mais aussi peut-être partir en voyage ? Je ris, une main devant la bouche. Et après ? Si RePlay marche commercialement, je pourrai m'enrichir rapidement. Je ne veux pas déménager tout de suite, je suis bien dans mon petit appartement et dans ce quartier dont j'aime la sécurité. Mais je peux tout de même commencer à regarder les annonces et réfléchir à quel prêt je peux prétendre ? Moi, devenir propriétaire ?

Je fais un arrêt devant la vitrine d'une boutique d'antiquités. Vais-je pouvoir m'offrir des choses dont j'ai toujours rêvé ? En admettant que le jeu fasse un carton, que je revende cette monnaie virtuelle, que je gagne des… millions. Je me pince les lèvres, l'imagination en roue libre. Pourrai-je cesser de travailler au journal ? Oui ! Pourrai-je monter mon propre journal en ligne consacré aux auteurs de science comme je l'ai toujours rêvé ? Mon regard s'attarde sur un meuble secrétaire muni de multiples petits tiroirs aux boutons ouvragés. Je m'imagine écrire à cette table de travail. Avec Avel nous produirions aussi une webtélé ou des podcasts scientifiques, formant une rédaction autonome qui inviterait des auteurs à débattre. Ce serait tellement incroyable. Je secoue la tête. Non, ne pas s'emballer. C'est un fantasme. C'est trop irréel. Quand je vais raconter cela à Avel, notre fabrique à projets va se remettre à tourner à plein régime. J'en jubile d'avance ! Mais une pensée parasite vient doucher mon enthousiasme. Je réalise soudain que je n'ai pas reparlé à mon pote depuis mon retour de Normandie. Il n'est guère au courant des dernières évolutions. Que va-t-il penser de mon pacte avec le diable ? Il va m'engueuler, c'est certain. Je gonfle mes joues et les dégonfle comme un ballon. *Et puis zut.* C'est ma vie et je fais ce que je veux. Et surtout, s'il est vraiment mon ami, il saura se réjouir de cette aubaine pour moi. D'autant que l'on profitera tous de cet argent !

La vibration de mon téléphone m'arrache à ces considérations. Un message vocal a été déposé sur mon fil de discussion. Mes sourcils se froncent devant le nom de l'expéditeur. J'appuie sur *Play*.

« Hey, c'est Tristan.
JK m'a dit que tout était OK. Perfect.
Les fonds te seront versés après le lancement.

J'ai eu Ben aussi, on est tous très excités par le jour J qui approche et je suis ravi que tu sois à bord avec nous ! On a plein d'idées.
Il faut vraiment que je te raconte. Et surtout j'ai un truc génial à te proposer ! *Call me back soon, right* ? *Ciao Bella.* »

Je coupe la messagerie, regarde mon téléphone comme s'il émettait un rayonnement dangereux, puis le range au fond de ma poche de manteau avec une sensation de glissement.

Je n'analyse pas encore bien ce qui est en train de se produire mais mon corps réagit déjà, pressentant une menace pour son intégrité. Que me veut encore Tristan ? Les choses sont réglées, les comptes faits. L'important était de recevoir cet argent, comme un dédommagement mérité. Je peux reprendre ma vie où je l'ai laissée et l'embellir, l'éclairer de perspectives nouvelles.

Je m'approche du palais du Louvre, pénètre sous les arcades jusqu'à la pyramide, me poste devant le monument en verre, comme si la majesté du lieu allait me conférer l'aplomb qui me manque et me révéler le dessous des cartes. Je vais être riche, une nouvelle existence commence. Mais que veut me proposer Danton ? De toute façon il faut bien que j'en aie le cœur net et je serai libre de refuser. Je reprends mon téléphone et ouvre mon répertoire de contacts.

*

Le sac de voyage à moitié rempli est ouvert sur le divan le long de la baie vitrée. La marée haute lèche le pied des Vaches noires. À sa surface les mouettes tanguent, points blancs sur leur tapis roulant aux reflets moirés. Tristan lance sa tondeuse à barbe dans le sac.

– Dès que j'arrive cet après-midi à San Francisco, je prends un cab pour aller voir Mum à l'Institut.

– Elle va être heureuse mais tu sais, elle a bien changé.

– Elle me reconnaîtra.

– Je ne sais pas.

– Mais si, tu verras.

Tristan retourne dans son dressing tout en parlant via son oreillette Bluetooth.

– Ensuite je file à MindTech, comme ça je serai là pile à temps pour les médias. *Right ?*

À l'autre bout du fil, Ben navigue sur l'agenda en ligne.

– *Awesome.* On sera une vingtaine. On a répété la démo avec l'équipe.

– Ça roule.

Tristan passe en revue ses deux étagères de baskets de marque. Il prend le dernier modèle de Nike et celui d'Adidas, puis il s'intéresse à son étagère de montres, en choisit une de sport ainsi que deux paires de lunettes de soleil, Oakley et Ray-Ban. Il finit par sélectionner un costume Paul & Joe pour la soirée de lancement, qu'il portera avec un T-shirt au logo de la boîte. Pour le reste, il rachètera là-bas. Ben poursuit :

– *Yes.* Restera plus qu'à faire la répétition générale demain et que la com' relance les VIP.

– *Perfect.*

– Il y aura cent boîtes de jeu pour eux et cinquante à gagner pour les vainqueurs du quiz en ligne.

– Cool.

– Je t'envoie le programme définitif de la soirée. Comme ça tu valides dans l'avion.

– OK.

Tristan marque une demi-seconde de pause.

– Au fait, j'ai invité Loïs.

– Qui ?

– Loïs Miller.

– Au lancement ?

– Oui.

– Pourquoi ?

– Pour plein de raisons.

– Genre ?

– Elle est journaliste web, ça peut nous amener du buzz. Et puis ça me fait plaisir.

– Et elle a accepté ?

– Ça te pose un problème ?

Ben ne répond pas tout de suite.

– Ça craint *but*... Si t'es à l'aise avec ça, ça me va.

Tristan hoche la tête.

– À ce soir.

Il raccroche. Ben ne comprend rien quand il s'agit de filles. Ce n'est pas la peine de lui parler du contrat financier conclu avec Loïs. La somme sera prélevée sur sa part et ne regarde que lui. Et si son cadet a quelque chose à y redire un jour, il trouvera à qui parler. Tristan finit de remplir son sac de voyage, ferme le zip et entre le code du cadenas attaché à la boucle. Il ne lui reste plus qu'à sécuriser la maison et prendre la route pour Paris. Il fait un dernier tour dans sa pièce de vie, en ordre. Il se dirige vers la console de contrôle fixée au mur et programme Andy en mode « surveillance active ». Son majordome artificiel devient ainsi ses yeux et ses oreilles pendant son absence. Puis il sort sur le deck en front de mer. Le vent vif et glacé lui pique la peau. Ce soir, il sera en face, sur l'autre rive. *Enfin.* Presque deux ans qu'il est coincé en France, pour rien. Mais soyons positifs. Grâce à cette retraite de longue durée, il a pu créer le jeu du siècle. C'était son karma. Il ferme les yeux et goûte l'air saturé d'iode. Passer du calme à l'effervescence, du dégradé de gris-bleu aux flashs multicolores, des buissons épineux au gazon artificiel l'excite au plus haut point. Il est d'ici et de là-bas. Il n'aime pas quitter son nid d'aigle mais désire plus que tout remettre les pieds dans la Valley. Il se sent fort et souple à la fois, puissant et tendre, un mélange qui le rend agile et imbattable. Un jour prochain viendra, se dit-il, où elle aussi reconnaîtra son talent et l'aimera pour cela et tout le reste. Il reprend son téléphone portable et poste une story pour ses followers.

24

Je suis très énervée. Depuis dix minutes Avel parle très fort, sans se soucier des cloisons trop minces de mon appartement. Les voisins vont être furieux, je vais en avoir pour mon compte. Après m'avoir traitée de gamine, il s'en prend maintenant à ma santé mentale.

– Non mais qu'est-ce qui tourne pas rond chez toi ?

Il est là, devant moi, il fulmine. C'est la première fois que j'entends mon ami hausser le ton de la sorte. Je l'ai invité à boire un café à la maison et je le regrette. On se toise de part et d'autre de la table du salon. Je n'arrive pas à soutenir son regard, me sentant prise en faute. Alors, comme à chaque fois que je me sens attaquée, je mords.

– Je me doutais que tu allais réagir ainsi. Comment croire un seul instant que mon ami puisse être compréhensif.

Les yeux d'Avel lancent des éclairs.

– Pardon ? Danton t'a agressée, humiliée, n'a jamais reconnu le moindre tort et tu veux que je sois compréhensif ? Madame accepte son fric et maintenant va passer le week-end avec lui à San Francisco ! Tu aimerais que j'applaudisse ? Tu m'expliques où est ta logique, là ?

Il est furibard. Pour être honnête, je m'y attendais. Je lui ai envoyé un SMS tout à l'heure pour lui proposer de monter, avec l'envie sincère de lui parler. Tout en sachant que notre compréhension mutuelle toucherait probablement ses limites. Peut-être avais-je besoin d'entendre ce qu'il avait à dire sur ma décision. Et peut-être même sa colère est-elle justifiée.

Lorsque j'ai rappelé Tristan après mon rendez-vous chez son avocat, j'étais excitée par l'énorme somme d'argent qui allait tomber sur mon compte en banque. Je me sentais maîtresse de mon destin et curieuse de la suite. Alors oui, j'ai été plutôt enthousiaste au téléphone et Tristan n'a pas tardé à me proposer le billet pour San Francisco, afin que j'assiste au lancement de RePlay. Et moi, je ne sais pas, j'ai foncé. C'était la cerise sur le gâteau, le couronnement de cette journée incroyable, le super bonus. J'ai dit « ouais pourquoi pas... » et mentalement je faisais déjà ma valise. Je cherchais où j'avais mis mon passeport et me demandais s'il était à jour (il l'est) et si j'avais encore le temps de faire un ESTA, le visa touristique. Alors la seule chose qui est sortie de ma bouche tandis que j'étais là, plantée dans la rue, au téléphone avec un type condamné pour m'avoir agressée et qui m'invitait pour un week-end aux States : « Tu crois que c'est pas trop short pour le visa ? » Voilà tout ce que j'ai dit. L'air naturel, détaché, de celles qui passent leur vie dans les avions. Et lui, tout aussi naturellement, m'a répondu : « Je t'envoie les billets. Fais-le tout de suite en rentrant et ce sera bon. »

Et en effet, à mon retour chez moi, mes billets électroniques m'attendaient dans ma boîte mail. J'ai rempli le formulaire d'autorisation de voyage en un temps record. La réponse positive m'est parvenue tout aussi rapidement. Ce n'est qu'ensuite, une fois tout validé, que j'ai enfin remis en route ma capacité de raisonnement. *Qu'est-ce que tu fiches ? Pourquoi Tristan t'a invitée ? Qu'est-ce que tu attends de ce voyage ?* Puis, Flo n'étant pas joignable, j'ai envoyé un SMS à Avel. Pour me rassurer ? Me dédouaner ? Quelle erreur. Il est là à présent, en face de moi, les coudes sur la table dans son T-shirt noir moulant qui dessine ses épaules carrées, ses mains musclées jointes devant sa bouche.

– Franchement, Lo, parfois, tu me sidères.

Je bois mon café, en tremblant légèrement. Je sais qu'il a raison dans le fond, mais je n'ai pas envie d'être raisonnable. J'ai envie d'avoir de l'argent, pour une fois. De vivre sans compter, de prendre cet avion énorme qui va m'arracher de ma vie parisienne pour me faire découvrir l'Amérique.

– Écoute, Avel, je comprends ta surprise, mais la vérité c'est que j'ai un putain besoin de fric. Ce mec va m'en donner et beaucoup. Pour moi, c'est une juste réparation des choses. La chance se présente, je la saisis.

Avel fuit mon regard en scrutant le marc noir au fond de sa tasse. Puis finalement ses yeux bleus fixent les miens. J'y lis quelque chose d'indéchiffrable, proche du désarroi, qui tranche avec sa mâchoire serrée prête à aboyer. Sa voix a baissé d'un ton.

– Je comprends pour le fric. Mais pourquoi le rejoindre, lui, pour ce lancement ?

Je ris, faux.

– Mais quoi ! Tu ne comprends pas ?

– Non.

– J'ai envie de voir ça. Je ne suis jamais allée à San Francisco. C'est un de mes rêves. J'y vais tous frais payés. Pourquoi refuserais-je ?

Avel est décontenancé. Je ne lui laisse pas le temps de poursuivre :

– Je l'ai annoncé à François, mon boss. Il me demande de faire un reportage chez MindTech. Il voit la super occase d'avoir quelqu'un sur place qui peut lui faire un *live event* sur un des plus gros lancements de jeu vidéo de l'année, sans débourser un rond. C'est tout bénef pour le journal aussi.

Avel ricane.

– Ah ouais et ton objectivité alors ? Tu es impliquée maintenant dans la boîte, non ? C'est pas bizarre ça non plus peut-être ?

Je tords la bouche. Avel a raison pour cela aussi.

– Écoute, c'est pas d'une importance dingue. On parle d'un jeu vidéo, là. Pas de politique internationale.

– Ta mauvaise foi me tue.

– Mais enfin ! Je ne jugerai pas le jeu en lui-même, j'en suis bien incapable et comme tu dis je suis impliquée. En revanche, je peux raconter ce que je vois, dans leur labo et pendant le lancement, en gardant ma neutralité. Et tu sais, si quelque chose ne me plaît pas, je refuserai l'argent.

Les doigts d'Avel se crispent sur sa tasse. Il est à bout d'arguments. Je m'adoucis.

– Ne t'inquiète pas pour moi. C'est un aller-retour rapide. J'y vais, je fais mon taf et je rentre.

– …

– Avel ?

Il lève les yeux.

– Ça va bien se passer. J'en ai besoin. Pour reprendre la main, tu comprends. Ne me fais pas la gueule pour ça.

J'affiche mon air le plus désarmant possible. Sa bouche prend un pli dubitatif. Il consulte son smartphone et repousse sa chaise.

– J'ai un enregistrement. Merci pour le café.

Je le regarde se diriger vers la porte, l'ouvrir et la refermer derrière lui, sans la claquer. La sensation de glissement revient, plus forte encore que ce matin. J'ai envie de prendre l'avion et de me lancer dans l'inconnu. Personne ne peut m'empêcher de vivre, même pas Avel et son regard qui me dit : « Tu déconnes à plein tube. »

*

Il est seize heures passées lorsque Florence tape le code d'entrée du 91, avenue Gambetta, soigneusement noté sur un bout de papier. Elle pousse la porte verte et pénètre dans un étroit couloir qui sent l'humidité et le chou. Elle fronce le nez. Sur son quart de feuille, les instructions disent « escalier B, 2e étage, droite ». Et en effet, elle avise sur sa gauche un « B » peint en blanc au-dessus d'une porte jaunie. Elle se retrouve dans une obscure cage d'escalier en colimaçon dont les marches en bois sont recouvertes d'un tapis élimé jusqu'à la trame. Elle hésite. Mais elle ne va pas se précipiter et sera extrêmement prudente. C'est ce qu'elle se répète en tenant la rampe. Ses muscles sont fatigués, ses articulations douloureuses, autant que les marches qui grincent sous ses pieds. Parvenue au deuxième, elle frappe à la porte de droite. Elle patiente, réajuste sa perruque. La porte s'ouvre sur une vieille dame petite et ronde.

– Oui ?

– J'ai rendez-vous avec Mme Strikof.

– Entrez.

Il lui semble percevoir un accent slave dans la façon d'attaquer le « r ». L'appartement sent l'encens. Le vieux parquet craque. La petite dame la conduit dans un couloir blanc aux moulures fraîchement repeintes et l'introduit dans une antichambre où l'attend un canapé deux places en velours rose fané orné de deux coussins brodés. Rien de très pimpant et Flo a envie de repartir. Mais elle entend une chasse d'eau se déclencher, des pas sur le parquet et Marie fait son entrée, souriante, sous un foulard rose fuchsia.

– C'est super que vous soyez venue. Vous allez voir, elle est incroyable.

– C'est ce que vous m'avez dit, oui.

– Vous jugerez par vous-même.

Flo sourit. Marie est une source d'optimisme inespérée dans ce parcours douloureux. Être solidaire est le seul moyen de traverser les nuages noirs. Tout est déjà si dur. C'est une sorte de gage d'amitié naissante qu'elle donne en venant là. Mais pas seulement. Elle est aussi curieuse et intéressée de voir comment une « naturopathe, magnétiseuse » peut prétendre soulager le cancer sans médicaments. Les lattes du parquet jouent une nouvelle fois et une grande femme aux cheveux aussi blancs que sa blouse se présente dans l'encadrement de la porte.

– Madame Namias ?

Flo se lève, Marie lui tapote le dos en signe d'encouragement.

– Je vous attends.

*

Au premier coup de sonnette, je me précipite vers la porte d'entrée et l'ouvre sans même regarder par l'œilleton, sûre qu'Avel vient terminer la discussion et faire la paix. Mais je tombe nez à nez avec un livreur casqué, qui tient une pile de boîtes en carton à bout de bras.

– Madame Miller ? j'ai besoin d'une signature.

Un instant plus tard, je referme la porte et dépose les cartons sur la table du salon, avec un sentiment de déjà vécu. Une grande enveloppe est scotchée sur le premier carton de la pile. J'arrache la languette et ouvre l'enveloppe, qui contient un bon de livraison pour « 4 packs de jeu RePlay » et un voucher pour deux nuits à l'hôtel *W San Francisco*. Mes narines se dilatent. Je vais dans la cuisine pour accrocher le bon de réservation à côté des billets d'avion, sur la porte du frigidaire, avec un magnet en forme de bibliothèque. Je prends un instant pour intégrer ce qui est en train de se produire. Je *pars* demain pour San Francisco. Je ferai mon reportage dans les bureaux de MindTech pour un premier papier, puis je couvrirai le lancement. Le boss se félicitera d'avoir été sur le coup en exclusivité et pour une fois je sortirai de ma rubrique. Je souris. Je retourne dans le salon et déballe la première boîte de jeu. Elle est bleu ciel, carrée, barrée d'un « RePlay » doré en relief. Je l'observe sous toutes les coutures. Ils ont soigné le design. Que vais-je en faire ?

Je me lève et me dirige vers ma chambre. En fouillant dans mon placard, tout en bas à droite, je sors un carton de déménagement, qui n'a jamais été ouvert. J'en exhume un rouleau de papier kraft, du gros ruban adhésif et un marqueur noir. Je reviens avec tout mon matériel sur la table basse et, consciencieusement, j'entreprends d'emballer trois des quatre boîtes. La première sera pour Avel, un cadeau pour me faire pardonner. Je colle dessus un Post-it : « Sans rancune ? Bisous. Lo. »

Puis je confectionne des paquets cadeaux pour les deux autres et colle des étiquettes d'expédition. Je rassemble mes paquets dans un grand sac en toile, puis je descends vite pour en déposer un devant chez Avel et poster les deux suivants.

*

C'est comme entrer dans un cabinet de curiosités du XIXe siècle. Un salon où renards, blaireaux et oiseaux empaillés côtoient des mappemondes de différentes tailles, des piles de vieux livres, des planches d'insectes naturalisés, le portrait d'un académicien en tenue et un chat noir, bien vivant celui-là, assis sur une chaise. Florence remarque, sur un guéridon, un tissu de velours sombre aux entrelacs argentés sur lequel sont posés des instruments chirurgicaux anciens, une scie, un écarteur, des scalpels avec lames d'acier et manches en acajou.

Exposés sur de petites tables, des sellettes, des rebords de meubles, des statuettes, égyptienne, grecque, romaine, des vases japonais aux fleurs vert pomme, jaune et rose. La lumière afflue d'une unique porte-fenêtre ouvrant sur un étroit balcon encombré de géraniums. Celle-ci est encadrée par deux bibliothèques vitrées contenant à grand-peine des livres de médecine, des dictionnaires et un buste de Rachmaninov. Ce fatras d'objets sans, bizarrement, la moindre trace de poussière, laisse place au milieu de la pièce à deux fauteuils en tweed orangé à carreaux, sur lesquels sont jetés des coussins de soie rouge, jaune et vert.

La praticienne s'est absentée. Florence choisit l'un des fauteuils, celui qui fait face à la fenêtre, et quand elle s'y assoit les coussins soyeux gonflent autour d'elle. Elle se sent plutôt bien dans ce désordre loufoque.

Mme Strikof est de retour. Elle ôte sa blouse blanche, la dépose sur le dossier d'une chaise. Elle est vêtue d'une large robe bleue à l'encolure brodée, et chaussée de boots rouges à glands. La dame s'installe dans le fauteuil en face d'elle. Elle pose sur sa visiteuse un regard bienveillant.

– Alors, Florence, pourquoi êtes-vous là ?

Flo frotte ses paumes pour se donner du courage.

– Je fais une récidive de cancer et le traitement qu'on me donne ne paraît pas très efficace. Marie m'a dit que vous pouviez renforcer son efficacité. Et puis je suis assez fatiguée et déprimée aussi. Je cherche comment retrouver de l'énergie.

– Quelle est votre question ?

Flo se trouble, estimant avoir été tout à fait claire.

– Eh bien… pouvez-vous m'aider à aller mieux ?

Mme Strikof place ses mains en coupole devant sa bouche.

– Si vous êtes prête à faire un travail sur vous-même, bien sûr.

– Bien sûr.

– Je vais vous expliquer comment je procède. Et après la séance, vous prendrez votre temps et vous déciderez si vous souhaitez poursuivre ou non.

– Ça me convient.

Florence la dure à cuire, la *warrior*, se sent soudain comme une gamine devant le professeur de mathématiques.

Mme Strikof se penche vers elle et lui tend les mains.

– Donnez-moi vos mains, placez-les sur les miennes.

Flo est décontenancée. Jamais les soignants n'ont de contact avec elle, hormis lors des examens cliniques. Elle s'exécute. Les paumes de la praticienne sont chaudes et sèches.

– À présent, racontez-moi d'où vous venez. Et comment vous avez découvert que vous étiez malade.

Trente-cinq minutes plus tard, alors que Florence a livré un récit intime, elle touche toujours les mains de la thérapeute. Après un silence, la dame aux cheveux blancs soumet sa réflexion.

– Florence, je crois que nous pouvons faire un travail vital ensemble. Je ne peux pas vous garantir la guérison – qui le pourrait ? – mais nous pouvons fortement améliorer les choses.

Flo sort un mouchoir de sa poche, s'essuie les yeux puis se mouche. Elle se sent vidée.

– Quel travail ?

– Je vous propose des entretiens, basés sur votre ressenti. Une grande part de votre maladie est, en effet, émotionnelle.

Flo ouvre la bouche.

– Vous croyez ?

– À l'évidence. Je vous propose un travail sur le corps, sur l'accueil des émotions et la détoxification des mauvaises énergies. Un nettoyage de ce qui vous empêche de vivre. Et puis, dans un deuxième temps, nous verrons si on ne peut pas stimuler vos défenses avec certaines plantes.

25

Ils sont donc là, aimantés sur mon frigo, les billets pour San Francisco et la réservation d'hôtel. Ça fait un quart d'heure que je les regarde en buvant un énième café. J'ai toujours rêvé de visiter la ville mythique. Même s'il a fallu pactiser avec l'ennemi, la fin peut, dans certaines circonstances, justifier les moyens, non ? Et puis il faut relativiser. Tristan est sans doute séducteur et narcissique mais, mine de rien, il n'a de cesse de se racheter auprès de moi. RePlay a été fait pour cela, il me l'a assez répété, je ne peux le nier. La vision de ces billets d'avion a enclenché en moi un moteur vrombissant qui projette mon imagination vers l'horizon tel un lance-pierre. J'avale une gorgée de café, en me visualisant en train de boire la même chose en gobelet *king size* face au Golden Gate. J'irai voir les lions de mer sur le Fisherman's Wharf, prendrai un tramway, me perdrai dans Chinatown et découvrirai le musée de la Science et de la Technologie ainsi que l'Exploratorium. Trois jours c'est trop court mais je dormirai peu, et déjà j'établis un planning. *Hou la ma Lolo*, les idées fusent si vite sous mon crâne que j'ai du mal à les suivre. Un pilote a pris les commandes de mon cerveau et mis les gaz à fond. Je me sens tellement vivante, la gorge palpitante, le rire au bord des lèvres, que je rajeunis de dix ans. Je caresse des yeux les précieux documents. Et soudain je me représente Tristan là-bas, dans son autre univers, californien. Ma petite voix intérieure me met en garde. *Fais gaffe.*

Je sais.

Il représente un risque, un vrai, mais j'en suis tellement consciente que je ne m'y laisserai pas prendre, pas cette fois.

Je me lève.

Toutes ces belles phrases ne doivent pas être juste une façon de me déculpabiliser d'avoir cédé aux sirènes de l'argent. Je dois être convaincue de faire la meilleure chose pour moi. Mais avant cela, ma valise ! Une fois dans ma chambre, j'ouvre l'unique armoire. Je fais le compte de tout ce que je possède et décroche des cintres qui atterrissent sur le lit. Certains volent en direction de la porte. Peu après, la totalité de ma garde-robe gît en deux tas. Je prends la brassée d'habits par terre, trop petits, trop serrés, trop moulants, trop jeunes, trop tout ce que je ne suis plus. Je les plie dans deux gros sacs de courses pour ne pas revenir en arrière et je les descends directement au rez-de-chaussée chez la concierge, toujours reconnaissante de recevoir ces colis qu'elle porte à la paroisse. En remontant j'entends la clé tourner dans la porte de chez Avel. Il a dû trouver mon paquet. Je regagne mon appartement, sans le croiser. De retour chez moi je me remets à faire mon sac pour les États-Unis, l'oreille tendue. Je guette le pas de mon ami dans l'escalier. Il va sonner à la porte. Me dire qu'il me comprend, qu'on n'est plus fâchés. Je reste quelques secondes, suspendue, des habits dans les mains, aux aguets.

Sous mes yeux, un Airbus 380 roule sur le tarmac du terminal 2F. Derrière les baies vitrées, dans la salle d'embarquement, je le regarde, fascinée. Perçant les nuages, un rayon de soleil vient frapper la carlingue du géant. Mon bagage cabine à mes pieds, parée pour l'inconnu, le frisson des premières fois sous la peau, je jouis de chaque instant. J'ai écrit un texto à ma mère pour la prévenir de mon départ. Et un autre à Avel, que je n'ai pas revu, lui disant simplement au revoir. À présent je lance mon dernier appel avant d'entrer dans le monstre qui va m'arracher du sol. J'attends deux sonneries et la voix de Florence résonne dans mes oreillettes.

– Coucou ma belle, alors, prête ?

– J'ai pris quinze fois trop d'habits mais je n'arrivais pas à me décider. Comment tu vas ?

– Ça va très bien.

– Je suis super désolée de ne pouvoir être là pour ta chimio de mardi. Je pense que j'arriverai trop tard.

– Tu reviens quand exactement ?

– Je reprends l'avion lundi, mais avec le décalage horaire j'atterris le lendemain. Ça va aller ? Mohammed ne peut pas me remplacer pour cette fois ?

– Mais oui, ça va aller. Moha ne te remplacera jamais, il s'évanouit devant une aiguille. Et puis j'ai une nouvelle copine à l'hôpital. Elle s'appelle Marie, elle est super.

– Tant mieux, c'est cool.

Nous sourions toutes deux, conscientes d'avoir envie de nous dire des choses importantes avant cette traversée de l'Atlantique mais n'osant pas, de peur de rendre notre échange trop solennel. J'entends Flo bouger. Le fond sonore se modifie et tout devient silencieux autour d'elle, avec un certain écho.

– Tu es dans la salle de bain ?

– Oui, il n'y a que là que je peux être tranquille. Dès que tu rentres, il faudra que je te raconte quelque chose. Pour l'instant je ne suis pas encore sûre de ce que j'en pense mais je vais t'en parler.

– Que se passe-t-il ?

– Rien de grave, bien au contraire. J'ai rencontré une praticienne qui travaille sur les émotions. Et c'est assez étonnant.

– Étonnant, comme quoi ?

– On va peut-être se voir pour que je me sente mieux.

– Une psy ?

– Elle est naturopathe, magnétiseuse. Et très psychologue, oui.

Je me concentre sur la voix de mon amie, pour être sûre de ne rien louper, un signal non verbal qui m'alerterait.

– C'est pas un gourou ?

– Non ! Elle est très carrée, très concrète. Rien de bizarre ni de magique. C'est Marie qui me l'a conseillée.

– Marie ?

– La copine de chimio dont je viens de te parler.

– Oh oui pardon, désolée.

Flo a l'air sereine et posée. Mais c'est plus fort que moi, mon ton est suspicieux.

– Et ce « travail » consiste en quoi ?

– D'abord on va discuter. Et puis elle a évoqué la possibilité de prendre des plantes.

– Elle ne t'a pas demandé d'arrêter ton traitement, j'espère.

– Je ne suis pas folle. Juste des plantes, contre l'anxiété.

Je perçois une pointe d'agacement dans sa voix. Je rétropédale. On ne va pas se quitter sur une note négative.

– Pardonne-moi. Le fait de partir et de ne pas être là mardi me pèse.

– Y a pas de souci. Amuse-toi surtout.

– M'amuser je ne sais pas, mais en tout cas ce voyage me redonne la pêche.

– C'est très bien. Fais attention à toi et ne t'approche pas trop de Mister Beau Gosse, hein ? Tu jures ?

– Juré. Ne t'inquiète pas. Je gère.

– Je t'aime, ma belle.

– Je t'aime aussi.

Une heure plus tard je regarde la piste de décollage par le hublot, dans un état flottant, entre bonheur et appréhension. J'ai une pensée pour Flo et pour Avel, qui m'a juste répondu : « *Fly safe.* » J'ai envie de lui écrire encore un petit mot, juste avant de partir. Mais je ne sais pas quoi dire exactement, alors je n'écris rien. Je le retrouverai à mon retour. L'avion s'ébranle et commence à rouler sur le tarmac, lentement, puis il met les gaz et l'appareil accélère. Mon cœur se décroche lorsqu'il prend son envol.

*

Assis sur son vieux clic-clac dans le salon, Avel caresse du doigt les lettres en relief « RePlay » sur la boîte de jeu posée sur ses genoux, qu'il fixe depuis quelques minutes. Mâchoire serrée, narines pincées, il est empêtré dans un enchevêtrement de sentiments qui le perturbent. Il sait que l'avion de midi pour San Francisco vient de décoller avec Loïs à son bord. Ses mots pour elle ne sont pas tendres. *Pourquoi refais-tu sans arrêt les mêmes conneries. Tu vas le payer cher. Ne viens pas pleurer après...* Il est en colère contre elle. Surtout depuis qu'il a trouvé le paquet, devant sa porte, avec le Post-it collé dessus. À quoi joue-t-elle ? Pourquoi lui offre-t-elle ça avant de partir rejoindre Danton ? Était-ce ironique ? Ou serait-ce une invitation ? Il n'en sait plus rien. Loïs est devenue un douloureux mystère pour lui.

RePlay, il l'a déjà testé pour le site de jeux en ligne pour lequel il pige. Il a fait comme Loïs et a rejoué la même soirée de l'école de journalisme. Les algorithmes ont réussi à agréger des données de multiples sources pour recréer un environnement crédible et plus ou moins fidèle à la réalité. Les gens aussi étaient tout à fait réalistes. C'était assez fou en effet de revoir Loïs pour la première fois. Il n'en avait d'ailleurs pas très bien dormi. Sa critique du jeu a été pragmatique : « Bon time play, bonnes sensations. Réalisme indéniable. Gants haptiques à améliorer », a-t-il écrit en substance en attribuant au jeu trois étoiles sur quatre. Il a renvoyé le paquet à la boîte de com' de MindTech – France. Affaire close. Fin de l'histoire. Retour à une vie normale.

C'était compter sans miss Miller qui a décidé de le rendre dingue. Il repense à toutes les discussions qu'ils ont pu avoir depuis dix ans. Leur volonté d'être libres, sans enfants, « dans ce monde chaotique et de réchauffement climatique ». Vivre entre eux, dans leur monde. Il y a cru. Lorsqu'elle est venue vivre au-dessus de chez lui, il en a été tout heureux et y a même vu un signe. Leur existence allait être celle-là désormais, tous deux accros au boulot, travaillant jour et nuit, sans s'épargner, pour créer, avancer, faire connaître. Une soif de savoir et de partager qu'ils ont en commun. Et l'amitié, indéfectible. Aller boire des bières assis sur les pelouses du Champ-de-Mars, discuter jusqu'à ce que la tour Eiffel scintille, que Paris s'embrase, épuiser tous les arguments, et puis dire des conneries et se marrer.

Un beau programme.

Mais il a fallu que ce sale type se pointe, un jour. Et la manière qu'elle a eue de se précipiter vers lui, comme si ce connard avait la clé de son bonheur, a été… pathétique. Il l'a vue se métamorphoser, perdre son rire, surveiller maladivement son portable, répondre aux messages comme si sa vie en dépendait, et son regard s'est transformé. Elle n'était plus elle-même. Elle a perdu de sa présence, de sa profondeur, de son acuité. Elle s'est mentalement absentée. Ce mec, un concentré d'ego, l'a vampirisée, décérébrée, dénaturée. Et maintenant quoi, elle y retourne ? Et pourquoi ? Quand va-t-elle se rendre compte que des gens comme lui abusent des filles comme elle ? « Trop bonne s'écrit avec un grand C », disait son grand-père breton, avec sagesse. Avel connaît bien les mecs du genre Danton. Il en a croisé un paquet dans le monde des geeks dont le seul but est de faire fortune à trente ans. L'argent rapide, grâce à une seule idée, à une application, qui leur tient lieu d'ambition. Biberonnés à Mark Zuckerberg, Steve Jobs et Larry Page, ces gens managent leur vie comme une start-up, leurs affections comme des produits, et finalement utilisent les autres pour leur seul profit. Leurs motivations sont la conquête, la possession, la domination, sans autre point de vue. Qu'est-ce que Loïs vient faire dans ce tableau ? Avel est à deux doigts de penser qu'elle est une cause perdue. Et pourtant, elle lui a offert « ça ».

Il arrache le film plastique et ouvre la boîte de jeu. Il déballe le casque de VR de son papier bulle et le manipule avec délicatesse, déplie les gants haptiques. Ce qui le rend le plus amer probablement dans toute cette histoire, c'est que ce connard, qu'il méprise plus que tout, a du génie.

26

« Loïs Miller » est écrit en lettres capitales sur l'ardoise effaçable que brandit un chauffeur Uber, derrière les portes coulissantes des arrivées. Je me dirige vers le jeune homme en costume. Je n'ai pas vraiment dormi pendant le vol, me gavant de films et de snacks, sans plus de notion de satiété ni de temps. Je souris, excitée, flottante.

Je monte à l'arrière de la Prius. San Francisco, toi le symbole de la fête et de la contre-culture, new age, gay, différente, loin du clinquant de Los Angeles et des gratte-ciel de New York, me voilà ! Une fois lancés dans les embouteillages, nous discutons, le chauffeur et moi, jusqu'à ce que la conversation se tarisse. Mes yeux piquent, je bâille à plusieurs reprises. Je mets mes oreillettes et me laisse aller contre l'appui-tête. Scott McKenzie, dans son tube célébrissime, me suggère de « mettre des fleurs dans tes cheveux ».

*

À vélo électrique Tristan franchit le portail de l'Institut McDonalds et roule jusqu'à l'entrée. Il gare son engin sur un rack à moitié occupé et fixe l'antivol. En bermuda et T-shirt il entre dans l'établissement et décline son identité à l'accueil. Dans le salon d'été, sur une chaise à bascule en rotin, Helen Danton est en train de lire un magazine de mode. Son visage est à demi dissimulé par le bord d'un chapeau de paille dont le nœud bleu azur rappelle son ample robe de soie.

– Bonjour maman.

L'élégante dame relève la tête. Son visage est encore admirablement dessiné. Ses cheveux longs sont rassemblés en une torsade de neige lui tombant sur l'épaule droite. L'ancien mannequin sourit d'un sourire professionnel, sans un mot. Tristan s'approche, se penche vers elle et la serre longuement dans ses bras.

– Ça fait si longtemps. Je n'ai pu venir avant, j'étais retenu en France. Mais maintenant je suis là. Et puis on s'est souvent vus en visio.

L'élégante dame le suit des yeux. Elle l'observe prendre une chaise et s'asseoir en face d'elle. Les yeux brillants, Tristan lui tend un paquet Hermès couleur crème et ôte l'étiquette de l'aéroport.

– J'ai trouvé cela pour toi.

Helen saisit le présent de ses longs doigts aux ongles nacrés et le pose sur ses genoux. Tristan ouvre pour elle le sac. Il en sort un carré orangé à motif indien rose.

– C'est un Hermès, Mum.

Il le lui noue autour du cou. Helen caresse la soie, la porte à sa joue et sourit de nouveau sans rien dire.

– Tu vois, je suis rentré. Je vais bien. J'ai beaucoup travaillé pendant tout ce temps et professionnellement je développe un truc énorme.

Helen laisse le foulard autour de son cou mais sa main retombe sur ses genoux et elle regarde un point devant elle.

– Je vais y aller, maman. J'ai un truc urgent à faire. Mais tu sais, je vais revenir souvent maintenant que je suis ici. Et il faut que je te le dise, j'ai enfin une petite amie. Ça te fait plaisir ? Toi qui me reprochais de ne pas me fixer. Je crois que là, ça y est. Je vais enfin pouvoir te présenter quelqu'un.

*

Je me réveille lorsque la voiture ralentit et se gare. Le trajet, par la Bay Bridge Interstate, *highway* de quatre voies, n'a pris que trente minutes. La Prius s'est arrêtée devant l'hôtel *W*, je sors ma valise et me retrouve devant un Lego géant ! Des colonnades de cubes blancs que surplombe une tour de trente et un étages, la plus haute de la ville. À l'intérieur, l'accueil a troqué le classique comptoir pour des blocs noirs ajourés, éclairés de l'intérieur par une lumière violette. Au sol, des dalles carrées grises, blanches et noires forment un damier grandiose tandis qu'au mur des modules laissent filtrer une lumière diffuse. Une hôtesse en tailleur bleu vérifie mon passeport et me fait signer un bordereau.

– *You are in the MindTech room*, commente-t-elle avec un sourire aux dents blanches superbement alignées.

La « suite junior » de MindTech est perchée au vingt-cinquième étage. L'ascenseur m'arrache du sol, me soulevant l'estomac. Je serre la poignée de ma valise à roulettes. Tout est si étrangement excitant. Au bout du couloir à l'épaisse moquette mauve se trouve la porte 2526. Au moment de glisser la carte sur le boîtier de la serrure, j'ai la sensation que la tour bouge légèrement sur son axe. Est-ce mon imagination ? Les surprises s'enchaînent. Dès que j'ouvre la porte, je me prends en pleine figure un concentré de couleurs primaires sorties de leurs tubes. Un lit *king size* à tête jaune canari est orné d'un couvre-lit aux mandalas psychédéliques, la moquette rouge tranche avec les murs turquoise. Quand j'écarte le voilage devant la baie vitrée, la vue m'arrache un cri d'extase. À droite, la *skyline*, à gauche, un tapis de toits plats pourpres et, droit devant, le Golden Gate, qui se prolonge par un aplat bleu profond, l'océan Pacifique ! J'ai du mal à détacher mes yeux de ce spectacle époustouflant. Devant la fenêtre est organisé un coin salon design comprenant une table en bois lazuré bleu canard et deux chaises rembourrées roses qui invitent à boire un verre, tournées vers l'immensité.

Je finis ma visite, découvre une salle de bain en mosaïque bleu et vert avec baignoire *et* douche à l'italienne. Des toilettes à part, un dressing en bois verni qui s'éclaire lorsque l'on fait coulisser une porte en bois laqué… Face au lit, un bureau en acajou, surmonté d'un écran plat géant piloté par une télécommande aux boutons énormes. Un coup d'œil à ma montre m'indique qu'il est déjà quatorze heures. Plus qu'une heure trente avant mon rendez-vous chez MindTech. Mon téléphone m'envoie une notification : « C'est l'heure de ton yoga. » Je grimace. J'ai déjà raté trois séances. Impossible. Pas maintenant.

J'ouvre ma valise, déballe sur le lit son contenu, que j'accroche consciencieusement sur les cintres. Je me débarrasse de mes affaires de voyage, qui tombent en tas sur la moquette, et vais me glisser sous une douche brûlante qui chasse les derniers vestiges de fatigue. Emmitouflée dans un peignoir, je retourne au dressing. Que mettre ? Tout est gris, blanc ou noir. Rien ne correspond à cette ville délurée, énergétique. Je choisis un jean, une chemise blanche, un pull, des baskets légères et une veste noire. Si j'ai le temps, j'irai me pourvoir en T-shirts bariolés ou tuniques à fleurs. Il me reste encore le temps de me faire un café et je m'installe face à la vue, un sourire jusqu'aux oreilles.

*

Les portes en verre de l'Institut McDonalds s'ouvrent. Tristan en sort, le téléphone vissé à l'oreille.

– Mais que se passe-t-il, Ben, elle ne parle plus !

À l'autre bout du fil, Ben soupire.

– Ça dépend des jours, je t'avais prévenu.

– Non mais là ça ne va pas du tout !

– C'est l'évolution de sa maladie, on n'y peut rien.

– Mais comment ça on n'y peut rien ? Tu as parlé aux médecins ? On va l'enlever de là et la faire examiner par un vrai docteur.

Ben soupire encore plus fort.

– Est-ce qu'elle t'a reconnu au moins ?

Tristan marque un temps. Il arrive devant son vélo et sort sa clé d'antivol.

– … Bien sûr.

– C'est déjà ça.

– Non mais on ne peut pas en rester là. J'ai une idée pour la ramener.

– Laquelle ?

– On va lui faire tester RePlay.

*

Lorsque je descends dans le lobby, la même hôtesse aux dents blanches m'interpelle.

– *Miss Miller, we have something for you.*

Et la voilà qui sort de derrière le comptoir une trottinette électrique rouge. Sur le guidon est accroché un casque tout aussi pompier, le tout siglé MindTech. J'ouvre la bouche, ne sachant quoi dire. *Voici mon moyen de locomotion donc.* Je ne suis pas familière de ces engins. Mon premier réflexe est de décliner la proposition. Et en même temps, pourquoi pas ? Que l'aventure américaine soit totale !

Je sors du *W*, poussant mon bolide d'une main. En mettant mon casque je ris intérieurement. Si Avel et Flo me voyaient ! À l'avant de la trottinette, une bonne âme a conçu un boîtier dans lequel clipper un téléphone mobile. Je fixe donc mon smartphone et lance le GPS. Je pourrais y aller à pied, en douze minutes. Et huit seulement en trottinette, selon le navigateur. C'est absolument parfait. Je n'ai même pas besoin de me presser. Mon cœur fait des petits bonds de cabri, comme une gamine invitée pour la première fois dans un parc d'attractions. La ville aux quarante collines est à ma portée. Nez levé, je hume l'air ambiant, les yeux éblouis, prête à absorber tout ce qui passera à ma portée.

Je suis en plein SoMa (South of Market), un vaste quartier qui s'étend de l'Embarcadero à la 11e Rue, entre Market Street et Townsend Street. Dans cet ensemble d'entrepôts, boîtes de nuit chics, hôtels résidentiels, galeries d'art, lofts, magasins de meubles et start-up, les bobos-hipsters-geeks ont remplacé les hippies. Les concerts de rock et les studios d'enregistrement ont cédé la place aux *keynotes* de la *start-up nation*. Le secteur high-tech qui battait son plein plutôt vers Palo Alto, plus au sud, a fait son entrée en ville depuis que les géants du web attirent les jeunes talents en leur offrant un cadre de vie plus vivant. En m'élançant dans la rue, j'ai conscience que des générations de contestataires s'y sont succédé, des beatniks aux activistes homosexuels, mais que cet esprit s'est envolé depuis que les geeks sont devenus les nouveaux rois de la zone. Je vais peut-être croiser sur ma route les sièges d'Airbnb, Twitter, Yahoo !, Slack, Uber, Google, Facebook ou Instagram. Il est loin le San Francisco de Mme Madrigal.

Third Street est une monstrueuse artère à cinq voies, sorte d'autoroute en pleine ville. Une bande rouge centrale est réservée aux taxis, une bande jaune aux cyclistes et le reste pour les voitures. Je m'élance sur le marquage jaune, le cœur battant, le sourire aux lèvres. Waouh, quelle sensation ! J'amortis les secousses en fléchissant légèrement les genoux, le vent fouette mes joues. Le GPS m'indique de prendre la direction nord-ouest sur Third Street et je découvre le bâtiment design du musée d'Art moderne. Génial, il est tout près. J'y retournerai. Je prends à droite sur Minna Street, New Montgomery Street puis à gauche sur Natoma Street, une rue étroite bordée de jolis immeubles de trois étages avec des escaliers de secours extérieurs. Je suis dans un décor de film. Je tourne à droite dans Second Street sur la piste cyclable, je laisse un Subway à ma droite, un espace de coworking à ma gauche. Le reste est une enfilade de bâtiments bas, larges et fonctionnels, des entrepôts. La renaissance commerciale du quartier a débuté dans les années 1980 lorsqu'il s'est doté du centre de congrès, le Moscone Convention Center – en mémoire du maire assassiné en 1978 –, où aura lieu, ce soir, la « San Francisco International

Video Game Convention », un congrès à l'occasion duquel sera lancé RePlay. Ces quarante dernières années, les entrepôts ont été progressivement transformés en lofts ou en bureaux par de jeunes cadres de la high-tech qui se sont enrichis de manière fulgurante. Ici, dans le SoMa, les locations entre particuliers ont explosé, contribuant à la flambée des loyers. Et la multiplication des VTC a aggravé la saturation du trafic.

Je n'ai pas assez d'yeux pour voir tous les bâtiments qui défilent. Je quitte Second Street pour Town Street, où s'étire à perte de vue une ligne d'entrepôts de briques rouges ; quelques passants marchent sur les trottoirs et le ciel est bleu sans un nuage. Je ralentis pour consulter de nouveau mon GPS, je tourne encore à droite et me retrouve de nouveau dans Third Street. À hauteur d'un entrepôt siglé Ubisoft, je m'arrête quelques secondes pour lever les yeux vers le troisième étage du bâtiment. C'est là qu'était installé à ses débuts le magazine *Rolling Stone*. L'aventure éditoriale avait été initiée par un groupe d'étudiants fauchés et une poignée de bénévoles, avec l'argent des parents. Le meneur, Wenner, avait pour ambition de faire du rock un sujet journalistique et de rendre compte de ce qu'il se passait à San Francisco. Je rêvasse quelques instants, imaginant la jeune rédaction en effervescence.

« Vous êtes arrivé à destination », énonce aimablement le GPS lorsque je parviens devant le 695, Third Street. Je coupe le moteur de l'engin et ôte mon casque rouge. Le bâtiment est, comme tous les autres, un ancien entrepôt en briques orangées, réhabilité. De grandes lettres noires forment un « MindTech » sur la façade. Mon pouls s'accélère. Ça y est, j'y suis. J'ouvre un battant de la porte en verre pour me retrouver dans un sas où un grand type en veste noire attend derrière un comptoir en bois. Il lève le nez de son smartphone, me salue, me demande mon nom, vérifie une liste, tape quelque chose sur une tablette numérique, puis me remet un badge ainsi qu'un tote bag rouge au nom de la compagnie. Je lui confie trottinette et casque, qu'il range dans un coin, à côté d'autres bolides. Je regarde vite fait le contenu du sac : un T-shirt, une casquette et un autocollant aux couleurs de la boîte, plus un dossier de presse.

Puis l'homme en noir me désigne une lourde porte lambrissée, que je pousse. Derrière, je découvre un hangar très lumineux aux dimensions démesurées. Des dizaines de postes de travail blancs séparés par des parois rouges sont répartis par îlots, sur un sol de béton ciré gris. De part et d'autre des blocs blancs, deux larges escaliers en bois clair et à la rampe métallique mènent à un espace mezzanine où sont perchés des bureaux vitrés. Mais l'élément le plus grandiose est sans conteste le plafond. Une charpente en bois monumentale, entrelacs de poutres savamment agencées, percé çà et là de puits de lumière, qui confère au hangar la solennité d'une cathédrale.

Au pied des escaliers, deux longues banquettes tubulaires, orangé et rouge, coupent le plan de la pièce à l'horizontale. Des filles assises y discutent, un mug à la main. Les îlots de travail sont tous occupés, certains employés, en jean et T-shirt rouges pour la plupart, vont et viennent dans un bourdonnement affairé. Je reste là, à observer cette ruche studieuse. Et puis soudain, en haut de l'escalier de droite, deux silhouettes se matérialisent. Je reconnais Tristan, en bermuda et sweat zippé rouge, ses cheveux noués en chignon. Il descend, mains dans les poches, souple sur ses jambes. À sa droite, une fille en veste à capuche et slim noir, bonnet bleu sur la tête, duquel s'échappent de longues mèches platine. Arrivé en bas des marches, Tristan fonce vers moi, son visage s'éclairant comme s'il était étonné de me voir.

– Loïs.

Et il me dépose une bise sur chaque joue.

– Let me introduce you Melania, who works for Unplugged Magazine. *Melania, this is Loïs, journalist at the French version of* The World News *on the web. The famous one.*

Nous nous saluons. C'est alors qu'un autre homme nous rejoint depuis le fond de la salle. Il est plus grand et massif que Tristan, vêtu d'un T-shirt rouge XXL qui cache mal son embonpoint, une casquette MindTech vissée à l'envers sur son crâne que je devine en train de se dégarnir. Il s'approche, main tendue, je la saisis. Elle est chaude et ferme. Il a une figure sympathique et les yeux de Tristan. Moins beau mais plus accessible, plus enveloppant.

– *Hey, guys. I am Ben. Nice to meet you.* Bienvenue chez MindTech. On va vous faire faire un tour du propriétaire et vous pourrez poser vos questions.

Voici donc le frère de Tristan. Le technicien du duo, qui a transformé les fulgurances de son aîné en jeux vidéo mondialement plébiscités, dont Emos, qui a fait un tabac international et les a propulsés dans le monde des *success stories* à l'américaine. Je regarde à nouveau autour de moi, réalisant la force de frappe de cette start-up. La vraie vie de Tristan est ici et je me demande pourquoi il s'est enterré dans sa villa en Normandie. Tout à coup, je me souviens que c'est à cause de moi qu'il n'a pu revenir ici depuis tout ce temps. Il n'a même pas l'air de m'en vouloir. Et son frère Ben ? Sait-il exactement qui je suis ? Et comment voit-il ma venue ? Ces questions surgissent tout à coup. Je me sens moins à l'aise soudain.

Mais les deux frères n'ont pas l'air préoccupés par ces considérations quand ils proposent que l'on fasse le tour de la boîte. J'ouvre mon sac à dos pour prendre carnet de notes, stylo, enregistreur et smartphone que je cale dans les poches de ma veste. Nous nous dirigeons tout d'abord vers les blocs de travail centraux où une douzaine d'informaticiens, certains un casque rouge anti-bruit sur les oreilles, manipulent leur souris ou leur tablette tactile debout devant leurs écrans. On entend quelques « *Hey* » à notre adresse. Sur le mur ouest, un écran géant projette des cartes de RePlay avec un compteur qui affiche à l'instant 5 389. Je questionne Ben en français :

– Qu'est-ce que c'est ?

– Le nombre de joueurs connectés en même temps.

– Je croyais que le jeu ne serait sur le marché qu'à partir de ce soir.

– Le lancement officiel en effet. Mais on l'a envoyé d'abord à mille bêta-testeurs qui sont dessus depuis un mois et ensuite on a encore élargi à nos fans.

– Et ces employés, que font-ils ?

– Ce sont les graphistes. Ils améliorent le rendu des *maps*.

– Je peux prendre une photo ?

– Bien sûr.

Ben s'immobilise devant un poste, où un programmeur travaille visiblement à la confection de paysages. Tristan vient se positionner à côté de lui. Il s'exprime en anglais.

– Vous connaissez le principe du jeu. Revivre sa vie. Et l'améliorer. Grâce à l'intelligence artificielle qui analyse vos données et peut recréer votre vie en réalité virtuelle. Notre principe fondamental est de rendre la réalité virtuelle aussi vraie que le monde réel, afin que l'expérience utilisateur soit le plus émotionnelle possible. Alors une grande partie du travail se concentre sur les paysages, la façon dont les feuilles des arbres bougent, par exemple.

Je prends des notes et l'interromps :

– Comment anime-t-on un paysage ?

– Animer une scène où certains éléments se déplacent au milieu d'autres immobiles nécessite généralement de recourir au système des calques. À savoir, plusieurs feuilles qui se superposent pour permettre à l'animateur de traiter isolément chaque élément et éviter d'en altérer d'autres. Mais l'université de Princeton a mis au point un algorithme capable de créer tout seul des calques à partir d'une image numérique fixe sur laquelle un animateur veut faire bouger certains éléments. C'est le principe que l'on utilise ici. Je vous donne un exemple. Comme beaucoup de scénarios, RePlay met en scène des maisons d'enfance : nous avons donc créé un programme « maison » dans lequel on anime par exemple les aiguilles d'une horloge, ou bien les arbres du jardin sous le vent, la pluie. Lorsque le joueur nous envoie une photo de sa maison d'enfance, notre algorithme, qui a appris à repérer une photo de « maison » par *deep learning*, sait sélectionner dans l'image les éléments fixes et ceux que l'on va animer. Puis il crée automatiquement un calque et trace ensuite le mouvement qu'il veut leur voir décrire, et la direction.

Je prends des notes à toute allure.

– Vous voulez dire que toutes les maisons de RePlay bougent de la même façon finalement ?

– Oui, c'est notre base de travail. L'important, c'est que le joueur éprouve la sensation d'évoluer dans un décor vivant.

Nous passons à l'îlot de travail suivant. Sur plusieurs écrans s'affichent des dizaines de photos de visages, représentatifs de tout ce que la planète peut porter de variantes morphologiques. Ben s'adresse à un codeur, petit blond boutonneux avec un bouc filasse.

– Kenny, peux-tu nous expliquer ce que tu fais ?

– *Hey.* Nous travaillons à la reconstitution des visages. Afin de rendre les avatars le plus naturels possible.

Je m'approche de l'écran.

– Ce ne sont pas des photos ?

Le codeur me répond directement.

– Non. Ce sont des avatars conçus grâce à un nouveau logiciel, français d'ailleurs ! Il peut créer des visages à partir des photos mais aussi en inventer de tout nouveaux pour le jeu ; l'important c'est de parvenir à les rendre semblables à la réalité.

Il clique sur quelques touches et sélectionne l'image d'un visage de femme noire. Soudain, elle s'anime, se met à rire, puis adopte une expression d'angoisse, suivie d'un rictus ironique. Je prends une photo.

– Comment faites-vous ça ?

Ben répond :

– Il y a quelque temps, on a beaucoup parlé de l'algorithme Face2Face qui permet de faire dire ce qu'on veut à une personnalité en modifiant les mouvements de la bouche et des lèvres. La qualité de l'illusion est impressionnante. Eh bien nous sommes allés encore plus loin : grâce à une nouvelle technologie, l'intelligence artificielle est capable d'animer un visage à partir d'une simple image, photo ou peinture. Cela marche avec n'importe quel document où figure une tête humaine. Regardez.

L'informaticien affiche la classique photo d'Albert Einstein où le scientifique tire la langue. Puis il clique sur son clavier et soudain Einstein se met à parler !

– *Hey guys, welcome to RePlay !*

Melania et moi haussons les sourcils de concert.

– C'est impressionnant !

Ben a un rire satisfait.

– Le dispositif va récupérer des expressions faciales (mouvements de tête, clignements d'yeux, direction du regard, etc.) dans une base de données constituée de séquences vidéo. Ces expressions sont identifiées via des caractéristiques faciales que sont les sourcils, le nez, la bouche, le contour des yeux et de la tête. Cette information, prélevée sur un « visage cible » que l'algorithme aura reconnu comme étant assez proche du visage à animer, sera appliquée sur ce « visage source », appartenant donc à un autre individu tiré d'une photo ou d'un tableau. Ainsi, le « visage source » reproduit les mimiques du « visage cible ».

Je veux être sûre de bien comprendre :

– Et donc si on vous envoie n'importe quelle photo, d'un membre de ma famille par exemple, vous pourrez en faire un personnage qui bouge et parle ?

– Oui. Un avatar super réaliste.

– Quelle est la principale difficulté pour animer la réplique d'un visage humain ?

– Le grain de la peau et les micro-expressions. Mais on y arrive de mieux en mieux.

Je suis abasourdie. Le *deep fake* a pris des proportions délirantes. Plus aucune image n'est fiable au premier coup d'œil. J'inscris en marge de mes notes d'aller interviewer un spécialiste sur les implications éthiques de ces technologies. Pour RePlay, je comprends l'importance de ce programme. C'est la base de leur système. Il suffit de leur fournir des éléments fixes de départ et tout peut prendre vie. Je questionne :

– Vous ne craignez pas qu'on fasse dire ce qu'on veut à qui on veut ?

– Mais c'est exactement le principe de RePlay ! rétorque Tristan, amusé. Pouvoir transformer à notre guise les événements en se les appropriant ! Plus le joueur donne de détails et d'images du souvenir qu'il veut revivre, ou de la situation dont il rêve, plus le rendu sera fidèle.

– C'est pourquoi la partie « recueil d'informations » est si cruciale dans le jeu ?

– En effet. L'univers RePlay est une véritable expérience, une construction que l'on fait ensemble, le joueur et nous. Plus vous prenez soin de fournir tous les détails, plus vous aurez une aventure interactive absolument unique.

Les deux frères nous invitent à passer au poste suivant. Sur chaque écran apparaissent des paysages appartenant au registre des décors de films classiques. L'un présente une ville futuriste de type *Blade Runner*, un autre une forêt enchantée, un autre encore un château médiéval. Une graphiste est en train de peaufiner les détails en promenant sa souris sur l'image. Tristan désigne la simulation du château.

– Le joueur peut aussi choisir un univers totalement étranger à sa vie, en sélectionnant le mode « Fantasy ». L'idée alors est de transporter son souvenir dans un autre univers. Par exemple imaginez que vous voulez revivre la rencontre avec votre petit copain dans un cadre autre, à bord d'un vaisseau spatial par exemple !

– Et qu'est-ce que le joueur doit fournir comme informations alors ? questionne Melania.

– Des photos des protagonistes, des enregistrements (pour la voix) et évidemment les éléments clés du souvenir. Puis il sélectionne un univers. Pour l'instant, on en propose une dizaine mais ce n'est qu'un début. Cela dépendra des retours et des attentes des joueurs.

– Et les joueurs préfèrent quoi ? poursuit Melania.

– La moitié des joueurs ont eu envie de revivre un souvenir dans sa réalité, et la moitié ont préféré le téléporter dans un univers fantastique. Et rien ne vous empêche de faire les deux !

J'interviens :

– Mais, dans ce cas, les univers sont préétablis, n'est-ce pas ?

– Oui.

– Et donc c'est plus simple pour vous ?

– Oui ! C'est bien plus rapide au niveau des calculs. Il n'y a plus qu'à y intégrer les éléments autobiographiques qu'il ou elle a demandés et les animer.

Après avoir déambulé entre les postes pour faire le tour de l'entrepôt, les frères Danton nous entraînent vers l'escalier de droite qui dessert la mezzanine. Je monte à leur suite, imaginant déjà comment je vais construire mon reportage. J'ai beaucoup de matière et je ressens cette jubilation de l'article en gestation, en train de prendre corps quelque part dans mon cerveau, bien avant que je ne le couche sur le papier. Tristan et Ben nous font passer devant des bureaux vitrés puis, au fond du couloir, nous stoppons devant une lourde porte battante noire, qui fait penser à celle d'une salle de cinéma.

– *This is the core of the company. No photos inside, please.*

Ils poussent le battant et nous nous retrouvons projetés dans leur plateforme de réalité virtuelle. Une salle de dix mètres de côté tendue de tissu noir, dotée de quatre écrans muraux géants. Tristan vient se placer exactement au centre de la pièce.

– On teste ici de nouvelles fonctionnalités. C'est comme une salle de cinéma dont les murs latéraux et le plancher se transforment aussi en écrans dès lors que l'on s'équipe de lunettes de VR. Comme on peut se mouvoir sans risque de se cogner, on peut étudier la façon dont les gens se déplacent dans le jeu. On est alors littéralement projeté dans la scène avec une sensation d'immersion totale.

Je le coupe :

– Oui peut-être, mais le cerveau sait qu'il est dans un univers virtuel. Il vit un conflit interne entre ce qu'il voit et ce qu'il sait, mais au final, il y a toujours quelque chose pour lui rappeler que ce n'est pas vrai. Il ne se laisse pas duper si facilement.

Tristan me dévisage. Nous sommes assez proches l'un de l'autre et c'est comme s'il ne s'adressait plus qu'à moi, en français.

– Tu as raison. Le cerveau n'est pas dupe, sauf si on lui donne assez d'indices pour lui faire croire que tout ceci est bien réel. Dans ce cas il résout le conflit psychologique en faveur de la situation virtuelle. Et il se met à croire pleinement que le virtuel est vrai.

L'obscurité nous entoure, les autres se sont évaporés dans la pénombre.

– Pour le moment on ne le trompe pas si facilement, objecté-je. Il n'y a que la vision, l'audition et partiellement le toucher qui soient stimulés par vos systèmes. Le goût, l'odorat, ne sont pas pris en compte. Pas de quoi leurrer totalement notre cerveau, donc.

– C'est exactement pourquoi dans le futur nous cherchons à solliciter au maximum les cinq sens. Vu la complexité et la multitude des sensations impliquées, cela semble difficile mais on y travaille. On aimerait qu'un jour tu puisses t'allonger par terre chez toi et ressentir la chaleur du soleil sur ta peau, le grain du sable fin entre tes doigts, en écoutant le bruit des vagues. On y est presque.

Tristan fait un pas vers moi. Je me demande s'il va tendre une main pour effleurer mon visage ou me gifler. Cette pensée incongrue me traverse avec fulgurance. Mais non, il enfonce ses mains dans les poches de son bermuda. Pourtant c'est comme si je sentais ses doigts sur ma joue.

– Que vous reste-t-il à faire pour y parvenir ?

– En plus du son et de la vision nous travaillons sur des retours olfactifs et même gustatifs – mais c'est encore au stade préliminaire. Mais surtout, le grand challenge, *the next big thing*, c'est le toucher subtil.

– Oui, c'est notre défi !

C'est Ben qui a parlé, à ma droite. Je pivote vers lui, et soudain Melania et lui réapparaissent dans mon champ de vision. Le frère de Tristan nous prie de nous rapprocher d'un technicien, qui vient de poser un visiocasque sur sa tête. Il a aussi revêtu un drôle d'accoutrement, une sorte de combinaison intégrale près du corps, qui recouvre jambes et bras jusqu'aux doigts.

Ben nous fait signe de ne plus prendre de notes.

– En off. C'est entièrement confidentiel. Nous travaillons sur cet *exosuit* qui reproduit les sensations du toucher dans ses milliers de nuances. Pour l'instant ce qui existe est plutôt sommaire. Cette combinaison est composée de centaines de minicapteurs et minimoteurs. Par exemple elle bloque vos doigts pour faire ressentir la saisie d'un objet virtuel lorsque vous voulez l'attraper. Ou lorsque vous appuyez sur un piston, le mouvement renvoie une sensation de pression dans la paume de la main.

– Et sur le reste du corps ? demande Melania.

– Nous testons différents effecteurs répartis sur les membres, pour simuler le toucher virtuel. Que ce soit un coup ou une caresse.

Je me raidis. J'ai l'impression qu'il a dit cela à mon intention. Non, je dois être paranoïaque. Je me sens refroidie et nerveuse tout à coup.

– Et si jamais un joueur veut s'extraire du jeu ? Vous avez prévu un bouton stop, cette fois ?

Les narines de Tristan se pincent. C'est Ben qui répond.

– On a mieux que ça ! Désormais nos joueurs premium qui ont obtenu assez d'étoiles de vie grâce à leur parcours de jeu gagnent une « Étoile Prime », une touche spéciale, secrète, qui leur permet de décupler leur puissance dans le jeu. Leur pouvoir devient alors quasi surnaturel pendant un temps donné, ce qui leur permet de faire face à toutes les situations et de devenir maîtres du jeu. On vous a préparé une petite séance de test, suivez-moi.

27

Florence contemple le plafond sombre de la chambre, incapable de retrouver le sommeil après s'être réveillée à deux heures du matin, alors que Mohammed ronfle tranquillement à côté d'elle. Elle fait le tour des moulures du plafond, qu'elle devine dans la semi-obscurité. Elle remonte la couette jusqu'au menton. Son coup de fil avec l'oncologue ne l'a pas rassurée : les chiffres des analyses sanguines ne sont pas bons. Florence ne saisit pas pourquoi le médecin ne change pas de protocole. Mais il est l'autorité savante et leur fameux programme d'intelligence artificielle Sherlock fait foi, alors que dire. Elle pose les mains sur son ventre et inspire plusieurs fois de suite, comme lui a conseillé Mme Strikof lors de leur deuxième séance. Elle en est ressortie rassérénée et combative. Comme la première fois, la praticienne est venue s'asseoir en face d'elle.

– Comment allez-vous, Florence ?

Flo a dodeliné de la tête.

– Couci-couça. Je me réveille vers trois, quatre heures du matin et impossible de me rendormir.

– À quoi pensez-vous ?

– Ça dépend. Ce sont souvent des pensées très pratiques et plutôt noires je dois dire. Ce que je vais laisser aux enfants, ce que je dois préparer pour eux, comment les protéger, que dire à Mohammed, comment l'aider pour quand je ne serai plus là. Je me sens alors très agitée, paniquée, parce que rien n'est assez bien et que je n'ai pas fait la moitié de ce que j'aimerais faire pour eux. Et puis, d'autres nuits, je me sens très sereine, je m'échappe dans des sortes de rêves conscients, intenses.

Mme Strikof l'a écoutée avec un sourire neutre.

– À quoi pensez-vous alors ?

– Je pense à une amie qui est morte. Je ne l'ai pas revue. La nuit dernière, j'ai eu la sensation qu'elle était avec moi.

La praticienne a hoché la tête.

– Il est possible que des énergies soient tellement fortes, denses, qu'elles se matérialisent.

– Ah oui ? Des fantômes ?

– … On appelle cela comme on le souhaite. Ce qui est important, c'est que cette charge énergétique vous fasse du bien. Et cette amie…

– Sandra.

– Sandra, quand elle est venue vous visiter, elle vous a parlé ?

Florence, décontenancée par la question, a mis du temps à répondre. Elle a pris quelques instants pour gérer l'émotion qui montait en elle.

– Oui. Elle s'est approchée, m'a serrée contre elle très fort et m'a dit que tout irait bien.

La poitrine de Florence s'est soulevée et puis s'est affaissée alors que des larmes se sont mises à rouler sur ses joues.

Mme Strikof lui a tendu un mouchoir.

– Je vais vous donner quelque chose pour que vous vous sentiez mieux, vous allez voir.

Flo l'a fixée avec espoir.

– Quoi ?

– Une liste de plantes que vous allez faire infuser ensemble, et que vous boirez, trois fois par jour. Le matin, à jeun, à midi et le soir.

– Bien.

– La seule chose, c'est qu'en buvant cette tisane, il vaut mieux éviter de manger des légumineuses et des féculents. Et éliminer le sucre.

– Ah.

– Ces tisanes vont vous apaiser et agiront sur votre métabolisme, votre sommeil.

– Bien.

– Il est temps de vous occuper vraiment de vous, Florence.

La praticienne s'est levée, s'est dirigée vers l'armoire vitrée près de la fenêtre, l'a ouverte et en a sorti un dossier duquel elle a extrait une feuille blanche A4. Elle a pris aussi un petit sachet et s'est assise devant Florence.

– Voici la liste des plantes à acheter. En bas, vous avez des adresses de sites internet où les trouver. Vous suivrez les instructions. Avec le régime alimentaire adéquat.

– Bien. Faut-il que j'en parle à mon médecin ?

Mme Strikof a haussé les épaules.

– Comme vous voulez.

Elle a souri. Puis lui a tendu le sachet.

– Et ça, c'est un petit cadeau de bienvenue.

Florence a sorti du sachet un lien en laine bleue tressée autour d'une toute petite pierre violette.

– Cette pierre est connue pour ses vertus contre le stress, l'angoisse, l'anxiété.

– Je peux la garder ?

– Oui. Et revoyons-nous cette semaine.

Dans le noir, Florence caresse la pierre de son bracelet. Évidemment, tout cela est un peu coûteux, mais qu'importe si ça lui fait du bien. Elle va acheter les herbes médicinales et adopter ce régime. Et déjà, le contact du petit caillou entouré de fils de laine l'apaise.

*

Il est deux heures du matin passées et Avel sait qu'il ne dormira plus. Son taux d'excitation est trop élevé. Il repousse sa couette et se lève en T-shirt et caleçon. Il attrape un bas de jogging et va ouvrir le congélateur. Il sort la bouteille de vodka et un petit verre. Il s'enfile le premier shot, cul sec. Il cherche réconfort et courage dans ce tord-boyaux qui lui cisaille les entrailles. Avel grimace et se ressert. Il veut s'abrutir, méthodiquement. Le deuxième shot descend tout seul. La culpabilité s'émousse. Au troisième verre, il ne reste que l'excitation nerveuse et dévastatrice qui va lui tenir lieu de bravoure. Quelques minutes plus tard, il a fait de la place dans sa pièce principale, repoussant le clic-clac au maximum contre le mur, dégageant un carré de deux mètres sur deux.

Il branche le visiocasque, lance le programme et se crée un nouveau compte. Grâce à Loïs – quelle ironie –, il détient une version définitive du jeu, avec toutes les options. Il entre un nouveau pseudo et crée un mot de passe. Sur le portail, il y a plusieurs icônes. Il choisit l'expérience maximale. On lui demande alors d'entrer des détails, le plus de détails possible. Parfait, il obtempère. À fond. Rien de bizarre, juste pour le fun. Il choisit le mode « Fantasy ». L'estomac au bord des lèvres, les mains moites, les doigts fébriles, il entre les caractéristiques de son *RePlay*. Dans le jeu, il peut être lui-même, ne plus mentir, à personne. Il peut enfin revivre ce qui, un jour, lui a fait toucher du doigt la félicité, et qui a disparu, laissant place à un vide sidéral.

Lorsque l'IA le lui demande, il détaille très exactement ce qu'il souhaite, l'univers, la dramaturgie, et se lance dans une recherche effrénée de photos et vidéos dans ses albums et sur Internet. Plus il donnera à manger à la machine et plus l'expérience sera saisissante. Son esprit absorbé ne voit pas les minutes défiler. C'est comme s'il préparait une fête. Et puis, à chaque photo, il s'arrête, rêve, se souvient. Il télécharge les données, les envoie dans le ventre de la machine. À l'algorithme d'inventer le reste. Son attention focalisée sur son objectif, il en oublie où il est, ses vidéos en cours, son travail. Plus rien ne compte que ce qu'il va vivre en faux, pour de vrai.

28

Quand j'entre dans le hall monumental du Moscone Convention Center, la fête techno bat son plein. Telle une boule de flipper, je joue des coudes à travers la foule dense pour montrer mon badge de presse au service de sécurité. Une fois le portique passé, je suis assaillie par une musique électro, des flashs de couleur, des sons électroniques. Un écran géant crache ses pixels à une cadence stroboscopique. Plusieurs espaces sont dédiés à différents jeux vidéo en démo dont les sons se mélangent en une cacophonie infernale.

Tout au fond, sur une scène, deux jeunes animateurs en sweat-shirt rose, casquettes à l'envers, haranguent les joueurs, bouche collée au micro, criant des trucs incompréhensibles et balançant à intervalles réguliers des goodies à la foule. Je cherche des yeux l'enseigne de MindTech, sans la trouver. Une cohorte de jeunes se bousculent pour pouvoir atteindre les stands. Je me faufile tant bien que mal vers un panneau indicateur figurant le plan de l'événement. La liste des exposants indique que MindTech est au niveau deux, étage de la réalité virtuelle. Bien. Un escalator m'arrache à cette cohue compacte. Tandis que je m'élève, je note mentalement le plus de détails possible pour alimenter mon papier.

Je ne suis pas au bout de mes surprises. En haut de l'escalator, je tombe sur une créature, une femme-alien revêtue d'une armure métallique, le crâne pris dans un casque médiéval d'où s'échappent des fibres optiques lumineuses éclairant sa peau diaphane. Son regard charbonneux habité me traverse. Un avatar de chair et d'os qui me tend un flyer. Un couple masqué, vêtu de noir, me dépasse, portant une pioche géante sur l'épaule. Je les suis du regard. Une jeune fille en combinaison de peluche rose à oreilles de chat me frôle. Avec ma parka sur ma petite robe noire et mes bottes, je dénote. J'aurais dû accessoiriser cela avec des yeux de panda ou un sabre laser.

Je reste plantée là, subjuguée par l'observation de ces spécimens mi-humains mi-virtuels, vulnérables et rêveurs, à la recherche d'une échappatoire dans l'imaginaire. Finalement nous sommes les mêmes. Moi dans mes livres, eux dans leurs mondes parallèles. Nous dressons entre la réalité et nous des murs faits de légendes, pour ne pas voir, détourner le regard, le temps d'une histoire. Ces contes fantastiques, dans ces mondes parallèles créés par des prestidigitateurs géniaux, sont autant de mains tendues pour nos âmes terrifiées. Errant au milieu de cette jeunesse avide de magie, dont tout compte fait je me sens proche, je vois soudain se détacher l'enseigne géante MindTech, barrée par un « RePlay, *To start all over again* » en néon rouge, au-dessus d'un portique bardé de gyrophares clignotants. Je prends une inspiration, sors mon invitation VIP et franchis le portail.

*

– Cher Avel, votre RePlay est prêt.

La voix synthétique tire le jeune homme de sa somnolence. Il a donné à la machine tout ce qu'il a pu pour qu'elle programme le jeu le plus réaliste et délirant possible. Imprégné de son histoire personnelle mais en mode superhéros. Il se moque de l'heure, du travail en retard, son cœur bat comme rarement. Il prend le temps de boire un dernier café. Puis, totalement réveillé, il ajuste les gants à capteurs, vérifie leur connexion et allume le visiocasque.

*

À l'intérieur de l'enceinte, des bancs blancs entourent une scène circulaire bordée d'une couronne d'écrans géants interactifs. Pour l'instant, tous affichent un fond rouge avec le logo de RePlay tandis qu'une musique synthétique, minérale, calme les esprits après la folie techno du dehors. Des dizaines de journalistes ont déjà pris place. Une hôtesse en rouge me débarrasse de ma parka et me tend un dossier de presse. Je m'assois au premier rang et tire de mon sac ma tablette que je connecte rapidement au wifi du Moscone Center. Le jet-lag menace, les yeux me piquent et j'ai bu tant de café que j'en ai des palpitations. Je relis une dernière fois mon papier « Dans les coulisses de RePlay », écrit après ma visite de la start-up, corrige une coquille et l'envoie sur le back-office du journal. J'y ajoute quelques-unes des photos prises sur place. Tout est prêt. Dès la levée de l'embargo et le lancement officiel, dans moins d'un quart d'heure, le reportage paraîtra sur notre site. Avec un peu de chance, si je publie avant tout le monde, mon article sera référencé en tête des actualités France et sera partagé. J'envoie un texto à François au journal pour l'informer que le premier papier est dans les tuyaux. Je ferme et range ma tablette, satisfaite. L'idée soudaine me vient que je pourrais peut-être créer une nouvelle section science-fiction sur mon blog et l'ouvrir aux scénaristes de jeux vidéo… pourquoi pas. Heureuse de cette nouvelle idée, je feuillette le dossier de presse, que je survole sans rien apprendre que je ne sache déjà : le portail du jeu est présenté avec ses différents modes, « Réaliste » ou « Fantasy ». Puis sont détaillées les options. Dans le mode « Fantasy », différents blocs décrivent les mondes dans lesquels on peut revivre sa vie. En dernière page, les frères Danton surgissent. Icônes vêtues de rouge, lunettes de réalité virtuelle sur le crâne, ils semblent sortis tout droit d'un film d'anticipation.

*

My God ! Un regard à trois cent soixante degrés révèle à Avel qu'il se trouve sur l'esplanade de la gare, au pied de la tour Montparnasse. Il lève le nez, la tour, toutes fenêtres éteintes, est grignotée par une épaisse végétation de lianes. Alentour, les immeubles de la rue du Départ tiennent encore à peu près debout, mais certains garde-corps de balcons ont été arrachés, quand ce ne sont pas les balcons eux-mêmes ; pierres branlantes, toits éventrés par endroits. Il abaisse le regard vers ses pieds, certaines dalles de l'esplanade sont soulevées, comme si des bêtes souterraines avaient creusé des galeries, et des flaques d'un vert fluorescent inquiétant se sont formées çà et là. Un bruissement lui fait lever le regard : un oiseau aux proportions gigantesques lui frôle la tête. Il se trouve dans un Paris post-apocalypse retourné à l'état sauvage. Un coup d'œil dans son casque lui permet de vérifier que la jauge de vie est à son maximum de cent pour cent. Une icône d'arme automatique et d'une hache apparaît dans son champ de vision. Il s'en saisit. Comment revivra-t-il son amour dans ce contexte ? Aucune idée, mais il verra bien. L'excitation est à son comble.

*

Soudain la musique s'amplifie et l'enceinte s'obscurcit. Je saisis mon téléphone d'une main, mon carnet de notes de l'autre. Un écran géant descend devant nos yeux, le logo RePlay surgit en relief, puis un teaser à l'américaine nous vante les avantages du jeu : « Le plus déjanté de l'histoire des jeux vidéo en passe de déferler sur la planète. » S'ensuit une succession de superlatifs, de *wouch*, d'images mêlant le virtuel et la réalité, le tout monté à un débit de mitraillette. Et puis leur vidéo prend fin, l'écran se relève et Tristan et Ben font leur entrée, dans le même costume bleu et T-shirt rouge. Je tends mon téléphone portable et me connecte sur Twitter. Je prends une photo et envoie une alerte. Tristan attrape le micro, remercie tout le monde d'être là puis commence son propre show :

– Je ne parlerai pas de jeu, mes chers amis, mais de nouveau monde. Essayez RePlay et vous verrez, il y a un avant et un après.

J'observe Tristan. Ses pupilles brûlent d'un feu inquiétant, et le sentiment de glissement éprouvé avant de partir me reprend.

*

La balle touche Avel à la jambe, il trébuche. Il est pourtant parvenu à se hisser sur le toit-terrasse de la tour Montparnasse, sans heurt, au terme d'une ascension à mains nues le long des parois de verre recouvertes de végétation. De là, il surplombe la capitale. Ses gratte-ciel et ses no man's land qui composent l'univers « Paris 2056 » du mode « Fantasy ». Le centre-ville est désormais un dédale de squats, d'usines désaffectées, de friches malfamées, et la proche banlieue est tapissée de forêts et de bidonvilles qui s'étendent à perte de vue. On ne peut se figurer le nombre incommensurable d'algorithmes, de données que cela représente. Chaque lieu, sombre ou au contraire exposé à la lumière, minéral ou végétal, est relié au suivant par un continuum de passages, de couloirs et de ponts peuplés d'habitants en quête de nourriture, de créatures mi-humaines mi-robots et de monstres en tout genre.

Avel a réussi à s'extirper d'un piège mortel en grimpant en haut de la tour, et une fois là-haut, se croyant à l'abri, s'est octroyé une pause de quelques minutes. Mais un milicien a surgi, sortant on ne sait d'où, par génération spontanée. Il a pointé son arme sur lui, un fusil-mitrailleur, et a tiré. Avel est tombé, sur les dalles du toit. La jauge qui indique son taux de survie a chuté à trente pour cent. Le ciel est rouge strié de jaune, la tour Eiffel au sommet brisé grésille dans le soleil couchant, comme une ampoule en fin de vie.

Avant que le milicien puisse enclencher un nouveau chargeur et tirer, le guerrier se relève, courbé en deux, en position de repli, la jambe droite traînant derrière lui. Mais une nouvelle balle, étincelante, siffle, venant de derrière cette fois, et le percute sans bruit. Avel s'écroule, allongé sur le flanc.

Il respire péniblement dans son casque. Son corps ne souffre pas dans ce monde, et il n'a pas de raison d'avoir peur, néanmoins il transpire et halète, le cœur en tachycardie, gorgé d'adrénaline. Même si tout ce qu'il voit n'est que virtuel, il le sait, cela existe bel et bien quelque part dans sa tête et il doit tout faire pour survivre, pour atteindre son objectif, les yeux rivés sur cette jauge qui baisse. Cinq pour cent.

Il tente le tout pour le tout. Lorsque le milicien s'approche pour l'ultime corps-à-corps, Avel brandit sa hache et l'envoie sur la tête de son agresseur. Une étoile verte clignote devant ses yeux en haut à droite. Sa jauge connaît un sursaut. Plus quinze pour cent. Il porte un second coup de hache qui fait exploser le crâne de l'attaquant. Sa jauge repart dans le vert. Il gagne un sabre et une dague ! Ses blessures se referment instantanément. Il saute sur ses pieds. C'est alors qu'il entend distinctement le cri de Loïs l'appelant à l'aide.

*

J'écoute à présent les frères Danton répondre aux questions et je glane quelques phrases pertinentes que je tweete aussitôt. Mes confrères et consœurs viennent de *Wired*, *The Verge*, *San Francisco Chronicle*, *Los Angeles Daily News*. Leurs questions, intéressantes, sont surtout d'ordre technique. Comment l'algorithme peut-il calculer aussi rapidement le scénario programmé ? Quelle est la part de *machine learning* dans le système ? Quelles évolutions pensent-ils développer par la suite ? Mais ils font aussi des remarques éthiques. Que deviennent toutes les données recueillies auprès des joueurs ? Comment garantir qu'elles ne soient pas exploitées à des fins commerciales ? Je découvre avec satisfaction que mes messages sont likés et retweetés. Je prends des notes à toute vitesse et déjà mon article se dessine.

Notre spécialiste high-tech se chargera de la critique objective du jeu. Moi, je ne fais que décrire la soirée, l'ambiance, soulever les questions générales. Je rédige un papier informatif court que je balance sur le back-office du journal pour faire suite à mon reportage. Puis j'envoie un texto à mon boss pour le prévenir que le premier papier peut être lancé, puisque l'embargo est tombé. Je souffle. Je vais maintenant enregistrer une courte interview vidéo de Tristan et Ben que je publierai dans la foulée. Et je pourrai aller me coucher.

*

Après avoir éliminé les attaquants, Avel a repris ses esprits. Il parcourt le toit-terrasse de la tour pour trouver une sortie. Soudain, un chemin de dalles lumineuses s'éclaire devant lui et lui indique la route à suivre. Il ne sait pas où est Loïs, il l'entend par intermittence et suppose qu'elle doit se trouver quelque part dans les étages. Il dispose heureusement d'une carte qu'il peut afficher à sa droite en levant une main. Il tend le doigt devant lui et fait défiler les étages, qu'il fait tourner en 3D pour les examiner. Certaines parties sont encore obscurcies, d'autres en transparence. Il ne distingue aucune présence humaine. Il lui faut observer chaque niveau pour prendre la bonne décision.

*

Mon smartphone en mode vidéo, j'attends que Tristan finisse de répondre à un des journalistes puis m'approche de lui.

– Peut-on faire une interview de présentation pour mon site web ?

– Tout ce que tu veux.

Nos regards se croisent. Brûle dans ses pupilles un feu de joie. Ce qui remue en moi un vieux souvenir, notre première rencontre. Ce regard me transperce et va réveiller une sourde nostalgie que je rejette. Pas ça ! Sur l'écran géant qui est redescendu au milieu de la scène centrale, s'affiche le hashtag #RePlay qui figure dans les tendances du jour alors que les tweets et stories d'Instagram se succèdent. Je tends le smartphone entre lui et moi et lui demande de me décrire le jeu, sa cible, et ses évolutions futures. Tristan me répond, et son enthousiasme est communicatif. Sur mon petit écran s'affichent ses yeux fixes, son éloquence, sa tranquille emprise. Il veut changer la vie des gens, affirme-t-il. Je hoche la tête à ses déclarations mais n'écoute plus tout à fait. Je me sens petit à petit ramollir de l'intérieur, le sang me monte aux joues. Je réajuste le cadre de mon interview et relance une question sur le danger que constitue pour les joueurs le fait de livrer leurs données à MindTech. Il me répond que toutes les données sont rendues anonymes. Il les protège par un algorithme de sécurité développé en interne par des as de la cybersécurité. Nous concluons sur les perspectives d'avenir. Je le remercie et éteins mon téléphone, au bord du malaise, dans un état de grande confusion. Lui tournant le dos, je me dirige vers le buffet où j'attrape la première coupe de champagne qui passe à ma portée.

*

Avel atteint le trente-septième étage en se fiant à son plan. Seul un néon, pendant à un fil électrique, éclaire faiblement des pièces désertées. L'attaque le prend par surprise. Le monstre est vif, chacal aux écailles de poisson, et lui enfonce ses griffes dans le dos.

– Au secours ! crie le monstre, avec la voix de Loïs.

Argh. Avel se dégage, dégaine sa dague et fonce sur lui. Monstre et héros roulent au sol. La jauge de vie chute. Après un combat rude, Avel se redresse, brandit son sabre et assomme la créature, qui meurt sur le coup, le crâne ouvert en deux. Haletant, Avel pousse du pied la dépouille. Cent étoiles vertes clignotent sur son tableau de bord et lui ouvrent l'accès au prochain tableau !

À sa droite, une musique vient de se déclencher. De la techno dont les beats s'amplifient. Il tourne la tête et se dirige vers le son. Des bruits de voix, des rires lui parviennent distinctement. Il ouvre une porte et l'atmosphère change du tout au tout. Des créatures et des humains dansent ensemble sous des spots colorés. Une serveuse aux cheveux rouges lui présente un cocktail vert avec un sourire.

– *Hey*, on t'attendait !

Une jolie fille masculine en combinaison argentée, cheveux gominés, vient lui coller un baiser sur la joue.

– Tu es notre héros !

Une voix résonne, couvrant la musique, avec des accents de Monsieur Loyal.

– Il a vaincu le monstre, hip hip hip hourra !

*

J'ai trop bu, sciemment. L'alcool doit ramener à la normale mon corps qui surréagit. Je reconnais les symptômes avant-coureurs de ma reddition. Près de deux ans à me battre contre l'image obsédante de Tristan et il revient, en boomerang, de plein fouet, auréolé d'un faux sentiment de sécurité. La foule est dense autour du buffet. Des journalistes testent le casque de VR dans deux box à l'écart quand d'autres échangent sur fond de musique techno. On doit parler fort pour se faire entendre. Je discute avec un confrère de la radio belge. Je m'accroche à lui pour gagner du temps. Grand joueur lui-même, il connaît tous les jeux sur le bout des doigts, et me certifie que RePlay va être le hit de la décennie. Je réponds, relance la discussion, tandis que mon GPS intérieur traque Tristan, que je sens quelque part au milieu de la foule. Je ne m'appartiens plus, ne maîtrise plus mes récepteurs sensoriels, comme s'ils avaient été hackés par une puissance ennemie. Mes oreilles, mes yeux, ma peau le cherchent. Un désastre. Mon interlocuteur est bavard, tant mieux.

Il me détaille les potentialités du jeu. On peut, me dit-il, revivre un événement dans un autre cadre, pour magnifier son passé, le voir sous un autre angle, devenir le héros qu'on a toujours voulu être. Il commence à être ému. *Oh mon Dieu, pas ça.* Il va me raconter son *RePlay* à lui, je le vois venir à des kilomètres… Mon visage prend une expression d'écoute bienveillante mais je ne suis plus avec lui, je vois ses lèvres bouger, mais mon cerveau a décroché. Je pressens le danger, l'anticipe, cherche à m'en protéger tout en étant invinciblement attirée. Il faut que je me tire de là. Mais une légère pression sur mon bras, à peine un effleurement, me fait sursauter. Je réintègre mon corps brutalement. Tristan est à côté de moi. Ses doigts appuient légèrement sur mon coude, et ma peau s'électrise. Tout mon sang afflue au point de contact de ses doigts.

– Tout se passe bien ?

Je lui renvoie un sourire mécanique, à la dérive. Les doigts se relâchent sur mon bras et Tristan repart, emporté par le flot humain, traînant mon âme perdue dans son sillage sous mes yeux aveuglés. L'alcool a effacé ma honte et ma culpabilité mais aussi mes défenses. Je sais que je suis à ce moment-là de nouveau vulnérable. Je dois partir. Maintenant.

*

Avel se fraye un chemin parmi les danseurs qui se trémoussent. Il en reconnaît un bon nombre, des étudiants journalistes, des profs, des copains. Il tourne la tête à cent quatre-vingts degrés pour scanner la salle. Et enfin il la voit. Elle est là, appuyée à la fenêtre, un verre à la main, sa silhouette svelte vêtue d'une combinaison de camouflage, blanc et gris, de combattante. Il s'approche. Elle tourne vers lui son visage délicat, encadré de courts cheveux bouclés châtains qu'il a toujours aimé chahuter, et une lumière étincelante jaillit de ses pupilles vertes. Ses lèvres couleur de prune mûre s'étirent dans un sourire joyeux.

La réplique est parfaite. Plus belle que l'original même. Elle le dévisage avec une expression admirative.

– Alors, voilà le héros du jour.

Avel ressent dans son corps virtuel et réel une traînée de poudre qui explose en joie pure. Il fait un pas vers elle et d'un coup tous les autres lui apparaissent flous. Loïs le laisse venir au contact, l'œil vif et rapide.

– Comment as-tu fait pour terrasser le monstre ?

– En tuant un milicien, j'ai pu choper assez d'étoiles vertes pour décrocher une dague et un sabre.

Elle s'esclaffe.

– Tu l'as achevé au sabre ?

– Anéanti !

– La vache !

Loïs boit son cocktail sans le lâcher des yeux.

– Alors toi, je croyais que tu étais un gars introverti, et paf, tu écrabouilles le plus gros d'un coup.

Avel sourit. C'est parfait. Leur rapprochement est exactement tel qu'il l'a souhaité, proche de ce qu'ils ont vécu quinze ans auparavant. Sauf qu'à l'époque, ses hauts faits concernaient tout autre chose qu'un monstre dans un Paris apocalyptique. Mais qu'importe. Les émotions sont les mêmes et Loïs fidèle aux photos qu'il a fournies à l'IA, avec une part d'improvisation assez exaltante. Le cœur d'Avel s'élargit, son corps frémit de désir, il ne s'est pas senti aussi heureux depuis une éternité. Maintenant, il va faire attention à ne pas tout faire foirer comme la première fois.

*

Lorsque je m'approche du vestiaire pour récupérer ma parka, je n'ai qu'une volonté : fuir, avant de commettre une grosse erreur.

– Tu pars déjà ?

Une main se pose sur mon épaule. Je me raidis. Tristan est

si proche que je sens l'odeur de sa peau. Je me compose un visage impassible.

– Je tombe de fatigue, je rentre.

Il attrape son blouson.

– OK, je te raccompagne.

Je me pétrifie. Ma capacité de résistance est émoussée par l'alcool et mon désir coupable tapi dans l'ombre ne demande qu'à jaillir pour anéantir ma prudence.

– Non, reste avec tes invités. C'est tout près, j'en ai pour dix minutes à peine.

– Justement. Je peux faire l'aller-retour sans que personne s'aperçoive de mon absence.

Son ton ne souffre aucun refus. Après tout, qu'est-ce que je risque ? J'enfile ma parka, lui son blouson de cuir, il noue une écharpe bleue autour de son cou.

Nous nous frayons un passage dans la cohue puis sortons enfin à l'air libre. La bise fraîche me revigore et je me morigène d'avoir eu si peur de lui. Je maîtrise, je contrôle. Nous marchons côte à côte à présent. Je félicite Tristan de son succès et le fais parler de l'avenir, des améliorations possibles du jeu. Je meuble. Il répond, de manière professionnelle, sympathique. Une distance cordiale. C'est parfait. Au bout d'une dizaine de minutes à peine, nous parvenons au pied de l'hôtel *W*. Mains enfoncées dans les poches, je marque une pause pour lui dire au revoir. Nos souffles exhalent des nuages de buée.

– Tu ne trouves pas qu'on dirait un Lego géant ?

Les yeux de Tristan agrippent les miens.

– Si. On réserve toujours la même super chambre pour nos invités de marque.

Je lui souris poliment.

– Allez, je file me coucher, j'en peux plus. Les papiers doivent être en ligne et la vidéo doit suivre.

– Merci pour ton travail.

Je lui tourne le dos et entame la montée des marches du perron. Tristan m'emboîte le pas. Que fait-il ? Il veut certainement me raccompagner jusqu'au lobby. Nous pénétrons dans le hall design aux lumières violettes. Il salue l'hôtesse d'accueil qui en retour nous souhaite une bonne soirée. Je me dirige vers l'ascenseur. Tristan aussi. Je presse le bouton d'appel. La machinerie s'enclenche. Tristan attend.

– Je monte cinq minutes pour débriefer.

Débriefer de quoi ? Je le regarde à la dérobée, incapable de rien dire. Son aplomb annihile mes réactions. Le loup veut entrer dans la bergerie. Et moi je lui ouvre grand la porte. Il enchaîne avec naturel :

– Tu vas visiter un peu la ville avant ton départ ?

Je danse d'un pied sur l'autre, les yeux rivés sur la cabine d'ascenseur.

– Oui, oui. Mon vol est après-demain matin, j'ai le temps de faire pas mal de choses.

La porte de la cabine s'ouvre. J'entre dans l'ascenseur. Lui aussi.

*

Avel et Loïs, en sueur à force de se trémousser sur la musique techno, n'ont d'yeux que l'un pour l'autre. Leurs corps s'éloignent, se retrouvent, se frôlent puis se touchent dans l'intimité du dancefloor, liés par ces deux années d'études partagées. Ils dansent comme ils se connaissent, avec connivence. Le morceau se termine, un autre commence. Loïs demande grâce, des mèches de cheveux collés sur le front et dans le cou. Elle attrape fermement la main d'Avel et lui jette un regard incandescent à couper le souffle. Peu importe où elle veut le conduire, il la suivra partout. Elle lui fait traverser la salle, direction la sortie. La porte se referme derrière eux, les sons s'atténuent. Avel demande :

– Tu veux aller où ?

– Chez toi.

– Super.

Avel tend la main vers une icône représentant une porte qui vient de s'afficher à gauche en bas de l'écran du visiocasque.

*

Les portes de l'ascenseur s'ouvrent au vingt-cinquième étage, nous sortons dans le couloir. Mes bottes et ses chaussures de marche s'enfoncent dans l'épaisse moquette mauve. Je tremble comme une feuille, perdue. Je le laisse m'accompagner dans ma chambre. Suis-je folle ? Je ne me comprends plus. Ma mémoire perverse me balance les images de notre première rencontre, dans ce bar, le mois délicieux passé ensemble où tout était encore possible, et les premières heures de rêve dans sa villa. Il ne doit pas entrer. Mais c'est comme si ma volonté ne m'appartenait plus. Ma carte d'hôtel déclenche l'ouverture de la porte de ma chambre dans un claquement sec. Nous entrons dans la pièce multicolore à l'éclairage automatique. Tout à coup le lit *king size* psychédélique et ses coussins me paraissent érotiques. Le petit salon bleu et rose avec sa bouteille de vin et ses deux verres vides, une invitation clairement osée.

J'enlève ma parka et vais la pendre dans le dressing, en prenant mon temps. J'essaie de réfléchir. Tristan ne peut rester près de moi. Son contact est dangereux. Je le sais. Je reviens en tirant sur ma robe noire. Tristan a ôté son manteau et son écharpe, les jette sur le lit où est étalée une carte de San Francisco sur laquelle j'ai surligné différents points à visiter.

– C'est ce que je comptais faire demain, dis-je sans qu'il m'ait rien demandé.

Mon corps ne sait pas où se placer dans cet espace qui a rapetissé. Il se dirige vers l'une des chaises roses et y cale son corps souple, jambes écartées, puis désigne la bouteille de vin.

– Tu en veux ?

J'acquiesce et viens m'asseoir en face de lui. Je suis chacun de ses gestes lorsqu'il débouche la bouteille et sert le vin dans les deux verres à pied. Il me tend l'un d'eux. La vue sur les lumières de la ville est fantastique. Au loin, le Golden Gate surveille la baie.

*

Avel et Loïs sont allongés sur le lit, dans la chambre d'Avel, où ils se retrouvaient, il y a quinze ans, pour discuter en fumant. Le bruit de la ville n'est plus qu'un bourdonnement lointain. Les ombres portées sur les murs jouent avec leurs corps. Avel tend une cigarette virtuelle à son amie.

– Ces deux années avec toi ont été fantastiques.

Loïs s'assoit et le regarde.

– C'est pas souvent que tu fais des compliments. Tu veux quoi ?

– Je te veux, toi.

Elle lui sourit, provocante, en déboutonnant sa combinaison.

– Moi aussi. Ça tombe bien.

D'un mouvement de reins Loïs s'allonge sur lui.

– On va fêter cela, dignement.

Puis elle l'embrasse passionnément.

*

Silencieuse, je trempe mes lèvres dans le vin. Après quelques instants Tristan se met à parler.

– C'est bien que tu sois venue. Je t'ai trouvée vraiment très belle ce soir.

Je me trouble, m'éclaircis la gorge.

– Oui, c'était très intéressant.

Tristan avale la moitié de son verre et se ressert.

– Tu en penses quoi, du jeu ?

– Je ne l'ai essayé que rapidement. Il me semble prometteur.

Il hoche la tête.

– Tu as offert les boîtes que je t'ai envoyées ?

– Oui. À deux amis et à ma mère.

Un sourire surpris étire ses lèvres.

– Ta mère ?

– Je ne sais pas ce qui m'a pris.

– Tu es téméraire, toi.

– Je ne risque pas grand-chose, elle ne saura jamais s'en servir.

On se sourit. Je me détends. Ça va. C'est juste une discussion amicale. Je m'en sors bien. Lui, il boit vite, et a presque fini son verre.

– Tu n'aimerais toujours pas qu'on essaie, ensemble, de revivre cette fameuse soirée ? Mais en mieux, cette fois… *Bis repetita.*

Je remue sur ma chaise et fais non de la tête.

– Non. Ce qui est fait est fait. Je préfère aller de l'avant.

– Ah.

Il remplit de nouveau son verre vide. Puis fouille dans la poche de sa veste d'où il sort un petit sac en papier.

– C'est pour toi.

Je prends la pochette, la tâte, elle contient un objet dur, effilé. Je l'ouvre et en extrais une délicate pince à cheveux, en argent, qui forme comme une vague dont la crête est surmontée d'une belle perle blanche nacrée. Je la caresse.

– C'est joli. Merci.

Tristan se lève, se glisse derrière moi et ses deux mains connaisseuses ramènent habilement mes boucles vers l'arrière, qu'il noue avec l'objet.

– Voilà. C'est magnifique comme ça. Ne touche plus à rien.

Ses doigts s'attardent sur ma nuque. Ses pouces caressent la racine de mes cheveux. Une décharge électrique parcourt mes vertèbres.

– Il faut que je te le dise, parce que ça me pèse…

Je me sens glisser vers le bas.

– Quoi ?

– Ça ne m'était jamais arrivé avant.

Je finis mon verre, lui reste derrière moi.

– Je n'ai jamais été touché par quelqu'un de la sorte. Je n'ai jamais désiré quelqu'un avec cette force. Et quand je t'ai revue à Caen et puis hier chez MindTech, ça m'a frappé comme une évidence.

Mon cœur tambourine plus fort.

– Une évidence de quoi ?

Les doigts de Tristan lâchent ma nuque. Il revient s'asseoir devant moi, ses yeux plantés dans les miens.

– Tu m'es vitale.

– …

Je baisse les yeux et me mets à trembler légèrement. Sa voix profonde m'envoûte.

– Après t'avoir rencontrée j'étais heureux, pour la première fois de ma vie. J'avais envie de te faire entrer dans mon monde et que tu y restes, avec moi, pour toujours. C'est pour cela que je t'ai invitée dans mon jeu.

J'essaie de raffermir ma voix.

– On ne va pas reparler de cela.

– Toute ma vie on m'a vu comme un super technicien, un ingénieur informatique doué. Mais toi, ce n'est pas cela que tu as vu en moi. Quand tu m'as rencontré, ce que tu aimais c'était discuter, parler de tout, tu m'as regardé autrement. Comme personne ne m'avait regardé auparavant. C'est pour cela que je voulais qu'on franchisse différents univers. Ensemble.

– …

– Tu m'as révélé à moi-même, Loïs. Tu me connais mieux que quiconque. J'étais prêt à tout te donner, ce qu'aucune autre femme n'obtiendra jamais. Je sais que j'ai été brutal et c'est inexcusable. Mais j'ai payé pour ce que j'ai fait. Je crois.

– …

– J'ai besoin de toi, Loïs. De toi dans ma vie.

– …

– Le problème, c'est que j'ai l'impression que tu continues à me punir. À vouloir m'éloigner. Et je ne peux pas continuer sans que tu me pardonnes.

Il a visé juste. Il a raison. Je le punis. N'a-t-il pas fait pénitence pourtant ? Qui suis-je pour le juger *ad vitam aeternam* ? Des erreurs on en fait tous.

Dès que cet élan d'empathie me traverse le cœur, je sais que je suis fichue. Ce n'est pas de lui que j'ai peur à présent, mais de moi-même. Je m'accroche à mon verre, tentant de garder de la cohérence, une attitude digne, un semblant de colonne vertébrale.

– J'entends tout ce que tu me dis. Merci.

Tristan fronce les sourcils.

– Tu ne comprends pas ? Ça me tourmente. Même ce soir. Tu es là mais tu me tiens à distance. Tu es froide. Si au moins j'étais sûr que tu ne me détestes pas, que je compte toujours pour toi.

Ses yeux s'embuent, je détourne le regard. Je ne peux pas voir ça. Comment me sortir de là ?

– Je ne suis pas froide.

– Mais si. Tu refuses tes propres émotions, tu te coupes de tes sentiments. Laisse-les s'exprimer. Laisse-toi m'aimer comme tu as toujours voulu le faire. Je ne te veux aucun mal, bien au contraire. Mon seul but est de te rendre heureuse.

Je suis irrésistiblement attirée par sa voix et ne peux me boucher les oreilles. Il faut qu'il s'en aille, et vite. Tristan, le menton tremblant, visiblement bouleversé, pose le plat de sa main sur le guéridon bleu et le lisse comme pour en éprouver la douceur. Je perçois physiquement cette caresse, tétanisée. La brûlure du désir se réveille en moi, intacte, comme si les deux ans de galère écoulés, la violence, le ressentiment, les souffrances s'effaçaient par magie en quelques mots et que la pureté des premiers instants renaissait du tombeau.

La main de Tristan est posée à plat sur la table et ses yeux se lèvent sur moi, fouillent les miens et se frayent un passage jusqu'à mon âme, écartant mes « non » un par un. Ma bouche s'entrouvre. Je parviens encore à articuler quelques bribes de phrases :

– Vaudrait mieux que tu y ailles, là.

Tristan ferme les yeux. Je crois déceler en lui la lutte qu'il mène pour ne pas pleurer. Il doit obéir, ne pas rester, partir. Avec une volonté surhumaine, je me lève.

– Tu dois y aller, vraiment.

Tristan reste assis, tête levée vers moi, implorant. Et puis il me tend une main, que je saisis, comme pour faire la paix, lui impulser un mouvement vers la sortie. Mais il ne me lâche pas et avec force m'attire à lui. Ses bras entourent mes hanches et il enfouit son visage contre mon ventre. Les mains vides, saisie par cet élan de tendresse désespérée, je me fige.

– Je vais partir, promet-il contre mon ventre.

Mais ses mains cherchent déjà ma peau en soulevant un peu ma robe. Je ne bouge plus, figée de crainte, de doute et de désir. Je pose mes mains sur ses cheveux, car je ne vois pas quoi faire d'autre. Sa tendresse, son abandon me bouleversent. Et puis je me mets à parler, avec le peu de self-control qu'il me reste.

– Je ne t'en veux plus mais il faut maintenant que tu partes.

Ma voix n'est plus qu'un murmure. Mon corps résiste encore un peu mais mon cerveau a déjà abdiqué, je le sais. Tristan a gagné. Il soulève davantage ma robe pour atteindre la peau de mon dos et ses lèvres déposent un baiser sur mon ventre.

– Loïs, ma Loïs.

Quelques minutes plus tard, il se lève, me guide vers le lit, vaste comme le monde, coloré comme un gâteau de fête. Tristan allonge mon corps sans volonté, puis, doucement, me couvre du sien, pleinement vivant, présent et absolu. Je bois son souffle et ses baisers me plongent dans le plaisir et l'irréalité.

29

Je suis réveillée par les coups sourds qui martèlent l'intérieur de mon crâne, juste derrière les yeux. Le lit est dévasté, les coussins bariolés rejetés aux quatre coins de la pièce, les draps à la dérive. Je soulève ma tête de l'oreiller, m'assois, cherche la moquette avec mes orteils, et, toute nue, me lève. Dans la salle de bain je fouille dans ma trousse de toilette pour y trouver un cachet d'antidouleur que j'avale avec un grand verre d'eau. Et puis j'attrape le peignoir moelleux accroché à la patère et m'y blottis. Ma tête dans le miroir est épique. Des cernes sous des yeux hagards, la barrette cadeau de Tristan qui pendouille, emmêlée dans mes cheveux fous. Je retourne dans le lit, rabattant l'édredon au-dessus de ma tête. Je sens encore les mains puissantes et habiles de Tristan sur moi. Cette nuit a été étrange, unique, extrême. L'amour comme on se bat. J'ai jeté toutes mes forces dans la bataille, matée par un soldat surentraîné, rompu à l'exercice, plus fort que moi. La digue rompue, Tristan s'est mué en une machine de guerre sensuelle, que seule une jouissance cataclysmique a fini par terrasser, me laissant pantelante, repue, épuisée.

Au fond de moi, j'avais fait, il y a longtemps, l'hypothèse que sa passion du sexe virtuel dissimulait une impuissance. J'avais tort.

Avant de refermer la porte, il a murmuré :

– C'est le début d'une nouvelle partie.

Et puis, tel un mirage, il s'est évanoui.

À présent, c'est le chaos intérieur. Me penchant hors du lit, je cherche mon téléphone mobile, qui a glissé sous la table de chevet. Je quitte le mode avion. Deux messages vocaux s'affichent sur les fils de discussion. Le premier, de quinze secondes, est de Florence.

« Coucou ma belle, j'ai bien reçu ton paquet ! Quelle surprise ! Je n'y connais pas grand-chose, mais je vais tester. Tu peux pas savoir comme ça tombe à pic. Un grand merci. Tu m'appelles dès que tu rentres. Bises. »

Le second, d'Avel, dure une minute. Fichtre, je ne pensais pas mon pote capable de parler aussi longtemps. Je souris légèrement, soulagée qu'il se soit manifesté malgré notre prise de bec avant mon départ.

« Hello, c'est Avel. J'ai vu tes tweets et papiers hier sur le lancement de RePlay, ça avait l'air bien, dis-moi…

À ce propos, j'ai essayé. Je te raconterai. Ou peut-être pas (rire)… Enfin, c'était assez… génial… et tu sais… j'aimerais te présenter des excuses. Je ne t'ai pas fait assez confiance, j'ai cru que tu allais recommencer à te faire du mal, alors que tu voulais juste t'en sortir. Financièrement et psychologiquement. Tu n'es pas quelqu'un qui abandonne, et ta nature est de toujours vouloir améliorer les choses. Je le sais. Je me rends compte que j'ai été trop impatient. Et très con probablement. Je t'ai prêté des intentions qui ne sont pas les tiennes. Peut-être étais-je un peu jaloux (rire). J'aimerais bien qu'on se voie dès que tu rentres. Et qu'on oublie tout ça… Et que ce soit… comme avant. Tu vois ?

Dis donc, ce que je cause, ça doit être hyperlong… désolé… profite bien de San Francisco… Je t'embrasse. »

Ma tête retombe sur l'oreiller.

Avel.

Je ressens un pincement douloureux au cœur, chargé de remords.

J'ai honte de ce que j'ai fait hier soir et, en même temps, c'était dément.

*

C'est probablement le moment qu'elle préfère, juste après le déjeuner, quand les enfants jouent dans leur chambre et qu'elle se fait couler un café serré. Florence croque un carré de chocolat et ouvre son ordinateur portable. Elle déplie la feuille que lui a donnée Mme Strikof. En bas figurent plusieurs sites internet de naturopathie. Elle choisit le premier. Puis cherche une à une les herbes médicinales, plantes, graines inscrites à l'encre bleue. Elle sélectionne les contenances et glisse le tout dans son panier. Mohammed entre dans la cuisine. Elle le trouve particulièrement beau aujourd'hui. Toujours ce front haut qui, en se dégarnissant, lui donne de plus en plus l'air d'un sage. Nez busqué, grands yeux bruns, cheveux grisonnants. Il semble plus reposé que d'habitude, avec, dans les mains, le paquet qu'elle a reçu de Loïs hier matin.

– C'est quoi ?

Florence se lève, va prendre sa tasse de café.

– Un nouveau jeu de réalité virtuelle que Loïs m'a envoyé.

Son mari fronce un peu ses sourcils fournis.

– Ah bon. Tu t'intéresses aux jeux vidéo maintenant ?

– C'est une longue histoire.

Mohammed lève les yeux au ciel.

– Comme toujours avec elle.

Florence répond par un sourire.

– Tu veux un café ?

– Volontiers.

Mohammed vient poser le paquet sur la table et s'assoit.

– C'est quoi ce jeu, on peut l'essayer ?

Florence hoche la tête.
– Si tu veux, il te permet de revivre ta vie, tes souvenirs.
Florence dépose la tasse devant lui avec un sucre.
– Pour toi ce serait quel souvenir par exemple ?
Son mari trempe les lèvres dans son café, pensif.
– Quand tu es arrivée dans la boîte pour m'interviewer sur la politique de l'entreprise. Tu te souviens ?
Florence sourit, rêveuse.
– Je m'en souviens bien, oui.
– Comment tu étais habillée, les questions que tu m'as posées.
Il la regarde avec tendresse. Elle lui renvoie son regard.
– Je n'ai pas besoin d'un jeu pour me souvenir de tout ça, tu sais.

*

J'appuie fort sur les pédales de mon vélo de location. Chaque tour de roues me propulse vers le Golden Gate. Et quelques minutes plus tard, j'y suis. La structure rouge pompier – « orange international » en réalité – rutilante, majestueuse, emplit chaque millimètre carré de mes cellules visuelles. Le vent vrombit dans mes oreilles ; parka bien fermée, la goutte au nez, je crache des nuages, un sourire euphorique aux lèvres. Je m'engage sur la coursive dédiée aux cyclistes. Je vis l'aventure après une nuit torride, dans un lieu mythique, tant de fois rêvé. Un rire de gamine s'échappe de ma gorge. Au bout d'un kilomètre je ralentis sur la voie cyclable, une bourrasque me fait chanceler, je pose un pied à terre et me range près du garde-corps. D'autres vélos me frôlent. Le vent marin s'engouffre sous mon manteau, fouette ma peau. Je ferme les yeux, en extase. Je sors mon téléphone portable, les doigts gourds, pour prendre une dizaine de photos. À quelques encablures, la silhouette de la prison d'Alcatraz se détache sur la mer grise. Il n'y a, miraculeusement, presque aucun nuage ni aucune brume pour me boucher la vue. *Karl the Fog*, le surnom que les locaux donnent au brouillard qui voile habituellement la baie, n'est pas de sortie aujourd'hui. Est-ce mon jour de chance ? Je jette un coup d'œil à ma messagerie, pas de signe de Tristan. Je suis un peu déçue mais relativise. Il doit être très pris par le lancement. Et puis quoi ? J'attends quoi ?

Je remonte sur mon vélo et repars de plus belle. Je franchis le mile et demi jusqu'à Sausalito, pique à droite sur le parking touristique et, près du parapet, pose mon vélo sur sa béquille. Je mitraille le pont vu de l'autre rive. Et, absorbée par le panorama, à regarder cet ouvrage majestueux, mais aussi les hordes de touristes qui se disputent déjà la place pour faire des selfies, je prends un grand moment de réflexion. N'est-il pas temps que je bouge, que je quitte le cocon de mon bureau et de mes livres pour me confronter au monde ? Ne me suis-je pas déjà assez planquée depuis dix ans ? À vivoter, travailler dans ma zone de confort, c'est-à-dire les ouvrages des autres que je peux juger, critiquer, commenter, sans me mouiller. Quand vais-je tenter quelque chose de vraiment personnel ? Sortir de l'ombre d'autrui pour me mettre dans la lumière ? Je ne sais pas encore comment ni quelle forme cela va prendre mais je ressens, là, au pied du monument massif, écrasant, d'un rouge insolent, que je dois donner à ma vie une nouvelle direction.

*

La porte lambrissée se rabat sur Tristan dans un courant d'air. Il entre dans MindTech comme dans un saloon, son sillage dégageant une onde vibratoire animale. Les codeurs, programmeurs, développeurs, designers, déjà à leur poste, lèvent le nez et lui sourient. D'une démarche sportive, le jeune patron, bonnet sur la tête d'où s'échappent des lianes de cheveux bruns, passe derrière les îlots de travail, congratule ceux et celles qui sont là et frappe dans ses mains.

– C'est aujourd'hui qu'on casse la baraque, *guys* ! *Briefing at 10 !*

Monté sur ressorts, Danton fait le tour des postes pour dire un mot à chacun et vérifier la bonne marche du lancement. Puis, parvenu au fond de l'entrepôt, il attrape un ballon de basket qui traîne contre un mur, dribble et marque un tir dans un panier suspendu près de la table de ping-pong. Une salve d'applaudissements accompagne le panier. Il revient alors sur ses pas et grimpe quatre à quatre l'escalier de droite qui mène à la mezzanine. Une fois en haut des marches, il pousse la porte de son bureau vitré. Comme par enchantement, Ben fait son apparition une minute plus tard.

– Yo bro'. Ça gaze ?

– Yep.

– T'étais passé où hier ?

Le visage de Tristan s'illumine.

– Dans un monde parallèle !

Ben s'assoit face à son frère sur un pouf géant rouge, dans lequel il s'affale, les mains sur le ventre.

– Raconte.

– Rien. J'avais un truc à régler.

– *You fucking kidding me !*

– Non, sans rire, j'avais un truc à régler.

Ben ricane.

– Tu parles. T'avais une fille à b..., oui. Tu m'as lâché avec tous les journalistes pour une gonzesse.

Tristan brandit un pouce.

– *First*, la soirée était finie. *Second*, tu t'en sortais hyperbien. *Third*, c'était pas pour *une* gonzesse, mais pour *the* gonzesse. Et j'ai obtenu plus que je ne pouvais rêver. *Fourth*, fais-moi confiance, avec tout ce que j'ai, on va tout déchirer.

*

Le soir venu, échouée dans mon lit *king size*, dans une nouvelle tunique à fleurs et une paire de grosses chaussettes, je regarde vaguement la chaîne HBO. À côté de moi gisent deux barquettes en polystyrène éventrées, contenant les reliefs d'une salade veggie et de frites de patate douce, et un soda light à moitié bu. Je suis rincée de fatigue, percluse de courbatures d'avoir tant marché, mais aux anges après avoir écumé les rues de San Francisco, à pied, à vélo, en bus et en tramway.

Après le Golden Gate je n'ai pas résisté à l'autre lieu touristique par excellence, le Fisherman's Wharf, enfilade de quais d'où partent les excursions dans la baie. Boutiques de souvenirs, restaurants, étals de fruits de mer et artistes de rue jalonnaient le trottoir. J'y ai dégoté deux mugs kitsch pour les amis, des fringues marrantes et des gadgets improbables, dans une légèreté de vacances plus éprouvée depuis longtemps. Ensuite, après avoir observé un certain temps la colonie de lions de mer affalés sur les pontons qui sentaient le poisson, j'ai eu faim. Pour déjeuner j'ai testé, dans une gargote, le *clam chowder*, une sorte de consommé de crustacés servi dans une grosse brioche ronde. Pas mal du tout. Pour digérer, j'ai marché, beaucoup, ai pris un bus direction Powell Street Station, juste histoire de voir de mes yeux les célèbres *cable cars*, anciens tramways en bois, emblème de la ville, qui fonctionnent sur rails, tractés par des câbles enterrés sous la route. J'ai fini par monter à bord de l'un d'eux pour en descendre au hasard en haut d'une colline, lorsque le quartier m'a paru joli. J'y ai continué ma déambulation avec au ventre la joie de m'ébrouer en totale liberté, jusqu'à atteindre les quartiers de Pacific Heights et leurs maisons colorées, à tourelles, bow-windows, porches et balcons. Les plus connues sont celles d'Alamo Square devenues, au même titre que le Golden Gate et le *cable car*, un des symboles de la ville. Mes pas m'ont conduite devant le 3841, 18th Street, où je suis restée bloquée un bon moment à admirer la « maison bleue »... puis j'ai poursuivi mon chemin en chantant Maxime Le Forestier, comme mon père en son temps. Je suis revenue dans le SoMa en VTC, la tête pleine d'images éclectiques. Je n'avais plus de jambes, ni d'énergie, mais qu'importe. J'ai quand même pris un ticket au MoMA et, puisant dans mes dernières forces, ai fait un tour rapide des œuvres contemporaines, histoire de me dire que je n'étais pas passée à côté. Et je me suis enfin arrêtée devant un *food truck* pour acheter mon dîner.

Je suis moulue, comme si j'avais couru un marathon et piqué un sprint en même temps, mais tellement heureuse. Je viens de réaliser un de mes rêves. Pourquoi ai-je attendu si longtemps ? Dans un ultime sursaut de vitalité, je remballe toutes les boîtes de mon pique-nique et les fais disparaître dans un sac en papier que je tasse dans la poubelle. Après une toilette rapide, je me glisse avec délice sous les draps et rabat la moelleuse couette sur moi. C'est à ce moment-là que mon téléphone vibre deux fois, m'annonçant l'arrivée d'un texto.

Pas eu le temps de t'écrire avant. Journée de folie. Comme la nuit dernière !

On se la RePlay quand tu veux !

Kiss. T.

30

Florence s'est enfermée dans sa chambre pour passer le coup de fil.

– Madame Strikof, je ne vous dérange pas ?

– Que se passe-t-il ?

– Je viens d'apprendre par texto que mon rendez-vous de chimio est avancé à ce matin. Franchement ce ne sont pas des manières de traiter les gens.

– Je comprends.

La voix de la praticienne, couverture chaude, l'enveloppe et la protège. Florence abaisse les épaules et parle bas.

– Vous savez que mon oncologue travaille avec une intelligence artificielle pour décider de mon traitement. Cette machine ne me connaît pas, ne sait pas qui je suis, et elle leur dit comment me soigner. Ensuite ils changent les heures de mon traitement et je suis prévenue par un message automatique. Je commence à en avoir marre. Mon cancer, ils le voient comme des cellules devenues folles, à abattre. Mais autour de ces cellules il y a moi, avec mon âme, mes humeurs, mes doutes, mes enfants. Qui me demande comment je vis tout ça ?

– Qu'est-ce qui vous ferait du bien ?

– De retrouver de l'humanité dans tout ce processus.

– Avez-vous commandé la liste d'ingrédients que je vous ai fournie ?

– Oui. Je vais les recevoir.

– Bien. Il va falloir petit à petit apprendre à vous détacher des mauvaises énergies que vous envoie la médecine technique conventionnelle. Et vous recharger en bonnes vibrations qu'offre l'approche humaniste alternative, avec ces herbes médicinales et les exercices de lâcher-prise mental. Il vous faudrait passer à deux séances par semaine.

– Oui, je suis pleinement d'accord.

– Vous prenez la bonne décision, c'est la voie de la guérison.

*

Mon dernier matin à San Francisco. J'ouvre les yeux, m'étire, un grand sourire aux lèvres. Je me lève, vais me remplir un verre d'eau que je bois en regardant la vue. La journée d'hier était fantastique. Je n'ai pas répondu au texto de Tristan car je ne savais pas quoi dire. Si seulement Florence était là. Il faut que je lui raconte tout. Je l'ai négligée avec toutes mes histoires. Danton a occupé tout l'espace libre de mon cerveau ces derniers temps et j'en ai oublié mes amis. Je retourne sous la couette et écris un long mot à Florence, lui assurant que le séjour s'est bien passé, que je rentre en grande forme et que je vais m'occuper d'elle. Pour Avel, je rédige à peu près le même message, avec une série d'émoticones pour lui exprimer mes émotions positives. Aux deux, j'expédie aussi une salve de photos de la ville, puis par réflexe je consulte mes applis de santé. Une catastrophe ! Tout est au rouge. Bien sûr j'ai fait un nombre astronomique de pas hier, mais les menus gras, sucrés et les sodas ont fait chuter mon score de forme. L'appli m'indique également que je n'ai réalisé aucune des séances recommandées de yoga et méditation « pour une bonne santé mentale ». Je regarde l'heure. J'ai encore le temps de me rattraper.

Je me lève, prends une douche rapide, puis en culotte et soutien-gorge étale une serviette au pied du lit, face à la baie.

Sur ce tapis de yoga improvisé, je commence ma séance. Dans la posture de la montagne, debout, bras le long du corps, je respire profondément. Puis je lève les bras au-dessus de ma tête et me penche pour toucher mes pieds. Mes muscles douloureux s'étirent. Je plie les genoux, rejette la jambe droite vers l'arrière et lève les bras, en fente haute, dans la posture du guerrier I. Je souffle. Mes hanches pivotent, mes bras s'allongent à l'horizontale, dans la posture du guerrier II. Ouch, j'ai des courbatures à des endroits improbables. Je redescends mains au sol, posture du cavalier. Mon pied gauche rejoint mon pied droit, posture de la planche. J'inspire, j'expire, mon corps se délie. Je plie les coudes et, allongée sur le ventre, regarde le sol, contracte les fesses et le ventre et pousse sur mes bras dans la posture du cobra. Je pousse encore sur les mains, tends les jambes, coccyx vers le ciel, dans la posture du chien tête en bas. Là, je respire, une fois, deux fois, trois fois. La tension dans le cou et le dos se dissipe un peu, mes pensées s'éclaircissent. J'oscille la tête à droite à gauche. Mon regard glisse de la moquette épaisse à la plinthe, et jusque sous le lit.

C'est là que je le vois.

Je reste dans la posture, les yeux grands ouverts, mes genoux ploient jusqu'à toucher le sol. À quatre pattes, je me rapproche du lit, puis je m'allonge sur la moquette pour mieux l'apercevoir. C'est un boîtier, gros comme une box internet, collé sous le sommier au milieu du lit, doté de plusieurs diodes vertes clignotantes. J'attrape mon téléphone, allume la fonction lampe de poche et vise l'étrange objet. Aucune marque, aucune inscription lisible. J'essaie de me glisser sous le lit pour l'attraper mais mon bras n'est pas assez long et l'espace est trop étroit pour m'y introduire. Je prends une photo et me relève, dubitative. J'agrandis l'image sur l'écran. Sur la façade du boîtier il me semble distinguer une inscription, mais j'ai beau tourner la photo dans tous les sens, je ne suis pas sûre de ce que je lis, peut-être est-ce mon imagination. Mon regard scanne la chambre, le mobilier, la décoration, que j'observe attentivement, cherchant quelque chose qui m'aurait échappé, sans savoir quoi. Un détail qui fournirait une explication valable. Et soudain, je remarque ce qui était sous mon nez depuis le début. Dans un coin du plafond, à l'opposé du lit, est fixée une boule noire opaque de la taille d'une bille. Mon regard suit l'angle du mur et tombe sur une autre sphère identique dans le coin opposé. Je fais un tour sur moi-même, il y en a quatre, à chaque coin de la pièce. Des caméras ? Je détaille chaque centimètre de la chambre à présent. Je m'approche des murs colorés. Sous mes doigts, par endroits, je sens comme des aspérités régulières de la taille d'une tête d'épingle. Je demeure ainsi quelques minutes, sidérée. Puis mon cerveau reprend le contrôle. Je m'habille à la hâte, en tenue de voyage, finis de boucler ma valise et fouille dans mon sac pour vérifier mon billet retour. Bon. Je n'ai pas beaucoup de temps mais ça peut passer. Cinq minutes plus tard je claque la porte de la chambre, descends dans le lobby, fais le check-out dare-dare, laisse ma valise à l'accueil et emprunte de nouveau une trottinette électrique de MindTech. Je déteste l'idée que j'ai en tête mais je dois en avoir le cœur net.

Cette seconde virée en trottinette n'a plus rien de récréatif. Je me fiche du décor, car j'ai un objectif et le tic-tac de la montre en tête. Je fonce. Au début je prends la piste cyclable, mâchoire serrée. Puis, pour aller plus vite, je monte sur un trottoir et enquille Third Street, en sens unique. Je vais tellement vite que, lorsque j'arrive devant MindTech, il ne s'est écoulé que cinq minutes ! Je détache mon casque, pousse l'engin vers le gardien et lui adresse mon plus grand sourire de théâtre. Il me dévisage et me sourit en retour. Il m'a semble-t-il reconnue. Sans rien me demander, il me remet un badge d'accès que je passe autour du cou, et me souhaite une bonne journée. Il me suit des yeux jusqu'à ce que je referme la porte lambrissée. Ce que je fais là, je ne peux pas le dire précisément. Je sais en revanche qu'il est hors de question que je quitte San Francisco sans avoir tiré l'affaire au clair. Je pénètre dans le hangar, fourmilière où une horde de personnel en T-shirt rouge s'affaire debout autour des dizaines d'écrans, casque sur les oreilles. On entend le cliquetis des claviers et un fond de musique électronique. Ça travaille dur. Sur le mur du fond, l'écran géant diffuse les différentes *maps* de RePlay et un compteur central affiche le nombre de joueurs connectés. 403 567. Pas de Tristan ni de Ben en vue.

Un des codeurs que j'ai croisés lors de ma visite le jour de mon arrivée me fait un signe de la main en souriant. Son voisin lève le nez de son écran et me tend un pouce en avant. Je réponds par un petit signe de tête. J'hésite un quart de seconde puis m'engage dans l'escalier de droite. D'après mon souvenir, le bureau de Tristan se trouve en haut des marches, à gauche, le premier avant celui de son frère. Mon plan est simple : je frappe, j'entre et exige de lui une explication. À quoi servent un boîtier de MindTech et des caméras dans la chambre que j'occupe ? Mon cœur cogne à tout rompre. La sensation de glissement revient, puissance mille. En haut des marches, je me dirige vers le bureau du boss. Mais cette fois les vitres sont masquées par les stores fermés. J'ai soudain très chaud et ma gorge palpite. C'est à ce moment-là que mon téléphone vibre encore. Un autre texto vient d'arriver.

Je pense à toi. Bon retour. T.

Ma confusion redouble. Suis-je devenue paranoïaque ? Si ça se trouve, il n'y est pour rien. Je suis devant son bureau, la main prête à tourner la poignée, je respire un grand coup. Je vais ouvrir la porte et tout va trouver une explication logique. Mais mon geste est stoppé net dans son élan.

– Il nous faut ce contrat, Tristan.

Mon cœur explose dans ma gorge. *Quoi ? Non, mais je rêve !*

Je reste figée, la main suspendue au-dessus de la poignée. Dans le bureau de Tristan la voix se fait plus forte.

– Convoquez-les pour qu'on se parle. Il faut régler cela au plus vite. Je vais leur faire un brief.

Je m'éloigne de la porte comme si je m'étais brûlée, fais le tour du bureau, jusqu'à trouver un store aux lattes disjointes. Je m'approche à pas de loup et jette un œil. Mon pouls pulse dans ma gorge. Non, je ne rêve pas. Elle est là. En robe noire et bottes rouges. Mon cerveau élabore des hypothèses extravagantes, cherche désespérément du sens à la présence de Claire Jouan dans le bureau de Tristan. En vain.

Ça bouge dans la pièce. J'ai juste le temps de me jeter dans un angle mort du couloir, un recoin entre les bureaux des deux frères, où est installé un distributeur de boissons bio qui projette une ombre sur le mur. La porte s'ouvre en grand et Danton et Jouan sortent de la pièce en discutant. Jouan continue sa plaidoirie.

– Il ne faut pas tarder, battre le fer quand il est chaud.

– Je suis d'accord, mais les financiers sont frileux en ce moment.

– Nous saurons les convaincre.

Ils passent devant moi sans me voir, s'éloignent vers le fond du corridor. Je sors de ma cachette et sans plus réfléchir me mets à les suivre. C'est comme si j'étais passée dans une autre dimension où plus rien de ce que je croyais n'est vrai. Arrivés devant la salle obscure que nous avons visitée l'avant-veille, ils poussent la porte battante noire. J'attends quelques secondes, puis m'y glisse à mon tour, tapie dans un recoin sombre. Tristan et Claire Jouan poursuivent leur discussion, debout, au milieu de la pièce, face au mur où un multiécran géant projette une cinquantaine de situations de RePlay, simultanément. Le son des vidéos couvre en partie ce qu'ils se disent. Mais je vois Tristan fournir des explications à la psychiatre en désignant les images. Une ombre sortie de nulle part lui apporte une tablette numérique. En touchant l'écran du terminal, Danton agrandit une des fenêtres et baisse le volume.

Je sors mon téléphone portable par réflexe et me mets à filmer la scène en zoomant dans l'image. Leur discussion m'arrive par bribes. Jouan demande quelque chose à Tristan en regardant le mur. Il lui répond en désignant l'une des scènes.

– Ce qu'il faudrait, c'est recueillir au moins... (Inaudible.)

– On en a déjà... (Inaudible.) Vous êtes sûre de vous pour le rendez-vous ?

Je vois à travers mon écran Claire Jouan se retourner vers lui, le menton levé. Elle hausse le ton.

– Est-ce que je vous explique comment on écrit un algorithme ? Chacun son métier.

Tristan semble abdiquer. Je le vois au léger affaissement de ses épaules. Il se tient de trois quarts dos mais la position de ses mains dans ses poches me fait comprendre qu'il se range à son avis. Le visage de la professeure semble se détendre.

– Bien, parfait. Si on arrive à obtenir... (inaudible)... horte, on sera sur la bonne voie.

Elle se rapproche de lui et touche le col de son polo comme pour le remettre en place.

– Faites-moi confiance. Nous allons marquer l'histoire...

Je reste fixée sur son corps à elle qui soudain se rapproche de son corps à lui. Je ne vois pas la réaction de Tristan. Je me tasse et cesse de filmer. Mais qu'est-ce qu'ils fichent là, ensemble ? Et moi donc ? Avant de me faire pincer et devoir expliquer ma présence, je sors de la chambre noire aussi discrètement que possible et me retrouve dans le couloir. Que faire ? J'entends un bruit de voix se rapprochant. Il ne faut pas qu'on me trouve ici. Alors au pas de course je longe les bureaux vitrés. Je serre les mâchoires, mes yeux perçoivent l'environnement dans une vision en tunnel, les panneaux EXIT en ligne de mire représentent mon salut. Je dévale l'escalier en bois, si vite que je ne me rends pas compte que quelqu'un est en train de monter en sens inverse. Je le percute de plein fouet. Mon épaule gauche vient heurter la sienne.

– Aïe !

Je grimace. C'est un des codeurs que j'ai déjà rencontrés.

– *Oh, sorry.*

Il me dévisage, comme l'a fait le garde tout à l'heure, puis sourit.

– *Loïs, fuck.*

Je le dévisage, interloquée.

– *What ?*

– *It's you.*

– *Yes, it's me...*

Il a un sourire épanoui maintenant.

– *You have been so gorgeous !*

Je fronce les sourcils.

– *Gorgeous, why ?*

Le codeur a l'air vraiment enthousiaste.

– *All of us tried you this morning and it was so amazing ! Do you wanna watch ?*

Et il sort son téléphone portable.

L'animal blessé qui gémit, c'est moi. Ma gorge émet une plainte sourde comme je n'en ai jamais entendu. J'ai commandé un VTC et dès qu'il se gare devant moi je me jette sur le siège arrière, mon sac pressé contre mon cœur. Colère. Rage. Honte. Fuir. Disparaître. Loin d'ici. J'aurais pu confronter Tristan et Jouan, mais j'en suis incapable. En déroute, je ne pense qu'à une chose : repasser prendre ma valise à l'hôtel et dégager au plus vite de là. Lorsque la portière du véhicule claque, le chauffeur démarre et les vannes s'ouvrent. Je me mords les lèvres pour ravaler mes larmes. Le conducteur, un jeune homme, me lance des regards inquiets dans le rétroviseur.

– *Are you all right ?*

Je fais piteusement oui de la tête mais l'émotion est si violente que ma poitrine se soulève, cherchant l'air. Je suis écrasée. Je hoquette, la douleur me coupe la respiration. Le chauffeur me tend une petite bouteille d'eau que j'accepte avec reconnaissance.

– *Do you want some candies ?*

Je souris piteusement et accepte un bonbon à la menthe. Mon téléphone vibre. *Putain de bordel de merde*, c'est encore un texto de Tristan :

No news de toi, tu boudes ? Bon retour, bellissima, écris-nous de beaux papiers. Love. T.

Une nausée violente me tord les tripes. Je demande au chauffeur de s'arrêter sur le bord de Third Street et j'ouvre la portière.

*

– Madame Strikof, c'est encore moi.

Florence marche dans la rue tout en parlant dans le micro de ses oreillettes.

La voix de la thérapeute est chaleureuse.

– Rebonjour Florence, que se passe-t-il ?

– Ça ne va vraiment plus. Je sors de l'hôpital. Il y a eu un bug informatique et finalement je n'ai pas eu la chimio. Elle était bien programmée demain, comme prévu ! Vous vous rendez compte ?

Un silence lui répond, elle poursuit :

– Et puis là, un interne, encore jamais vu, m'a expliqué qu'ils n'allaient toujours pas me changer de protocole, car Sherlock, leur IA de malheur, en a décidé ainsi en fonction de mes dernières analyses. Or ça ne marche pas !

Encore un silence.

– J'ai essayé de joindre mon mari, mais il donne une formation et a coupé son téléphone. Mon amie Loïs est aux États-Unis et mon autre ami Avel ne répond jamais. Je craque, je ne sais pas quoi faire.

– Donc demain vous allez continuer votre chimiothérapie, c'est cela ?

– Oui. Mais j'ai l'impression d'être un pion dans un jeu de l'oie, que je ne contrôle rien et n'ai pas voix au chapitre. Personne ne se préoccupe de ce que je ressens. J'en peux plus.

Florence s'arrête de marcher et s'assoit sur un banc face à un café. Et elle se met à pleurer.

– J'en ai tellement assez.

– Passez me voir. Tout de suite c'est possible.

– Vraiment, je ne vous dérange pas ?

– Non. Nous allons passer à la vitesse supérieure. Je suis là pour ça.

31

Dans la salle d'embarquement, le café dans son gobelet en carton me réchauffe les mains. Plus qu'une heure à attendre avant le décollage. Et, une fois à Paris, tout oublier. Les images que j'ai vues à MindTech se superposent à toute chose devant mes yeux. J'ai franchi le Rubicon, je suis passée sur l'autre rive, j'ai vieilli d'un coup. Tristan m'a, encore une fois, manipulée. Il s'est servi de moi pour son plaisir et celui des autres. Pendant quelques heures, durant ce séjour, j'ai cru enfin maîtriser ma vie, et pourtant. Je n'ai fait que retomber dans les mêmes travers, pour chuter encore plus bas. Il m'a filmée pendant nos ébats, en a tiré – seuls les as de la technologie comprendront comment – un avatar à mon effigie, en tout point fidèle à la réalité, qu'il a rendu disponible dans son jeu pour faire, à la demande, toute activité sexuelle possible. « Nous offrirons cette possibilité à nos futurs joueurs », m'a renseigné le codeur, devant ma mine ahurie après m'avoir montré la séquence. « Nous vendrons un système de captation d'images pour que chacun puisse se filmer et s'injecter directement dans le jeu, ce qui rendra encore plus réaliste l'expérience. » J'ai bégayé : « Mais qu'est-ce que vous comptez faire de ça ? » en désignant mon image. « Ah ça, c'est pour tester le système. Tu nous sers de modèle. » Il a souri et j'ai lu dans son regard que je devais me sentir flattée. Sauf que là, en attendant mon vol, assise devant une chaîne de télé d'info en continu qui annonce des catastrophes planétaires, je sens que j'ai tout à fait touché le fond. Je me suis encore une fois livrée au même prédateur qui m'a utilisée et humiliée. Alors je prends une grande décision. Je jure sur la mémoire de mon père que c'est le dernier tour de manège. Je ne me ferai plus jamais avoir. Et, surtout, je trouverai le moyen de me venger de Danton, de Jouan et de MindTech.

*

Les doigts de Tristan caressent l'écran. D'un glissement d'index, il habille Loïs d'une guêpière en dentelle, accordée à des bas, des jarretelles et des escarpins blancs. Il regarde son œuvre avec un certain ravissement. Lorsqu'il lui a demandé de demeurer nue et immobile quelques minutes sur le lit, pour l'observer, les caméras ont eu le temps de la saisir sous tous les angles, avec comme repère la perle de la barrette blanche. Puis, grâce à la technique de photogrammétrie, les algorithmes ont reproduit son modèle en 3D, qu'il a ensuite animé. Le rendu est fantastique et les joueurs plus que satisfaits. Elle a recueilli plus de *likes* qu'aucun autre avatar du jeu avant elle ! Et elle vient encore d'accumuler des étoiles de vie supplémentaires. Elle est extraordinaire. Parmi les icônes, il choisit un voile blanc, une gaze délicate, qu'il positionne sur les cheveux lâchés de la jeune femme. Puis il l'installe dans la position qu'il souhaite, assise sur le lit d'une chambre décorée à l'ancienne. Elle bouge lascivement, magnifique. Tristan admire sa poupée numérique, fidèle reproduction que l'on peut désormais utiliser comme on le souhaite. Ainsi, il s'approche du jeu parfait. La réalité parfaitement simulée. Tristan s'adresse à sa créature :

– Que tu es belle.

L'avatar de Loïs le regarde intensément. Il zoome. Elle le fixe avec deux grands yeux mutins.

– Je suis à toi.

– Tu m'aimes ?

– Oui, je t'aime.

Il caresse à nouveau l'écran.

– Tu vas encore nous épater.

*

Séoul.

– Jang Ji-Sung, votre *RePlay* est prêt. Veuillez mettre votre visiocasque et bon voyage dans votre mémoire.

Ignorant la vue imprenable sur la rivière Han qu'offre son duplex au dixième étage, Jang Ji-Sung a repoussé la table et le canapé du salon pour se faire de la place. Elle pose sur sa tête le casque à visière. Elle a bien ajusté ses gants haptiques et même revêtu le T-shirt connecté vendu en option, pour « plus de sensations ». Elle a attendu le départ au travail de son mari. Plus le moment approche et plus sa gorge se serre. Elle appuie sur *Go*.

Passé le portail du jeu, où le blobfish rose la guide, la voici téléportée dans le jardin de ses parents, à la campagne. Jang Ji-Sung reste là, les bras le long du corps, attendant la suite. Une musique relaxante l'invite à se détendre. Elle lâche prise, transportée dans une autre dimension où le passé et les douleurs s'effacent. Et puis, soudain, le miracle.

– Mummy !

La mère se retourne, sa petite fille court vers elle, à travers les fleurs d'hibiscus et les bambous. Jang Ji-Sung tombe à genoux, la petite se jette dans ses bras. Mère et fille se serrent l'une contre l'autre. La maman ressent la pression du corps de la fillette, sa chaleur, les battements de son cœur, son rire résonne dans ses tympans. Les mots d'amour sortent en cascade, étranglés :

– Ma princesse, ma beauté, ma vie, que tu me manques depuis que tu nous as quittés.

Et des ruisseaux de larmes coulent sous le casque de réalité augmentée.

*

Manchester.

Peter est assis sur la chaise, à la table de cuisine recouverte d'une antique toile cirée délavée. Pour la première fois de sa vie, il utilise un visiocasque, cadeau de ses petits-enfants pour son quatre-vingtième anniversaire. Le voici propulsé dans ce restaurant où il a rencontré Jane pour la première fois. Elle entre. Elle a vingt ans, lui aussi. Ils sont aussi fauchés l'un que l'autre. Leur passion commune pour la lecture pour toute fortune. Il se lève à son approche.

– Bonjour mademoiselle.

Elle tourne vers lui ses yeux immenses. Ils se serrent la main. *Petite fleur* de Sidney Bechet retentit quelque part dans la pièce, comme il y a soixante ans. Jane engage la conversation. Peter sourit timidement.

*

Moscou.

Boris fait son entrée dans la salle de concerts, la peur au ventre. Il sait que le jury sera impitoyable. En queue-de-pie il s'avance sur la scène, salue profondément et s'installe au piano, un Steinway virtuel plus vrai que nature. Il place ses mains au-dessus des touches, prend une inspiration et attaque la première mesure de la sonate n° 14 de Beethoven. En haut, à droite de la visière, sa jauge de vie est au maximum. À la moindre faute, elle se réduira. Il recommencera jusqu'à décrocher sa place dans l'orchestre symphonique de Moscou. Pas comme il y a quinze ans, où son rêve s'est arrêté net, dans cette même salle, un soir de mars.

*

Hong Kong.

Agnes suit un homme dans une rue sombre. Elle débouche sur une intersection où se trouve la sortie d'un bar. Un groupe de jeunes en sort en rigolant. Elle observe le groupe. Quatre hommes et deux femmes. Deux personnes s'isolent. Agnes arrive au moment où l'homme agresse la jeune femme. Elle attrape celui-ci par sa capuche, le tire vers l'arrière et, de toutes ses forces, lui envoie un coup de poing dans la figure. L'homme est sonné. Agnes lui décoche un autre coup, de pied, cette fois dans l'entrejambe, puis le pousse.

– Connard !

Elle tend la main à la jeune femme terrifiée. Son double, elle-même, il y a plusieurs années.

32

J’aimerais ne plus penser à tout ça, mais dès ma sortie de l’aéroport, une affiche 4 × 3 me saute au visage. *RePlay* en lettres d’or sur fond noir me promet de « tout recommencer ». Renfrognée, je monte dans un car qui me dépose, une heure plus tard, dans le quartier de l’Opéra. J’enchaîne direct avec la ligne 8 jusqu’à la station École-Militaire. Je me concentre sur l’action, sur tout ce que j’ai à faire, laissant derrière moi tout ce que j’ai fait. Je passe en coup de vent par l’appartement, prends une douche en une minute chrono, me rhabille de frais. Lorsque je referme la porte, il est dix heures quinze. Plus tôt que je ne l’avais prévu. On est mardi, si je me dépêche d’expédier le boulot je pourrai arriver à temps à l’hôpital pour voir Flo. J’ai besoin de ne pas être seule, de me sentir entourée. Et de cloisonner. Si seulement tout ce qui s’est passé à San Francisco pouvait rester à San Francisco. Mais c’est un vœu pieux à notre époque.

Une fois arrivée à la rédaction, je retrouve l’agitation concentrée habituelle. Tout est tel que je l’ai quitté, les meubles, les gens, l’odeur d’encre de l’imprimante et des vapoteuses de journalistes qui tètent leurs tuyaux électroniques en exhalant des nuages odorants. Les collègues que je croise me saluent comme si je n’étais jamais partie. Ça me fait un bien fou. À peine ai-je déposé mes affaires sur ma table que François frappe à la vitre de son bureau et me fait signe de venir. Je m’exécute.

– Alors l'Américaine, c'était bien ?

– Oui, intéressant.

D'un petit signe du menton, il m'invite à fermer la porte. Je prends place en face de lui.

– Dis donc, ça fait un sacré buzz, ton truc. On était dans les top tendances sur les réseaux sociaux pendant toute la soirée.

J'approuve avec un demi-sourire.

– Tant mieux.

François s'appuie sur le dossier de son fauteuil.

– Je pense que les gens vont vite devenir accros. C'est passionnant cette histoire.

– Les joueurs qui veulent revivre leur vie ?

– Oui.

– On le veut tous, non ? Toi par exemple…

Je lance la question comme ça, pour discuter. François soupire.

– Tu m'étonnes. T'as essayé ?

– Pas vraiment, non.

– Mmm… faut pas lâcher le sujet. T'as des accès privilégiés maintenant. Comment tu envisages la suite ?

J'ai eu le temps d'y réfléchir pendant le vol du retour. À ça et au reste.

– Je te propose un papier sur les bêta-testeurs qui testent le jeu depuis des semaines. Ce que cela leur a apporté, etc.

– Très bien. Tu peux les contacter ?

– Oui, ça ne devrait pas poser de problème.

François acquiesce.

– C'est très bon. Du vécu.

– Ensuite, je pensais aller voir un des spécialistes du cerveau et de la réalité virtuelle que je connais pour qu'il nous explique comment le corps évolue dans un monde non réel et les impacts que cela peut avoir sur le psychisme.

– Super.

– Et après, on pourrait aussi faire réagir un psy pour comprendre les effets de la reviviscence du passé sur le présent.

– Génial.

Pour la première fois, je traite un sujet en une du site web et je suis la première sur le coup. De plus, j'ai toute l'attention du rédacteur en chef, qui me considère pourtant depuis sept ans comme une bibliothèque posée dans un coin. La sensation est agréable. Je pressens que le mélange de rage froide, d'excitation et de jet-lag va m'aider à produire de nouveaux papiers, à me dépasser. Peut-être un jour remercierai-je cet enfoiré de Tristan pour m'avoir permis de percer. François se remet à taper sur son clavier, signe que l'entretien est fini.

– Tu me fais ça pour mercredi.

– Pour demain, d'accord. Mais alors je ne pourrai pas alimenter ma rubrique.

– Pas grave. Tu peux un peu lever le pied, pour quelques jours.

J'opine du chef. Ça me va. Je retourne à ma place et reprends mon sac. Mardi, et il est onze heures trente. C'est encore jouable.

J'attrape le bus 80 au vol, descends à la station La Motte-Picquet-Grenelle et continue par la ligne 6 du métro jusqu'à Saint-Jacques. Trente minutes plus tard j'entre dans le hall de Cochin, monte au troisième étage et pousse la porte du service de chimiothérapie. Je m'oblige alors à faire une courte pause pour me calmer avant d'entrer dans la salle. Je prends le temps de quelques grandes respirations pour que le gonflement de mes poumons active mon système vagal et ralentisse mon cœur. Merci, professeur Similowski, d'avoir mené ces études remarquables sur la respiration. Elles me sont d'une aide précieuse. Quand je perçois que mon rythme cardiaque a retrouvé une cadence compatible avec une visite censée être apaisante, je pénètre dans la pièce. Je balaie les fauteuils du regard, tous occupés sauf un. Pas de Florence. Je ressors de la pièce, étonnée. L'horloge annonce pourtant midi cinq. Je m'adresse au secrétariat et demande l'heure du rendez-vous de Mme Namias. L'infirmière me confirme : ce mardi midi. Je prends place dans la salle d'attente face à la salle de soins. Florence ne devrait pas tarder.

J'ouvre mon ordinateur portable sur mes genoux et le connecte à Internet via mon téléphone. Je me branche sur des forums de joueurs de RePlay et fais défiler les réactions en prenant des notes. Ce que j'y lis est dingue. Les gens racontent leurs *RePlay* en toute impudeur. En lisant les histoires, je réalise que les joueurs mettent peut-être autant de plaisir ou de passion à revivre un événement qu'à le raconter par la suite. C'est une sorte de grand déballage émotionnel chargé de regrets, pardons, récits de mauvais choix, d'amours perdues, retrouvées, d'échecs mal digérés, de deuils impossibles, etc. À lire ces bribes de récits anonymes, j'ai l'impression que l'humanité favorisée est dans le remords, le regret et la nostalgie. Et puis, chose qu'on m'avait expliquée à MindTech, j'apprends qu'au cours du jeu les « RePlaynautes » se voient attribuer des étoiles vertes symbolisant la vie réussie, qui s'accumulent au fur et à mesure que l'on fait de meilleurs choix. Les joueurs comparent leurs scores et recommencent pour s'améliorer. Les catégories premium peuvent ainsi décrocher la fameuse « Étoile Prime », qui les rend invincibles pendant un certain temps. Je me demande quels sont donc les critères retenus. Valeurs morales ? Réussite ? Je prends des notes, prépare un florilège d'extraits, de questions. Les idées fusent. Je pense soudain à l'ouvrage d'un philosophe que j'apprécie et qui a travaillé sur notre rapport au réel. Il pourrait me faire un commentaire judicieux sur l'importance des illusions chez l'humain. Je rédige un petit mail et le lui envoie. S'il me répond dès cet après-midi, je peux avoir bouclé ce premier papier pour le soir. L'horloge de mon ordinateur indique midi vingt, et toujours pas de Flo à l'horizon. Elle n'a pas répondu à mes deux textos mais il doit y avoir une explication, je ne vais pas la harceler. Je finis par remballer tout mon matériel et prends le chemin du retour. Arrivée dans ma rue vers treize heures, je pousse la porte de mon immeuble, vérifie le courrier et entame la volée de marches qui me mène chez moi. Mais, parvenue au quatrième étage, je m'arrête et frappe directement chez Avel.

Quand il ouvre, il a l'air d'avoir peu dormi. Son visage s'éclaire néanmoins en me voyant.

– Te voilà, toi ?

Sans attendre son invitation, je m'engouffre dans son appartement et il referme la porte derrière moi. La première chose que j'aperçois dans son bazar, c'est le casque de VR sur le clic-clac et la boîte de RePlay vide, jetée dans un coin.

– Tu l'as essayé.

– Oui. Je te l'ai dit dans mon message.

– Et t'as trouvé ça comment ?

– Pas mal du tout.

Avel n'est pas bavard. Je n'insiste pas.

– T'as pas un café ?

Je m'assois sur le divan en enlevant mon manteau, attendant qu'il revienne, avec deux tasses. Il a le teint rose.

– Alors c'était comment ?

Je ne perçois aucune malice dans sa question. Je réponds en l'imitant :

– Pas mal du tout.

Je ne sais pas quoi lui raconter. Soit tout, soit rien. Et je n'arrive pas à me décider. Je change de sujet.

– As-tu eu des nouvelles de Flo ? Je suis passée en chimio et elle n'y était pas.

Il secoue la tête.

– Pas aujourd'hui.

Il se rembrunit.

– Mais j'ai peur d'avoir dit une connerie.

– Quoi ?

– Elle m'a appelé hier. Elle était très énervée contre l'hôpital.

Et Avel m'explique l'histoire de son traitement piloté par Sherlock.

– Ça la rend dingue. Elle ne comprend plus que l'on puisse se fier à une machine alors que visiblement ça ne marche pas.

– Et ?

– Elle m'a demandé de faire des recherches. Ce que j'ai fait.

Il se lève et m'invite à le suivre dans son bureau, pousse un tas d'habits d'une chaise pour me faire de la place devant son écran. Il affiche une page de discussion.

– J'ai contacté des gars sur le dark web. Sherlock fait partie des cibles des hackers. Et voilà ce qu'ils ont trouvé.

Je lis un paragraphe en anglais.

– Bon sang.

– Un employé de la firme a fait fuiter les données de l'hôpital à New York où était testée la machine. Et comme tu peux le voir, les résultats ne sont pas mirobolants, quoi qu'en dise officiellement la société.

Je parcours le document en haussant les sourcils.

– Les traitements n'ont pas donné de meilleurs résultats, comparés à une décision humaine. Décès à six mois, ou rechutes.

– D'après le papier, le problème vient de ce que Sherlock n'a appris à établir un traitement que sur la base de cas fictifs et non à partir des cas réels.

Je me passe la main sur la bouche.

– Comme si on n'apprenait à conduire que sur simulateur.

– Voilà. L'IA fait, au mieux, aussi bien que l'humain. Mais peut aussi être moins bien selon les cas.

– Et tu as transmis ça à Flo ?

– Hier, elle était tellement en colère que je lui ai dit que les résultats vantés par la firme étaient remis en question pour certains et qu'elle devait en discuter avec son médecin pour qu'il fasse une réunion d'équipe à son sujet…

Il tire sur sa lèvre inférieure.

– J'aurais peut-être pas dû.

Je lui caresse le bras en signe d'apaisement.

– Si elle a fait appel à toi, c'est qu'elle voulait savoir la vérité. Il faut qu'elle fiche cela sous le nez du docteur et qu'il en tienne compte. Maintenant il faut qu'on sache où elle est. J'appelle chez elle, tu appelles son bureau ?

*

Les trois poches en papier crissent lorsque Florence les dépose sur la grande table en bois de la cuisine de la maison de campagne. Elle allume le gaz pour faire chauffer la bouilloire et se réchauffe les mains à la flamme quelques instants. Inoccupée depuis des semaines, la maison de Milly est froide, alors elle a poussé le thermostat à fond et dans une heure elle pourra ôter sa grosse veste en laine. Pour l'instant, elle resserre autour de son cou son écharpe en maille douce couleur rouille et enfonce son bonnet de la même laine sur son crâne chauve. Elle sort le contenu de chaque sac devant elle et déplie la liste de Mme Strikof. Elle a reçu par courrier ce matin les sachets d'herbes et de graines, qu'elle a fourrés dans un sac de voyage avec des vêtements pour quelques jours et la boîte de RePlay. Sa séance avec la thérapeute lui a remis les idées en place. La chimiothérapie, les errances médicales, c'est fini. Les voies de la guérison peuvent être différentes et singulières, mais elles peuvent parfois ne pas s'ouvrir si les émotions ne sont pas évacuées. Car, comme le dit Strikof, le fait de garder enfouis en soi ses affects les plus forts empêche le système immunitaire de bien fonctionner. De nombreux cas de guérisons spontanées, inexplicables, ont été recensés, suite à la libération de la colère, de l'amour aussi. Sur la gazinière, la bouilloire se met à chanter.

*

Lorsque je raccroche je suis soulagée.

– C'est bon, elle est à Milly. Mohammed m'a dit qu'elle était partie aujourd'hui, après sa chimio, avec une valise de livres et visiblement une envie de grand air et d'être seule, pour souffler.

Avel tend le pouce.

– Super, au moins on sait où elle est.

– Mohammed dit qu'elle n'a pas trop le moral et qu'elle réclamait un peu de solitude.

Nous laissons s'installer un silence, chacun dans ses pensées. Lui comme moi, on se demande ce que l'on peut faire de plus pour notre amie. Et puis, je ne sais pas pourquoi, je me mets à parler. Les mots coulent tout seuls de ma bouche.

– Dis-moi. Si jamais quelqu'un utilise ton image pour créer un avatar, peut-on s'y opposer, à ton avis ?

Le regard laser d'Avel se braque sur moi.

– Que s'est-il passé ?

– Rien. Je me demandais, c'est tout.

– C'est tout, t'es sûre ?

– Oui, c'est juste une question, pour mon papier.

Je ne suis pas certaine qu'Avel soit dupe mais il laisse filer.

– Tu ne peux pas faire grand-chose. D'abord comment prouver que l'avatar s'inspire vraiment de toi si tu n'es pas nommément désignée ? En vérité, on peut faire ce qu'on veut à partir de qui on veut, il n'y a pas de lois qui encadrent cela. Si je veux jouer à un jeu avec la tête du président américain et lui faire faire n'importe quoi, je peux.

Je regarde mon ami, consciente qu'il a raison. Je ne peux rien y faire et ne peux m'en prendre qu'à moi-même si, aujourd'hui, Tristan ou d'autres jouent avec mon image, avec mon double, dans des situations scabreuses que je n'ose même pas imaginer. J'aurais évidemment dû me méfier. De manière inattendue, Avel tend une main vers mon visage et replace une mèche derrière mon oreille. Je sursaute légèrement. Il me regarde.

– Ce connard s'est bien comporté, j'espère ?

– Oui, oui, ne t'inquiète pas.

– Tu vas le revoir ?

– Non, non.

Avel soupire.

– Bonne résolution. Mais son fric, tu le prends quand même son fric ?

Je hoche la tête.

– Il ne devrait pas tarder à m'être versé d'ailleurs.

Je soupire, soudain très lasse. Je me lève, m'excusant de ne pouvoir rester davantage.

– Je me suis mise très en retard pour mon boulot et mon prochain papier doit être sur le back-office ce soir.

Avel me suit. Je sais qu'il sent mon malaise mais il n'est pas du genre à me poser plus de questions. Je me retourne vers lui pour lui dire au revoir. J'observe sa posture. Les mains dans les poches de son jean, sa mâchoire et ses traits détendus, ses épaules sans raideur dans les trapèzes témoignent d'une détente générale, pour une fois.

– Qu'est-ce qu'il t'arrive ?

– Quoi ?

– T'as l'air trop bien, raconte.

– Donc quand j'ai l'air bien, c'est louche ?

– Tu as eu un rencard pendant mon absence ou quoi ?

Je le regarde avec curiosité. Ses lèvres prennent un pli gêné et charmant.

– Pas vraiment, non.

– Comment ça « pas vraiment » ? T'as rencontré quelqu'un ?

Il me sourit avec une joie mal dissimulée.

– Non, pas vraiment je te dis.

Je le fixe droit dans les yeux, espérant percer le mystère. J'y décèle une lueur de bonheur qui m'asticote plus fortement que je ne veux bien l'admettre. Devant son mutisme, je capitule momentanément. Je le salue et m'engage dans l'escalier.

– Tu finiras bien par cracher le morceau !

Je ne vois pas le sourire d'Avel dans mon dos.

*

Florence déballe avec précaution les derniers sachets, les plus précieux, du gui européen, de la colchique d'automne et de l'écorce blanche de bouleau. Elle en prélève plusieurs pincées après avoir lu la recette, et en remplit une boule à thé qu'elle dépose dans un grand bol. Elle a choisi celui qu'elle préfère, le grand jaune à anses avec un soleil rouge peint dans le fond, que ses enfants lui ont offert pour la fête des Mères. Un sourire léger sur les lèvres, elle fait couler un filet d'eau bouillie sur le mélange médicinal, afin qu'il infuse. Le temps que l'eau prenne une couleur plus foncée, elle compte cinq gouttes d'huile essentielle de tea tree qu'elle dépose sur un cachet neutre et qu'elle laisse fondre sous sa langue. Elle porte son bol jusqu'au salon, où elle a allumé le poêle avec quelques bûchettes qu'elle entend craquer. Elle se pelotonne sous le plaid antique du vieux sofa et trempe ses lèvres dans le breuvage. Le goût est vif, piquant, acidulé, pas désagréable. Sur les conseils de Mme Strikof, elle a lu sur Internet les résultats des essais précliniques qui ont utilisé ces plantes, de manière individuelle. Et, d'après quelques expériences, l'effet sur les rongeurs est stupéfiant. A-t-elle le luxe de pouvoir attendre la validité des essais cliniques sur l'humain ? Non. Elle en a soudainement marre de ce système rigide qui, bien évidemment, ignore les plantes non brevetables et utilise des algorithmes foireux pour décider de son sort. Florence boit avec recueillement la tisane et sourit. Le travail émotionnel va pouvoir commencer.

33

La fatigue est en train d'avoir raison de moi. Devant mon ordinateur je réprime à grand-peine plusieurs bâillements. J'ai pu avoir en ligne le philosophe spécialiste de l'impact des nouvelles technologies, qui a très bien fait le job. Selon lui, notre vie va désormais se dérouler pour partie dans le monde virtuel. Telle est la suite logique des nouvelles générations. Et il en décrit les limites éthiques. Je retranscris ses propos et les mets en résonance avec les extraits de récits des joueurs sur les forums. Je relis l'article. Pas trop mal. En intégrant mon papier sur le back-office, je me rends compte que je n'ai pas lu de nouveaux livres depuis quatre jours ! Un sevrage inédit depuis le lancement de la rubrique. Je ferme mon ordinateur, attrape ma liseuse et choisis un livre dans la bibliothèque virtuelle de nouveautés. Je m'allonge sur le canapé, la liseuse sur le ventre. Mais dès la première page mes yeux se ferment. Ma dernière pensée est pour Avel qui me cache quelque chose, mais quoi ?

Quarante-cinq minutes plus tard je me réveille, hagarde. L'horloge de mon téléphone m'indique que j'ai largement dépassé l'heure du déjeuner et mon estomac crie famine. Pour me remettre les idées en place, je me concocte une omelette aux herbes, suivie d'un yaourt. En mangeant je fais défiler les photos de San Francisco, remontant le temps. MindTech, le MoMA, la « maison bleue », les rues colorées, les tramways, les lions de mer, le port, le Golden Gate, le lancement de RePlay, les frères Danton… Je m'attarde sur les photos de Tristan, avec écœurement. Je lui en veux tellement. *Imbécile !* Une vague de colère contre moi-même déferle de nouveau. Je me suis fait avoir comme une bleue. Et dire qu'en plus il manigance avec sa psy. Je n'en reviens toujours pas. Que fait-il avec elle ? Avec le pouce je fais défiler la vidéo de Jouan et lui volée dans le labo. Je l'enclenche. On entend vraiment mal. Mon pouce appuie sur *Play* une nouvelle fois et puis une fois encore. J'augmente le son et tends l'oreille. Que disaient-ils exactement ?

– Si on arrive à obtenir… horte, on sera sur la bonne voie, dit Jouan.

– Vous continuez les… utements, répond Tristan.

Je fronce les sourcils. J'envoie la vidéo par mail sur mon ordinateur et, le temps d'aller me chercher une banane dans le frigo, je la télécharge. Puis je relance le son en poussant le volume au maximum. Je réécoute deux fois, trois fois, quatre fois. Je n'arrive pas à comprendre. Je me crispe et ça m'énerve. Je me force à lâcher prise et à me remettre dans la situation. Ne pas essayer de comprendre les mots, mais saisir le sens. Je me repasse plusieurs fois la bande vidéo. Et soudain tout m'apparaît clair. *Bon sang.* J'étais tellement préoccupée par mes histoires personnelles que j'ai loupé un truc énorme. C'est dingue ! Mon téléphone vibre, annonçant l'arrivée d'un email. J'ouvre ma boîte aux lettres. C'est un message en provenance du serveur de RePlay. Je l'ouvre et écarquille les yeux.

*

Ça sent le café et les donuts dans la salle de réunion. Ben attrape d'une main une pâtisserie recouverte d'une couche épaisse de sucre glace dans le carton ouvert et mord dedans tandis que de l'autre main il se sert un mug de breuvage chaud. Il prend place devant son écran quand Tristan entre dans la pièce, son ordinateur portable à la main. Danton se verse seulement un café et s'assoit en face de son frère.

– Bien dormi ?

– Ouais. Tu devrais arrêter le sucre, c'est de la saloperie, je te l'ai déjà dit. T'as eu les chiffres ?

– On a passé la barre des cinq cent mille !

– C'est fou. Les forums explosent et on est top un des tendances. J'ai eu plusieurs demandes de magazines pour des interviews.

– Moi aussi. *Unplugged* aimerait faire sa prochaine couv sur nous. Faut qu'on leur donne une date.

– Donc on est sur la tendance supérieure.

– *Right.*

Tristan consulte l'horloge de son ordinateur. Huit heures cinquante-neuf. Il s'apprête à faire une remarque sur la ponctualité de Claire Jouan quand celle-ci fait son entrée. C'est la première fois qu'il la voit en jean, avec un chemisier rouge et ses bottes du même ton, un grand sautoir autour du cou et ses cheveux ramassés en chignon. Si française.

– Messieurs, bonjour.

Elle installe son propre ordinateur sur la table et se sert un thé.

– Nous avons dépassé les cinq cent mille joueurs, l'informe Tristan.

– *Congratulations*, répond la psychiatre. Ça démarre très fort. J'ai préparé le schéma de la présentation.

Tristan lui tend un câble USB qu'elle connecte à son ordinateur et son document s'affiche sur l'écran géant au fond de la salle. Elle se lève.

– J'annoncerai que notre première phase de recrutement est en passe d'être finalisée, avec cinquante volontaires, moitié hommes, moitié femmes, entre trente et quarante-cinq ans, ayant un score au test MMDE de trente et plus.

Ben s'adosse à sa chaise, son ventre proéminent dépassant de son jean. Il finit son donut.

– C'est quoi, le score MMDE ?

La psychiatre chausse ses lunettes.

– Un score du trouble dépressif. Nous ciblons une population avec au moins cinq items sur les quinze symptômes de la dépression mais sans antécédents de psychose, de trouble bipolaire, ou autre trouble associé.

Tristan prend des notes sur son clavier tout en apportant une précision à son frère.

– Nous avons envoyé des questionnaires à plus de mille bêta-testeurs et deux mille fans Facebook ; on en a déjà trois cents qui répondent aux critères mais il faut encore leur faire passer le test MMDE.

– Ça demande une grosse organisation, réagit Ben.

Jouan hoche la tête.

– Le recrutement par Internet est validé. Deux étudiants travaillent sous ma supervision pour mener à bien cette première phase.

Elle retourne à sa présentation.

– Nous entrerons ensuite dans la phase de construction des scénarios avec eux. Ils devront choisir celui correspondant à leur problématique. Nous superviserons également cette étape, pour les guider, toujours par Internet.

La psychiatre énonce la suite, les deux mois d'expérimentation, le passage d'un nouveau test MMDE au sortir de RePlay puis l'analyse des résultats.

– Ce sera la phase nécessitant le plus de moyens humains, donc financiers.

– Tu as budgétisé cela ? interroge encore Ben.

– Oui, dit Tristan. Je prépare le document pour le *board* de tout à l'heure.

Il s'adresse à Claire Jouan.

– Dans le meilleur des cas vous envisagez une publication pour quand ?

Jouan a ce petit haussement de sourcils qu'elle adopte lorsqu'elle trouve une question non pertinente.

– Le temps de la recherche n'est pas celui des start-up. Il y aura une phase de rédaction, qui peut être longue. Puis de soumission à publication. Ensuite nous ne maîtrisons pas les délais. Disons dans six mois, un an.

– On pourra communiquer à partir de quand ? appuie Ben.

– Cela dépendra de la publication, rétorque Jouan. Cet article va être crucial pour la suite. Il va donc falloir apprendre à être patients.

Les deux frères échangent un regard, comme lorsqu'ils étaient réprimandés par leur père.

– *Well*, résume Tristan. On dira aux financiers que la publication aura lieu cette année. Sinon ils seront *reluctant* au *funding*. Pour le reste, faites la présentation du protocole comme vous venez de le faire et Ben et moi on enchaîne sur le budget. *All right ?*

Jouan acquiesce, Ben étouffe un rot dans son poing fermé et Tristan se met debout.

– Parfait, je vais dire à l'accueil qu'ils peuvent monter.

*

Je demeure interdite devant ce mail inattendu. Certes, j'ai adressé une boîte de jeu RePlay à Rose-Marie Miller, ma mère, avant mon départ aux États-Unis, comme un coup de pied de l'âne, une provocation, une ultime insolence. Mais jamais je n'ai imaginé un instant qu'elle le prendrait au sérieux !

J'ai eu tort.

Le serveur de RePlay me lance une invitation de sa part pour aller la rejoindre dans un scénario, conçu par elle. Je suis médusée. Je prends quelques grandes inspirations pour calmer mon rythme cardiaque qui s'emballe. Je n'ai plus de salive dans la bouche et sens une brûlure au niveau de l'estomac, qui remonte jusque dans la gorge. Que me veut-elle ? Comment a-t-elle réussi à se servir de ce truc, elle qui sait à peine utiliser Internet ? Je peux ignorer son invitation et continuer à vivre. Ou bien je peux affronter ce que je dois affronter. Mais pourquoi ne puis-je pas bénéficier d'un délai supplémentaire ? Après tout, je vis avec ce conflit depuis tellement d'années. Et si des choses que je ne veux pas voir me sautaient à la figure ? Ce boulet deviendrait ingérable, insupportable. Mieux vaut laisser les choses comme elles sont – c'est-à-dire enfouies –, non ? En même temps, RePlay est fait pour ça.

Je tourne et retourne ces questions dans mon cerveau sans parvenir à prendre une décision. Ce mail, comme un appel au secours, demande une réaction de ma part. J'en suis incapable pour le moment. Je ferme l'ordinateur.

*

– Lorsque Tristan m'a parlé de ce jeu, j'ai tout de suite eu l'intuition de son incroyable potentiel. Je lui ai proposé que nous collaborions, il a accepté, expose Claire Jouan dans un parfait anglais, devant une dizaine de *business angels* spécialistes de l'IA, en tenue décontractée.

« L'idée de se mettre en scène pour se "guérir" remonte à la tragédie grecque, qui déjà prônait les vertus cathartiques de ce divertissement. En tant que démarche thérapeutique, le psychodrame a été mis au point ici, aux États-Unis, dans les années 1930.

« Son efficacité thérapeutique repose essentiellement sur la fiction du jeu. Il déjoue notre censeur intérieur et permet, au fil des séances, de lever des blocages et de dédramatiser des situations douloureuses.

Impassibles, les financiers observent le Pr Jouan. Elle poursuit, sûre d'elle-même.

– L'une des originalités de la méthode réside dans la position debout, bousculant les codes du traditionnel divan. La mise en mouvement du corps entraîne la mise en activité de l'esprit. C'est un travail qui repose sur la théâtralisation d'un conflit non résolu, ou d'une expérience douloureuse passée, afin de trouver une réponse nouvelle à une situation ancienne.

Claire Jouan fait une pause dans son discours. Les *business angels* demeurent toujours silencieux. Sont-ils subjugués ou sceptiques ?

*

Quinze minutes se sont écoulées et je suis toujours engluée dans mon canapé à regarder mon ordinateur fermé. Pourquoi lui ai-je envoyé RePlay ? Qu'est-ce qui m'a pris ? Était-ce vraiment une sale blague d'ado trentenaire ? ou bien au fond de moi un appel pour régler les choses une bonne fois pour toutes ? Ai-je du courage ? ou bien ma lâcheté va-t-elle prendre le dessus, parée de prétextes plus spécieux les uns que les autres ? N'ai-je pas depuis vingt ans fustigé ma mère, dès que l'occasion m'en a été donnée, pour dénoncer son égoïsme, sa brutalité, son manque d'amour maternel et d'empathie ? Et voilà qu'elle fait un pas vers moi. Qu'elle ouvre le dialogue. Ne devrais-je pas saisir la main tendue ? Ma décision est suicidaire. Je le sais. Mais l'idée que je vais peut-être pouvoir enfin tirer un trait sur un vieux conflit me pousse à l'action. Attirée par le saut dans le vide, je plonge. J'enfile les gants haptiques, pose le casque sur ma tête, le cou raide et la bouche sèche, et j'enclenche le jeu.

*

– Le gentil garçon, la bonne copine, le clown de service, la garce… Nous connaissons tous ces modes de fonctionnement qui nous collent à la peau, poursuit Claire Jouan devant dix paires d'yeux attentifs. Replay peut nous aider à rompre avec ces rôles que nous nous sommes attribués, tout comme avec ceux qui nous ont été distribués par notre famille.

Jouan croise le regard de Tristan qui cligne des yeux en signe d'assentiment.

– Voici donc la plateforme de la médecine mentale du futur. Le premier traitement de la dépression et du trouble anxieux par la réalité virtuelle. Il s'appelle RePlayPro.

34

C'est parti. Fidèle au poste, le blobfish rose m'accueille et me guide aussitôt jusqu'au portail du jeu. Il s'ouvre sur un jardin que je connais bien pour être celui de la maison de mes parents, lorsque nous vivions encore à Chartres. Mes yeux découvrent la demeure familiale, large, haute et cossue, sur deux étages. Plantée là, telle que dans mes souvenirs. Une maison de notable au perron agrémenté de massifs de forsythias, de rhododendrons mauves et de rosiers pourpres. À droite, le saule pleureur en dessous duquel j'allais lire l'été, pendant la sieste. Le cèdre et les deux cerisiers qui ont essuyé tant de chagrins et gardé tant de secrets. Je reste là, debout, sans bouger. Comment a-t-elle fait ? Elle a dû fournir une quantité astronomique de photos et de films de famille pour que la simulation soit si conforme à la réalité. J'entends le merle qui a élu domicile dans le saule. Ou peut-être sont-ce mes souvenirs qui reviennent à la pelle ?

– Louise ?

Je pivote. À part elle, qui m'appelle encore ainsi ? Le jour où j'ai décidé de raccourcir mon prénom pour couper court avec le passé, elle n'a pas voulu en entendre parler. Mon Dieu, elle est là. Du moins son avatar, qui reproduit ce qu'elle était lorsqu'elle avait environ cinquante ans. Une grande femme vigoureuse, élégante, imposante, avec une tendance à l'embonpoint qu'elle maîtrise grâce à un régime alimentaire sévère. L'avatar possède un visage plus fin que le sien, avec un nez et une bouche qui ont vraisemblablement été avantageusement retouchés. Ses yeux clairs, sous sa coupe de cheveux blonds impeccable, sont brillants. Une robe cache-cœur bleue fluide révèle des jambes à la cheville fine, sa fierté. Elle me sourit et me tend les mains.

– Louise, je suis si heureuse que tu sois venue.

Je ne bouge pas, je ne dis rien, bouche verrouillée, corps pétrifié.

Rose-Marie Miller se déplace dans un élégant mouvement algorithmique. Elle s'approche de moi, identique à sa version réelle : solide, autoritaire, exerçant sur les gens un contrôle qu'elle espère total.

– C'est bien ce que tu voulais en m'envoyant ce jeu ? Qu'on se retrouve ?

Je ne réponds rien.

– Je me suis dit que tu aimerais revoir la maison. Tu veux entrer ?

J'avance d'un pas vers le perron dont je reconnais chaque marche et les franchis une à une. La quatrième est ébréchée, comme dans mes souvenirs.

– Tu prendras bien quelque chose, un café, un thé ?

Même virtuelle, Rose-Marie Miller est une hôtesse irréprochable. L'étrangeté de la situation me coupe toute velléité de repartie. En haut à droite de l'écran du visiocasque, je remarque que j'ai déjà étrangement dix étoiles vertes, des étoiles de vie.

*

– Pourra-t-on revivre toutes les situations problématiques ?

C'est un *business angel* chauve à barbe, qui a parlé.

– Nous pouvons *tout* vivre ou revivre. Un rêve, une scène avec son conjoint ou son patron, des moments charnières de notre vie, tout est *jouable*. C'est là une grande richesse de la méthode : le patient travaille avec son propre inconscient. C'est ainsi que se révèlent les pulsions, les peurs et les désirs refoulés qui jusque-là n'arrivaient pas à se dire ou à se ressentir. Dans RePlay rien n'est dû au hasard : les inconscients sont à l'œuvre et les joueurs sont surpris eux-mêmes des émotions qu'ils expriment.

*

Les fauteuils en velours lie-de-vin sont à leur place, ornés de leurs petits coussins jaune poussin à glands dorés que l'on devait retaper après s'être assis. Au centre, une table basse en bois blond avec des magazines de décoration savamment disposés. Le piano sans poussière attend comme toujours près de la porte-fenêtre que l'on veuille bien le réveiller. Juste devant, une lampe de lecture éclaire le grand fauteuil paternel.

– Regarde qui voilà, Victor.

Le journal ouvert sur les genoux, pipe à la bouche, il est là. Mon cœur implose, ma gorge se contracte violemment.

– Papa.

Ma voix se brise. J'avance et m'agenouille au pied du fauteuil, comme on tombe en prière, toute mon âme tournée vers mon père. Je n'ose plus respirer, de peur de faire disparaître le mirage. Il replie son journal, épaules carrées, cheveux épais gris et lunettes à large monture noire. Il tire sur sa pipe. Je jurerais sentir l'odeur du tabac.

– Tu es devenue une bien belle jeune femme, ma Louise.

Je souris à travers mes larmes et tends timidement la main vers lui. J'ose le toucher. Je sens sa peau sous mes doigts.

– Papa.

Ce mot est le plus doux qui me vienne aux lèvres. Il contient toute la tendresse que je peux éprouver dans mon cœur comprimé. Je ne sais répéter que cela. J'ai treize ans. Il vient de mourir et ma vie s'est arrêtée.

– Que fais-tu maintenant, ma chérie ?

Je pose ma joue contre sa main.

– Je suis journaliste, j'ai une chronique de livres de science.

Victor Miller approuve.

– Tu as toujours été une cartésienne, comme moi. Je suis si fier de toi.

*

Ça y est, Claire Jouan les subjugue.

– Grâce à ce jeu, peuvent s'exprimer des sentiments jusqu'alors contenus. Le but est de comprendre les ressorts inconscients des relations familiales, le pouvoir de changer certains de ses comportements ou de revisiter des traumatismes passés, de les mettre à distance.

*

– Tu as des enfants ? Tu es mariée ?

Je caresse toujours la main de mon père, buvant sa voix, ses mots, sa présence, sortis d'outre-tombe.

– Non. Mais j'aimerais bien.

– Celui qui t'épousera aura de la chance.

Je savoure l'instant, sa peau contre la mienne, contact perdu et tant pleuré. Un silence plein de toute notre affection indicible nous rapproche et nous lie. Et puis soudain, sa main opère un léger retrait, brisant le charme.

– Bon, Louise, je voudrais te parler, sérieusement. Ta mère m'a dit que tu n'étais pas très gentille avec elle. Ma petite fille se conduit-elle mal ? Manque-t-elle de respect à sa mère ? Je suis étonné. Cela ne te ressemble pas.

Je me redresse, piquée au vif.

– Pardon ? Elle t'a dit quoi exactement ?

– Que tu ne l'appelles que rarement et ne viens jamais la voir. Et aussi que tu trouves toujours une excuse pour ne pas répondre à ses invitations aux fêtes familiales. Pourtant tu sais combien c'est important pour elle.

Mon regard se déporte lentement vers ma mère qui a pris place sur le canapé. Ma voix sort, tranchante.

– Tu lui as dit quoi ?

Assise à l'avant du sofa, Rose-Marie Miller arbore ce demi-sourire je-te-l'avais-bien-dit que je lui connais. J'aboie :

– Qu'est-ce que tu es allée lui raconter ?

– Mais la stricte vérité, Louise. J'ai presque soixante-dix ans et tu ne t'occupes jamais ni de moi ni de notre famille. Tu vis en égoïste à Paris. Il est temps que cela change.

La plainte de ma mère, prenant mon père à témoin, met le feu aux poudres. Tout n'est peut-être qu'algorithmes mais tout est trop réel pour être totalement faux. Je dégoupille :

– Comment oses-tu ?! Tu sais très bien pourquoi je ne veux plus remettre les pieds dans cette ville et cette maison.

– Et voilà ! Tu vois, Victor, je ne t'avais pas menti. Ta fille est agressive, ingrate et méchante avec moi.

Je me relève et la domine, elle, raide sur son canapé.

– Alors c'est pour ça que tu m'as fait venir ?

– Je voulais que ton père soit témoin.

J'écume.

– Ah oui ? Et lui as-tu vraiment tout raconté à papa ? Ou bien as-tu été sélective ?

Les plis de la bouche de ma mère s'accentuent.

– Ce qui compte, c'est ton manque de considération et de gratitude pour moi qui t'ai élevée seule par la force des choses. Cela ne peut plus durer.

Je croise les bras. J'ai de nouveau seize ans et je lui tiens tête.

– Je n'ai jamais été à la hauteur, hein. Pas assez féminine, pas assez mondaine, pas assez comme toi. Tu rêvais d'un clone à ton image et tu as été tellement déçue.

– Et alors, ce n'est pas une honte d'être comme moi ! En revanche, c'est une honte de laisser ta mère finir sa vie toute seule comme tu le fais.

Elle vient à son tour près de Victor qui nous observe, attrape sa main et essuie une larme.

– Tu vois comme elle me traite.

Je me retourne vers mon père qui me regarde avec réprobation. La garce ! Elle a programmé le jeu pour que mon père se range à ses côtés et la soutienne.

– Papa ! Tu veux que je te dise ce qu'elle m'a fait ? Tu veux ?

Victor demeure silencieux. Rose-Marie Miller hausse le ton.

– Ton père n'écoute pas tes mensonges.

– Papa, regarde-moi.

– Ne l'écoute pas, c'est une menteuse.

– Une menteuse ? Cela fait des années que je me la boucle pour préserver un semblant de cohésion familiale, mais là c'est trop.

Je fixe mon père virtuel, tout en gardant un œil sur ma mère.

– J'avais seize ans, tu étais décédé depuis trois ans et maman avait déjà beaucoup de succès chez tes anciens collègues du conseil municipal, n'est-ce pas ?

Je lance un œil mauvais à ma génitrice.

– Elle voulait que je l'accompagne aux dîners mondains comme faire-valoir. La veuve et sa fille. Pour se faire une place. Pour se recaser, après ton décès.

– Louise, tais-toi !

– Mais vois-tu, le problème, papa, c'est qu'elle ne me trouvait pas assez féminine, pas assez séductrice et trop garçon manqué pour la mettre en valeur, elle. Jusqu'à me dire un jour qu'elle craignait que j'aime les filles. Comme si c'était une tare.

Ma mère éructe :

– Tu n'as pas honte, tais-toi !

– Alors ton épouse m'a arrangé un rendez-vous, avec le Dr Cognard, tu te souviens, celui qui t'avait soutenu dans ta dernière campagne. Elle voulait que le docteur discute avec moi de mes penchants sexuels.

– Louise !

– Et tu sais ce qu'il a fait le Dr Cognard, ce qu'il a fait à ta petite Louise chérie, une fois que sa mère l'a laissée dans son cabinet… tu veux lui dire, maman ?

– Tu exagères toujours tout.

– Le docteur a dit qu'il allait m'examiner, voir si tout était en place. Et il en a bien profité.

– Tais-toi, Louise, ton père n'a pas à entendre ça.

Dans le casque j'entends ma mère hurler pour couvrir la vérité, mais je continue :

– Elle a manqué à ses devoirs de mère, de protection, sans parler d'amour. Elle a poussé un homme à me violer. Quand en sortant de là, traumatisée, je lui en ai parlé, elle m'a dit quoi ? De prendre sur moi et de me taire. Que les hommes étaient ainsi.

Je reprends mon souffle et me tourne vers Rose-Marie Miller.

– Et quand je me suis fait de nouveau agresser, il y a un an et demi, que je me suis tournée vers toi, tu m'as répondu quoi ? Encore de me taire ! Tu as été lamentable comme être humain en général et comme mère en particulier.

Ma mère se tait. Pour la première fois de ma vie, je lui ai coupé le sifflet. J'en éprouve un sentiment inouï de libération. Mais Rose-Marie Miller a encore de bons réflexes. Elle se met debout, me dépasse d'une tête, comme si son avatar grandissait à vue d'œil.

– La vérité, c'est que tu n'as jamais été une vraie femme… Pour preuve, les hommes ne t'ont jamais respectée.

La fureur explose dans mon ventre, dans ma gorge. Un flash rouge m'aveugle. Je rugis et fonce dans le tas. J'empoigne ma mère par les deux bras et me mets à la secouer violemment.

– Mais quand vas-tu admettre que tu m'as livrée en pâture à ce salopard, bordel ! Et qu'à cause de toi ma vie amoureuse est un échec total.

Je ne me contrôle plus. Mes nerfs lâchent. Je me mets à frapper tout ce que je peux frapper, anéantir, déchiqueter. Pieds, mains, tête, corps, viscères numériques, j'arrache, je cogne et piétine tout ce qui est à ma portée. Une force destructrice prend possession de mes muscles et je n'ai plus qu'un but, anéantir cet avatar funeste. Un son strident me contraint à lâcher prise, je tombe à la renverse, les fesses sur le parquet. Des grésillements dans les oreilles et des éclairs lumineux dans les pupilles. C'est fini. RePlay m'a rejetée.

Dans mon casque je visualise de nouveau le portail avec, au centre de l'écran, le blobfish rose qui se dandine en musique :

– Voulez-vous rejouer ?

*

Les *business angels* enthousiastes parlent tous en même temps. Claire Jouan répond pragmatiquement aux questions puis elle se rassoit, sans se départir d'un demi-sourire. Elle sait qu'elle a gagné. Quelques minutes plus tard, Tristan et elle se retrouvent à l'écart, devant la machine à café.

– Vous vous souvenez de ce que je vous ai dit, Tristan, lors de notre dernière séance à Caen ?

Les mains dans les poches, Danton dodeline de la tête :

– Que vous pouviez enfin être ma partenaire officielle puisque je n'étais plus votre patient.

– Je vous ai surtout dit que votre jeu avait le potentiel de révolutionner le monde. Le *nec plus ultra* de la psychiatrie du futur.

– C'est vrai.

– Eh bien, j'avais raison. Preuve en est l'intérêt de ces financiers, qui, au départ, n'étaient pas très convaincus. Nous allons conquérir la planète, Tristan.

– Si vous le dites.

Jouan le toise.

– Vous êtes moins enthousiaste qu'eux.

Tristan lui sert un sourire séducteur, mécanique.

– Au contraire.

Il met la main dans sa poche de pantalon et caresse son téléphone portable dont le fond d'écran est désormais l'avatar de Loïs en lingerie de mariée. Celle qui ne l'a toujours pas rappelé.

Jouan frappe dans ses mains.

– Alors, maintenant on passe la vitesse supérieure, on surfe sur notre avantage et on décroche la lune. Pour tous les projets que l'on a lancés ensemble. Tous. Jusqu'à l'ultime !

Tristan hoche la tête.

– Jusqu'au bout.

35

Le nez dans mon mug de café, je regarde les badauds matinaux passer sous ma fenêtre. Il est sept heures et j'ai pas si mal dormi, sans somnifère. L'inconscient a des mystères que je ne saisis pas encore tout à fait.

Mon regard a changé.

RePlay m'a changée.

Hier, pour la première fois, j'ai fait taire ma mère, littéralement. Je l'ai anéantie.

Richard Davidson, professeur en psychologie et psychiatrie à l'université du Wisconsin aux États-Unis, explique dans un de ses ouvrages que la résilience est un critère émotionnel qui varie sensiblement d'une personne à l'autre. Elle est due au cortex préfrontal qui calme l'amygdale cérébrale sensible au stress et au danger. Plus le cortex préfrontal a des connexions fortes avec l'amygdale, plus il est apte à la calmer rapidement et plus vite on est capable de « passer à autre chose ». J'ai vraisemblablement la résilience d'une huître et il m'a fallu vingt ans pour avancer. Mais là, mon cortex préfrontal a dû faire un bond de géant, booster toutes ses connexions en une nuit, car je me sens prête à laisser derrière moi les souffrances du passé. Enfin.

L'expérience de RePlay m'a fait comprendre plusieurs choses. Tout d'abord que je ne pardonnerai jamais à ma mère. Notre relation est morte et j'avancerai sans plus me préoccuper d'elle, désormais. Il est probable qu'elle finira seule, enfouie sous ses cartons d'invitations mondaines et ses verrines de cocktail. Cette vision m'arrache un sourire triste. J'ai pitié d'elle. De nous. Une relation mère-fille viciée qu'il vaut mieux enterrer faute de pouvoir la sauver.

Le deuxième enseignement de cette soirée, c'est que si je pouvais, je recommencerais tout.

Je pose ma tasse sur la table, attrape la première feuille de papier qui me tombe sous la main, un stylo et me mets à écrire, juste pour voir, la liste de mes *RePlay* potentiels :

– Profiter de papa / Lui parler seule à seul / Oser lui dire qui je suis, ce que je fais, que je l'aime.

– Revivre les vacances à Saint-Malo / La petite maison de la plage / Les pique-niques / Accepter que mon père m'apprenne à pêcher, sans râler.

– Ne pas m'emporter ni dire des choses cruelles / Comprendre qu'il est malade / Lui faire un câlin.

– Aller le voir souvent à l'hôpital / Ne pas fuir / Rester à ses côtés / Lui raconter plein d'histoires pour le distraire et le faire rire / L'accompagner jusqu'à la fin / Lui tenir la main.

Mon téléphone grésille. Je suis perdue si loin dans mes pensées, que je mets un certain temps à réagir. Je regarde l'écran comme s'il m'était étranger. C'est un appel en visio de… *Oh… fuck !*

L'icône de Tristan Danton clignote devant mon nez. Je prends deux secondes pour me composer un visage neutre et accepte l'invitation. Je me sens plutôt combative et forte ce matin. Tant que l'argent n'est pas sur mon compte, je dois faire semblant.

Tristan apparaît sur l'écran de mon smartphone le visage un peu déformé par l'objectif.

– *Hey*, tu vas bien ?

– Oui ! Et toi ?

– Jamais tu ne réponds à mes messages ? Tu es bien rentrée ? Ils sont top tes papiers sur RePlay.

Je serre le téléphone dans ma main moite. Je le trouve tendu, stressé et bizarre. Tristan, en gros plan, le nez un peu épaté, marche en parlant rapidement, le téléphone devant lui. Je n'identifie pas le décor qui défile en arrière-plan. Un salon de style industriel, une baie vitrée, des photos en noir et blanc.

– Je suis chez moi. Le jeu fait un démarrage de ouf. Avec Ben, on va faire la une de *Wired* et d'*Unplugged*. Et *Vanity Fair* est en bonne voie. On est invités dans plusieurs talk-shows, *60 Minutes*, *The Last Show* et le JT de CBS, hé hé. C'est déjà un carton. Tu ne vas pas regretter d'être notre partenaire !

Je pince les lèvres. Je l'écoute d'une oreille.

– Et sinon, ça va toi ? T'as pas eu mes messages ?

– Oui, ça va très bien. J'ai juste pas eu le temps de répondre. J'écris une série de papiers sur RePlay et je voulais te poser une question. Peux-tu me dire comment tu comptes faire évoluer le jeu ?

Je retourne la feuille sur laquelle j'étais en train d'écrire et m'apprête à prendre des notes. Tristan, probablement un peu déstabilisé par mon ton professionnel, répond :

– On va multiplier les options attractives et on travaille sur un futur casque qui lirait les émotions. Peut-être même avec des odeurs, puisqu'on sait à quel point les odeurs sont liées à la mémoire.

J'écris ce qu'il me raconte.

– Et penses-tu utiliser RePlay dans le domaine médical ?

Mes yeux sont parfaitement neutres. Ceux de Tristan tressaillent. Je ne fais pas fausse route.

– Pour l'instant non. Mais oui, cela peut être dans nos projets.

– Plus tard ?

– Pourquoi pas.

Je hoche la tête.

– Bien sûr. Mais il faudrait mener des essais cliniques.

Tristan sourit moins.

– Oui, en effet.

Je lui pose encore quelques questions qui me serviront pour mon prochain article puis j'amorce la fin de la discussion.

– Bien. Je suis désolée, mais je dois te laisser maintenant. J'ai beaucoup de boulot.

Il s'assoit sur un fauteuil en plastique noir en forme de goutte d'eau, une enseigne de bar s'illumine derrière lui sur le mur en briques. Il se passe une main dans les cheveux. Il ne veut pas raccrocher.

– Je passe à Paris dans quarante-huit heures pour la promo en France. On irait se boire un verre dans notre café, rue Cler ?

– Ouh là, j'ai plein de boulot comme je te l'ai dit.

Je vois sa mâchoire se contracter, mais il me sourit encore.

– Faut que je te parle d'un truc urgent.

Je regarde fixement la caméra de mon téléphone, je frémis. Cet enfoiré de sa mère compte-t-il me parler de ce qu'il a fait de moi ? De mon double ? Qu'il m'a utilisée pour créer un avatar sexuel ?

– Quel truc ?

J'attends, suspendue, prête à mordre. Tristan affiche pourtant un rictus candide.

– Ça va te plaire.

Je tique.

– Qu'est-ce qui va me plaire ?

– T'es curieuse !

Il minaude. Puis se met à sourire avec une gêne feinte.

– Je me suis mis à écrire ces derniers jours.

– Ah.

– J'écris un roman. L'action se passe dans RePlay. Et j'aimerais que tu me dises ce que tu en penses. Je ne l'ai fait lire à personne encore, tu seras la première. Et puis tu verras, tu m'as un peu inspiré. Je crois que c'est pas mal.

Je le regarde à travers l'écran. J'articule avec peine :

– Je ne pense pas être libre.

Il a l'air surpris, voire désarçonné.

– Même pas pour un café ?

– Encore une fois, j'ai des tas de papiers à rendre.

– Je vais faire quatorze mille kilomètres, tu as bien cinq minutes, non ?

Je prends une courte inspiration.

– Il vaut mieux que l'on ne se voie plus.

– Quoi ? Mais pourquoi ? L'autre soir…

– C'était sympa l'autre soir, mais c'était juste comme ça.

Tristan fronce les sourcils.

– Explique-toi. Je ne comprends pas.

– Il n'y a rien à comprendre.

– Comment ça ? On s'est retrouvés, non ?

– …

– Et tout ce qu'on a vécu à San Francisco ? Notre connexion, notre duo ?

Les mots se bousculent au bord de mes lèvres. « On n'a rien vécu, connard. On a baisé, c'est tout. Et tu en as profité pour m'instrumentaliser, encore une fois. Cesse de mentir à tout le monde tout le temps, et notamment à toi-même. Regarde ce que tu es. Assume que tu es un grand malade. »

Mais je me tais, je ne peux pas, pas encore. Pas tant que je n'ai pas l'argent. Et puis, je lui prépare un chien de ma chienne et ce sera encore meilleur avec l'effet de surprise. Je ne dis rien. Je souris seulement, ce qui, je crois, est encore pire pour lui.

– J'ai du boulot, vraiment, je dois raccrocher. Ciao. Bonne soirée !

Je coupe l'appel et ferme les yeux.

YES !

Je m'adresse intérieurement de chaleureuses félicitations ! *C'est bien, ça !* Je ris bêtement. J'ai été capable d'écrabouiller Rose-Marie Miller puis de bâcher l'autre salopard. Quels progrès ! Je suis d'un coup dans un état jubilatoire phénoménal. Un roman ? Il écrit un roman et il veut que je l'admire pour cela ? Je ricane tout haut. Non mais pincez-moi, je rêve ! Ce type n'a aucune limite, ne respecte rien. Mon pouls tressaute et mon estomac danse. Je meurs d'envie de partager ça avec quelqu'un. Mais qui ? Il n'est que huit heures du matin.

*

Tristan demeure le regard scotché à son téléphone muet. Il ne ressent rien qu'une envie de cogner, pour faire mal, froidement, jusqu'à ce que le sang coule. *Comment se permet-elle... Elle me prend pour un con.* Il songe un instant à se connecter à RePlay, pour administrer à Loïs une raclée qu'elle mérite et dont elle se souviendra *ad vitam aeternam*. Mais il se lève et attrape son sac de sport.

La salle de musculation est avantageusement située au dernier étage du building. L'ascenseur le hisse jusqu'au vingt-troisième. Il salue le type du vestiaire, un gay qui le mettrait bien dans son lit, il le sent. Dans le vestiaire il dépose son sac dans un casier à cadenas et en ressort, en short et débardeur, cheveux attachés, une serviette blanche sur l'épaule. Son expression est indéchiffrable. Il n'a pas fréquenté le lieu depuis longtemps mais cela n'a pas changé. La salle principale avec ses miroirs. Le coin des tapis de course, les bancs de musculation. Il remarque néanmoins de nouveaux appareils, deux vélos elliptiques, qu'il laisse aux gonzesses, des rameurs, et un tapis de course dernier cri jamais testé. Il s'assoit sur un banc surmonté par des treuils, fait quelques rotations d'épaules pour s'échauffer, mâchoire serrée. Il charge la machine avec cinq poids et se saisit de deux barres d'acier. Il soulève la charge en soufflant et l'abaisse en inspirant. Il enchaîne ainsi cinq séries de dix. Quand il sent ses pectoraux gorgés de sang, il se relève. Son front transpire à peine. Il change de machine pour exercer les jambes, cale ses pieds sous des poids et les soulève. À chaque contraction il admire sans complexe ses puissants quadriceps recouverts d'un duvet blond velouté. Son T-shirt s'humidifie aux aisselles. Il lève les yeux.

Dans son champ de vision, une blonde à queue-de-cheval, la petite trentaine arrogante, en minishort rose et brassière, s'exerce sur un tapis de course, un casque sur les oreilles. Tristan détaille le mouvement de ses cheveux, le petit cul rebondissant à chaque foulée. Il souffle en bandant encore les muscles de ses cuisses, les yeux fixes. Tout à l'heure, elle sera sous lui à le supplier d'arrêter. Et lui, il n'arrêtera pas. Elle paiera.

36

Le deuxième café de la matinée est l'un des meilleurs depuis plusieurs jours. Je le savoure yeux fermés, un rayon de soleil caressant mes joues. Sur mes paupières closes danse un feu de joie orangé, marbré de volutes vermillon. La chaleur se propage de mes yeux aux contours de ma bouche, à mon cou et mes bras. J'éprouve un mélange de soulagement et de joie. À force de me battre contre mes démons, je vais peut-être finir par les exterminer. Cette fois je commence à entrevoir une sortie du cercle vicieux qui me fait tourner en rond depuis vingt ans. Je dois fuir ces êtres toxiques dont j'ai désespérément attendu la reconnaissance et l'assentiment. Je dois me redresser, savoir dire non, assez fort pour qu'ils l'entendent. Avoir grandi sous le joug d'une mère autoritaire omniprésente a tordu la vision que j'ai de moi-même. Je ne suis pas cet être pétri de défauts, devant toujours faire ses preuves. Je ne suis pas cette rate de bibliothèque qu'un type a séduite et qu'il pense pouvoir malmener et manipuler à sa guise en jouant sur ses manques et ses doutes. Je suis quelqu'un d'autre. Il est temps que je le découvre. Je sens confusément que je suis sur la bonne voie et que des choses positives peuvent se produire si je sais les voir et les accueillir.

Le rayon de soleil disparaît derrière une grande nappe nuageuse, déposant un voile glacé sur mon visage. Un frisson me parcourt le corps. Bon, ce n'est pas tout, ça. Je suis peut-être en train de faire ma révolution copernicienne mais j'ai du boulot et potentiellement un gros coup à jouer !

Un étage plus bas, Avel ne parvient pas à s'extirper de son lit. Couché sur le flanc, l'édredon à demi remonté sur son corps nu, il caresse pensivement le visiocasque de RePlay. Encore une fois la nuit a été fantastique. Loïs si fougueuse, exaltée, tendre et insatiable. Ces mots qu'elle lui a dits, ces caresses érotiques d'une puissance inégalée qu'elle lui a prodiguées. Tout cet amour qu'ils ont pu vivre et faire, à deux, dans un élan de pure harmonie, sans tabou ni retenue. Il ferme les yeux, un sourire extatique aux lèvres. Sous ses doigts il sent les contours de plastique de l'objet à l'intérieur duquel il vit son rêve absolu. S'il travaille bien aujourd'hui, il s'accordera le droit d'y retourner cette nuit.

Certes, une pointe de culpabilité entame légèrement la perspective de son plaisir. Et si Loïs l'apprenait ? Impossible.

Et puis n'a-t-il pas le droit d'avoir sa sphère intime, archisecrète, dans laquelle il est pleinement lui-même, parfaitement heureux et libre d'aimer sans crainte ? Après tout, bien qu'il lui ressemble en tout point, l'avatar de Loïs n'est pas réel. Et cela ne porte aucun préjudice à la vraie Loïs.

Lui, en revanche, n'en tire que des avantages. Dans le jeu, il n'a plus peur de rien. Ni de la trahison, ni du regard dépréciateur des filles exigeantes, ni de commettre un impair. S'il vit quelque chose de fort par ce biais, est-ce répréhensible ? Non. Il est libre. Il faut vivre avec son temps. De toute façon, avec les filles, cela a toujours été compliqué. Elles finissent irrémédiablement par le trouver trop ceci, trop cela, et c'est parti pour les remarques. Les rencontres furtives, sans suite, étaient jusqu'ici, pour lui, la crème de la vie sentimentale. Mais rien de comparable à cette vie virtuelle. Dans le jeu il contrôle tout, ce qui lui procure un sentiment de plénitude jamais éprouvé. Il est beau, fort, brave.

Au fond, il vit avec Loïs la relation qu'ils auraient dû vivre si les choses avaient mieux tourné. Avel pivote et scrute les détails du plafond à moulures de sa chambre. Ils auraient peut-être vécu une belle histoire si sa timidité, sa gêne, ne l'avait pas inhibé au point de ne pas la rappeler après leur nuit d'ivresse. Chacun était parti de son côté pour les vacances d'été et le temps avait jeté un voile de silence sur cette soirée. Et puis… rien. Dans le jeu ils s'aiment et elle le comble. Loïs n'a d'yeux que pour lui, sans mensonge, ni doute ni rival… Ils vivent des moments précieux. Ils sont heureux.

Son smartphone vibre. Il tend la main et le ramène à lui. Ah ! Quand on parle du loup !

*

Le serveur dépose devant nous deux cafés. Il est onze heures quinze et c'est mon quatrième de la journée. Avel a toujours cet air enjoué inédit qui lui ôte dix ans d'âge et m'intrigue. Mais comme il ne me tend toujours aucune perche, je fais comme si je ne remarquais rien. Une fois mon papier publié ce matin sur le site web, je lui ai proposé de descendre me rejoindre au Yale, le bar de coworking de la rue de Grenelle, où les étudiants du quartier viennent travailler. Il a tout de suite accepté. Nous avons réquisitionné notre table préférée près de la fenêtre. Avel s'est acheté un pain au chocolat dans lequel il mord à belles dents, envoyant des miettes sur le clavier de son portable. Tandis qu'il les époussette, j'ouvre mon ordinateur et me penche par-dessus la table pour me faire entendre de lui seul.

– J'ai besoin que tu me files un coup de main.

– *Que pasa ?*

Oh, si tu savais, Avel. En une fraction de seconde, je vois défiler mes vingt-quatre dernières heures, Danton, mon avatar, ma mère, mon père, le matricide et tout le reste. Je soupire.

– Plein de trucs, mais c'est trop long à expliquer.

Je poursuis tout bas.

– Tout ceci est off mais je pense avoir découvert quelque chose d'énorme.

Avel me décoche un de ces regards perçants dont il a le secret. Je reçois un petit choc au plexus faisant fondre une boule de guimauve au creux de mon ventre. Je viens d'être propulsée douze ans en arrière, lorsque nous passions des nocturnes à bosser sur des sujets à rendre pour l'école. Ses yeux me couvent, littéralement.

– Du genre ?

– Je pense que les concepteurs de RePlay préparent un truc beaucoup plus gros qu'un simple jeu vidéo. L'arbre qui cache la forêt. Et ils ne veulent pas le crier sur les toits pour le moment. C'est un gros scoop.

Une lueur d'intérêt fuse dans les prunelles de mon pote.

– Raconte.

– J'ai surpris les bribes d'une conversation entre Tristan et sa psy qui me font penser qu'ils sont en train de lancer un essai clinique.

Avel fronce les sourcils, ses yeux myopes rétrécissent, les commissures de ses lèvres pleines s'abaissent.

– Sa psy ?

– Oui, le Pr Jouan, ils se sont associés.

– Comment ça ?

Nos voix ne sont plus qu'un murmure.

– Je les ai vus ensemble, à San Francisco. Qu'est-ce qu'ils trafiquent et qu'ils refusent de dire ? C'est ça qu'il faut découvrir.

– Comment sais-tu qu'ils refusent de le dire ?

Je me racle un peu la gorge.

– Danton m'a appelée ce matin. Je lui ai posé la question et il a nié travailler sur un essai clinique quelconque. Pourquoi ? Qu'est-ce qu'il cache ?

Avel recule sur sa chaise et se gratte le cou. Sa voix sort, râpeuse.

– Tu es toujours en contact avec lui ? Je croyais que tu ne voulais plus entendre parler de ce mec.

Je bois une gorgée de café pour me donner le temps de réfléchir.

– Oui, non. En fait on s'est parlé ce matin, c'est tout. Il voulait me dire qu'il avait apprécié mes papiers, qu'il passe à Paris et qu'il aimerait que je lise les premiers chapitres de son roman.

Avel joue avec sa cuillère.

– Ben voyons, un roman maintenant. Il ne sait plus quoi inventer pour que tu t'intéresses à lui. Tu m'as pas raconté, d'ailleurs, ça s'est passé comment avec lui, à San Francisco ?

La question me prend de court. Je me sens rougir. J'attrape le sachet de sucre et me mets à en corner les extrémités.

– Oh, rien de spécial. Très cordial.

Je lève enfin les yeux. Avel me fixe, sans sourire.

– Vraiment ?

Je cille. Sa voix grave tremble légèrement.

– Vous avez couché ensemble ?

Je secoue la tête.

– N'importe quoi.

Je rougis, j'ai honte. Je n'assume pas. Je vois le bord de ses lèvres se rétracter. Il marmonne « Crois-tu » entre ses dents.

– Pardon ?

– Rien.

Il soupire.

– En quoi veux-tu que je t'aide ?

Je déglutis.

– Voilà, j'ai fouillé sur les forums et les comptes de RePlay sur les réseaux sociaux. Et je suis tombée sur ça.

Je retourne mon écran d'ordinateur et lui montre le message que j'ai trouvé ce matin sur Twitter. « Recherche volontaires pour un test psychologique. Contact en MP. »

– Je me suis dit que j'allais me faire passer pour une volontaire, mais j'ai réalisé qu'ils peuvent remonter jusqu'à moi avec mon adresse IP. Toi, en revanche, je me suis dit que tu pourrais à partir de ton compte.

Et je lui expose mon idée, celle que j'ai eue avant de l'appeler.

*

La balle de ping-pong claque sur sa raquette avec un bruit sec. La partie est serrée. Tristan lâche ses coups sans céder aucun point. Coup droit, revers, lift, il tape de plus en plus fort. Ben est à la peine, souffle court. Tristan cadre et smashe.

– Yes, elle était belle !

Ben, les joues rouges, crachant ses poumons, s'appuie à la table.

– T'as *fucking* bouffé quoi ce matin ?

Tristan a les yeux brillants.

– Tu veux ta revanche ?

Ben secoue la tête.

– *No way.*

Les frères remontent dans leur bureau. Tristan grimpe les marches deux par deux. Ben le suit en maugréant. Il se prend un soda au distributeur, puis il rejoint son aîné.

– Qu'est-ce qui t'arrive, t'as pris de la coke ?

– *Nope.*

Tristan se sert un thé vert au guarana.

– Les meufs sont toutes des *bitches.*

– Qui ?

Tristan détache ses mots.

– Les meufs en général, Loïs Miller en particulier.

Ben siffle entre ses dents.

– *Oh my God, he said it !* T'as mis le temps. C'est maintenant que tu t'en aperçois ? Depuis le début je te dis de jeter cette fille. Qu'elle va te ramener que des emmerdes. Qu'est-ce qu'elle a encore fait ?

Tristan boit une gorgée de thé et prend son temps pour répondre.

– Madame n'a plus le temps de me voir.

Ben ouvre les yeux.

– *What ?*

Tristan fait une moue.

– Je suis pas assez smart pour elle, tu vois. C'est encore une de ces putains d'intellos qui jugent les autres.

Ben hausse les sourcils. Tristan repense à la blonde d'hier. *Comment je l'ai usée jusqu'à ce qu'elle en chiale.* Mais peu importe, avant de quitter l'appart elle a dit qu'elle voulait le « revoir ». Voilà, *as usual*, tombée amoureuse après quelques cajoleries, claques et coups de reins. *Alors que l'autre...*

Les yeux de Ben s'obscurcissent.

– Tu dois te débarrasser de Miller maintenant.

– Ne t'inquiète pas. Tout se paiera tôt ou tard. Au boulot !

37

La faculté de médecine du CHU de Caen n'est qu'à dix minutes à pied de son studio. Lise Roset, étudiante en dernière année d'internat, les a parcourues au pas de course, puis est montée au troisième étage par l'escalier, pour garder la forme. Depuis qu'elle a été recrutée par Claire Jouan pour sa thèse, elle a eu droit à toute son attention et aux privilèges d'une élève choisie, promise à un bel avenir. Jouan lui a octroyé un petit bureau fermé à côté du sien, dans son service, avec une fenêtre, équipé de son propre ordinateur et d'un téléphone fixe. L'étudiante peut ainsi faire avancer le projet, en toute proximité avec son mentor. Claire Jouan lui a dit, juste avant de partir pour les États-Unis : « Tout passe par vous, en mon absence. Vous êtes la garante de la bonne marche de nos études. » Pour une étudiante ambitieuse et maligne comme Lise, c'est le graal. Si Jouan est satisfaite de sa gestion, elle la recommandera au laboratoire de Jules Pottier au Québec où elle rêve de faire son postdoctorat. Et, à son retour, elle pourra intégrer l'équipe de Jouan et prendre la tête d'un groupe de recherche sur les effets positifs du numérique sur le mental. Le plan de carrière est tout tracé dans son esprit et elle ne voit pas ce qui pourrait l'en détourner.

La grande jeune femme mince, au cou gracile et au menton volontaire, a suspendu son long manteau rouge à la patère et s'est assise jambes croisées à sa table, pour se plonger dans un article paru dans *Frontiers in Neuroscience*, sur l'effet des écrans sur le temps de sommeil. Elle fronce les sourcils, relevant déjà des biais. Elle prend quelques notes et en fera la recension à sa patronne. Elle aime cette sensation de prendre de l'importance, d'avoir été élue parmi des dizaines d'étudiants, de ne pas être une simple élève comme les autres. D'ailleurs, plus ses camarades de promotion enchaînent les fêtes alcoolisées et entretiennent une activité sexuelle intense, plus elle s'isole et travaille dur. Le temps qu'ils perdent, elle le gagne sur sa carrière. Elle imite en tout point sa cheffe, est toute dévouée à faire avancer ses recherches et son rayonnement, sans autres attaches que son laboratoire et ses patients.

Lorsque son téléphone bipe, l'avertissant de l'arrivée d'un message, elle tend la main et fait glisser son pouce pour voir de quoi il s'agit. Elle en prend connaissance, se redresse. *Ah parfait.* Elle pose son journal sur le bureau et ouvre une chemise cartonnée verte sur laquelle est inscrit au feutre « RePlay ».

*

Sur la vitre de ma porte-fenêtre sont collés une dizaine de Post-it de couleur. Sur le premier, bleu, j'ai écrit « Juin 2022 : falaises des Vaches noires », sur le deuxième « Octobre 2024 : réception de RePlay », puis sur un troisième « Novembre 2024 : médiation », et un quatrième « Lancement jeu San Francisco ». En dessous, entre le premier et le deuxième, je colle une étiquette jaune « Claire Jouan », que je duplique et colle sous San Francisco… Je m'éloigne et observe le tout. Voilà comment je vois l'histoire telle qu'elle se dessine sous mes yeux.

Durant les dix-huit mois d'obligation de soins, Tristan a dû raconter la genèse et la finalité de RePlay à Jouan, qui s'y est intéressée de près et y a vu une opportunité de développement. Puisqu'elle-même crée des *serious games* pour ses patients, l'idée d'un protocole de recherche est née. Avant même la fin du traitement, ils s'associent en secret et lancent leur projet. Puis ils se mettent d'accord pour la médiation, comme gage anti-récidive vis-à-vis de la justice. Pourquoi Danton m'a-t-il ensuite demandé d'être partie prenante ? Je l'ignore. J'écris sur un autre Post-it « Alex Vial » et le colle après San Francisco. C'est le pseudo de joueur sous lequel Avel s'est inscrit dans RePlay. Et sous lequel il vient de se mettre en contact avec les organisateurs de l'étude, comme je le lui ai demandé. On lui a répondu qu'il allait passer un test « cognitif et mental » MMDE avant d'être sélectionné. J'écris « Test cognitif » sur un Post-it rose et le colle à côté d'Alex. Du bout des doigts, je tapote mes lèvres. Je réfléchis un petit moment devant ma vitre décorée de petits papiers de couleur. Je recueille ensuite sur l'imprimante les feuilles que j'ai lancées et prends le temps de toutes les lire. À la fin de ma lecture, une idée me vient. J'enfile mes baskets, j'attrape mon blouson et mon sac. Je sais qui peut m'aider.

*

Dans la salle de réunion, Tristan, Ben et Daniel, le chargé marketing de MindTech, chacun devant son ordinateur, partagent plusieurs tableurs Excel sur lesquels sont notifiés devis et plans de financement. Ben se gratte le menton.

– On pourrait réduire le poste technique ou alors moins de comédiens pour la première scène.

Tristan, que les chiffres ennuient, secoue la tête.

– Faut pas mégoter sur le spot pub. Ça doit être à la hauteur d'une bande-annonce de blockbuster.

Daniel hoche la tête.

– Les figurants, on peut très bien les ajouter en postprod.

Tristan hausse les épaules.

– *Of course.* Mais on met le budget, faut pas que ça fasse *cheap*.

– OK. On va caler un jour supplémentaire de tournage. Tu pourras te libérer ?

– Bien sûr, on va synchro les agendas et je…

– Alex Vial, c'est un nom qui vous dit quelque chose ?

D'un même mouvement, les trois hommes tournent les yeux vers la porte. Ils n'ont pas entendu Claire Jouan entrer sans s'annoncer. Elle se tient debout devant eux, une tablette numérique à la main. Tristan lève le menton.

– Qui ?

– Alex Vial.

Les frères répondent en chœur.

– Non.

La psychiatre désigne son écran.

– C'est un joueur de RePlay, un Français. Il s'est inscrit pour participer à l'étude. Mon étudiante vient de me transmettre sa candidature.

La psychiatre fait glisser son index sur la tablette et de deux doigts agrandit l'image.

– Comme pour tous on a vérifié son historique de jeu. Et voilà ce qu'on a découvert.

Jouan affiche le contenu du profil, qui contient toutes les photos téléchargées et les données fournies pour le scénario, puis tourne l'écran vers eux. Elle pointe du doigt un cliché.

– Vous avez une explication ?

Tristan jette un œil et blêmit. Telle une institutrice, Jouan interroge :

– Quelqu'un peut-il m'expliquer ce que cette fille fiche là ?

Ben regarde Tristan qui regarde les photos.

– C'est sûrement un hasard.

– Un hasard ?

Claire Jouan hausse un sourcil.

– Je ne sais pas ce qu'il se passe, mais il est impensable que Loïs Miller se trouve encore mêlée à nos affaires, de près ou de loin.

Ben a l'air furieux.

– Ça ne peut plus durer !

Tristan ne les écoute plus.

– C'est qui ce bâtard ?

*

Le sécateur claque dans un petit bruit mat. Mains gantées, Helen Danton taille le massif de roses autour du bassin du parc de l'Institut McDonalds. Comme elle, deux autres résidentes, élégamment vêtues d'un tablier de jardinage bleu, participent à l'entretien du jardin paysager. Une infirmière vêtue de blanc traverse le gazon pour les rejoindre.

– Helen, vous avez de la visite. Regardez qui est là !

Sous son canotier à ruban blanc, Mme Danton relève la tête. Un beau jeune homme brun se tient debout derrière la nurse. Un inconnu mais somme toute peut-être déjà croisé quelque part. Il semble nerveux.

– Bonjour mère.

Mère. L'inconnu s'approche d'elle et veut l'étreindre. Elle a un léger mouvement de recul. Il fait comme s'il n'avait rien vu et lui tend le bras.

– Viens, on va se promener dans le parc !

Helen pose son sécateur dans l'herbe, accepte le bras et s'y appuie. Ce n'est pas tous les jours qu'elle peut faire une balade en bonne compagnie. Oui, elle se souvient à présent. C'est ce jeune homme qui lui fait la cour. Elle est sûre que les deux autres résidentes l'envient.

Tristan et Helen Danton s'éloignent des massifs de roses, bras dessus bras dessous, pour se diriger vers le petit bois, où un chemin bien entretenu serpente à travers les arbres. Le jeune homme règle son pas sur le sien et se met à parler, sans s'arrêter. Il commente le parc, la météo, la qualité du service. Il lui pose quelques questions, sur ce qu'elle a eu pour le déjeuner et ses activités. Helen se contente de hocher la tête, sans répondre.

– Tu sais, maman, je vais repartir demain pour quelques jours, pour le travail, puis je reviens vite, promis. Je retourne en France pour la promotion de notre jeu. Avec Ben on a fait un travail formidable. J'ai inventé un monde virtuel que tout le monde s'arrache. On va parler de nous dans beaucoup de journaux. Je les achèterai tous et te les porterai. Même *Vogue* ! Tu te rends compte ? Toi et moi on aura posé pour le même magazine à quarante ans d'écart, c'est drôle, non ? Et puis cela va nous rapporter encore beaucoup d'argent. Tu pourrais même venir vivre avec nous, pourquoi pas. Cela te plairait ? En même temps tu as l'air d'être heureuse ici. C'est chic et les gens sont gentils. Oui, les gens sont très aimables. Enfin pas tous. Je veux dire pas tous à l'extérieur. Parfois les gens sont cruels. Surtout les femmes. Pas toi bien sûr. Mais les autres. Tu sais, je t'avais dit que je voulais te présenter quelqu'un, je t'en avais parlé. Mais finalement non, cela ne se fera pas. Pas tout de suite car elle s'est moquée de moi.

Quand ils sont arrivés au fond du parc, Tristan fait asseoir sa mère sur un banc, à l'ombre. Helen reste docile, un sourire automatique sur les lèvres et un léger tressaillement dans les paupières.

– Elle m'a laissé croire qu'elle était seule dans la vie, mais c'était faux. Elle m'a menti. Et ça, c'est intolérable. Et puis elle ne m'a pas pris au sérieux quand je lui ai dit que j'avais commencé à écrire un livre. Elle ne m'en croit pas capable. J'ai bien vu. Mais regarde tout ce que j'ai fait dans ma vie par rapport à elle ! Elle est qui, elle, pour juger ?

La voix de Tristan se durcit. Les mains d'Helen froissent son tablier.

– Tu ne réponds pas ? Tu ne parles pas ? Alors quand c'est Ben qui vient te voir tu lui parles, mais à moi non ? Pourquoi ?

Tristan attrape soudain le bras d'Helen et le serre.

– Pourquoi à moi tu ne parles pas ? Pourquoi ?

Helen ne sourit plus, de la frayeur au fond des yeux.

– Tu me reconnais au moins ?

Tristan pince plus fort.

– Tu me reconnais ? Qui suis-je ? Dis-le !

Un bleu se forme sous le fin tissu de la robe élégante. Tristan lève la main.

– Mais tu vas parler, oui ? Qui suis-je ?

Un cri s'échappe de la gorge d'Helen.

– Jean, non, je t'en supplie, arrête !

*

J'appuie sur l'interphone de l'immeuble haussmannien de la rue Campagne-Première, en m'éclaircissant la voix. Il va être étonné de me voir. Et, en effet, quelques minutes plus tard, Jules Marx m'ouvre la porte avec un visage des plus interrogatifs.

– Nous avions rendez-vous, aujourd'hui ?

Je secoue la tête.

– Non, non. Je devais vous rappeler, mais il faut vraiment que je vous parle maintenant, cinq minutes pas plus. C'est professionnel.

Silencieux, le Dr Marx me laisse entrer dans son cabinet dont je connais les moindres détails et je m'installe à la même place que d'habitude, sans enlever mon blouson. Je ne lui ai pas donné de nouvelles depuis mon départ à San Francisco, et même depuis la médiation en fait, ayant annulé la consultation pour prendre l'avion. Tant de choses dont il n'a même pas idée se sont déroulées depuis. Et j'ai l'impression qu'un énorme fossé nous sépare désormais. Il s'assoit à son bureau, toujours sans rien dire. J'inspire et vais droit au but.

– Voilà. Je pense qu'on s'est fait manipuler depuis le début.

Marx accueille mon annonce par un silence dubitatif. J'enchaîne :

– Tout me porte à croire que Claire Jouan a organisé la médiation entre Danton et moi juste pour faire avancer sa carrière.

Là, je perçois un léger tressaillement de sourcils chez le psychiatre. Il doit se dire que je suis en pleine crise paranoïaque. Je sors de mon sac une feuille imprimée.

– Primo, j'ai trouvé ça ce matin, une brève de *Ouest-France*. « Une médiatrice dans l'âme : Le Pr Claire Jouan prend la tête du comité de remédiation judiciaro-hospitalière régional après le succès de plusieurs médiations restauratives. »

– La médiation entre Danton et moi lui a permis de décrocher ce poste. Secundo, ça lui a permis de signer le bon de sortie de Danton sans restriction, lui donnant le feu vert pour retourner à San Francisco pour le lancement de RePlay. Tertio, elle a pu ainsi travailler avec lui sans attendre, parce que oui, ils bossent ensemble.

Marx joint les mains et les porte devant sa bouche.

– Comment ça ?

– Jouan et Danton se sont associés pour mettre au point un *serious game* dérivé de RePlay.

– C'est-à-dire ?

– Un « jeu sérieux » pour la thérapie. Et ils sont manifestement en plein essai clinique, pour lequel ils font passer un test psychologique.

Je fouille encore dans mon sac et en sors d'autres feuilles imprimées, la copie du questionnaire obtenu par Avel. Je les tends à Marx.

– À votre avis, qu'est-ce que c'est ?

Marx s'en saisit et les lit. Au bout de quelques secondes, il dodeline de la tête.

– C'est une version allégée d'un test MMDE, pour obtenir un score de dépression.

Il repose doucement les feuillets sur la table, gardant le silence. Je poursuis, tâchant de contenir mon énervement :

– C'est ce que j'ai conclu aussi. Donc, à votre avis, à partir de RePlay et au vu de ce questionnaire, quel type de *serious game* peut-on imaginer ?

C'est une question ouverte, mais j'ai déjà mon idée. Jules Marx prend encore un temps de réflexion.

– Je dirais… un traitement virtuel de la dépression… une sorte de psychodrame.

Je prends des notes sur l'envers de la page.

– C'est-à-dire rejouer des situations problématiques pour trouver des solutions ?

– Oui, la théâtralisation dramatique des situations.

– Qu'est-ce que la réalité virtuelle peut apporter à cette pratique ?

Marx repense à sa visite guidée du CHU de Caen par Claire Jouan.

– Eh bien… pour le clinicien, la réalité virtuelle peut être très riche. Elle permet de recréer un contexte doté d'une charge affective.

– Donc, RePlay pourrait devenir une thérapie où chacun viendrait jouer sa partie ?

– Oui, je pense. Probablement.

Je note à toute vitesse.

– Et vous, en tant que thérapeute, qu'en pensez-vous ?

– Il faudrait que j'y réfléchisse plus, mais… l'intérêt d'un psychodrame est de rejouer des situations, encadré par un soignant qui guide les événements. Là, il faudrait savoir qui guide les participants.

– Des algorithmes.

– Hum… C'est bien là le problème. Le cadre thérapeutique serait d'une certaine façon automatisé.

– Ce serait dangereux ?

– Potentiellement.

– Pourquoi ?

Jules Marx détache bien ses mots.

– Les gens, via leurs avatars, seraient en roue libre et pourraient être entraînés dans des scénarios destructeurs sans supervision réellement humaine. Il me semble que cela pourrait mener à des situations potentiellement dangereuses.

Je ferme les yeux un instant, revoyant ma mère lacérée sous mes coups meurtriers. Je les rouvre. Je me rends compte de tout ce que j'ai fait ces derniers jours, de tout ce que je n'ai pas raconté au psychiatre et de tout ce que je ne lui dirai jamais. Je prends conscience que nos chemins se sont séparés. Où et quand exactement ? Je n'en sais rien, mais je me sens assez costaude pour me gérer toute seule. Je comprends à cet instant que notre collaboration est finie. Et comme je lui prête encore des dons de double vue, je pense qu'il l'a compris aussi. Je chasse ces considérations de mon esprit et reviens à mon sujet.

– Conseilleriez-vous un tel jeu à vos patients ?

– Sans supervision, non.

– Bien. C'est ce que je voulais savoir. Pourrais-je vous citer dans mon article ?

Marx acquiesce.

– Merci.

J'hésite, mais la question qui me tourmente depuis des jours sort de ma bouche sans que je puisse la retenir.

– Au fait, Tristan Danton, d'un point de vue psychiatrique, vous en pensez quoi ?

Je sais parfaitement que Marx ne peut violer le secret médical, mais je tente le coup. Il remonte la bouche vers son nez, dans une moue dubitative.

– Je ne peux évidemment pas me prononcer de manière officielle. Mais disons, en off, que cet individu a une grande maîtrise de lui-même et des autres.

Et c'est tout ? Je fronce les sourcils.

– C'est votre façon de dire qu'il est manipulateur ?

– Il pourrait avoir une tendance à la manipulation, il est vrai.

– Il faut s'en méfier donc.

– Probablement.

– Est-il dangereux ?

Marx soupire, il semble soudain plus vieux.

– C'est possible.

Mon menton se met à trembler. Je regarde le médecin droit dans les yeux.

– J'avais donc raison, depuis le début.

– Raison sur ?

Ma voix se casse mais je parle sans colère.

– J'ai dit à tout le monde qu'il était dangereux, mais personne ne m'a crue. Il nous a tous embobinés, moi la première. Et finalement, avec cette médiation, vous avez contribué à lui donner carte blanche. Maintenant il est libre, à la tête d'une machine infernale qui risque de détruire psychologiquement des millions de joueurs. Libre de faire ce qu'il veut, à qui il veut, quand il veut. Si ne serait-ce qu'une personne se fout en l'air à cause de ses agissements, de son maudit jeu, vous en serez responsable.

Je me lève, tremblante. Marx se lève à son tour. Il est très pâle.

– Qu'allez-vous faire, Loïs ?

Je souris faiblement.

– Ce que j'aurais dû faire depuis le début, l'empêcher de nuire.

Lorsque je referme la porte, j'ai l'impression d'avoir posé une grenade dans son bureau. Une grenade dégoupillée.

38

Des seringues jonchent le pourtour d'une grosse poubelle verte d'où suinte un liquide jaune gouttant sur un faux tapis persan taché. Cette nuit comme toutes les nuits, à un quart d'heure à pied des bureaux des géants de la high-tech, Hyde Street est le lieu de toutes les misères humaines, des trafics de crack et d'héroïne. Au cœur des blocs dits de Tenderloin – un nom qui évoque plutôt un filet de bœuf juteux que ce quartier cradingue –, se côtoient malades mentaux, toxicos affalés sur les trottoirs, SDF. C'est un soir comme les autres soirs. Il fait sombre comme dans le trou du cul du diable, dans cette artère étroite aux lampadaires régulièrement cassés qui pue la soupe et l'urine. Une musique techno criarde couvre mal une dispute venant d'une fenêtre d'un squat tagué.

Une paire de Timberland impeccable entre dans le champ. Les semelles de caoutchouc épais écrasent lentement les marquages à moitié effacés du macadam. Danton avance, poings enfoncés dans les poches d'un long ciré noir de pêcheur. Il a travaillé son look. Les pans de sa veste floutent sa silhouette telles deux ailes d'un superhéros macabre. Ses cheveux sont attachés en catogan serré, et sur le nez il porte un nouveau prototype de lunettes de réalité augmentée, comme des Ray-Ban miroir à double foyer. Plus légères et discrètes que le visiocasque classique, elles superposent au décor réel des figures imaginaires. C'est très divertissant. À droite, près d'un junkie semi-allongé, il voit un lutin bleu aux yeux grotesques faire des cabrioles. À gauche, un troll vert bouffe des restes dans une poubelle d'où s'échappe un rat à la queue énorme. Tristan envoie une pichenette au troll qui se vautre dans les ordures et tend deux doigts en avant pour expédier le lutin en enfer. Il s'esclaffe. Le système de réalité augmentée marche du feu de Dieu ! Dans cet entre-deux-mondes en perdition il éprouve les meilleures sensations.

Tristan marche, la peau insensible, le regard glacé. La rage le consume. Les femmes sont la lie de l'humanité. Un gâchis, une perte de temps. Sa mère l'a pris pour son père. Elle a osé le confondre avec Jean Danton. Pouvait-elle faire pire ? Il a dû se retenir de la corriger pour de bon, parce qu'on ne frappe pas sa mère et qu'elle n'est plus qu'une pauvre folle. Loïs, elle, est loin d'être dérangée. C'est la pire de toutes. Elle n'a aucune morale ni aucun sentiment, elle a le cœur sec. Elle lui a menti. À cause d'elle, il a fichu en l'air deux années de sa vie. Il a fait tous les efforts pour se faire pardonner et devenir son ami. Il n'a récolté que du mépris. Loïs doit être punie. À quel moment a-t-il compris la vérité ? Quand elle lui a à moitié raccroché au nez. Quand il a découvert qu'un bâtard fantasmait sur elle. Et quand, lorsqu'il a relié les points, en effectuant des recherches à partir de l'adresse IP du joueur (rien de plus simple), il a vu qu'elle et ce mec vivaient comme par hasard à la même adresse. Cette garce le trompe depuis le début. Elle lui a fait le grand jeu de l'ingénue, la connexion totale, alors qu'en fait elle est en couple ! Tout cela pour lui extorquer son fric. Il s'est bien fait avoir. C'est au-delà du supportable. Qui ose faire ça sans penser qu'il va répliquer ? La morsure laisse à vif. La trahison engendre la violence. Et la violence appelle le soulagement. Il sait exactement ce qu'il cherche ce soir, mais pas encore où il va le trouver.

Tristan se plante devant un SDF aux habits crasseux, assis sur le trottoir la braguette grande ouverte, des tresses rastas retenues par un bonnet de laine vert, et deux baskets de marques différentes aux pieds. Vacillant, il est en train d'essayer d'enfiler le nœud d'une corde sur son majeur dont il manque la dernière phalange. Danton sort un billet d'un dollar et le lui tend du bout des doigts. Le SDF attrape le billet et lève les yeux sur son bienfaiteur :

– *Thanks, bro.*

Tristan hoche la tête :

– *Good luck, man.*

Par un mouvement de doigt en l'air, il active le mode photo, et ses lunettes connectées prennent un cliché du zombie. Il dicte une légende à haute voix : « Un mec bien, rencontré aujourd'hui », va pour la poster sur Insta mais se ravise au dernier moment. Idiot, pas ce soir, il ne doit pas laisser de trace. Il file un second dollar au pauvre type, puis, après s'être désinfecté les mains avec un flacon de gel hydroalcoolique qu'il a tiré de son ciré, Danton reprend sa déambulation. Voilà, il est généreux, il se préoccupe de son prochain, lui. Il n'est pas comme elle, qui prétend être en empathie avec la terre entière mais qui, en réalité, ne pense qu'à sa gueule. Elle est centrée sur son petit monde d'intellos sélects alors que lui est en lien avec le monde tel qu'il est. Et dire qu'il se voyait déjà lui soumettre le premier chapitre de son livre… quel con ! Pour commencer, il a jeté l'avatar de Loïs en pâture au groupe premium de RePlay, qui paye le prix fort pour avoir les meilleures séquences. Ça l'a un peu apaisé. Mais pas assez. La suite, il va l'écrire maintenant. À un carrefour, un vieux sur un fauteuil roulant antique, casque de boxeur sur la tête, se déplace en marche arrière, l'air hagard. Un peu plus loin, trois types s'embrouillent devant un commerce au rideau de fer baissé. Tristan bifurque à droite dans une ruelle. Il enfile des gants de latex. Le long d'un mur, après des poubelles et la porte arrière d'un restau thaï, tel un chien truffier il suit la piste. À l'embouchure de la ruelle, dans l'ombre d'un lampadaire, une Latina en minijupe noire, débardeur moulant à paillettes et talons compensés, compte des billets. Elle sursaute quand l'oiseau de nuit se matérialise soudain devant elle. Les billets disparaissent dans la ceinture de sa jupe. Elle sourit mécaniquement, bouche écarlate, *smoky eyes*. Elle se déhanche. Elle pourrait être jolie, mis à part ses dents gâtées et les profondes pattes-d'oie au coin des yeux.

– *Te vas con migo, querido ?*

Tristan l'examine. Il devine aux marques sur ses bras qu'elle est accro à l'héroïne, et au tatouage à la base du cou qu'elle a fait un séjour en prison. Mais elle est plutôt propre.

– Tu t'appelles comment ?

– Comment veux-tu que je m'appelle ?

– Loïs. Tu mesures combien ?

La femme a l'air surprise. Danton sort un billet de vingt dollars.

– Un mètre soixante-deux.

Danton désigne son décolleté.

– Et tu fais du combien ?

Elle ne répond pas, comme si elle ne comprenait pas, et elle sourit un peu moins. Danton balaie l'idée.

– C'est pas grave. Écoute, Loïs, j'ai beaucoup d'argent.

Il sort un autre billet de vingt dollars. Les pupilles de la femme s'élargissent.

– Tu auras cent billets si tu fais ce que je te demande.

– OK.

– On peut aller où ?

– Viens.

Elle empoche le billet et lui tourne le dos pour s'engouffrer dans l'obscurité d'une porte cochère. Danton suit la minijupe tendue sur les fesses bombées, qui pique à gauche. Là un escalier défoncé monte aux étages sombres d'où s'échappe le son d'une radio. Loïs passe sous l'escalier pour ouvrir une porte en fer. Elle pousse un interrupteur, et une ampoule éclaire une pièce qui ressemble à un dressing sans fenêtre, avec un matelas par terre, un tabouret près du mur décati, sur lequel est pliée une serviette de toilette tachée. Danton fronce les sourcils. Put… c'est pas ici qu'il pourra bander mais ça fera l'affaire. Il referme le battant en fer derrière lui, repousse la serviette tachée du bout du pied et s'assoit sur le tabouret.

– OK. T'es merveilleuse. Allez, mets-toi sur le matelas debout sans bouger.

La fille fronce ses sourcils épaissis au crayon.

– Pourquoi ?

– Pose pas de questions.

Elle se tord les pieds en marchant sur le matelas de laine avec ses talons. Et vient se planter au milieu, mains sur les hanches. Le type aux lunettes bizarres, assis, reste à la fixer plusieurs minutes sans broncher. Puis d'une main il fait plusieurs gestes en l'air, de l'autre il sort un objet pointu qu'elle ne peut identifier.

– OK, maintenant déshabille-toi. On va commencer.

39

Il est treize heures quand je m'arrête à *La Rotonde*. Je commande une salade végétarienne et de l'eau pétillante à un serveur pressé puis j'expédie les affaires courantes. Je rédige un long texto à mon rédacteur en chef pour lui expliquer où j'en suis. Je souhaite mettre en pause pour vingt-quatre heures encore ma rubrique livres car je suis sur un nouvel article à propos de RePlay qui « potentiellement peut faire du bruit ». Je lui en dis un peu mais pas trop, histoire d'aiguiser sa curiosité. Je finalise mon mot puis le relis. Parfait. J'envoie. Je passe alors mon téléphone en mode avion et prends le temps de finir mon verre. Dans quoi je m'embarque, je n'en sais rien. Mais je n'ai plus peur. J'ai trouvé le moyen de faire vaciller Danton et ne vais plus le lâcher. Peut-être qu'un jour il regrettera d'avoir croisé ma route.

Une fois mon déjeuner avalé, un espresso bu, la pause est finie. Je reconnecte mon smartphone et m'aperçois alors que j'ai eu plusieurs appels manqués.

Très inquiète, je rappelle Mohammed aussitôt. Je n'ai jamais eu de rapports très proches avec le mari de Flo car elle a toujours préféré que l'on se voie en dehors de chez eux. Néanmoins j'apprécie Mohammed et je crois que c'est réciproque. Je ne m'attends donc pas à la voix colérique qui me cueille.

– Ah ben quand même !

– Pardon, je suis désolée, j'avais éteint mon portable et…

– C'est toi qui lui as refilé cette merde ?

Je me redresse, le cœur tambourinant dans ma poitrine.

– Quoi ?

Le mari de Flo parle d'une voix sourde.

– Je suis arrivé à Milly il y a une heure car Florence ne répondait plus à mes appels. Je me suis inquiété. Et j'ai eu raison. Je l'ai trouvée. Elle est là et il faut que tu viennes. Tout de suite !

L'oreille vissée au téléphone, je sors de mon sac ma carte bleue et fais signe au serveur.

– Que se passe-t-il ?

Le son n'est pas très bon.

– Tu dois venir m'aider. Tout seul je n'y arriverai pas. Je t'envoie l'itinéraire.

Le serveur arrive avec l'addition et je n'ai pas le temps de répondre, le mari de Florence a raccroché.

– Et merde merde merde merde merde.

Je paye, les mains tremblantes, le cœur affolé, me trompe de code, recommence. Enfin, je quitte la brasserie et, par chance, attrape au vol le 92 qui me ramène avenue Bosquet. Je vois que Mohammed m'a envoyé par SMS l'itinéraire pour rejoindre leur maison secondaire. Je la connais pour y avoir passé un week-end avec Avel il y a quelques années. Outre la route à suivre, aucune autre information du mari de mon amie.

À l'arrêt École-Militaire, je saute du bus et me rue chez moi. Je monte les escaliers quatre à quatre, ouvre ma porte, attrape les clés de la voiture dans le vide-poche de l'entrée et redescends au parking. Je mets le contact. En tout, il ne s'est pas écoulé plus de trente-cinq minutes entre le coup de fil de Mohammed et le démarrage du moteur. Je manœuvre puis sors du garage. Le GPS me guide. Place de la Résistance, quai Branly, quai de Grenelle, ça roule bien. Quai André-Citroën, quai d'Issy-les-Moulineaux, je m'insère sur le boulevard périphérique, fluide. Je ne pense à rien, qu'à Florence. Une fois sur l'A6, pied au plancher, je flirte avec la limite de vitesse. Je roule ainsi sur plus de quarante-cinq kilomètres, guettant la sortie. À Milly-la-Forêt je bifurque. S'ensuit une succession de ronds-points, de bretelles, de routes départementales, communales. Et puis enfin, un dernier embranchement, une route goudronnée qui s'efface pour un chemin de terre. Une heure pile après mon départ de Paris, je gare la voiture devant leur maison. Une longère en pierres de taille, toute de lierre vêtue. Mes pneus sur le gravier ont dû alerter le propriétaire de mon arrivée.

Je marque une pause pour inspirer. Comme l'a si bien expliqué Christophe Haag dans *La Contagion émotionnelle*, les émotions sont le virus le plus contagieux au monde. Je suis moi-même pleine de stress, de culpabilité et de peur. Je risque de contaminer Florence en une fraction de seconde. Or, quel que soit son état, elle a besoin de calme et d'ondes positives. Je repense au sas de décontamination que propose l'auteur et j'applique sa méthode. Respiration, distance par rapport aux événements, projection positive. Je vais pouvoir gérer, quoi qu'il advienne. Je crispe la mâchoire. Plus facile à dire qu'à faire. Je sors de la voiture, m'approche de la porte d'entrée et frappe doucement. Mohammed m'ouvre, visage anguleux et pâle. Puis il me tourne le dos, m'invitant à le suivre dans le salon. Je lui emboîte le pas, mon anxiété montée en flèche. Je m'arrête, saisie devant la scène qui se déroule sous mes yeux. Pire que tout ce que j'avais imaginé.

*

Danton claque la porte en fer et enlève ses gants tachés de sang qu'il fourre en boule dans la poche de son ciré. Ses lunettes ont tout enregistré et il se sent déjà mieux. Ce programme ou monde est une bénédiction pour tous les humains de ce monde qui veulent régler leurs comptes. *Merci, RePlay. MERCI, REPLAY !*

*

Florence est assise sur le tapis, dos appuyé au canapé, elle ne bouge plus, le visiocasque sur la tête.

– Elle refuse que je m'approche.

Mohammed a lancé ça dans un souffle. Je laisse tomber mon sac et mon manteau à mes pieds et fais un pas vers mon amie. Ma voix sort péniblement, comme si j'avais avalé quelque chose de travers. Ma gorge me fait mal d'être si serrée.

– Ma chérie, c'est Loïs. Je suis là.

Pour toute réaction, Flo serre ses mains recouvertes des gants haptiques autour de ses genoux. Je lui touche l'épaule, elle sursaute.

– Flo, c'est moi. Tu es avec nous, en sécurité.

Je la vois sourire sous le casque, je l'entends murmurer quelque chose entre ses dents. Je m'accroupis à ses côtés, puis glisse sur les fesses pour me retrouver toute proche d'elle.

– Je m'assois à côté de toi.

Je lève mon bras gauche et viens lui entourer doucement les épaules. Son corps est tendu, dense et frêle à la fois. Il est parcouru d'un long frisson. Ma main exerce une légère pression sur son épaule dont je sens les os pointus. Elle prononce à nouveau quelques mots incompréhensibles. J'approche ma bouche de son oreille.

– Que dis-tu ?

– Je veux partir.

Je pince les lèvres.

– Oui, ma chérie, on va rentrer chez toi. On va aller retrouver tes enfants, ils seront contents de te voir.

– Je veux partir.

– On va rentrer à la maison.

Mais mes mots ne semblent pas atteindre sa conscience et ses muscles se raidissent sous mes doigts.

– Avec elle.

– Avec qui ?

Florence détache une main de ses genoux et la tend devant la visière du casque. Ses doigts caressent l'espace vide.

– Sandra.

Mon cœur se serre violemment. Elle se met à rire.

– Oui, oui, j'arrive !

Elle ne s'adresse plus à moi mais à un fantôme. Je jette un rapide coup d'œil à Mohammed qui se tient debout dans l'embrasure de la porte, une main sur la bouche, les yeux exorbités.

Je me déplace légèrement pour me retrouver aux trois quarts devant Flo.

– Si tu es d'accord, je vais t'enlever doucement le casque. Tu ne risques rien, on est là. On va retrouver ta famille. Ils veulent tous te voir.

Flo réagit par un brusque mouvement de tête vers l'arrière, comme si enfin elle m'entendait.

– Je veux rester là ! Me touche pas ! Je veux être avec Sandra. Je n'ai plus mal. Laissez-moi !

Elle sourit au vide. Puis se met à marmonner, mais si bas que je ne saisis pas ce qu'elle dit. Je demeure là plusieurs minutes, interdite. À moins de lui ôter le casque de force, ce qui est hors de question, je ne vois pas comment faire. Je recule doucement, battant en retraite, et me lève sans bruit. Je rejoins Mohammed qui n'a cessé de nous regarder depuis le début, bras croisés, mâchoires crispées. Nous nous éloignons vers la cuisine, hors de portée des oreilles de Flo qui, de toute façon, semble déconnectée de ce monde. Son mari a le teint vitreux, je me demande s'il ne va pas vomir. Il me fixe, le regard désespéré.

– Que se passe-t-il, Loïs, qui est Sandra ?

Je m'éclaircis la gorge.

– Une amie d'école, de Lille.

– On peut l'appeler ? La faire venir pour lui parler ?

Je soupire.

– Elle est décédée. Flo l'a appris dernièrement. Ça l'a frappée. Elle s'en voulait de ne pas avoir renoué avec elle avant.

Mohammed hausse les sourcils, qui se rejoignent au-dessus de ses beaux yeux bruns.

– Elle ne m'en a rien dit.

– Elle n'a rien dit à personne. Enfin, seulement à moi car j'étais à Lille aussi. C'était son passé, tu sais, son jardin secret.

Le mari de Flo se pince l'arête du nez.

– Et elle lui parle à travers ce truc-là, ce casque ?

– Je suppose, oui. Elle a dû programmer RePlay pour la revoir. C'est logique.

– On ne peut pas le débrancher ?

Je fronce le front, je n'avais même pas pensé à cette solution.

– Ça doit être possible, mais… si elle veut rester pour l'instant avec son amie… peut-être faut-il attendre que d'elle-même elle arrête, non ?

– Mais enfin !

Mohammed a un geste d'humeur et se met à arpenter la petite cuisine. Je me tasse entre la table et le réfrigérateur.

– On ne va pas la laisser prostrée comme ça ! Tu sais qu'elle n'a pas fait sa dernière chimio ? Elle a filé à l'anglaise. J'ai eu un coup de fil de l'hôpital. Et tu as vu comme elle est maigre. Depuis quand ne s'est-elle pas alimentée convenablement ? Il faut la ramener à l'hôpital et vite, qu'elle voie le médecin et qu'on rattrape le temps qu'elle a perdu.

Il se tord les mains, les phalanges blanchies. J'ose poser une main sur les siennes, pour lui enjoindre de se calmer.

– Ça va aller. Je vais continuer à lui parler. De toute façon, elle va finir par être à court de batterie.

Mohammed baisse les épaules, signe de reddition momentanée.

– Si dans une heure tu n'es pas parvenue à la convaincre, j'appelle une ambulance et on lui enlève ce truc de force.

Il attrape une vieille bouilloire près de l'évier en émail et la remplit d'eau du robinet.

– Tu veux un thé ?

40

Je referme la porte de la chambre d'hôpital. La main sur la poignée, les larmes que je retiens depuis mon arrivée à Milly se mettent à couler. C'est très grave. L'oncologue n'en a pas fait mystère lorsqu'il a examiné Florence à son arrivée dans le service, quelques heures plus tôt.

– Nous allons soulager la douleur et l'anxiété, mais pour l'instant on ne peut rien faire d'autre, a-t-il dit, sobrement.

– Plus de chimiothérapie ? a demandé Mohammed.

– Plus pour l'instant. Elle est trop affaiblie. Son sang n'a pas assez de plaquettes pour supporter le traitement.

Mohammed a alors sorti la liste de plantes qu'il a trouvée à la campagne sur la table de la cuisine.

– Croyez-vous qu'elle aurait pu s'intoxiquer avec ça ?

Il a tendu la liste au médecin, qui l'a lue, la bouche en cul-de-poule.

– Où a-t-elle eu ça ?

– Je ne sais pas.

Je suis intervenue :

– Elle m'a parlé de quelqu'un qu'elle a rencontré récemment, une sorte de thérapeute qui lui a donné des conseils.

Mohammed m'a fixée durement.

– Qui ? Pourquoi tu ne m'as rien dit ?

Je me suis excusée piteusement.

– Je partais aux États-Unis, j'étais à l'aéroport. Je pensais lui en toucher un mot à mon retour. Et je croyais qu'elle te l'avait raconté aussi.

Le médecin a pris une photo de la liste avec son téléphone portable et nous a salués avec un « Bon courage » qui ne présageait rien de bon.

Je me dirige une énième fois vers la machine à café, située au fond du couloir près des ascenseurs. Dire que je culpabilise est un euphémisme. Tout était sous mon nez et je n'ai rien vu. L'histoire de Sandra, la méfiance de Flo devant le programme Sherlock, son soudain intérêt pour une médecine non conventionnelle et son impatience de découvrir *ce putain de maudit jeu.* Tout, mis bout à bout, indiquait qu'elle fuyait, qu'elle s'échappait – elle aussi ! – dans un monde virtuel bien à elle, ne supportant plus la réalité telle qu'elle devait l'affronter. Mais avec une telle volonté de ne pas nous déranger que l'on n'a rien vu, ou rien voulu voir. Mon corps est saturé de caféine mais je sélectionne un autre café noir et mets les cinquante centimes d'euro que réclame la machine. Florence dort toujours, assommée par la dose de calmants qu'ils lui ont administrée à Milly pour pouvoir lui enlever le visiocasque et la ramener à l'hôpital. Je me sens impuissante et désemparée. Mohammed finit un coup de téléphone et vient à ma rencontre.

– Rentre chez toi te reposer, elle va dormir ainsi jusqu'à demain, je t'appelle s'il y a quoi que ce soit.

– Je suis tellement désolée, si tu savais.

Une fois chez moi, je ne fais même pas semblant de me trouver une excuse en ouvrant le placard de la cuisine où sont rangées les bouteilles. Je me sers un whisky et le descends en trois lampées. Avel n'a répondu ni à mes appels ni à mon coup de sonnette quand je suis passée devant chez lui. Je lui ai laissé plusieurs messages. *Où est-il, bordel ?!* Je me ressers un verre et vais dans mon petit salon. Les objets me semblent déformés, les contours flous, la lumière cotonneuse. J'ai un poids dans le ventre et les jambes flageolantes.

Je m'affale sur le canapé, renonce à regarder la fin de ma série, prends par réflexe un livre, *Révolution* de Hilary Mantel, que j'aime relire dans les moments d'angoisse. Mais là, je ne parviens même pas à fixer les lignes qui dansent devant mes yeux humides. Je prends mon smartphone et fais défiler les dernières news d'actualité, sans en lire aucune. Puis je fais défiler les textos, relis les derniers mots de Flo qui me serrent le cœur douloureusement. *Tu as eu tellement besoin de toutes ces illusions que tu t'es mise en danger. Car on n'a pas su être là, te soutenir et t'écouter.*

Il est vingt et une heures.

Je clique sur mon appli *Dr Happy*.

– Comment vous sentez-vous en ce moment ? me demande un petit bonhomme en blouse blanche, me présentant une échelle de un à dix.

Je baisse le curseur au minimum. Je remplis les cases, réponds aux questions. J'appuie sur *OK*. L'application affiche alors des messages de soutien, d'explications sur mon état et finit par m'envoyer une notification : « Et si vous appeliez un ou une ami(e) ? » Je ricane. C'est bien ça le problème. J'ai plus de mille « amis » sur Facebook, quatre mille followers sur Twitter, des dizaines de milliers d'abonnés à mon blog, et pourtant, personne à qui parler ce soir. C'est le vide sidéral autour de moi, en moi. Comme ça l'était autour de Florence, ce qui l'a poussée à écouter le premier marchand d'illusions venu. Je fais défiler les noms de mes contacts dans mon répertoire. Que des relations de boulot, des scientifiques, des auteurs, la famille lointaine que j'évite, Avel aux abonnés absents. Je m'arrête sur un nom.

Non, pas elle.

Et pourtant. Qui d'autre ?

J'appuie sur l'icône d'appel.

Ça sonne.

Elle décroche à la deuxième sonnerie, juste au moment où j'ai envie de raccrocher.

– Allô, Louise ?

– Oui, c'est moi, bonsoir.

J'adopte la voix la plus douce possible, ne sachant pas dans quel état d'esprit ma mère se trouve après l'horreur de la nuit dernière où je l'ai insultée, battue, tuée. J'ai honte. Les épaules raides, l'ouïe tendue, j'attends ma correction. La torgnole qui va s'abattre et que je mérite. Sa voix est pincée, pas très forte.

– Je suis étonnée que tu m'appelles mais c'est bien, j'apprécie. Comment vas-tu ?

– Couci-couça.

– Bon, on ne va pas tourner autour du pot. Peux-tu m'expliquer, Louise, pourquoi tu m'as envoyé ce jeu si c'est pour nous faire subir à ton père et moi une telle abomination ?

Elle adopte sa voix de tragédienne. Celle qui m'agace au plus haut point mais qui en même temps fait vibrer en moi l'éternelle culpabilité qu'elle connaît bien.

– Et surtout, me faire ça devant ton père.

Je desserre les dents.

– Maman, tu es au courant que ce n'était pas vraiment lui. Ce sont des calculs mathématiques qui animent des personnages fictifs. De la même façon, je ne t'ai rien fait, en vrai.

– Qu'en sais-tu ?

– C'est une simulation, maman. Des pixels, des codes, des algorithmes. Créés par des ingénieurs informatiques aux États-Unis qui animent des scénarios. C'est du cinéma.

– Le résultat est le même. Tu m'as humiliée devant lui.

Je soupire.

– C'est tout ce que tu as retenu de l'expérience ?

Mais Rose-Marie Miller n'entend rien.

– J'ai fait des efforts, tu sais, tu n'as pas idée de tout ce que j'ai supporté sans rien dire. Mais rien n'y fait. Je ne sais pas ce que j'ai raté avec toi. Ce qui cloche. Tu peux me le dire ? Rien ne marche. Ton père me comprenait, lui. Il sait tout ce que j'ai enduré.

Je me passe une main sur les yeux.

– Maman, s'il te plaît, je t'appelle justement pour ne pas recommencer. Pour enterrer notre ancienne relation et peut-être en commencer une nouvelle. Pas pour nous engueuler.

Ma mère ne m'écoute pas.

– Je n'ai peut-être pas été une mère parfaite, je le reconnais, mais ai-je mérité un tel déferlement de haine ?

C'est une vraie et bonne question, légitime. Je demeure muette. A-t-elle mérité que je la haïsse parce qu'elle n'a pas su quoi faire lorsque j'ai eu un sérieux problème ? Probablement pas. Mais je n'ai pas su faire autrement. Je n'ai pas vraiment essayé non plus.

– J'étais en colère hier. Je voulais juste que tu reconnaisses tes torts dans l'affaire avec Cognard. C'est tout.

– J'*ai* reconnu mes torts. Mais tu ne veux pas l'entendre. Tu entretiens et ressasses ta colère comme si elle te faisait vivre !

J'encaisse. Elle a raison. Je sens ma gorge se serrer. J'aimerais lui dire : « J'ai juste besoin que tu me protèges, maman... », mais je n'y arriverai pas. Je n'y suis jamais arrivée. Par peur d'un refus, d'une nouvelle désillusion. Par fierté aussi.

– Mon amie Florence, tu sais, ma meilleure amie, de l'école de journalisme, elle est de nouveau très malade, elle va peut-être mourir.

La voix de Rose-Marie s'adoucit.

– Qu'est-ce qu'elle a ?

– Une rechute de son cancer. Et là, ils ne savent plus comment la traiter.

– Je suis désolée pour elle, pour sa famille. Quel âge a-t-elle ?

– Trente-six ans.

– Mon Dieu. C'est si jeune. Tu présenteras mes amitiés à son mari.

– D'accord.

– Et toi, n'oublie pas de réserver ton 25 décembre pour le repas de famille.

– D'accord.

– Allez, n'en parlons plus. C'est normal que les enfants et les parents se disputent. Qu'une mère et sa fille s'empoignent.

Ma gorge se serre.

– Oui.

– Tu penseras au cadeau pour ta marraine ? Elle t'offre toujours des beaux cadeaux, elle.

– Oui.

– Bon, c'est très bien. Appelle-moi la semaine prochaine. Je t'embrasse.

– Bonsoir, maman.

Je raccroche et me recroqueville sur le canapé, menton sur les genoux, sur le point de pleurer.

Je dors d'un sommeil agité, me retourne dans mon lit, j'ai chaud, je sors une jambe de la couette pour me rafraîchir, je frissonne et rabats la couette sur moi. La nuit est loin d'être finie et le visage de Flo danse devant mes yeux, imprimé sur mes paupières closes. L'impuissance devant le terme de chaque vie. On y va tous. Mais comment aider les premiers à partir ? Je remue cette question qui percute mon crâne telle une bille folle dans un flipper. Un bruit me tire de cette somnolence. Le bourdonnement vient du haut, du plafond, au-dessus de ma tête, comme une ampoule en train de griller. Je suis parfaitement réveillée maintenant. Le bourdonnement vient du détecteur de fumée.

Je me lève, allume le plafonnier. J'observe le détecteur, il clignote anormalement. Mon smartphone émet à son tour un bip.

« Alerte fumée, nous allons déclencher l'alarme. »

Je regarde partout, il n'y a aucun départ de feu, ni aucune bougie allumée, pas le moindre courant d'air.

« L'alerte fumée va se déclencher : cinq, quatre, trois… »

Je me précipite dans la cuisine pour attraper le balai et reviens dans le couloir. En visant bien, de la pointe du manche, j'appuie sur le bouton central du détecteur. Mais l'appareil clignote toujours. Soudain la sonnerie stridente me perce les oreilles. Et, couvrant l'alarme, je distingue nettement une voix.

« Tu es une méchante fille, Louise ! »

La voix de papa.

« Tu es une méchante fille. »

Prise de panique, je me mets à taper le manche à balai sur le détecteur. L'alarme me déchire les tympans et la voix de mon père me laboure les oreilles.

« Tu me fais honte, tu me fais honte. »

Avec toute ma force, je vise une fois encore le détecteur et lui assène un coup violent. Le boîtier explose. L'alarme et la voix cessent d'un coup, laissant un silence plein de furie et le bruit de ma respiration haletante.

Les joues écarlates, je laisse tomber le balai et m'appuie au mur. Que vient-il de se passer ?

41

Avel descend du bus à l'arrêt « CHU Caen-Normandie », à quelques stations à peine de la gare. Il examine le plan de l'hôpital sur son smartphone et zoome sur le service qu'il cherche. Pendant l'heure de voyage, depuis la gare Saint-Lazare, il a élaboré sa stratégie. Envoi d'un mail bref à dix heures.

Chère Madame Roset, je suis de passage au CHU aujourd'hui, je souhaiterais en profiter pour vous rencontrer quelques minutes à propos de vos travaux en VR. Auriez-vous du temps à m'accorder ? Avel Laouen, journaliste high-tech pour le site Numérico.

Réponse dans la foulée.

Oui, possible vers 11 h 30. Lise Roset.

Il a ensuite essayé de travailler, mais toutes ses pensées le ramenaient vers Loïs et Florence, laquelle, d'après les nouvelles de son mari, a passé une nuit calme et s'est bien réveillée. Il ira la voir dès son retour. Il s'en veut d'avoir loupé les appels de Loïs hier soir. Il était avec elle pourtant… mais si loin, si loin d'ici… dans un autre espace-temps. Ce qu'il fait ici, en Normandie ? Il veut aider son amie, agir, ne pas rester à attendre que les nouvelles angoissantes leur parviennent au compte-gouttes. L'aider à clore le dossier pour enfoncer Danton et tourner la page.

Il n'a eu aucun mal à obtenir pléthore d'informations sur le service « soins et réalité virtuelle » de Jouan – Internet est un livre ouvert sur lequel il suffit de se pencher. Il suit le secteur bleu, entre dans le bâtiment de droite en forme de huit et, sans que personne lui demande rien, s'engage dans l'ascenseur pour monter au troisième étage. Le bureau qu'il cherche se trouve au bout d'un couloir où un panneau indicateur lui confirme qu'il est dans le service du Pr Jouan. Il frappe à la porte 324.

Lise Roset lève les yeux de son ordinateur et jette un œil à sa montre.

– Entrez.

Avel découvre une jolie blonde, derrière son bureau. De ces femmes au visage symétrique qui vous impressionnent si vous vous arrêtez à l'apparence physique. D'après sa fiche, qu'il a obtenue facilement sur l'appli SMART, elle recherche quelqu'un de plutôt intello, porté sur les sciences, entre trente-cinq et quarante ans. Le nombre de ses critères est tellement élevé qu'elle ne doit pas avoir beaucoup de rencards. Mais la jolie photo du profil est conforme à la réalité. D'après son activité sur le site ces six derniers mois, elle n'a accepté que quatre rendez-vous, décrochés de haute lutte par des hommes opiniâtres qui, selon les échanges épistolaires, ont été littéralement passés à la question.

– Bonjour, je suis Avel Laouen, le journaliste de Numérico. Je vous ai envoyé un mail ce matin.

– Ah oui, bonjour.

Lise Roset se lève et lui indique une chaise.

– Je vous en prie.

Elle le regarde avec attention. L'homme est avenant. Beau blond quoique trop négligé et bohème à son goût. Elle se sent forte derrière son bureau. C'est la première fois qu'un journaliste vient l'interviewer, elle.

– Que puis-je pour vous ?

– Je sais que vous secondez le Pr Claire Jouan dans ses recherches sur RePlay. J'aimerais vous poser quelques questions pour un futur article sur la VR. Comme j'allais voir un proche au CHU, je me suis dit que je pourrais faire d'une pierre deux coups.

La jeune femme regarde sa montre.

– Je peux vous accorder quinze minutes.

– Ce sera parfait.

*

Je franchis les portes de l'hôpital sur le coup de midi. Mohammed m'a appelée pour me prévenir que Florence était visible après ses soins. Ma tête est en chantier. Après m'être rendormie cette nuit, je me suis persuadée que j'avais fait un cauchemar. Mais le détecteur en morceaux sur le sol ce matin m'a détrompée. Je me maudis de ne pas avoir enregistré la voix de papa qui criait à travers le détecteur. Qui va me croire ? Suis-je en train de perdre la boule ? Les hallucinations auditives ne sont pas une légende en cas de très fort stress.

Avant de monter dans la chambre de Florence, je m'arrête à la cafétéria du hall général et achète un petit sandwich et un café, que j'avale, le temps de prendre l'ascenseur.

La porte de la chambre 12 est fermée. Je pose mon sac sur une chaise en plastique du couloir, prends place sur celle d'à côté. Quand Mohammed sort, je papillote des yeux, je m'étais abandonnée à une rêverie tourmentée. Ses traits tirés trahissent la résignation et le désespoir.

– C'est bien que tu sois venue tôt avant que toute la famille ne débarque. Elle veut te parler. Je vous laisse, je vais me prendre un truc à manger. Tu m'appelles s'il y a quoi que ce soit.

J'acquiesce, le laisse partir, puis entre doucement dans la chambre. Florence, le visage cireux, a les yeux clos, ses bras amaigris reposent sur la couverture jaune. Elle est différente, passée dans une autre dimension. Sans perruque, ses petits cheveux roux courts dressés encadrent son joli visage. Elle est elle-même, sans fard, sans tricherie cosmétique. Et elle est belle. Je m'installe à ses côtés, une fesse sur le lit. Je pose ma main sur la sienne, elle ouvre les paupières immédiatement et me sourit. Je reçois ce sourire comme un cadeau d'une valeur incommensurable qui résume notre amitié.

– Bonjour toi.

– Tu vas bien ?

Je hoche la tête.

– Ça va. Et toi ?

– Je suis désolée.

– De quoi ?

– J'ai déconné.

– On a tous déconné. Et moi en premier, à te refiler ce truc. Mais maintenant c'est fini, tu es là, et on s'occupe de toi.

Sa poitrine se soulève péniblement.

– C'est la dernière ligne droite. Ça y est.

Je caresse la peau de sa main, lisse, douce et chaude.

– On n'en sait rien.

– J'aurais pu mourir là-bas, avec ce casque, toute seule.

Je me mords les lèvres.

– Je suis tellement désolée de t'avoir envoyé cette saloperie. Je m'en veux beaucoup.

Florence ferme les paupières un instant et les rouvre.

– Je voulais être avec Sandra.

– Elle te manque ?

– Si tu savais. Je l'aimais. Je m'en suis rendu compte trop tard. Et j'étais bien avec elle, dans le jeu. Je n'avais plus mal, plus peur. J'y serais restée jusqu'au bout. Vraiment.

Je lui presse la main. Elle puise encore un peu d'air.

– J'ai manqué le coche. J'aurais dû la rappeler avant qu'elle s'en aille. Lui dire tout ce qu'elle m'a apporté.

– Je suis sûre qu'elle le sait.

– Oui, elle me l'a dit.

– …

– Dans le jeu, elle m'a dit qu'elle était passée de l'autre côté et qu'elle m'attendait. Que je n'avais pas à avoir peur de mourir. Elle m'invitait à la suivre. Je n'avais qu'à me laisser glisser.

Mes yeux s'embuent. Je transmets à Florence le plus d'amour possible, les lèvres closes. Flo me broie soudain la main.

– J'ai si peur.

Je cherche un peu d'air dans mes poumons comprimés.

– On a tous peur, ma belle. Mais on est là, tous ensemble, à se serrer. Tu es en sécurité, ici.

– J'ai tout prévu pour les enfants. Et puis Moha est là.

– Ils sont protégés, Flo. On s'occupe d'eux.

– Je ne veux pas disparaître.

Ma gorge se serre de manière douloureuse. Les larmes à l'orée de mes yeux ne demandent qu'à jaillir. Comment aider mon amie à traverser le fleuve, à réussir ce passage, sans souffrir ? Comme la naissance, accompagner, pour repartir d'où l'on est venu. Le cycle qui s'achève.

– Dans son livre *Il n'y a ni mort ni peur*, Thich Nhat Hanh écrit que la vie n'a pas de limite. Elle se manifeste autrement par la suite. Comme une allumette, allumée puis éteinte. Elle existe toujours, mais autrement. Personne ne disparaît. Il dit que le corps n'est pas la vie. La vie est ailleurs.

Flo referme les yeux et je sens sa main se détendre. Nos âmes fusionnent, unies, accrochées l'une à l'autre, à la dérive sur ce fleuve au fort courant qui nous emporte. Les larmes envahissent ma gorge, mes yeux, mon corps tout entier. Et un amour immense emplit la pièce, repoussant les murs de cette chambre blanche.

Une heure plus tard, quand l'infirmière a injecté une nouvelle dose d'un cocktail de produits calmants et que Flo s'est endormie, je me lève. Je sors de la chambre, vidée. Mon téléphone affiche plusieurs messages. L'un d'eux vient d'un numéro inconnu. Il dure trois secondes. J'appuie sur *Play* :

« Tu es une méchante fille. »

C'est la voix de papa. Je presse à nouveau la flèche, mais il n'y a plus de message. Il s'est autodétruit, ou n'a jamais existé.

Vers seize heures, après avoir fait plusieurs visites à Florence qui dort d'un sommeil paisible, je m'assois un peu à l'écart, pour ne pas déranger sa famille qui commence à arriver. Je dois céder la place. Je sens physiquement mon corps s'éloigner de celui de mon amie. Nos mains se défaire. Entre nous, d'autres gens, d'autres affections, dont le sang justifie la priorité, s'interposent. L'amitié passe en second. J'hésite tout de même. Quand partir ?... Attendre encore un peu. Mais quoi ? Le médecin a été clair, ils n'appliqueront aucun nouveau traitement tant que les résultats sanguins seront mauvais. Il n'y a plus qu'à attendre et espérer.

Je suis en train de me convaincre de partir quand, du fond du couloir, je vois une silhouette approcher, comme au ralenti. Le pas lourd, les mains enfoncées dans les poches de son paletot noir usé, sa besace en bandoulière. Mon cœur a un raté et une vague de tendresse balaie temporairement ma peur. Avel se dirige vers moi. Je croise son regard, y lis du désarroi. Je me lève, marche vers lui. Sans dire un mot, il m'ouvre ses bras. Je m'y jette, m'y engouffre, m'y blottis, appuie ma tête contre lui. Je sens le tissu rêche de son manteau sous ma joue, appelant le réconfort de tout mon être. Ses bras se referment sur moi, m'enveloppent, me serrent, si pleins de tout ce qui nous lie. Je sens sur mon front son souffle familier et bois son affection. Mon cœur empli de gratitude menace d'exploser. Et sur mes joues des larmes libératrices coulent.

42

Le distributeur de boissons se prend un deuxième coup sur le flanc. Il vient d'avaler une pièce et Avel le rudoie pour qu'il la lui rende. J'assiste à son énervement contre la machine et je suis touchée. Dans ces couloirs d'hôpitaux où la mort frappe, les humains se transcendent, laissent sortir ce qu'ils ont de plus intime en eux. Avel exsude une impuissance rageuse, un chagrin mutique, une envie désespérée de nous réconforter qui m'émeuvent plus que tout ce que nous avons vécu jusqu'ici. Par je ne sais quel miracle, il finit par obtenir deux jus noirs. Il vient s'asseoir, me tendant un gobelet orné de guirlandes de Noël.

– Sans sucre.

– Merci.

Assis côte à côte, nous buvons le liquide épais, amer, à petites gorgées, dans un silence hagard, une présence totale. Je ne le regarde pas mais je sens qu'il lutte, que les mots sont au bord de ses lèvres sans parvenir à les franchir. Son regard est fixe, devant lui, coudes sur les genoux il tient à deux mains sa tasse en carton. Il est complètement dépassé, ses barrières prêtes à se rompre. Je le trouve plus émouvant que jamais. C'est incongru, déplacé, mais je me mets à le désirer, violemment. J'ai envie que nous fassions l'amour, soudainement, comme on survit. Sa main droite quitte le gobelet et se pose sur la mienne. J'accueille ses doigts en tremblant. Nous demeurons ainsi plusieurs minutes dans le cocon protecteur du silence. Et quand enfin je trouve en moi assez de force pour parler, ma voix s'éraille.

– Tu veux aller la voir ?

Avel secoue la tête.

– Non. Sa famille est là.

– Tu sais, j'ai pu parler avec elle tout à l'heure, avant qu'elle s'endorme.

Les doigts d'Avel pressent les miens. Je continue.

– Elle est très consciente, tellement touchée de tout cet amour qui l'entoure. Elle se bat.

Le pouce d'Avel caresse le dos de ma main.

– Elle est si forte.

– Plus forte que nous tous. Elle m'a dit de t'embrasser.

Avel abaisse son menton tremblant, lèvres closes. Je me penche vers lui et l'embrasse sur la tempe.

– Voilà, c'est fait.

Alors mon ami pose son front contre le mien, déportant un peu son poids sur moi. Ce geste me paraît plus intime, fraternel et tendre que n'importe quelle accolade, n'importe quel débordement.

Nous demeurons un long moment ainsi sans bouger, en communion, perdus dans les limbes d'un univers parallèle où le temps s'écoule différemment, où les contingences du monde des actifs n'arrivent qu'étouffées à travers une épaisseur de gaze blanche. Et puis les enfants de Florence arrivent avec leurs grands-parents et c'est comme un signal invisible de départ. Je me lève pour jeter mon gobelet en carton dans une poubelle de tri et reviens m'asseoir à côté de lui.

– Qu'est-ce qu'on fait ?

– On va se prendre quelque chose à la cafétéria en bas ?

J'accepte avec reconnaissance. Je rassemble mes affaires et, après avoir salué la famille de mon amie, je vais embrasser Mohammed, qui tâche de maintenir de l'ordre dans la tribu. Il nous dit de ne pas nous inquiéter. Qu'il nous tiendra au courant au moindre changement de situation. Nous nous éclipsons.

Une fois attablés à la cafétéria devant une part de pizza et un dessert servis dans des assiettes en carton, Avel enlève ses lunettes pour les essuyer, puis les rechausse.

– Faut que je te raconte quelque chose.

Le sang se met à circuler de nouveau dans mon corps, comme si la vie tentait de reprendre son cours.

– Ah ?

– J'étais à Caen ce matin.

– Quoi ?

Sur les lèvres d'Avel se dessine un timide sourire complice.

– J'ai fait parler Lise Roset.

– …

– L'étudiante en thèse de Jouan.

– Oui, je sais qui c'est.

– Je lui ai dit que je préparais un article pour Numérico sur l'utilisation de la VR en soins psy.

Avel a l'air plutôt satisfait de lui-même. Il se met à me raconter avec animation leur discussion à bâtons rompus puis comment ils l'ont poursuivie à la cantine de l'hôpital, qui devait ressembler à peu de chose près à celle où l'on se trouve. Avel a pris des notes au début de la discussion puis a rangé son matériel pour poursuivre sur un mode plus informel. Je finis ma pizza qui a refroidi.

– C'est elle qui t'a proposé d'aller prendre un café ?

– Non, c'est moi. Et franchement, ç'a été plus facile que je ne l'avais imaginé. Elle adore parler d'elle et de son travail. J'ai appuyé sur le bon bouton et j'ai laissé dérouler. Elle m'est tombée toute cuite dans les mains.

Après la pizza, qui me reste sur l'estomac, je plonge ma cuillère dans une mousse au chocolat industrielle épaisse comme du goudron. Avel continue à me raconter son entrevue sans que je l'interrompe. Je les imagine volontiers, l'un en face de l'autre. Mais, au lieu de me réjouir qu'Avel ait obtenu des informations utiles à notre enquête, mon esprit bloque sur cette vision qui m'agace. Eux, attablés, à deviser. La belle blonde et mon pote. La danse de la séduction réciproque. Je ne comprends pas d'où jaillit ce sentiment aigre mais il me fait mal à l'estomac. La situation dramatique de Flo a ouvert les vannes d'émotions sans filtre, violentes et emmêlées, qui s'échappent de moi comme d'un tonneau percé.

Je secoue la tête et demande hors de propos :

– Elle te plaît ?

Avel fronce la bouche.

– Loïs, je te parle de notre enquête, là !

Je tords le nez.

– Bien sûr. Que t'a-t-elle appris ?

– Au bout d'un moment, j'ai orienté la discussion sur RePlay et les troubles psy. Et elle a fini par lâcher qu'ils sont bien en pleine étude. Ils finissent leur recrutement de volontaires et commencent déjà le recueil des données qu'ils traiteront dans les trois mois.

J'ouvre grands les yeux.

– On avait raison alors ! Quel est leur objectif ?

– Démontrer que la pratique fréquente des scénarios RePlay modifie les scores de dépression.

– Donc cela remplacerait bien les séances de psy ? C'est ce que pensait Marx.

– Elle dit que, comme on ne peut pas avoir un psy tout le temps sous la main, on pourrait faire des séances de RePlay quand on en exprime le besoin, en concertation avec un thérapeute.

– Ce serait autorisé, remboursé ?

– Aux États-Unis, un groupe de MindTech s'est formé pour faire du lobbying auprès de l'autorité de santé américaine, la FDA. L'idée étant de faire valider le jeu comme thérapie.

– Et RePlay pourrait être prescrit sur ordonnance. C'est énorme !

Je suis estomaquée. Avel enfonce sa cuillère dans un tiramisu et lui fait un sort en deux bouchées.

– Mais je pense qu'il y a autre chose...

– C'est-à-dire ?

Il racle l'assiette.

– Après un verre, elle est devenue encore un peu plus loquace.

– Un verre ?

Je fixe Avel avec suspicion.

– En fait, elle m'a proposé de l'accompagner tout de suite après à un cocktail « déjeunatoire », comme ils disent, où elle présentait leur projet d'e-santé aux cadres du CHU. Alors on a pu continuer à parler.

Je n'en reviens pas. Il a passé toute la demi-journée avec elle en fait. Il repose le pot, la cuillère, et me sourit légèrement.

– Quelque chose à redire ?

Je secoue la tête avec énergie.

– Non, bien sûr. Et donc ?

– Et c'était intéressant. L'e-santé est un sujet majeur pour le CHU, qui est en train de faire sa mue en équipant les services d'un réseau à haut débit. Tu savais ça ? La Région veut faire de cet endroit un fleuron de la « médecine connectée ». Déjà le service de cardiologie propose des suivis de patients à distance via leur pacemaker relié à un service de surveillance qui permet de donner l'alerte en cas de défaillance, même lorsque le patient est à domicile.

– Oui, d'accord. Et alors, que s'est-il passé ?

– Après la présentation j'ai apporté une coupe de mousseux à Lise Roset.

*

– Très instructive, cette présentation.

Lise Roset a accepté la coupe avec plaisir et en a bu la moitié.

– C'est l'avenir.

– Et l'avenir vous le voyez comment, vous ?

– Très enthousiasmant. On a un tournant à prendre.

– Comme avec RePlay contre la dépression ?

Lise a souri, les yeux brillants.

– Vous verrez. Nous allons nous démarquer.

Un extra est passé près d'eux avec un plateau de petits-fours. Avel en a attrapé deux au vol.

– Dites-moi, Lise. Caen, ce n'est pas un peu… étroit pour vous ?

La jeune femme s'est redressée du haut de son mètre soixante-quinze.

– Je suis dans un service qui va faire parler de lui. Vous verrez. Il n'y a pas que Paris ou les États-Unis. Soyez patient et vous vous souviendrez de cette conversation.

Avel a fait la moue.

– Vous ne m'ôterez pas de l'idée que pour avoir des financements il vaut mieux être dans un grand CHU parisien.

– C'est faux. Ce qui compte, c'est l'innovation. Et nous allons vous étonner.

Avel a réprimé une expression dubitative. Lise a pincé les narines.

– Si je vous disais que l'on va révolutionner l'existence des gens ? Potentiellement, de *tous* les gens.

– C'est déjà ce que vous comptez faire pour la dépression, non ?

– Ce n'est que le début. Nous irons plus loin. Nous voulons être là pour tous les grands moments de la vie.

– Plus loin jusqu'où ?

– Nous deviendrons un passage obligé du soin pour un monde meilleur.

– Vous n'allez pas me faire le coup du « *Make the world a better place* » typique de la Silicon Valley ?

– Avec nous ce sera différent.

– En quoi ?

Lise Roset a regardé Avel droit dans les yeux.

– Nous allons toucher à l'essence de l'être humain. Je ne vous parle pas d'une application lambda. Je vous parle d'une technologie de rupture que tout le monde expérimentera.

Avel a haussé les épaules.

– Je demande à voir.

– Vous verrez.

Elle s'est mise à rire et Avel l'a gratifiée d'un clin d'œil complice.

– On s'en ressert un autre ?

*

Je regarde mon pote qui relate cet échange avec délectation.

– Que crois-tu qu'ils préparent ?

– Je ne sais pas, mais ça a l'air important.

Avel est content de lui et en rajoute. Je le soupçonne encore de faire exprès. De me rendre d'une certaine façon la monnaie de ma pièce après mes mensonges par omission au sujet de Tristan. Mais peut-être pas. Peut-être qu'il est tout bonnement excité d'avoir fait du super boulot.

– Et elle t'a dit quoi d'autre, ta nouvelle meilleure amie ?

– Plein de choses, mais pas en rapport avec RePlay.

– C'est-à-dire ?

– On doit se revoir.

Là, je lui lance un regard torve. Avel plonge la main dans sa poche arrière de jean et sort son téléphone qui vient de vibrer.

– Quand on parle de la louve…

Il sourit à son écran et tape un texto en réponse à celui qu'il vient de recevoir.

– Elle m'envoie une étude qui pourrait m'intéresser.

Mais à son rictus je vois bien qu'elle ne lui a pas juste transféré un fichier PDF… Je souffle par les narines, me lève et attrape mon manteau et mon écharpe.

– Je dois passer un coup de fil, je reviens.

Je sors du bâtiment. L'air vif me cueille. Je resserre mon écharpe autour de mon cou. Je n'ai personne à appeler. Je désire juste me retrouver seule, dehors. Marcher, faire le tri ou plutôt le vide. Que m'arrive-t-il ? La déflagration qu'a produite la situation de Florence laisse dans mon corps des trous d'obus qui me déchirent le ventre. Et, parallèlement, ma rage à l'encontre de Danton et de Jouan ne cesse de croître lorsque je découvre petit à petit l'étendue de ce qu'ils sont en train de faire. Mon âme à la dérive cherche un appui sur le sol qui se dérobe. Des bras ouverts m'accueillent. Et quoi ? Je plonge. Je me mets à désirer Avel éperdument. Je suis illogique, inconséquente, folle. Qu'est-ce que je veux ? Qu'est-ce que j'attends ? Je suis plusieurs, à vouloir tout à la fois. Être avec Florence, me venger de Tristan, lutter contre les dangers de la réalité virtuelle, régler mes comptes avec ma mère et maintenant séduire Avel ? Avel qui a été là, si présent, dense, devant la chambre, et qui déjà m'échappe, trouve du réconfort ailleurs. Il se préoccupe d'une autre et éprouve de la joie rien qu'à y penser. Mon sentiment de jalousie n'est pas glorieux, mais il existe. Je marche le long de l'hôpital, regrettant de ne pas avoir une cigarette à fumer même si je ne fume plus depuis dix ans.

On a eu de bons moments tous les deux. Je me dis qu'il pourrait s'en souvenir et comprendre que nous avons besoin l'un de l'autre maintenant. Mais ma mauvaise foi me fait honte. Il me faut être honnête, la vérité étant le seul socle stable sur lequel je peux avancer. Nous avons passé une belle nuit ensemble, il y a longtemps. Et qu'en ai-je fait ? Rien. Je me suis lancée dans diverses aventures, comme on prend des trains au hasard, espérant, dans une certaine forme de passivité, que l'un d'eux m'emporterait plus loin que les autres. Puis, il y a eu ce grand vide, cette plongée dans les livres et mes pots de fleurs jusqu'à l'ouragan Tristan qui a tout emporté. Celui-là m'a crucifiée. Littéralement. Sur son fauteuil de torture censé vous faire planer mieux que la chair, il m'a tuée. Éteignoir de la lueur qu'il avait lui-même allumée. J'ai été trahie par celui de qui j'attendais l'amour. Comme je l'ai été par ma mère me livrant à ce docteur. Pour ne pas en mourir, je me suis cachée, noyée dans le travail, mes livres, mes plantes, emmurée derrière des piles de papiers comme autant de remparts à mes terreurs. Ignorante d'Avel, qui vit un étage en dessous de chez moi et qui me plaît. Je suis passée tant de fois devant sa porte sans m'arrêter ! Pourquoi dois-je découvrir que j'ai envie de lui le jour où il prend le large ? Qu'est-ce qui ne tourne pas rond chez moi ? Et ces hallucinations auditives ? Entendre mon père qui m'insulte à travers les objets, n'est-ce pas la preuve que je suis dérangée ? Je me mets à trembler. Je n'ose même pas en parler à Avel.

Je vois deux infirmiers en train de fumer pendant leur pause. Je m'approche d'eux et leur taxe une cigarette. Je l'allume avec reconnaissance et m'éloigne, en toussant un peu. J'ai ignoré Avel parce qu'il était trop gentil, trop présent, trop humain. J'ai voulu vivre comme dans mes livres, éprouver des sentiments dévorants, vibrer et vivre. Trouver l'âme sœur à tout prix, quitte à tordre la réalité et à m'aveugler. Rose-Marie Miller a peut-être raison sur un point, je me suis raconté des histoires, encore et encore. Et mes mains se sont refermées sur du vide. Tristan n'était que du vent. Un Narcisse noyé dans son reflet. Un humain virtuel en quelque sorte. Et moi ? Suis-je aussi devenue un avatar de ma propre vie ? J'ai singé mon existence pour la faire coïncider avec celle qu'exigeait la narration. Une question m'obsède cependant. Comment n'ai-je pas anticipé ce qui allait arriver ? Je me suis abandonnée, coupée de moi-même. Qu'est-ce qui a provoqué cette cécité ? Et vais-je recouvrer la vue pour vivre à nouveau une vie réelle ?

Je finis ma cigarette, en proie à une tornade émotionnelle. En regagnant le hall, je retrouve Avel qui pianote sur son téléphone.

– T'étais où ?

– J'avais besoin de prendre l'air.

Il hausse les sourcils.

– Tu as fumé ?

– Oui.

Il me regarde bizarrement et par-dessus la table me presse rapidement la main.

– Tu vas tenir le coup.

Je lui réponds par un petit sourire.

– Merci. Tu viens ? On va trouver ce que nous cache ta nouvelle conquête.

43

L'hôtesse de l'air blonde débouche une mignonnette de vin rouge et la tend avec un verre à pied à Claire Jouan qui dépose le tout sur sa tablette. Puis elle se penche vers l'autre passager, côté couloir.

– Monsieur, que puis-je vous servir ?

– Un Coca zéro s'il vous plaît, répond Tristan.

En *business class* ils ont de la place pour allonger leurs jambes et se détendre. Tant mieux. Car la semaine s'annonce extrêmement dense. *Il faut que je recharge les batteries.* Tristan prend la boisson et le sachet de crackers qui l'accompagne. Claire Jouan ouvre sa petite bouteille de vin et verse le contenu dans son verre.

– Vous viendrez à Caen dès que possible, pour qu'on fasse le point sur votre nouveau prototype ?

Tristan hoche la tête.

– Je vais enchaîner les interviews, quelques visites, et après j'arrive.

Jouan marque une pause.

– Très bien. Comme ça je vous montrerai comment on avance de notre côté. Vous allez voir, c'est très prometteur.

Ils boivent leurs verres en silence, le temps que les hôtesses et stewards repassent, avec des plateaux-repas cette fois. Tristan et Claire Jouan déballent leurs plats en céramique. Le menu broché annonce qu'ils vont se « régaler » d'une salade hawaïenne, suivie de poulet sauté aux petits légumes et d'un fromage affiné. Jouan entame la salade, tout en jetant des coups d'œil à son ancien patient. Elle le trouve changé depuis quarante-huit heures, tendu. Où est passé le don Juan solaire qu'elle a côtoyé durant près de deux ans sans parvenir à en faire vraiment tomber les défenses ? À présent, il est comme une bougie éteinte. Son teint est gris sous le hâle, ses traits creusés, le cheveu brun sans éclat. Elle lui a même découvert des rides sur le front qu'elle n'avait jamais remarquées. Lorsqu'ils finissent leur dessert, un baba au rhum spongieux au goût de caramel, la psychiatre rompt enfin le silence.

– Puis-je vous demander quelque chose ?

Il termine son gâteau et son soda.

– Oui, quoi ?

– Comment allez-vous ?

Tristan hausse les sourcils.

– Normalement. Pourquoi ?

Claire Jouan s'essuie la bouche avec la serviette en papier.

– Où en êtes-vous avec Loïs Miller ?

Il ne réagit pas mais elle voit les muscles de sa mâchoire se contracter.

– Nulle part.

– Vous y pensez souvent ?

– Je ne vois pas en quoi ça vous regarde.

Claire Jouan déchire la pochette contenant une lingette humide et se frotte les mains, exhalant autour d'elle un parfum de citronnelle.

– J'ai vu votre réaction lorsque cette femme est réapparue sur le *RePlay* d'un de nos joueurs. Depuis vous êtes sombre.

– Je suis préoccupé par le lancement, c'est tout.

Jouan froisse la lingette et la pose sur le plateau.

– Tristan, pendant nos séances, vous me racontiez que cette personne occupait beaucoup votre espace mental. Est-ce encore le cas ?

Le jeune homme se passe la langue entre les dents comme pour en déloger un morceau de nourriture.

– Écoutez, on n'est plus en séance, là. Je ne suis plus votre client.

– Patient.

– Patient, peu importe. Alors ce que je pense, je le garde pour moi.

– Bien évidemment. Je me disais seulement que si vous vouliez en parler, ce serait dommage de laisser s'installer des pensées envahissantes, alors que vous vous en étiez, apparemment, débarrassé. Ce serait dommage pour vous et pour le projet.

Lorsque le personnel de bord revient à sa hauteur, Tristan demande un café. Il sourit pour la première fois à l'hôtesse blonde.

– Avec du lait, s'il vous plaît.

Puis, gardant son sourire, il s'adresse à Jouan.

– Je vous assure. Tout va bien. On ne peut pas être au top tout le temps, non ?

La psychiatre commande un thé et change de sujet. Ils parlent quelques minutes de leur programme puis Tristan remonte sa tablette, détache sa ceinture et se lève.

– Je vais me dégourdir les jambes.

Claire Jouan attend qu'il se soit éloigné vers l'avant de l'appareil et d'un geste rapide saisit le téléphone qu'il a laissé dans le filet de son siège et appuie sur la touche centrale. Lorsqu'elle voit apparaître l'avatar de Loïs en lingerie, un pli amer se forme sur ses lèvres. Elle en était sûre. Elle replace le téléphone tel qu'il était dans le filet et ouvre sa tablette numérique. Le temps que l'interface se connecte au wifi payant de la cabine, elle pianote nerveusement. Dès que la connexion est établie, elle ouvre sa boîte mail et rédige à toute allure un message.

Accélérez notre plan, la fille n'est toujours pas hors circuit et votre frère repart dans ses fictions, il m'inquiète pour de bon.

*

Je dégage ma table de salon en un tour de main, tandis qu'Avel prépare du café. Je rassemble ma paperasse, mes livres, mes dossiers, en un gros tas que je laisse au pied de mon étagère murale. *Je rangerai plus tard.*

Je dépose sur le plateau des feuilles blanches, des stylos-feutres de couleur et baisse les stores d'un tiers pour ne pas avoir le soleil dans la figure. Puis je sélectionne *Simulation Theory* sur mon smartphone que je connecte en Bluetooth sur mon enceinte. Le rythme techno obsédant de mon groupe favori meuble la pièce. Avel revient avec deux tasses. J'en prends une. Il s'assoit à côté de moi. Imperceptiblement son corps oscille en rythme, il ferme les yeux un instant, marquant le tempo avec de légers mouvements de tête.

– C'est bon, ça.

Je désigne les feuilles.

– Je te propose que l'on reprenne tout ce qu'on a. Et on ne quitte pas cette pièce sans une hypothèse.

J'attrape un rouleau d'adhésif et réunis quatre pages A4 de telle sorte que nous avons à présent devant nous un grand rectangle de papier vierge. Je pose le pot de feutres au milieu. Avel me regarde avec circonspection.

– Tu fais quoi ?

– Je te propose de faire une carte mentale de tout ce qu'on a pour voir où ça nous mène.

Avel lisse du plat de la main la feuille géante. Je vois, aux plis de sa bouche, qu'il ne m'a pas comprise. Il me regarde saisir un feutre bleu et tracer une grosse bulle au beau milieu de la feuille. J'y inscris REPLAY en grosses lettres. Puis je trace une ligne depuis cette bulle jusque vers le haut à droite de la feuille, change de feutre pour un vert, et écris MindTech. Un peu en dessous, au bout d'une autre ligne : service psychiatrie Caen. Avel m'observe.

– Tu fais quoi là vraiment, en fait ?

– Une carte mentale.

– Hum.

– Tu ne sais pas ce que c'est ?

– J'en ai déjà entendu parler, mais…

– C'est juste une façon synthétique de représenter l'information qui peut faire émerger une solution. Le principe a été créé par un chercheur, Tony Buzan, dans les années 1980. Tu n'as pas lu son livre ?

– Nan.

Je souris.

– Moi non plus mais j'ai lu des auteurs qui ne jurent que par lui. Si tu veux, ce qu'on fait le plus souvent, c'est une représentation sous forme de tirets, linéaire. Or le cerveau ne fonctionne pas ainsi. Il marche par associations d'idées et par arborescence. La carte mentale représente mieux notre schéma de réflexion.

Avel plisse légèrement les yeux, il ne voit pas concrètement ce que je veux dire.

– Bon. On doit partir de la bulle centrale qui représente notre question, et on va tirer des lignes, comme des rayons solaires si tu veux, qui représentent les idées liées à la question centrale. On tourne dans le sens des aiguilles d'une montre. Dans le sens de notre réflexion. Cette réflexion qu'aucune machine ne peut avoir. Olivier Houdé dans *L'intelligence humaine n'est pas un algorithme* explique bien notre façon de réfléchir.

– Comment on réfléchit ?

– La première forme, la plus rapide, celle qui se met en place spontanément, c'est la stratégie 1. Elle est liée à tous les automatismes, toutes les expériences que l'on a déjà vécues. Elle fait intervenir les émotions.

– On peut aussi appeler cela l'intuition.

– Exactement. Le feeling. Ta tête et ton corps semblent savoir avant toi la réponse. Et puis il y a le système 2, la réflexion, qui nécessite un temps plus long, une analyse, et qui est conduite par ton cortex préfrontal. Enfin, il y a le système 3. C'est le système d'inhibition du 1. Pour sortir des automatismes, il faut que tu exerces ton inhibition pour pouvoir réfléchir.

– Ce n'est pas bon l'intuition ?

– Si, c'est très précieux. Mais parfois elle nous induit en erreur.

– D'accord.

– Donc je te propose de réfléchir de la sorte. D'abord on se demande intuitivement ce qu'on ressent vis-à-vis de RePlay et de tout ça, et après on inhibe cette intuition pour observer ce qu'on ne voit pas.

Avel me regarde en buvant son café. Je me demande s'il n'a pas envie d'éclater de rire.

– Bien, au travail alors.

Au bout d'une demi-heure, alors que le soleil décline, nous sommes face à une feuille géante bariolée de ronds, de carrés, de flèches en couleur. Avel s'est pris au jeu.

– Réfléchissons, si Jouan veut mettre en place un *serious game* qui impacte potentiellement l'existence de tout le monde, comme l'a laissé entendre Lise Roset, alors c'est quelque chose qu'elle porte depuis longtemps.

J'embraye :

– Oui, son œuvre, sa légende personnelle, comme dirait Paolo Coelho.

– Tu cites *L'Alchimiste*, vraiment ?

Avel est carrément mort de rire, comme au spectacle. Moi j'en rajoute, j'en fais des tonnes, je fais le clown pour détendre l'atmosphère. Nous savourons ces bulles de gaieté jusqu'à ce qu'Avel nous en rapporte de vraies, dans deux bouteilles de Coreff, décapsulées, dont il remplit toujours mon frigo.

– Et maintenant ?

– Maintenant, on prend du recul.

Nous posons les feutres, entamons nos bières et nous éloignons d'un pas de la table. Nous avons noté tous les sujets sur lesquels l'équipe de Caen a publié des articles. Je résume à haute voix :

– On voit que les domaines de prédilection de Jouan sont les phobies, les addictions, les troubles anxieux, la dépression et le syndrome de stress post-traumatique.

Avel renchérit.

– Et tu oublies la médiation thérapeutique !

Je ris jaune et ajoute un item sur le dessin.

– Ah oui, la médiation.

– RePlay va lui permettre d'essayer de traiter ces cas-là.

– Ça, on le sait. Rien de nouveau sur la planète.

– Non, rien.

Je suis déçue. Mon intuition ne me dit rien de plus que les informations sèches que nous avons écrites. Je déguste en silence ma bière bretonne au goût ambré.

– Répète-moi exactement ce que t'a dit Roset ?

Avel pose une fesse sur la table pour boire à son tour.

– Elle m'a dit que leur invention toucherait tout le monde. Que l'existence en serait transformée. Ou quelque chose de ce style.

Je marche dans le petit salon, regarde par la fenêtre.

– Qu'est-ce qui transforme l'existence ?

– L'amour.

C'est Avel qui a marmonné dans mon dos. Je me retourne lentement vers lui. Il est immobile. Il a l'air ici et ailleurs, en même temps. Il regarde à travers moi.

– Tu disais ?

– C'est toi qui parlais. Tu viens de dire que ce qui change l'existence, c'est l'amour. Poursuis ton idée.

– Avec RePlay tu peux vivre le grand amour.

Je me trouble.

– Ben non.

– Ben si.

J'écarte les mains.

– Ben non, c'est pas possible.

– Pourquoi ?

– Pour qu'il y ait de l'amour, il faut, je sais pas moi, du lien charnel, des sens, un regard, un contact, la peau.

Avel ne cède pas d'un pouce.

– Non, pas forcément.

Je franchis l'espace qui me sépare de lui et plante mes pupilles dans les siennes.

– Si.

– Non.

– Si !

Je pose ma main sur la sienne.

– Rien ne vaut la caresse d'une peau sur une autre.

Avel pâlit mais n'en démord pas.

– Il y a des capteurs tactiles dans RePlay.

– D'accord. Mais c'est très grossier, ce que tu touches n'est pas la peau. Rien que dans ma main, j'ai dix-sept mille terminaisons nerveuses, et plus de mille six cent cinquante au bout de mes doigts. Quand nos mains se touchent, elles s'échangent ainsi des milliers d'informations sensorielles. Si je frôle ta peau, là, comme ça, j'envoie des messages à ton cerveau via toutes tes fibres nerveuses. Ces sensations se terminent dans l'insula, une structure de ton cortex où se forment les émotions et la conscience de toi-même. Ce ne sont pas des capteurs ou des stimulateurs qui vont reproduire ce que ma peau envoie à la tienne ! Si ?

Les joues d'Avel s'empourprent.

– Je ne suis pas d'accord.

Ma main quitte la sienne, remonte le long de son bras et vient se poser sur sa joue.

– Et l'ocytocine alors ?

Avel plisse les yeux.

– Hein ?

– Lorsque je te caresse, comme ça, ton cerveau sécrète une hormone, l'ocytocine. Lorsqu'on se serre l'un contre l'autre, qu'une mère allaite son enfant ou le câline, lors d'un orgasme aussi. C'est ce qu'on appelle l'hormone de l'attachement. Il a été démontré que le toucher virtuel entraînait moins de sécrétions d'ocytocine qu'une vraie caresse. CQFD.

Avel ne désarme pas.

– Je te dis qu'on peut aimer dans RePlay.

Je le regarde, interrogative.

– T'es sérieux ?

Avel ne bouge plus. J'ai furieusement envie de l'embrasser, là, d'aller chercher sa langue avec la mienne pour lui démontrer que rien ne vaut un baiser réel où la chimie résultant de deux êtres déclenche un feu qui vous consume de la tête aux pieds. Mais je n'ose pas, ne sachant quel cataclysme ce geste peut provoquer. Je recule d'un pas. La tension s'allège.

– Tout cela ne nous avance guère.

*

Après être passé aux toilettes, avoir déambulé dans la zone de détente entre la *business* et la première classe et échangé quelques mots avec l'hôtesse blonde qui le dévore logiquement des yeux, Tristan est revenu s'asseoir à sa place. Jouan dort à présent, un masque en soie bleue sur les yeux et des bouchons de mousse de la même teinte enfoncés dans les oreilles. Il lance un film, puis l'arrête, à peine le générique de début fini. Il ne parvient pas à se concentrer. Il sort son téléphone portable du filet et le réveille. Elle est toujours là. Fidèle et soumise. Il la caresse du pouce. Il aurait dû prendre ses lunettes de VR, mais il les a bêtement laissées dans son sac, en soute. Là, il peut juste la faire pivoter un peu sur son axe. Il regarde les yeux de Loïs.

– Tu ne perds rien pour attendre.

Ses mots sont avalés par le bruit du moteur. Il les prononce à haute voix, mais personne ne peut l'entendre. Tout le monde semble s'être endormi dans la cabine.

– Sais-tu que toutes les femmes rêvent de moi ? Me veulent ? Et toi ? C'est quoi ton souci ?

Soudain, son pouce reste en suspens, dans l'air. Tristan jette un œil à sa voisine, pour s'assurer qu'elle dort profondément. Puis de l'autre côté du couloir. Tout le monde ronfle. Alors il se cale dans son fauteuil et recherche un fichier dans l'appli de RePlay qu'il ouvre avec un code secret. Il clique sur un onglet et lance la troisième vidéo, sa préférée. Celle où la prostituée est nue à quatre pattes sur le matelas et tend vers lui le visage de la vraie Loïs, grâce à son logiciel *deep fake*. C'est juste avant la correction qu'elle va subir. Les battements cardiaques de Danton s'accélèrent, sa tension artérielle augmente. Ce n'est qu'un pis-aller, bien sûr, mais pour le moment c'est déjà bien, en attendant la vraie. Il desserre sa ceinture et glisse sa main libre dans son pantalon.

*

Avec Avel, on racle la fin du plat de lasagnes surgelées bio qu'on vient de réchauffer au four à micro-ondes. Un couvert sommaire a été dressé sur la table bistro de la cuisine, avec deux assiettes, deux fourchettes et un ballon de rouge pour chacun. Ce n'est pas le grand soir, mais c'est roboratif. Nous mangeons en silence. Mon pote est de ceux avec qui je peux me taire sans me sentir mal à l'aise. Mon téléphone portable est posé à côté de moi sur la table. Je vérifie que Mohammed ne m'a pas envoyé de nouveau message. Avant que nous passions à table, il nous a informés que Florence avait réussi à manger un peu ce soir et qu'elle se reposait. Demain elle va subir de nouveaux examens sanguins. Le médecin l'a trouvée « plutôt bien ». Pour la première fois depuis ma course vers la maison de Milly, je parviens à me détendre un peu. Je me masse la nuque et ressens une sorte de soulagement au creux du ventre. Une idée folle bourgeonne dans mon cerveau.

– Et si on se trompait ?

– De quoi ?

Avel enfourne une dernière bouchée. Coupe un morceau de

baguette et sauce son assiette, le regard baissé. Je poursuis sur ma lancée :

– Elle a tenu le cancer en respect pendant des années. Si ça se trouve, elle peut encore se rétablir et être assez forte pour supporter son traitement.

Avel boit son verre de vin, se ressert.

– Je ne crois pas, Loïs.

– Mais…

– Il y a un moment où il faut accepter ce qu'on ne peut pas changer.

Jamais je n'ai vu Avel si sérieux, sombre et fataliste. Il aura fallu attendre plus d'une décennie pour que je lui découvre ce visage. Je le regarde jusqu'à ce qu'il lève enfin les yeux. Je suspends mon regard au sien, fouille ses pupilles. Ce que j'y lis est une tristesse sincère et lucide, mais aussi une force qui me traverse de part en part. J'éprouve à cet instant la solidité du lien qui nous unit, fait de blessures, d'élan vital, d'amour, quelle que soit sa nature. La sensation est tellement forte que mon corps se contracte et j'en oublie de respirer. C'est lui qui brise le charme.

– Ça va aller ?

– Faudra bien.

Après avoir achevé le repas dans une atmosphère d'intimité silencieuse, je fais bouillir de l'eau et infuser un sachet de verveine-menthe. Munis de nos mugs brûlants, nous retournons dans mon petit salon comme deux vieilles copines qui ont traversé toutes les guerres. Nous nous plantons de nouveau devant la carte mentale géante, qui, malgré nos efforts, est restée muette. Le réseau MindTech et la vie professionnelle de Claire Jouan s'étalent devant nos yeux. Les études de la psychiatre, ses résultats, ses articles ont été décortiqués et épinglés. J'ai même tenté de me mettre mentalement à sa place, pour que son objectif ultime jaillisse comme par miracle. Mais les carrés, les ronds et les flèches n'ont pas encore révélé leur secret. Avel boit sa tisane, plongé dans ses pensées. Je me demande une fraction de seconde si toute cette histoire, autour de RePlay, vaut vraiment la peine de se battre alors qu'on pourrait juste prendre des vacances, loin de tout ça, et profiter des derniers jours qui nous restent, chacun, sur cette planète. Et puis je repense à Tristan et la rage se met de nouveau à me mordre l'estomac. Il faut empêcher Danton et Jouan de nuire, on n'a pas le choix.

Je m'assois devant mon ordinateur ouvert et retourne à mes recherches. Avel m'observe, avec, il me semble, une certaine affection. Je me connecte au site des publications scientifiques, déjà consulté maintes fois, et reprends mon enquête. J'épluche tout, encore et encore, repartant de zéro. Comme un chien policier, je flaire l'indice, le fil rouge à tirer pour dérouler la pelote. Avel finit par soupirer.

– J'en ai marre. Je peux mater un film ?

Je désigne la télécommande du menton. Il s'affale sur le canapé et triture les boutons de la zappette pour lancer la plateforme de streaming à laquelle nous nous sommes abonnés ensemble, par souci d'économie. Il clique sur son profil pour sélectionner une série. J'aime bien ce moment. Le théâtre de la vie à deux si on avait été en couple. Moi qui bosse tard et lui, dans son T-shirt informe et son jean élimé, qui se détend devant la télé. C'est tranquille, sans prise de tête. Un mot me vient à l'esprit : « doux ». Et si, profondément, j'aspirais à cela ? À déposer mes bagages, à ne plus chercher le chaos, ne plus vivre dans la peur, à accepter la douceur et aimer tranquillement. Un sourire effleure mes lèvres. Avel a lancé un Marvel. Et tandis que ses superhéros vont sauver la planète en danger, je chausse mes oreillettes et les plugue à mon ordi, revenant à mes recherches. Au bout d'un quart d'heure, je sors de mon silence.

– Ah tiens, c'est intéressant, ça.

Avel tend l'oreille.

– Quoi ?

– J'ai trouvé les comptes rendus administratifs du CHU de

Caen de l'année écoulée. Et le service de Jouan est passé de vingt à trente lits au mois de septembre de cette année.

– Et ?

– Son service s'est agrandi.

Je tourne vers lui l'écran de mon ordinateur et lui montre le plan de l'hôpital de l'année dernière comparé à l'actuel. Je pointe le service de Jouan, que nous avons tous les deux traversé. Moi pour la médiation, lui pour aller voir Roset. Puis je désigne un carré bleu qui a été ajouté à côté du rectangle blanc qui correspondait au service de psychiatrie.

– C'est quoi cette zone en bleu là ? Il y a marqué SP, dans le coin.

Avel hausse les épaules.

– J'en sais rien. Elle a dû recevoir plus de fonds et a annexé des locaux.

– À l'heure où l'hôpital public ne fait que fermer des lits ?

– Sais pas, suis crevé là.

Avel retourne à son film. J'enregistre les plans et je continue mes recherches, que j'élargis aux interviews, peu nombreuses, que le Pr Jouan a données, dans la presse française et étrangère. Je lis, je dépèce, je note des mots-clés sur la carte mentale. Jouan parle beaucoup de techniques, de numérique, de guérison, de soulagement de la douleur, physique ou psychique. Dans une vidéo, elle donne une conférence TEDx à la Sorbonne, où elle traite de la gestion de la douleur par la réalité virtuelle. Puis, lors d'une autre présentation à un congrès de psychiatrie au Trinity Hospital à Londres, elle parle des personnes âgées et de la souffrance. Cet hôpital me dit quelque chose, je suis sûre d'avoir lu récemment un article dessus. Mais où ? En mode automatique je tape sur le clavier, bouge la souris, ouvre des pages, les fais défiler, les referme, passe à la suivante, et c'est là que ça arrive.

« Tu n'as pas honte Louise ? »

Je bondis de ma chaise, les cheveux dressés sur la tête.

« Tu es une méchante fille ! »

J'arrache mes oreillettes et me lève, repoussant la chaise comme si elle m'avait brûlée.

Avel fait un bond.

– Que se passe-t-il ?

Je pointe le doigt.

– Mon père !

– Quoi, ton père ?

– Il me parle !

– Où ?

– Là, à travers l'ordinateur ! Sa voix !

La mienne grimpe dans les aigus. Avel est déjà debout. Il arrache le casque audio de la fiche et pousse le son à fond. On attend là, dans un silence épais. Je n'entends rien que le sang battant dans mes oreilles. Je pointe encore le clavier du doigt.

– Il m'a crié dessus « Tu es une méchante fille ! » et « Tu n'as pas honte, Louise ? »…

– Tu es sûre que c'était ton père ?

– Oui ! C'était lui, je te jure, c'était lui !

J'écarquille les yeux comme une folle.

– Bordel de Dieu !

Avel examine l'ordinateur.

– Tu dois avoir été piratée.

Je l'attrape par la main et l'entraîne vers le couloir. Je pointe de mon doigt le plafond, les restes du boîtier de l'alarme incendie.

– Hier soir sa voix est sortie de là !

– Du détecteur de fumée ?

– OUI !

Contrairement à moi, Avel est parfaitement calme.

– C'est possible. Tout est connecté par l'internet des objets. Ton détecteur est en lien avec ton téléphone, avec ton ordi et tous les systèmes qui ont une connexion. La sécurité est très peu fiable. Rien de plus simple que de s'introduire chez toi en empruntant ce canal.

Je regarde Avel, éberluée.

– On a piraté mon système internet ?

– Visiblement. Mais comment ont-ils pu avoir accès à la voix de ton père ?

Je fais une moue écœurée.

– Par RePlay.

Avel me fixe bizarrement.

– Comment ça ?

– J'ai fait un *RePlay* avec ma mère, il y a deux jours…

Mon ami est bouche bée.

– Tu as *RePlay* ta mère ?

Je hausse les épaules.

– Oui. C'est trop long à t'expliquer… et il y avait mon père.

– Quelqu'un a dû récupérer les fichiers audio et s'en sert pour te faire péter un câble.

Je secoue la tête.

– Mais qui ?

– Quelqu'un qui te connaît assez pour savoir quel est ton point faible…

– Danton. Qui d'autre.

Je fulmine. Dans ma tête la machine à élaborer des stratégies est en marche.

– Ce qui veut dire que leur jeu n'est pas anonyme comme ils le prétendent. Qu'ils ont accès à tous nos scénarios. C'est atroce.

Avel pâlit.

– En effet.

– Ils ont accès à tout. Ils peuvent tout balancer. Tu te rends compte ? Imagine quel pouvoir ils vont détenir sur nous tous !

Avel a l'air soudain malade. Il pianote sur mon ordinateur pour déconnecter tous les appareils associés. Le système de sécurité, les volets roulants, la chaîne hi-fi, la station météo, ma montre, ma balance et même ma bouilloire.

– Là, ça devrait être bon pour ce soir.

– Mais quelle pourriture, ce type !

Je lui touche le bras.

– T'es très pâle. Ça va ?

– Ce sont les lasagnes que je ne digère pas bien, je suppose.

Avel fait encore tout un tas de réglages informatiques.

– Je t'ai mis des pare-feux. Et je lance un nettoyage total de ta bécane.

Il finit de taper plusieurs instructions puis il coupe le système.

– Je crois qu'il vaudrait mieux que je dorme ici cette nuit.

– Je n'ai pas peur.

– Je *sais*. Mais moi ça me rassurera que tu ne sois pas seule. Je dormirai mieux.

– Si tu y tiens. Prends le lit.

Avel secoue la tête.

– Hors de question. Ton canapé est parfait.

Son ton ne souffre aucune discussion. J'ai la sensation qu'il veut me dire quelque chose mais il n'enchaîne pas. Je suis fatiguée. Je vais dans ma chambre, ouvre l'armoire et sors de quoi improviser un lit. Une taie d'oreiller, mon vieux plaid en laine. Tout danse devant mes yeux et j'entends encore la voix de papa en colère qui me glace le sang. Quand je me couche, une demi-heure plus tard, je suis dans un drôle d'état. Je refuse de me laisser envahir par la peur et la paranoïa mais la voix paternelle qui me crie dessus m'a bouleversée. *Allons, ce ne sont que des signaux mathématiques. Pourquoi Danton voudrait-il me déstabiliser ? Parce que j'ai décliné son invitation ?* Je ferme les paupières très fort. Je m'oblige à repenser à quelque chose de concret, à la carte mentale que nous avons construite. Je passe en revue les différentes bulles que j'ai dessinées et que je connais à présent par cœur. Je les examine, une à une. Quelque chose veut émerger, mais quoi ?

44

Le vent a chassé les nuages lorsque Danton et Jouan sortent de l'aéroport. Tous deux hument le ciel. Ils ont chacun commandé un VTC et se rendent à la porte C8 où c'est la cohue. Les taxis se disputent la place au dépose-minute, bataillent entre les voitures et les bus. Tristan maugrée :

– *What a mess.*

Claire Jouan laisse poindre une touche d'agacement.

– C'est toujours comme ça. Vous feriez bien de vous reposer un peu si vous voulez être frais pour les interviews.

Danton n'a pas décroché un mot depuis son réveil. Et nul besoin d'être un grand spécialiste de médecine pour savoir qu'il a à peine dormi et qu'il est ultratendu. Jouan et lui traversent un passage piéton et chacun attend la berline qui lui a été attribuée, en surveillant les plaques d'immatriculation. Celle de Danton arrive la première et se gare devant eux en double file. Tristan s'engouffre dans la Prius aux vitres fumées.

– On se retrouve à Caen.

Et en une fraction de seconde le véhicule s'éloigne. Jouan continue à scruter les voitures tout en se disant que quelque chose est en train de lui échapper.

*

J'ouvre les yeux d'un coup. Je ne sais pas quelle heure il est, le réveil n'a pas encore sonné mais une idée m'a réveillée. Avant de poser un pied hors du lit, je consulte mon téléphone. Il est six heures trente. Le premier message que je lis est celui de Mohammed :

Florence a passé une bonne nuit, c'est plus compliqué ce matin, une petite infection, on lui donne un traitement antibio. Elle va passer des examens. Les visites seront plutôt demain. Moha.

Le smartphone à la main, je me lève et, en T-shirt et culotte, me rends dans le salon. Le soleil n'est pas encore levé et Avel dort toujours, la tête enfoncée dans un coussin du canapé, entortillé dans mon plaid, une jambe poilue laissant entrevoir son caleçon. Il semble si vulnérable ainsi. J'ai envie de me glisser à côté de lui, de me coller contre sa peau et de le réveiller à coups de baisers dans le cou. J'allume une lampe à abat-jour.

– Hello !

Un grognement me répond. Je pose une fesse près de lui et lui secoue l'épaule.

– Flo a passé une bonne nuit, mais elle a une petite infection et donc on ne pourra aller la voir que demain.

Je le secoue encore.

– Ce matin, j'ai eu un flash. À propos de RePlay.

Avel décolle le visage du coussin et se retourne vers moi, yeux mi-clos

– Quoi ?

– C'est quoi ton programme aujourd'hui ?

– De la compta.

– Ça peut attendre demain ?

Avel ouvre l'œil plus grand. Je ne le laisse pas réfléchir.

– Parfait. Alors on prend une douche, un café, et d'ici trois quarts d'heure on se retrouve au garage et je t'explique tout une fois sur la route. Marché conclu ?

– La route ?
– Oui.
Avel se laisse retomber sur le coussin.
– Il est même pas sept heures !

*

Voilà cinquante minutes que le VTC a quitté Roissy-Charles-de-Gaulle. Danton regarde l'écran du GPS sur le téléphone du chauffeur, qui annonce une arrivée dans douze minutes avenue Bosquet. Assez tôt pour la coincer au saut du lit. Son visage est impassible et ses mains froides. Il joue avec le passe Vigik qui ouvre toutes les portes, acheté quinze euros sur Internet.

Je sors de la douche, rafraîchie et énergique. Quelque chose me dit que je touche au but, que les pièces du puzzle finissent par s'assembler. Je me sèche avec la serviette-éponge, la jambe droite, la jambe gauche, le ventre, les fesses, le dos, enfin le cou et le visage. J'accroche le drap de bain à la patère et passe dans ma chambre. J'ouvre les tiroirs un à un pour trouver une culotte, un soutien-gorge.

Danton sort du VTC, son sac de voyage à la main, et se poste devant la porte d'entrée. Il a chaussé ses lunettes opaques. Il effleure le boîtier d'ouverture avec son passe. Le claquement caractéristique lui apprend que ça a fonctionné.

Je farfouille dans mon armoire, attrape un jean, un chemisier blanc et un long gilet noir.

Clang. La porte s'ouvre et Danton pénètre dans la cour.

J'enroule un foulard de soie autour de mon cou.

Danton passe devant la loge de la concierge et s'arrête face aux boîtes aux lettres. Ses lunettes filment tout. Il veut garder le souvenir de cette séquence mémorable.

Je regarde ma montre, puis mets dans mon sac à dos ce qu'il me faut pour vingt-quatre heures. Mon ordi, mes papiers. Je plie aussi la carte mentale que nous avons réalisée avec Avel et la range soigneusement. Je tourne dans l'appartement, à la recherche de mes différents chargeurs.

Le doigt de Tristan suit la liste des habitants sur le panneau au-dessus des boîtes aux lettres. Cinquième droite. Parfait.

J'ai encore cinq minutes pour me faire un café. J'insère une dose dans la machine, place une tasse sous le percolateur.

Il dépose son sac de voyage dans un renfoncement sous la cage d'escalier.

La machine à café s'arrête et je saisis ma tasse.

Tristan s'engage dans l'escalier, les yeux levés vers les étages supérieurs.

J'ouvre le réfrigérateur à la recherche d'un truc rapide à me mettre sous la dent.

Tristan arrive au premier étage, il constate qu'il n'y a que deux appartements par étage et évalue mentalement son objectif. Il s'engage vers le deuxième.

Je finis mon café en glissant une pomme dans mon sac. Nettoie la tasse sous l'eau et la mets à sécher retournée à côté de l'évier.

Les semelles de caoutchouc ne font pas de bruit sur les marches.

J'enfile mon trench-coat, vérifie que les lumières sont bien toutes éteintes et je prends mes clés.

Tristan atteint le deuxième étage, il écoute les bruits de l'immeuble et attaque le troisième.

Je claque la porte, donne un tour de clé. Je réfléchis à ne rien avoir oublié.

Tristan dresse l'oreille. Il sort de la poche de sa veste un canif et arrive au troisième étage. Il entame le quatrième.

J'appelle l'ascenseur. Je perçois un bruissement dans l'escalier. Quelqu'un est en train de monter.

Tristan entend la machinerie de l'ascenseur grincer, il accélère l'allure.

L'ascenseur arrive à ma hauteur.

La cabine s'arrête au cinquième étage. Tristan accélère encore, avale les marches deux par deux.

J'entre dans l'ascenseur, j'appuie sur le bouton du sous-sol, la porte coulisse.

Tristan arrive au cinquième étage. Il constate que la cabine s'est refermée et amorce la descente. Il se tourne vers l'appartement de droite et sonne à la porte.

45

– Alleeeeezzzz, bouge ton cul !

Les doigts d'Avel pianotent nerveusement sur le volant, ses yeux vont du GPS à la route. Cela fait cinq bonnes minutes que nous sommes bloqués derrière un camion de livraison dans une contre-allée de l'avenue Bosquet. Je lui ai demandé de conduire pour continuer mes recherches. L'ordinateur ouvert sur les genoux, connectée à Internet via mon téléphone 4G, je surfe tout en l'entendant pester. La camionnette bouge enfin. Avel redémarre.

– C'est pas trop tôt !

Il laisse derrière lui l'avenue Bosquet pour finalement s'engager sur la rue Saint-Dominique, la place de la Résistance, le pont de l'Alma, jusqu'à l'Arc de triomphe, l'avenue de la Grande-Armée puis tout droit sur la N13. De là il continue, concentré sur la route. Je me laisse mener, plongée dans mes interrogations. Au panneau « Autoroute de Normandie » il brise enfin le silence.

– Bon, tu m'expliques maintenant pourquoi on y retourne ?

Le nez sur mon écran je reste évasive.

– Je veux vérifier mon hypothèse, je t'ai dit.

– Qui est ?

– Ce n'est pas que je veuille faire de la rétention d'informations, mais j'aimerais être sûre de ce que j'avance.

J'adoucis ma voix, pour ne pas l'agacer plus encore qu'il ne l'est.

– Laisse-moi encore cinq minutes et je te raconte tout…

Avel soupire. Il tend la main vers le bouton de la radio et lance FIP, un peu trop fort à mon goût. Duke Ellington emplit l'habitacle. Moi je surfe, j'ouvre des fichiers, je lis. Puis, passé le péage, je finis par redresser la tête.

– Ça te dit qu'on aille se prendre un p'tit déj ?

Avel me jette un coup d'œil interrogateur. Je lui fais mes yeux de cocker et lui arrache un sourire.

– Tu me fais tourner en bourrique ces temps-ci, hein ?

Je lui réponds par un clin d'œil. Un quart d'heure plus tard, nous posons sur une table haute d'une station-service nos gobelets de café accompagnés de deux croissants industriels servis sur une assiette en carton. Avel boit une gorgée de sa boisson et grommelle :

– Bordel, j'avais demandé sans sucre…

Je lui tends mon gobelet.

– Prends le mien, y en a pas.

– Non non, ça ira.

– J'insiste !

Il boit ma tasse et je bois la sienne. Je mastique un bout de croissant.

– T'as pu dormir cette nuit ?

– Ouais bof. Tu m'as réveillé tôt.

– Je sais, désolée. Merci d'avoir été là, pour… tu sais quoi. Le truc avec mon père. Tu ne m'as pas prise pour une folle. C'était cool.

Avel me couve du regard.

– T'inquiète. On va te reconfigurer toute ton installation et éliminer les virus. Ce connard va arrêter de te harceler. Il s'est introduit dans ton système pour prendre le contrôle de ton Internet des objets et t'a envoyé sur les micros un fichier audio trafiqué. Tu as dû le fâcher…

– Mais je ne lui ai *rien* fait !

Avel mord dans son croissant.

– Quoi qu'il en soit on ne le laissera pas faire. Bon, tu la craches ta pilule ? Qu'est-ce qu'on va foutre là-bas ?

Je m'éclaircis la voix.

– Voilà. Ce matin j'ai eu une intuition à propos de RePlay.

– Mmm.

– Jouan a tenu, il y a quelque temps, une conférence sur la douleur et la réalité virtuelle, que j'ai réécoutée et qui parle beaucoup de la fin de vie, et puis j'ai aussi trouvé un discours sur les maisons de retraite au Trinity College.

Avel, les deux coudes appuyés sur la table, se montre attentif derrière ses lunettes argentées. Je touille mon café.

– Ce nom de Trinity College me tarabustait. Et ce matin ça m'est revenu. J'avais lu un article sur cet établissement. Que je viens de retrouver.

J'ai toute l'attention de mon ami.

– C'est à l'hôpital de Trinity qu'on a fait les premières expériences de VR dans les soins douloureux.

Je sors mon téléphone portable et fais défiler l'article.

– C'est en anglais : « Depuis plusieurs années un réalisateur soignait sa mère paralysée, dont le plus grand regret était de n'avoir jamais pu nager avec les baleines. Bien entendu, ce désir ne pourrait jamais être comblé. Il a alors conçu pour sa maman un film immersif en 3D et à trois cent soixante degrés. Constatant le bonheur qu'il avait procuré à sa mère, il a eu l'idée de s'associer avec un hôpital pour apporter une satisfaction semblable aux personnes en fin de vie. » Il a ensuite vendu son concept à l'hôpital Royal Trinity qui suivait les patients dans un état grave. Et comme ça les patients pouvaient expérimenter leur rêve avant de mourir.

Avel hausse les sourcils.

– C'est ouf !

– Tu peux aller skier, surfer, tout ce que tu veux, avant le grand saut ! Ils racontent comme ça qu'une patiente atteinte d'un cancer en phase terminale a pu aller aux Maldives.

– Waouh.

– Et ils ont observé alors que la douleur était réduite.

– C'est dingue. Et donc ?

– Et donc il m'est venu l'idée que Jouan voulait peut-être lancer la même expérience ici, en France, avec RePlay. En plus de choper le marché des psychothérapies, elle s'adresse à tous ceux qui souffrent. Ce qui expliquerait pourquoi elle a agrandi son service et pourquoi Lise Roset t'a parlé d'un truc révolutionnaire.

– Ce qui lui ferait dire que cela concerne tout le monde ?

– Oui !

– Ça colle, mais qu'est-ce que tu veux faire ?

– Si on arrive à confirmer ça, on balance un papier : « RePlay, le jeu qui veut vous accompagner jusqu'à la mort ». Et on fait le buzz.

Je souris, fière de moi. Avel avance sa bouche en cul-de-poule.

– Je dois reconnaître que c'est énorme. Et donc tu veux qu'on aille voir le fameux nouveau service, c'est ça ?

– Oui. Savoir ce qu'il y a dans ce mystérieux bloc SP…

*

Sa voiture est toujours là où elle l'a garée avant de partir, au parking longue durée de la gare de Caen. Satisfaite, Claire Jouan se glisse derrière le volant. Elle a un peu dormi dans le train, mais pas assez pour récupérer de toutes ces heures de vol. Elle a consulté son planning. Parfois elle se demande comment elle va pouvoir tout gérer de front. Les essais cliniques en cours, ses articles scientifiques à boucler, les dossiers de patients et surtout la préparation de la conférence inaugurale du congrès de psychiatrie à San Diego en avril, où la suite de sa carrière va se jouer. Elle se sent fatiguée. Et si tout ne se déroulait pas comme prévu, si Danton lui claquait dans les doigts ? Elle se regarde par réflexe dans le rétroviseur. Les préoccupations creusent la profonde ride du lion, entre ses yeux, qu'elle tente d'effacer par des injections discrètes de Botox. Mais là le décalage horaire et le voyage ont eu raison de la chimie. Elle tourne la clé de contact et sort du parking en marche arrière, puis enclenche la marche avant. Elle va prendre le temps de repasser chez elle, de se détendre dans un bain avant d'attaquer la dernière phase de son plan, la plus cruciale.

*

Dans son petit bolide rouge, Mario accélère, double Katia dans sa Maserati rose, il remonte, troisième, deuxième, il braque, envoie Xanou dans le décor ! Attablé au fond du café de la rue Cler, penché sur sa console de jeux vidéo portable, Danton appuie frénétiquement sur les boutons. Il braque, enfonce le champignon et c'est la ligne d'arrivée, le drapeau à damier se lève. VICTOIIIIIRE ! *Yes !* Il relâche la tête en arrière et grogne de satisfaction. La petite décharge d'adrénaline excite son circuit neuronal de la récompense, puis disparaît. Il éteint la console, ôte son casque audio. En ce moment, ses joies sont de courte durée. Mais en les multipliant, il peut tenir le coup. Le serveur vient déposer devant lui une tasse avec une théière et un sachet de thé vert.

– Vous désirez quelque chose à manger ? Une viennoiserie ? Nous avons des formules petit déjeuner avec jus de fruit et croissant ou pain-beurre-confiture.

Tristan décline.

– Ça ira, merci.

Il est sombre tout à coup. Ses humeurs sont aussi changeantes que la météo. Il saisit le sachet et le plonge dans la théière d'eau chaude. Il observe la poche de papier transparente se gorger d'eau puis lentement couler vers le fond en exhalant un nuage ocre vert. Il y a presque deux ans, ils étaient assis tous les deux à cette même table, ou à peu près, dans ce café. Elle, intimidée, pas encore révélée à elle-même. Gênée et conquise, prête à être cueillie. Enfin, c'est ce qu'il croyait alors. Ses yeux s'obscurcissent, son pouls bat dans sa gorge et son estomac sécrète de l'acide. De la main droite, il tire sur la ficelle et sort l'outre gonflée qui dégoutte sur la surface lisse du thé, comme un poisson agonisant hors de l'eau. Sa main gauche caresse la peau douce du sachet, humide et chaude. Il en suit les nervures, puis entre le pouce et l'index il se met à l'écraser pour en extraire le jus, qui coule sur ses phalanges. Il malaxe brutalement la membrane, sentant les feuilles de thé agglomérées en boule s'émietter sous la pression de ses doigts, comme autant de paquets de fourmis qu'il broie. Il l'écrabouille dans sa paume tout entière, poing blanchi. Puis il relâche le sachet dans la sous-tasse, rabougri, sans vie.

*

La place que nous avons trouvée, sur le parking du CHU, est stratégique. Pile dans l'axe de l'entrée du hall qui conduit au service de psychiatrie de Jouan, mais assez en retrait pour que nous ne soyons pas vus. Je me désaltère à ma gourde d'eau tandis qu'Avel tape sur son téléphone portable.

– Voilà : « Salut Lise, je suis de nouveau au CHU. J'aimerais te parler d'un truc. On se prend un café ? »

– Au moins c'est direct.

Je souris à mon pote. Il appuie sur *Envoyer*. À croire qu'elle était postée à côté de son téléphone en train de l'attendre : en moins d'une minute une notification annonce sa réponse.

Libre à déjeuner ?

Je hausse les sourcils.

– Elle perd pas de temps !

Avel répond aussitôt à Lise, reçoit un nouveau message, puis répond en retour.

– OK. Je l'attends en bas à douze heures trente et on y va ensemble.

– Où ?
– Je ne sais pas.

*

Les portes coulissantes de la station RTL s'écartent devant lui. Danton franchit le sas puis ouvre son sac à la demande de l'agent de sécurité et se dirige vers l'accueil où il décline son identité. L'hôtesse l'invite à attendre dans un espace dédié, sur un des larges fauteuils. Il s'assoit, mains sur les genoux, le regard fixe, dédaignant la pile de journaux people mis à sa disposition. Dans ses yeux, le temps s'est arrêté. Danton n'est plus vraiment là. Il exécute les tâches qui lui incombent mais sans y mettre d'attention, son but essentiel est ailleurs. Quelques instants plus tard, un assistant muni d'un badge se présente et l'invite à le suivre jusqu'au studio d'enregistrement. Tristan sourit mécaniquement. Il entre en scène. Il confie sa veste à l'assistant, salue l'animateur et vient se glisser dans un fauteuil du studio pendant une coupure pub. Soudain parfaitement chaleureux, il sourit à tous en s'approchant du micro, sans notes. L'animateur enjoué lui pose quelques questions, puis reprend l'antenne :

– N'avez-vous jamais eu envie de revivre votre vie, de retrouver votre grand-mère adorée disparue ou bien votre premier amour ? Nous accueillons aujourd'hui Tristan Danton, fondateur de MindTech, une start-up de la Silicon Valley, et qui a lancé RePlay, le jeu qui nous offre cette chance. Bonjour Tristan.

– Bonjour Ted.

– Alors, Tristan, pourriez-vous décrire ce jeu révolutionnaire en quelques mots pour nos chers auditeurs et chères auditrices ?

Après une courte présentation de Danton, l'animateur poursuit :

– Et vous, chers auditeurs, qu'aimeriez-vous rejouer dans votre vie ? Vous êtes nombreux au standard à nous appeler. Nous allons prendre un premier appel.

*

Assise dans ma voiture je les regarde se retrouver. Lise Roset vient de sortir du bâtiment. Blonde, les cheveux lâchés sur les épaules, un profil de Barbie. Elle et Avel se saluent à distance, comme l'exige la distanciation sociale depuis la crise du Covid. Puis la thésarde désigne une direction au-delà de la barrière d'entrée de l'hôpital. Avel hoche la tête et tous deux se mettent en marche, en parlant. J'attrape mon sac, sors discrètement du véhicule et les prends en filature. Je paierais cher pour savoir ce qu'ils peuvent bien se raconter. Ils sortent de l'enceinte du CHU, le contournent sur cent cinquante mètres, traversent l'avenue et entrent dans un bistro, *Le Chat sur le toit*, sur le trottoir de droite. Je dépasse l'établissement, l'air de rien. Un coup d'œil rapide jeté à l'intérieur du restaurant m'indique qu'ils s'installent à une table près de la fenêtre. Pour me donner une contenance, j'avise une boulangerie qui fait l'angle et m'y arrête pour m'acheter un sandwich. La main dans ma poche de manteau, je malaxe mon téléphone avec nervosité. J'attends qu'il vibre, annonciateur d'un message de mon ami. Mais évidemment, je ne reçois rien, pas encore. Ils doivent tout juste passer commande. J'aurais peut-être dû trouver une table près d'eux, après tout elle ne me connaît pas. Mais sait-on jamais ; c'est trop risqué. Mon sandwich en main, je reviens me poster sur un banc, quasiment en face du troquet, et j'attends.

*

– Merci, Margot, pour votre appel. Tristan, nous recevons aussi beaucoup de messages par Internet. Par exemple une internaute nous demande si elle peut faire venir dans RePlay son époux disparu trop tôt.

Danton s'approche du micro. En grand professionnel de la

communication, il plante ses yeux dans ceux de Ted et sa voix descend d'une octave.

– Je lui réponds que RePlay est fait pour elle. Pourquoi souffrir de l'absence d'un être cher alors qu'on peut l'avoir à ses côtés, être en interaction avec lui, l'écouter, lui parler ? C'est cela que permet l'intelligence artificielle aujourd'hui. C'est exactement ce que nous offrons. Cette auditrice, qui doit souffrir de la mort de son mari, peut enclencher ainsi un cercle vertueux qui amoindrit la souffrance. Pourquoi s'en priver ?

L'animateur, accroché au chrono, lui fait signe que l'heure tourne.

– Vous êtes une sorte de visionnaire, Tristan ?

Danton sourit modestement.

– Non, j'ai seulement su sentir l'air du temps.

– L'air du temps est à la nostalgie de son passé ?

– Je dirais plutôt à la reconnexion avec ses désirs enfouis.

– C'est-à-dire ?

– Pourquoi refouler ses peines, ses désirs avortés, ses frustrations, alors qu'on peut tous les vivre !

– Mais, Tristan, se tourner sans cesse vers son passé n'est-ce pas une façon de ne pas regarder l'avenir ?

– Tout au contraire, Ted. Ce n'est qu'en étant réconcilié avec ses démons que l'on peut avancer vers son futur.

Les yeux de l'animateur brillent. Il voit sur son écran les *likes* affluer sur les pages Twitter et Facebook. Ils sont en train de faire le buzz. Il tient un sujet chaud et un bon client.

– Et l'avenir de RePlay, Tristan, qu'est-ce que c'est ? Pouvez-vous nous en dire plus ?

– Je ne peux en parler pour l'instant, répond Tristan d'un ton mystérieux, parfait pour l'audience, mais de grandes évolutions se préparent.

– Et pourriez-vous nous rappeler combien vous avez d'utilisateurs déjà ?

– Nous avons franchi le cap des six cent mille ce matin.

*

Claire Jouan dénoue sa natte brune devant le miroir de son salon au mobilier années 1930 entièrement rénové. Elle passe la main dans ses cheveux et les peigne de ses doigts. Son téléphone vibre. Elle le consulte et prend connaissance du texto de Pierre-Éric :

On se voit ce soir ?

Elle s'apprête à répondre négativement à son amant occasionnel, mais se ravise. On verra plus tard, selon son humeur et sa fatigue. Elle enlève ses chaussures et programme l'alarme de son téléphone dans une heure et trente minutes. Finalement au lieu du bain elle opte pour une sieste. Elle s'allonge sur le canapé Art déco en cuir blanc aux accoudoirs arrondis et cale sa tête sur un coussin en coton imprimé de formes géométriques. Elle est épuisée et en même temps surexcitée. Le sommet de l'Everest n'est plus très loin et ce n'est pas le moment de faiblir. Comme lorsqu'elle faisait de l'alpinisme avec sa mère et ses frères. Elle ferme les yeux. Viser la lune et ne rien lâcher, jamais.

*

Mon sandwich avalé, je fais toujours le guet devant le bistro en lisant d'un œil les news sur mon téléphone. J'aurais aussi bien pu rester au chaud dans ma voiture. Un homme, la cinquantaine, bien habillé, marche dans ma direction. Je fais mine de m'intéresser à mon portable pour ne pas attirer l'attention. Il arrive à ma hauteur et s'arrête au lieu de me dépasser.

– Auriez-vous l'heure, s'il vous plaît ?

Je lève les yeux sur lui, grisonnant, sourire sympathique. Je regarde l'horloge de mon téléphone.

– Treize heures quinze.

– Merci.

Je m'attends à ce qu'il s'éloigne, mais non.

– Vous savez où est le CHU ?

Je tends la main vers la droite.

– Au bout de la rue, vous tomberez dessus.

– Vous le connaissez bien ?

– Ah non pas du tout.

– Vous n'êtes pas d'ici ?

– Non.

– Je viens rendre visite à une nièce qui a subi une petite intervention. Mais j'ai oublié mon téléphone et je me retrouve sans montre et sans GPS. C'est idiot.

Et le type s'embarque dans de longues considérations sur les temps actuels et notre dépendance aux nouvelles technologies. Je jette des regards désespérés au bistro. *Tu vas voir qu'il va me faire louper la sortie d'Avel !* Soudain mon smartphone vibre. Un message :

Ça mord.

Enfin ! Par-dessus l'épaule du bavard, je scrute la vitrine du resto. Avel est tout seul à table, Lise Roset a dû s'absenter, pour aller aux toilettes sans doute. Je lève un pouce vers lui, interrogatrice. Il me répond d'un signe « OK ». Puis fait une rotation de la main pour m'indiquer qu'ils ont fini. Du menton, il me désigne le type à côté de moi, qui continue de parler. Je lui fais comprendre que je ne sais pas qui c'est. Et puis Lise Roset revient et je me retourne vers le quinquagénaire.

– Je vais devoir y aller.

– Ah oui, bien sûr. Merci pour vos renseignements, mademoiselle. Y aurait-il une chance pour que vous soyez libre plus tard, pour un café ou un verre ?

Je le regarde en battant des cils.

– Aucune.

Le type bat en retraite et poursuit sa route. Je vois à présent

Avel et la blonde debout devant la caisse. Je m'éloigne d'une dizaine de pas. Ils sortent et reprennent la direction du CHU. Avel a son téléphone à la main. Il textote en marchant. Le mien vibre de nouveau.

Visite du service !

Avançant derrière eux j'envoie en retour l'icône d'un pouce en l'air, puis : SP ?

Nouvelle vibration : Yes.

Je souris à mon téléphone et lui réponds : U R the boss.

*

Claire Jouan s'ébroue de sa sieste impromptue et rallume son téléphone. Elle a plusieurs messages en attente. Elle avait dit à son équipe qu'elle ne reprenait que demain mais elle se sent reposée. Elle se lève, va se faire un café. C'est parti.

46

Les choses s'enchaînent très vite ensuite. Avel et Lise Roset traversent le parking de l'hôpital et se dirigent vers le service de Jouan. Au pas de course j'emprunte le même chemin, vingt mètres derrière eux. Ils entrent par la porte coulissante vitrée sans s'arrêter à l'accueil. L'ascenseur de droite s'ouvre, ils s'y engouffrent. J'arrive quelques secondes plus tard. J'attends, jusqu'à ce que la cabine stoppe au troisième. Puis je rappelle l'ascenseur et je prends le même chemin qu'eux.

*

Douchée et habillée de frais, Claire Jouan remonte dans sa voiture. Elle est heureuse de retrouver l'hôpital et de poursuivre son œuvre.

*

Arrivée au troisième, je reconnais sur la droite le couloir bardé de portes qui mène à la salle de réunion, en face le panneau « soins et réalité virtuelle », à gauche la porte blanche fermée, sans aucun signe distinctif, qui correspond certainement aux nouveaux locaux « SP » que j'ai vus sur le plan. Je m'en approche et appuie sur la poignée qui, contre toute attente, s'ouvre.

Je ne suis pas préparée à ce que je découvre derrière. L'accueil classique d'un service hospitalier mais silencieux et plongé dans la semi-pénombre. On devine un comptoir arrondi sur la gauche, des toilettes sur la droite, quelques chaises vides et, devant, un couloir à la lumière tamisée qui dessert une succession de portes fermées. Tout est figé comme si un sort avait endormi les lieux pour l'éternité. Il n'y a personne derrière le comptoir, ni dans le couloir, et aucune trace d'Avel… La seule source de lumière émane d'une petite fenêtre derrière le comptoir, jetant une lueur faiblarde sur un grand livre ouvert. Je m'approche et tends le cou pour déchiffrer un mot écrit sur la page de gauche.

« Merci pour votre gentillesse.

Ma grand-mère a pu partir en paix. »

Je relève le nez. Un peu plus loin, dans le couloir obscur, sur une petite table haute brûle un cierge blanc. Suis-je dans un funérarium ? Je commence à me sentir dans un état bizarre, une goutte de sueur glacée coule entre mes omoplates. J'ai froid, mon cerveau rationnel me dit de fuir. Je ne l'écoute pas. Au contraire, j'avance. Je marche sans bruit, avec la certitude que ma respiration est assourdissante. Je remonte le couloir, à pas de loup. Soudain je m'immobilise ; il m'a semblé percevoir des chuchotements et des rires étouffés provenant du couloir. Je reprends ma progression avec davantage encore de précautions. Mes yeux s'habituent à la pénombre et voient plus distinctement les portes numérotées des chambres fermées. Mes narines perçoivent un mélange de désinfectant et de lilas, mes oreilles un son de soufflerie et des bips réguliers. J'arrive à la hauteur de la chambre 18. La porte est entrouverte et par l'entrebâillement me parviennent des voix. Je risque un œil. Avel et Lise sont là, au pied d'un lit ! Je me replie aussitôt derrière le mur, essayant de capter de toutes mes oreilles ce qu'ils se disent. C'est la voix basse d'Avel qui pose une question.

– À quoi ça sert exactement ?

Et Lise Roset de répondre.

– Cela reste absolument off, entre vous et moi ?
– Je vous l'assure.
– Le programme recrée pour les malades un environnement familier ou un lieu qu'ils ou elles ont aimé.
– Pour quoi faire ?
– Pour les apaiser.
– C'est génial.
– Oui. Dès que ce ne sera plus confidentiel, vous pourrez en parler.

J'entends Avel susurrer.

– Je ferai alors un portrait de vous.

Lise Roset roucoule. Je me replace en position pour espionner. C'est Avel qui parle.

– Quoi qu'il en soit, le virtuel ne remplacera jamais les sens humains. Tenez, le toucher par exemple.

Je hausse les sourcils.

– Savez-vous combien il y a de récepteurs dans une main ? Si je vous touche juste comme ça ? Dix-sept mille, et mille six cent cinquante rien qu'au bout de mes doigts…

Je rêve ! Mes mâchoires se crispent. Ils bougent dans la pièce. Je m'éloigne de la 18. Leurs voix se rapprochent. Je regarde autour de moi et avise la porte 20. Je m'y engouffre et la referme sans faire de bruit, dans l'attente que ces deux-là s'éloignent et que je puisse ficher le camp. Je suis dans une quasi-obscurité quand je perçois un borborygme dans mon dos, suivi d'un gémissement. Je me retourne lentement et écarquille les yeux.

Je devine tant bien que mal un corps allongé sur un lit et qui respire avec difficulté. J'allume la lampe torche de mon téléphone portable. Le faisceau lumineux révèle des pieds emmaillotés dans un drap puis remonte lentement sur une forme anguleuse. Sur le drap sont posées deux mains tachetées aux longs doigts noueux. Deux bras maigres sortent des manches d'un pyjama bleu. La lampe remonte sur un torse qui se soulève péniblement et un cou ridé. Un menton proéminent, une bouche fine, serrée, des joues creuses et parcheminées, des pommettes saillantes, un nez à l'arête aiguë. Et, à la place des yeux, une paire de lunettes de réalité virtuelle équipées de voyants qui clignotent en rouge et bleu ! Les verres, pas totalement opaques, laissent entrevoir les yeux grands ouverts du gisant. J'ai un mouvement de recul. Sa poitrine s'abaisse alors qu'un goutte-à-goutte relié à une poche de perfusion lui injecte un cocktail trouble à la saignée du coude. J'éclaire tout le lit. *Mon Dieu.*

– Monsieur.

Le vieillard n'a pas de réaction, même pas un frémissement, comme s'il ne m'avait pas entendue. Je fais un pas de plus, de manière à me mettre à la portée de son oreille.

– Monsieur.

Mais il ne réagit pas davantage. Je ne suis pas sûre qu'il ait même conscience de ma présence. Penchée contre son oreille, je distingue alors deux fils transparents qui disparaissent dans le méandre de ses pavillons auriculaires. Il porte des écouteurs. Coupé du monde, il ne peut ni me voir ni m'entendre. Je me redresse, choquée. Je fais le tour du lit. Il n'y a ni fleurs, ni gâteaux, ni chocolats, ni photos. Rien. La chambre impersonnelle est nue. Sur une table à roulettes rangée le long de la fenêtre fermée, un dossier cartonné est posé. Je l'ouvre. Il comporte plusieurs feuilles agrafées et marquées d'un tampon du service de Jouan. Ma lampe parcourt les feuillets. Ce vieil homme s'appelle Francis Clément, quatre-vingt-onze ans, demeurant à Colleville-sur-Mer. Il a été admis pour une pneumonie au CHU, puis a enchaîné les complications. Je lis ensuite une liste de constantes et de paramètres sanguins, auxquels je ne comprends pas grand-chose. Sur les feuillets suivants, je trouve des numéros d'assurance, les coordonnées du médecin traitant et de la famille à joindre. La troisième page est un papier à en-tête du service, marqué CONFIDENTIEL, découpé aux trois quarts suivant des pointillés. Le dernier quart de la feuille est manquant.

Je prends des photos du dossier, range mon téléphone dans ma poche et reviens à M. Clément. Je lui touche la main, qui réagit par un léger frisson. J'essaie de toutes mes forces de lui envoyer un peu d'humanité à l'heure où il en a le plus besoin sans personne à son chevet.

– Tout ira bien, monsieur.

C'est complètement idiot, je ne le connais pas, ne le reverrai jamais et il ne m'entend pas, mais l'idée qu'il puisse mourir comme ça, tout seul, avec ces lunettes de malheur pour tout accompagnement de ses dernières heures, me révolte… Et si je les lui ôtais ? Mais je n'ai aucune idée des conséquences qu'entraînerait un tel acte. Alors je me contente de lui dire au revoir et de ressortir de la chambre, chamboulée. Il n'y a toujours personne dans le couloir et j'entends un rire tout au bout. J'écris un message à Avel, un poil agacée.

Suis sur zone. Occupe-la autant que tu peux.

En moi-même, je me dis que visiblement il ne va pas se faire prier.

*

Parvenue dans son bureau, Claire Jouan suspend son manteau à la patère et pose son sac à main sur la table. Elle jette un coup d'œil rapide au courrier empilé en son absence. Certaines lettres sont urgentes à traiter, elle les place en évidence près de son ordinateur. Elle ouvre ensuite la porte de jonction avec les bureaux de ses collaborateurs. Celui de Lise est vide. Jouan rédige un texto à son étudiante.

Où êtes-vous ? Je suis rentrée plus tôt.

*

Je teste les portes une par une. La 22 est ouverte et vide, la 24 fermée. J'appuie sur la poignée de la 26 et entrouvre. Un fauteuil près de la fenêtre est occupé par une dame à la peau très blanche. Elle tourne lentement la tête vers moi. À travers les lunettes de VR ses yeux hagards ne me regardent pas. Je prends une photo et, de plus en plus effarée, referme la porte. La 28 est tout aussi effrayante : une dame est recroquevillée en position fœtale dans son lit, lunettes sur le nez, tel un animal blessé.

*

Jouan referme son bureau. Lise n'a pas répondu, elle doit être dans le nouveau service SP, des soins palliatifs virtuels.

*

Au bout du couloir, une porte est sans numéro. J'y colle mon oreille et, ne percevant aucun bruit, tourne la poignée. Ça m'a tout l'air d'être un bureau de surveillante générale, avec son tableau de fiches de couleur au mur, deux bureaux, des classeurs. Je referme la porte derrière moi et sans savoir exactement par où commencer je passe rapidement en revue les documents qui sont disposés en évidence sur les tables. J'ouvre les tiroirs qui veulent bien s'ouvrir. Il y a des dossiers de comptabilité et de malades. J'en ouvre un au hasard : tout comme dans celui de M. Clément, la dernière page est découpée.

Je jette un regard circulaire sur la pièce. Où rangerais-je des trucs confidentiels ? Il y a, sous la fenêtre, un secrétaire en métal. Je teste les premiers tiroirs, la peur au ventre. Si quelqu'un entre, je suis cuite. Les tiroirs s'ouvrent. Soudain, je sursaute, certaine d'avoir entendu des pas dans le couloir. Je suspends ma recherche un instant puis, une fois l'alerte passée, la reprends. Je soulève des papiers, ce sont des factures, des ordonnances. Le quatrième tiroir est un classeur de dossiers. Je passe en revue les chemises cartonnées. Et là, au cinquième intercalaire, sur une chemise verte à élastique est inscrit en gros au feutre « Accords RePlay U ».

À la sortie de son bureau, Claire Jouan croise un médecin, ils discutent devant la porte bleue, puis elle entre dans le service SP.

*

Le dossier vert dans les mains, je me fige, cette fois j'ai vraiment entendu des pas qui se rapprochent. Je rédige encore un texto à Avel :

Quelqu'un arrive !

*

Claire Jouan remonte le couloir d'un bon pas jusqu'à la salle de repos. La porte est ouverte. Lise Roset et un jeune homme sont en train de prendre un café, debout.

– Que faites-vous ici ?

Lise Roset sursaute, rougit.

– Professeure Jouan, je ne vous attendais que demain. Je vous présente Avel Laouen, journaliste à Numérico. Il m'a contactée pour une série qu'il prépare sur la réalité virtuelle et le soin. Tout ce qu'on s'est dit restera confidentiel tant que nécessaire bien sûr.

Avel salue la psychiatre.

– En effet. Je suis passionné par la réalité virtuelle et j'ai lu beaucoup de vos travaux. Accepteriez-vous une interview ?

L'expression de Claire Jouan est glaciale. Elle croise les bras.

– Je vous reconnais. Votre pseudo est Alex Vial sur RePlay, vous vous êtes inscrit à l'essai clinique et vous fantasmez sur Loïs Miller.

*

J'attrape le dossier, referme le tiroir et ouvre la chemise sur le bureau. J'ai le cœur qui bat à tout rompre. Mes mains tremblent. Il y a une liste de noms. Je découvre une pile de contrats, avec, au dos, des chèques épinglés. Je parcours rapidement la feuille signée par les familles et le sang quitte mon visage.

*

Lise Roset s'écarte d'Avel et le dévisage avec effroi. Claire Jouan avance le menton d'un air de défi.

– Que venez-vous faire ici ?

– Je vous l'ai dit, je…

– Écoutez, on va gagner du temps. Vous fouinez pour le compte de Miller ?

– Pas du tout !

Lise Roset regarde l'un et l'autre, décontenancée. Claire Jouan prend son téléphone portable.

– Très bien. Je vais l'appeler et lui demander.

– Lui demander quoi ?

– Pourquoi vous vous êtes introduit ici.

Avel songe tout à coup au téléphone qui risque de sonner ou vibrer, quelque part non loin de là.

– Non ! N'en faites rien !

– Elle n'est pas au courant donc.

– Non.

– Que faites-vous ici alors ?

– Je prends plaisir à discuter avec votre collaboratrice, c'est tout. Et, oui, je me suis inscrit à RePlay pour voir.

– Si vous diffusez un seul mot de ce que vous avez vu ici, je ne me gênerai pas pour rendre publics vos scénarios. Vous voyez de quoi je veux parler…

Avel toise la psychiatre.

– Vous n'en avez pas le droit.

– Pas plus que vous n'avez le droit de fouiner ici. Je me demande qui aurait le plus à y perdre. Car, d'après ce que j'ai vu, vous êtes loin d'être celui qu'elle croit…

47

Je fais les cent pas sur le parking, à côté de la voiture, en attendant qu'Avel sorte. Qu'est-ce qu'il fiche ? Je lui ai envoyé cinq textos pour lui dire que j'avais trouvé un truc inouï et il n'a pas répondu. Un petit crachin s'insinue dans le col de mon manteau et dépose sur mes cheveux une pellicule glacée.

– Enfin !

Le voilà. Avel sort du bâtiment, il est seul. Il traverse le passage piéton et se dirige vers moi, regardant autour de lui comme s'il vérifiait qu'il n'est pas suivi. En remontant dans la voiture il est très nerveux.

– J'ai eu du mal à m'en dépêtrer. On y va ? Tu as trouvé ce que tu voulais ?

Son agitation fait écho à ma propre fébrilité.

– Si tu savais !

– Quoi ?

Je prends mon portable et fais défiler les photos.

– Regarde !

J'affiche les scans du contrat que j'ai trouvé chez M. Clément et de la suite dans le bureau.

– Je te présente la dernière trouvaille du duo Danton-Jouan, ça s'appelle *RePlay Ultimate*.

*

Claire Jouan prend le temps de se servir un café sans sucre à la machine à espresso. Puis se tourne vers Lise Roset.

– Mais qu'est-ce qui vous a pris ! Vous avez perdu la tête ?

Lise rougit de nouveau. C'est la première fois de sa jeune carrière qu'elle est prise en défaut.

– Je vous présente toutes mes excuses. Je ne voyais pas le mal. Il paraissait si intéressé et inoffensif.

La psychiatre soupire.

– Mais enfin ! C'est le b.a.-ba. À l'avenir, dès que vous entendez « journaliste », méfiez-vous ! Ils avancent toujours masqués, d'une manière sympathique, désinvolte, amicale, mais après on ne sait pas ce qu'ils font de ce qu'on leur dit. Heureusement, je suis arrivée à temps. Il n'a pas vu grand-chose. Et surtout il ne bougera plus une oreille.

– Vous croyez ?

– Certaine. Il est clair qu'il est terrifié à l'idée que je divulgue ses fantasmes. Allons, assez perdu de temps. Remettez-vous au boulot. Et ne me refaites jamais un coup pareil, ne m'obligez pas à me passer de vous !

*

J'ai poussé le chauffage à fond dans la voiture, moteur allumé. Avel a repris quelques couleurs mais il n'a vraiment pas l'air dans son assiette. Je fais défiler les photos prises dans le bureau, les agrandis avec deux doigts et lui lis tout haut la chose insensée qui y est écrite.

– C'est une note à l'attention des familles, qui doit être lue et approuvée et signée. Elle dit : « Notre unité de soins palliatifs accueille les patients atteints d'une maladie grave évolutive présentant des symptômes difficilement gérables en hospitalisation traditionnelle ou nécessitant un temps d'accompagnement important. Elle peut aussi les accueillir pour un temps déterminé et proposer ainsi un répit et un soutien aux familles. »

Avel m'interrompt :

– Oui, et donc ?

– Attends ! C'est là que ça devient intéressant : « Dans ce cadre, notre nouveau programme *RePlay Ultimate* offre aux patients atteints d'une maladie grave, évolutive ou terminale, une réponse apaisante afin de soulager les douleurs physiques et de prendre en charge la souffrance psychologique, sociale et spirituelle. Une manière moderne et adaptée de traverser les épreuves douloureuses dans la paix et la sérénité, aussi bien pour les patients que pour les familles. En améliorant le confort, le programme permet également d'alléger les coûts préjudiciables aux familles, tout en assurant au patient ou à la patiente une prise en charge de qualité. »

Je passe à la photo suivante.

– Après, il y a un questionnaire à remplir. Écoute ça : « Cochez la case correspondante. Le patient (la patiente) a-t-il (a-t-elle) laissé des directives anticipées ? Oui / Non. En l'absence de directives anticipées, désirez-vous pour votre proche : Absence de souffrance Oui / Non ; Absence de conscience Oui / Non ; Revisiter le passé Oui / Non ; Une virtualité affective Oui / Non ; Une virtualité profonde sans réanimation Oui / Non. Désirez-vous être appelé(e) pour les derniers instants ? Oui / Non. »

Je m'échauffe, mon débit est de plus en plus rapide.

– Ensuite, il y a tout un tas de petites lignes pour se dégager de toute responsabilité et en annexe des histoires d'assurance.

Avel demeure silencieux. Ce qui a pour effet de me rendre encore plus nerveuse.

– Tu te rends compte de ce que cela veut dire ? Ils les font mourir comme ça ! Ils leur collent des lunettes, les envoient dans un paradis virtuel et les laissent partir de la sorte en regardant des images. C'est *Soleil vert* !

Avel se cale dans le siège passager et met sa ceinture.

– En même temps, si tu y réfléchis, c'est pas si mal, ils les aident à moins souffrir.

J'attache aussi ma ceinture et démarre.

– Mais voyons ! On ne leur demande rien, ce sont les familles qui décident. Pour économiser des soins et accélérer le processus. Pour s'en laver les mains. C'est gravissime.

*

Tristan a enchaîné trois interviews, en radio, télé du service public et deux magazines. Une émission pour le web aussi, et pas une seconde il n'a cessé de penser à Loïs. À comment il va la retrouver, lui dire ses quatre vérités, la soumettre.

*

Je roule cinq minutes en direction du Mémorial pour la paix puis bifurque à droite pour me garer devant l'entrée du parc de la Colline aux Oiseaux. Avel décroche enfin un mot.

– Tu fais quoi ?

– Je vais marcher.

Je coupe le moteur et descends de la voiture sans me préoccuper de lui. Je claque la portière et me dirige vers le majestueux portail du jardin à la française, ancien no man's land réhabilité dans les années 1990 en un magnifique parc paysager. Tous les chemins, bordés de haies et de massifs, mènent à la pièce d'eau centrale circulaire, aux reflets d'étain. Je marche droit devant moi, mains enfoncées dans mes poches. À gauche, mes doigts jouent avec des piécettes de monnaie, à droite avec un tube de baume à lèvres. L'image de M. Clément, chaussé de ses lunettes de mort, hante mes pupilles. J'entends une porte qui claque. Avel est sorti à son tour de la voiture et me suit, à dix pas de moi. Je m'arrête devant le bassin central, observant la surface granuleuse de la margelle de grès, l'eau tranquille, les canards, dans une vague odeur de pierre mouillée et d'algues.

– Comment osent-ils ?

Avel arrive à ma hauteur et me caresse légèrement l'épaule. Je me raidis.

– C'est la suite logique des choses, Loïs. L'intelligence artificielle s'insinue partout. Qu'elle nous accompagne jusqu'à nos derniers instants est assez attendu au fond.

Je dégage mon épaule et me retourne vers lui.

– Mais tu ne comprends pas ! On doit arrêter. Tout.

– Tout ?

– On peut pas laisser faire ça.

Nous nous faisons face à présent.

– Pourquoi donc ? Je croyais que tu cherchais à faire un gros coup médiatique et basta !

– Oui mais là, non, c'est trop, ça va trop loin.

– Trop loin pour quoi ? Peut-être que l'humain a besoin de cette solution pour mieux accepter la mort, non ? Tu ne vois que le négatif.

– Mais qu'est-ce que tu racontes ? Tu trouves ça normal, toi, d'enfermer les gens dans le virtuel alors qu'ils agonisent ?

– Je dis juste que ce n'est pas forcément un mal.

– Mais bordel, pense à Flo ! C'est ce qui a failli lui arriver. Mourir toute seule avec un putain de casque sur la tête !

– Ce n'est pas arrivé et maintenant elle n'est plus toute seule.

– D'accord, on est arrivés à temps. Mais les autres ? Selon toi, ceux ou celles qui n'ont personne doivent mourir comme ça, seuls, avec leur machin sur le crâne ? Et dans le futur, si c'est plus commode pour tout le monde, la « mort accompagnée en VR » deviendra la norme ? On place son vieux papa mourant dans ce centre, on lui colle des lunettes sur les yeux et c'est bon, on s'en lave les mains ?

– Je n'ai pas dit ça, mais…

– Mais quoi ? Hop, fini la mort ! Fini de se coltiner l'accompagnement de la fin de vie ! C'est la technologie qui s'en charge !

– Je…

Je me frappe le front.

– Non mais oh, Avel, réveille-toi ! On parle de l'être humain, là. De sa dignité.

Je crie dos à la pièce d'eau, sans faire gaffe aux promeneurs qui me dévisagent avec curiosité. Les larmes gonflent mes paupières, le désespoir de ne pas avoir accompagné mon père dans son dernier voyage rejaillit, le regret, le chagrin me broient.

– Comment peux-tu être d'accord avec ça ? Pas toi !

J'étouffe un sanglot et me remets à marcher en me parlant à moi-même.

– On n'a pas le choix. Il faut trouver le moyen de faire planter le jeu, définitivement et sous tous ses aspects. D'arrêter le délire de Tristan, de Jouan et de leur clique.

Avel m'emboîte le pas.

– Je pense que tu t'emballes. Tu te laisses envahir par tes émotions. Il n'y a pas longtemps, tu le trouvais incroyable ce jeu.

– C'était avant que j'en saisisse la portée. Ce maudit truc est en train de nous rendre fous. RePlay nous attire par la nostalgie, entre dans nos vies, dans nos têtes, et finalement nous fait faire ce que les programmeurs veulent. Et maintenant ça… *Replay Ultimate* contrôle jusqu'à nos derniers instants.

– Je pense que ce jeu peut faire du bien au contraire.

Je stoppe ma déambulation et le dévisage, atterrée.

– Toi ? Tu penses ça ? Même après ce qu'on vient de voir ? Et depuis quand tu penses ça ?

Je lui aboie au visage. Avel lève la main comme pour se protéger.

– Je suis moins catégorique que toi, c'est tout !

– Mais pourquoi, putain ? En quoi tu trouves ce truc monstrueux bénéfique ?

– Je ne sais pas, moi. Tu es en soins palliatifs et on te fait revivre ta vie, pourquoi pas ? Et tous ceux qui ont besoin de se replonger dans leur passé pour se sentir mieux, se sentir enfin aimés… sont-ils à blâmer ? Il y a des gens désespérément seuls, Loïs. Tu penses un peu à eux ?

J'examine les traits d'Avel avec attention. Ses yeux sont fuyants. Je sens un malaise sous-jacent que j'ai du mal à interpréter. Mon rythme cardiaque est erratique. Avel me contamine d'une anxiété diffuse.

– Qu'est-ce que tu ne me dis pas ?

– Rien !

Je laisse passer quelques secondes.

– Tu l'as essayé et ça t'a fait du bien, c'est ça ?

– Oui, non, enfin… oui. Peut-être.

Je scrute ses yeux pour essayer de comprendre.

– Qu'est-ce que tu aimes bien là-dedans ?

– Le principe.

– Le principe ! Tu me prends pour une conne ? Explique-toi.

Avel me fixe sans rien dire.

– Je n'ai rien à t'expliquer.

J'attends encore mais rien ne vient. Il reprend sa marche le long du bassin. Je le suis un peu puis, excédée, je tourne les talons et repars à la voiture, tout à coup gelée jusqu'aux os. Je rumine ma colère, cherchant de nouveaux arguments pour lui faire entendre raison. La vibration de mon téléphone me ramène au réel. Un numéro de fixe de Paris cherche à me joindre. Ma banque. Je décroche.

– Madame Miller ?

– Oui.

– C'est votre conseillère de la banque. Je voulais vous prévenir que vous venez de recevoir un virement de cent mille euros sur votre compte.

Je ferme les yeux un instant. Quelle ironie ! La vie joue avec moi. Recevoir cette manne aujourd'hui, au moment où j'ai décidé de faire capoter le jeu.

*

– Où sont-ils allés ?

La voix de Danton est sombre.

– Je ne sais pas, répond Claire Jouan, mais ils ont quitté le CHU après avoir fouiné ici. Cependant je ne pense pas que son copain parlera.

– OK. J'ai encore un enregistrement et j'arrive, qu'on règle ça une bonne fois pour toutes.

– Parfait. J'entre en conférence maintenant, mais on se rappelle après.

48

J'ai repris le volant et, quelques instants plus tard, je me gare dans une petite rue du centre-ville. Avel n'a pas desserré les dents depuis le parc. Je me demande comment m'y prendre pour briser la glace après nous être disputés de la sorte. Nous sommes chacun sur une rive de part et d'autre d'un fleuve tumultueux. Je déteste être séparée de lui par du ressentiment. Je tâche d'adopter un ton le plus conciliant possible.

– Tu veux bien m'attendre ?

Avel hoche la tête en fixant un point devant lui. Il incline le siège passager et pose un pied, chaussé d'une basket à semelle rougie de terre, sur la plage avant. Je me retiens de lui dire quoi que ce soit. Il fait mine de fermer les yeux. Je reste quelques secondes indécise. Pourquoi ai-je crié comme cela alors qu'il ne cherchait qu'à discuter ? J'ai envie de tendre une main vers lui, lui caresser la joue, les cheveux, n'importe quel geste qui me permette de renouer un lien, casser le mur de glace. Lui raconter que j'ai reçu l'argent mais que ça ne change rien à ma détermination. Je vais dénoncer le contrat, je vais dénoncer RePlay. Mais je crains trop de déclencher une autre tempête et n'ose pas. Je glisse ma pochette de carte bleue dans ma poche et sors de la voiture.

– J'en ai pour dix minutes.

Je resserre mon manteau sur moi et me dirige quelques rues

plus loin, grâce à mon smartphone, vers la plus grande librairie de Caen.

Dès que j'entre, mes épaules se détendent. Mes amis, bien serrés sur leurs rayonnages, m'accueillent avec leurs couvertures craquantes ou souples, l'odeur du papier, granuleux ou lisse. J'aime tout d'eux. Même les mauvais… Dans les moments difficiles, ils sont toujours là pour me soutenir, me distraire, me faire réfléchir. Je passe en revue les piles sur les tables puis je m'adresse à un libraire, un vrai. Il recherche dans sa base de données informatique le titre que je lui confie. « Il nous en reste un », à ma grande joie. Il me guide à travers les rayons « sciences et sciences humaines ». Il parcourt avec son doigt les dos blancs et s'arrête sur un mince ouvrage d'un éditeur bien connu.

– Et voilà.

Je saisis l'objet de ma quête, quasi religieusement. Je l'ai trouvé. C'est un signe. Je paie mon achat et, avant de rejoindre Avel dans la voiture, fais une halte dans une supérette d'où je ne tarde pas à ressortir avec un sac en tissu chargé de victuailles. Je me réinstalle derrière le volant.

Avel ouvre un œil rond. Je lui souris.

– Je ne veux pas qu'on se fâche. J'aimerais te proposer une chose.

– Quoi ?

– On dort ici ce soir.

Avel hausse un sourcil.

– Pour se réconcilier sur l'oreiller ? T'es cash, toi.

Je lui envoie une bourrade dans le bras.

– T'es con !

Il rit.

– Non mais sans déconner, pourquoi ?

– Tu me suivrais sans poser de questions ?

Il ouvre parfaitement les yeux à présent.

– Pourquoi pas, mais à une condition.

– Laquelle ?

– Tu ne me poses plus de questions non plus.

*

Les slides se succèdent sur le grand écran de la salle de conférences du CHU. Face à un parterre de psychiatres, Claire Jouan est sur le point d'achever son intervention. Élégante dans son tailleur blanc, cheveux nattés, elle balaie le mur de son pointeur laser, rappelant les avantages d'une thérapie par la réalité virtuelle pour traiter les phobies, la dépression. À la fin de son exposé, le micro circule dans la salle et elle répond à quelques questions. Puis le temps imparti est écoulé. Elle n'a pas dit un mot de son programme pilote, *RePlay Ultimate*, encore à l'essai et dont elle réserve l'exclusivité au congrès de San Diego. Lorsqu'elle descend de l'estrade sous les applaudissements de ses pairs, elle se dit intérieurement : « Ils n'ont encore rien vu… » Elle détient entre ses mains l'outil en passe de révolutionner la condition humaine. Si l'humain ne craint plus sa mort ni celle de ses proches parce qu'il la sait gérée de bout en bout par le programme d'intelligence artificielle, alors la vie devient plus légère. La mort peut devenir jouissive même, l'angoisse se désintègre et l'existence se transforme.

À San Diego, elle organisera une conférence de presse exceptionnelle, elle s'adressera aux journalistes et leur dira :

« Imaginons qu'au moment du grand passage, l'humain puisse revivre la vie qu'il a menée ou vivre celle dont il a rêvé, retrouver les gens qu'il a aimés, imaginons que l'univers RePlay l'aide au grand voyage, lui offre la lumière, les visages de ses proches, des sons célestes, des paysages sublimes, telle une expérience de mort imminente provoquée, régulée et organisée. Alors, logiquement, la peur s'effacera. Plus de peur, donc plus d'angoisses. Plus d'angoisses, donc moins de chagrin, moins de colère, moins de violence, moins de guerres. C'est cela que *RePlay Ultimate* vous offre. »

Jouan est cartésienne mais elle ne croit pas au hasard qui a mis Danton et sa folie sur sa route. C'était écrit. Elle a su saisir l'opportunité de transformer l'idée brillante d'une personnalité *borderline* en technologie de rupture. Et maintenant elle va la faire fructifier pour changer l'humanité, dans ses fondements mêmes. Et il sera alors temps de faire cavalier seul.

La psychiatre se dirige vers le modeste buffet, offert par le CHU. Elle demande une coupe de champagne et plusieurs collègues l'entourent, intéressés par ses expériences. La coupe à la main, à l'aise dans les mondanités, elle répond aimablement à chacun. Elle savoure intérieurement l'idée que dans quelques mois, à son retour du congrès, la place de professeur qu'elle vise à l'université de Cambridge lui sera acquise. Toute une vie de labeur pour grimper les échelons et se retrouver là-haut. En position de gérer l'existence des autres. Elle soupire d'aise. Tous ses sacrifices, pas de famille, pas de mari, pas de vacances, auront mené à ça. C'est lorsqu'elle se sert quelques amuse-gueules qu'elle voit un visage connu s'approcher d'elle, un verre de jus de pomme à la main.

– C'était fort intéressant.

– Docteur Marx, quelle surprise !

– Bonne, la surprise ?

– C'est à vous de me le dire.

– Je viens chaque année. Et comme j'ai vu que vous faisiez la clôture, je me suis dit : restons jusqu'au bout. C'était très convaincant.

– Merci.

Claire Jouan regarde par-dessus sa tête, cherchant quelqu'un, probablement pour échapper à la discussion.

– Cependant, vous devriez peut-être soulever à la fin de votre présentation les questions que la réalité virtuelle peut poser. Cela manquait.

La professeure tique.

– C'est-à-dire ?

Jules Marx baisse d'un ton.

– Des questions que vous aviez vous-même soulevées lors de notre première entrevue. La perte de réalité, la dissociation, la perte de sens, l'addiction.

– Ce n'était pas l'angle de cette intervention.

– Bien sûr. Pourtant, lorsque vous m'aviez demandé de vous mettre en relation avec ma patiente, vous vous souvenez, Loïs Miller, vous aviez insisté sur cet aspect. Et sur le fait que votre patient devait se rééduquer de ce point de vue-là. Ce qui m'a conduit à accéder à votre demande et à accepter d'organiser la médiation. Quelle était la vraie raison de votre démarche ?

Claire Jouan goûte son champagne, parfaitement maîtresse d'elle-même.

– Cette médiation était une excellente idée.

Marx ne sourit plus.

– Pour qui ?

– Pour les deux parties.

Marx boit une gorgée de jus de pomme.

– Alors comme cela vous travaillez avec MindTech maintenant ?

Les yeux de Jouan rétrécissent, un éclair d'agacement traverse ses iris.

– Vous vous mêlez de ce qui ne vous regarde pas.

– Que faites-vous pour eux ?

Jules Marx s'approche un peu plus d'elle.

– Déontologiquement, est-ce très recommandé de pousser une patiente à accepter une médiation puis de collaborer avec l'accusé, dans vos propres intérêts ?

– Que racontez-vous ?

Marx détache bien ses mots :

– Si elle avait refusé, Danton n'aurait jamais pu être totalement libre de ses mouvements si tôt, n'est-ce pas ? Il n'aurait pas pu promouvoir son jeu aux États-Unis et vous n'auriez pas pu vous en servir.

– Enfin, de quoi parlez-vous ?

– Vous voulez en faire un *serious game*, convaincre l'autorité de santé américaine que votre outil est le meilleur ? Faire du business.

– Je fais de la psychiatrie. Je cherche des solutions. Des solutions plus modernes que votre divan. Il est temps de se mettre en mouvement, docteur Marx. Vous êtes de l'ancien monde. Laissez le nouveau prendre les rênes de votre métier et le dépoussiérer.

Marx encaisse le coup et se rapproche d'elle.

– Vous savez comme moi qu'éthiquement vous n'êtes pas irréprochable. Qui va superviser vos séances ? Une machine ? Tout cela pour engranger de gros bénéfices. N'est-ce pas le Pr Hoche du conseil de l'Ordre, là-bas ? Que diriez-vous si j'allais lui poser la question ?

Claire Jouan, narines pincées, toise Marx.

– Mais qui vous a remonté contre moi de la sorte ? Loïs Miller vous influence.

Devant le silence de son confrère, elle enchaîne :

– Vous culpabilisez parce que votre thérapie a échoué. Parce que votre patiente est totalement hors de contrôle et psychologiquement instable.

Marx fronce les sourcils. Jouan a l'avantage.

– Si je vous racontais ce qu'elle a fait à sa mère dans une séance de RePlay, vous décrocheriez votre plaque de médecin. C'est une hystérique que vous n'avez pas réussi à soigner. Vous a-t-elle raconté qu'elle entend partout la voix de son père maintenant ? Vous devriez songer à l'interner plutôt qu'à venir m'insulter.

Marx demeure muet. La voix de Claire Jouan le heurte, tranchante comme une lame de rasoir.

– Elle est tellement folle qu'elle a envoyé son sbire pour fouiner ici. Croyez-moi, ça va très mal finir.

Marx réagit enfin.

– Où est-elle ?

Jouan murmure entre ses dents :

– Sûrement pas bien loin. Il faut vraiment que je m'occupe de ramasser la merde que vous avez laissée.

Elle finit son verre de champagne et dit tout haut :

– La réalité virtuelle fait des merveilles pour les problèmes de boisson. Il faudrait y songer, docteur Marx.

Et sans prendre congé Jouan se tourne vers un autre interlocuteur.

Jules Marx reste planté avec son verre de jus de fruit à moitié bu. De quoi parle Jouan ? Loïs entend des voix ? Il doit la retrouver et vite, avant qu'elle ne fasse une connerie.

49

Il est presque vingt heures quand nous pénétrons dans une chambre de l'hôtel des Quatrans dans le centre de Caen. Elle est propre, décor noir et blanc, et munie de deux lits jumeaux aux oreillers rouges, avec une grande fenêtre donnant sur la rue et un miroir en forme de hublot géant. Avel s'assoit sur un des lits et en teste la fermeté.

– On va dormir ici ?

– Oui, si ça te convient.

Il me regarde avec de plus en plus de perplexité et d'amusement. Toute trace de notre dispute a disparu. Je lui tends la carte du room service.

– C'est moi qui invite, choisis ce que tu veux !

Je vois un sourire s'élargir sur le visage de mon pote.

– Alors là ma cocotte, fais-moi voir ça !

Il se plonge dans l'étude du menu, coche des cases et passe commande au téléphone. Pendant ce temps, je déballe mon sac de la supérette sous ses grands yeux intrigués. Je place une bouteille de whisky, deux verres en plastique et un sachet de minicarottes et de radis devant lui.

– Tu dois trouver tout cela un peu cérémonieux mais je ne vois pas comment faire autrement.

– Comment faire quoi ?

– Te faire comprendre.

Il me regarde à présent avec un mélange d'excitation et de joie. Il me sourit comme jadis, lorsqu'il me défiait pendant des débats à l'école de journalisme, voulant toujours avoir le dessus. Je me souviens alors que sous ses airs nonchalants Avel est un redoutable adversaire. Il s'allonge sur le lit et croise les mains derrière sa tête tandis que j'arrange tout sur la table. Les verres, le livre…

– Voici ce que je te propose : on va se servir à boire et je vais te faire la lecture.

Avel fait une drôle de moue dépitée.

– Sans déconner, Loïs, une soirée lecture ?

Il soupire ostensiblement.

– Je croyais qu'on allait enfin faire la fête, moi !

Je lui souris en retour, avec sérieux.

– S'il te plaît. Tu vas voir. Ça va être bien.

Avel ricane et, s'adressant au ciel :

– Elle est folle !

– Tu veux bien écouter ?

– D'accord mais je fais quoi, moi, pendant que tu lis ?

– Tu m'écoutes, tu bois et tu nous ressers quand les verres sont vides. Ça te va ?

Passe alors dans son regard bleu une sorte de jubilation enfantine.

– T'as le chic pour faire rêver les mecs, toi.

Faisant fi de sa remarque, j'enlève mes chaussures, mes chaussettes. En jean et chemise, je viens m'asseoir en tailleur sur le lit en face de lui. Sur mes genoux, j'ouvre *Histoire d'un adieu*, d'une auteure suédoise aujourd'hui décédée, qui livre le témoignage de sa fin de vie.

Une heure plus tard, j'arrive à la conclusion de ce bouleversant récit :

« Selon les médecins, il ne me reste au plus que quelques jours à vivre et pourtant, jamais je n'aurais imaginé être encore si heureuse. Une minute de vie est encore la vie. Mon bonheur de vivre est sans fin, éternel. Il ne demande rien, ne veut rien, n'attend rien, sinon le merveilleux de chaque rencontre, de chaque personne qui passe ma porte, chaque ami, chaque amour, chaque enfant, chaque seconde qui m'est accordée. À ce stade, juste avant que les opiacés – substances bénies contre la douleur – peu à peu m'emmènent, j'aimerais vous dire d'oser. Osez aimer du seul amour qui mérite ce nom, l'amour gigantesque, l'amour sans modération, sans limite et sans pudeur. Osez aimer tant qu'il est encore temps, osez le bonheur jusqu'à votre dernière heure. »

Je ferme le livre. La bouteille de whisky est à demi vide. Les restes du repas traînent sur un plateau à côté de nous. Avel, les yeux brillants, ne m'a pas interrompue une seule fois. Son silence est immense. Et je ressens que, comme moi, il a la gorge étreinte par l'émotion.

Je m'éclaircis la voix.

– Quand j'ai découvert ce récit, alors que la situation de Florence s'aggravait, j'ai compris que je ne pourrais plus jamais voir la mort comme avant. Auparavant, je la trouvais injuste, épouvantable, cruelle. Je le pense toujours aujourd'hui, mais je sais aussi, grâce à ce texte, que la mort est tout aussi importante que la naissance. Tu comprends ? Je sais que beaucoup souffrent au crépuscule de leur vie et qu'on peut les soulager. Par les traitements, certes, mais aussi et surtout par l'amour inconditionnel que l'on peut leur apporter et aussi recevoir d'eux. J'ai réalisé que ces moments, qu'on fuit, sont parmi les plus cruciaux de la vie. Veux-tu que l'IA nous enlève cela ?

Avel ôte ses lunettes et les essuie avec un bout de son T-shirt.

– C'est triste ce que tu racontes.

– Non ! Ce qui est triste, c'est d'avoir vu Flo, la tête coincée dans ce casque, courir derrière une chimère qui supposément était en train de lui parler. J'ai été horrifiée. Flo a eu peur, alors elle s'est réfugiée dans des croyances, des illusions. Et elle a plongé dans le virtuel pour oublier. Que ce soit la pensée magique des gourous ou des pixels, c'est pareil, ils sont tout aussi dangereux et nous éloignent de nous-mêmes. En voyant le service de soins palliatifs aujourd'hui j'ai compris que l'IA nous vole nos vies. Elle nous dévalise, nous vide de notre substance pour nous remplir de la sienne, de ses programmes et de ses valeurs. C'est-à-dire les valeurs des programmeurs ou des *game designers* du genre de Danton. Ça suffit. Stop. J'ai pas envie que Tristan ou Jouan me hackent la tête, guident mes choix, mes pas jusqu'à l'ultime voyage. À vouloir soi-disant « enrichir » nos vies, ils sont en train de les piller.

Avel retrouve l'usage de la parole.

– On n'a pas attendu l'IA pour nier la mort. Notre société fait tout pour se maintenir dans l'illusion qu'on restera jeune éternellement et qu'on ne mourra pas.

– Tu as raison. Et finalement ça mène à quoi ? À une immense angoisse collective face à notre condition de mortels. En faisant comme si la mort n'avait pas d'incidence sur notre manière de vivre, on croit vivre mieux, mais c'est l'inverse qui se produit. Nous restons souvent à la surface des choses, loin de l'essentiel.

– Et avec l'IA, on entretient l'illusion de la toute-puissance technologique qui permettrait de dépasser la mort, de ne pas s'en rendre compte, de mourir en toute inconscience.

– Absolument ! Et si on continue, on va perdre notre ultime pouvoir. Mourir comme on l'entend, avec ceux qu'on aime.

J'avale une dernière gorgée de whisky.

Avel a le regard de plus en plus embrumé, je sens qu'il est avec moi et en même temps qu'il plane, quelque part ailleurs, dans des vapeurs alcoolisées qui m'échappent. Il parvient à articuler :

– Que veux-tu faire ?

– Si on laisse RePlay s'approprier notre mort, c'est fini. Clap de fin du genre humain – qui est déjà bien mal en point. On entre tous dans la matrice et on n'en sort plus.

– Tu exagères un peu.

– Non. On ne saura pas faire machine arrière, trop terrifiés par le monde réel. Si on accepte que la technologie se charge de notre fin, c'en est terminé de l'amour absolu que tu délivres sans compter, mains ouvertes, quand tu sais ta dernière heure arrivée. Et cet amour tout aussi absolu que tu donnes à celui ou à celle qui agonise. Cette lumière ne jaillira plus, balayée, remplacée. Et par quoi ? Par un programme informatique ? À l'instant de partir, ne doit-on pas être entouré par de l'amour véritable, plutôt que des avatars ? Par des êtres vivants et aimants plutôt que de fausses plantes, un faux soleil, le chant de faux oiseaux ? Mais quoi ! Si on nous enlève notre mort, que nous restera-t-il de notre vie ?

Avel est sidéré, au ralenti il se passe une main sur le visage.

– Je n'ai jamais vu la mort comme quelque chose d'important.

– En mourant on apprend. On apprend de soi-même et des autres, on grandit. Et surtout on échange plus d'amour peut-être que pendant toute sa vie.

– Vraiment ?

– Tout cela m'a parfaitement échappé lorsque mon père était sur son lit de mort, j'étais trop jeune. Mais aujourd'hui, avec Flo, avec ce patient dans la chambre, M. Clément, j'ai compris. Cet apprentissage au contact des mourants, cette transmission, est fondamentale. Elle m'a manqué avec mon père. C'est probablement ce qui m'a bloquée dans un état inachevé toutes ces années.

Avel se redresse comme s'il venait de comprendre quelque chose. Je ne sais pas ce qui se trame sous son crâne. Ses yeux ne me quittent pas une seconde. Ils me fixent, me clouent sur place. Je me sens paralysée sous son regard. Je n'ai plus envie de lui échapper. Nous restons ainsi, plusieurs minutes, à nous dévisager, sans rien dire. Dans ses yeux je perçois une empathie totale. Je sens qu'il a ouvert une porte en moi et me tend les clés de son propre coffre secret. En une seconde nous scellons un pacte.

Il me tend la main. J'y dépose la mienne. Nos paumes entrent en contact puis nos doigts s'entrelacent. Une sensation intime envahit puissamment chaque centimètre carré de mon corps. Une chaleur phénoménale me traverse. Je sens monter en moi la certitude que je vais m'abandonner à lui, sans plus me poser de questions. Je veux cacher mon trouble, dans un dernier sursaut de pudeur. Alors je parle, encore, trop sans doute.

– Si on laisse la réalité virtuelle s'emparer de la mort comme elle happe notre vie, l'humain n'a plus qu'à se rendre. Il est foutu.

Avel porte ma main à ses lèvres et m'adresse un sourire désarmant.

– J'ai compris.

Alors j'ouvre les vannes et laisse déferler l'immense vague de tendresse que j'éprouve. Il m'attire à lui. Ses yeux enfiévrés se posent sur mes lèvres. C'est moi qui fais les derniers centimètres qui nous séparent. Je saisis sa bouche entrouverte, au goût de tourbe. Mon corps aimanté rejoint le sien, ma peau la sienne, ses lèvres entrouvrent les miennes, sa langue me cherche, incendiant un milliard de terminaisons nerveuses. Mon corps fond contre le sien et l'amour infini que nous nous portons depuis tant d'années explose au grand jour. Ma peau l'appelle désespérément. Avel enlève son T-shirt, et la chaleur de son épiderme irradie contre ma poitrine. Il embrasse mon cou, ma nuque, mon menton, mes joues, à chaque baiser je sens mon sang qui afflue sous ses lèvres, comme s'il l'attirait par quelque formule magique. Sans cesser de m'embrasser, il me déshabille. Ma chemise valse au bas du lit, mon jean suit le même chemin, sans que se desserre notre étreinte. Avel est brusque et tendre à la fois, sauvage et rassurant. Sa bouche et ses mains sont partout, fondantes, divines, révélant des zones de plaisir inconnues. Pour la première fois je le laisse faire, me guider, réalisant confusément qu'il a déjà tout imaginé de cet instant, qu'il l'a joué mille fois et jouit de chaque seconde. Il me renverse sur le lit. J'aime son poids sur moi. Il mordille mes seins, mon ventre, mes cuisses, déclenchant chez moi de petits cris d'extase. Aucune simulation ne peut égaler ça. Ses muscles se contractent sous mes doigts qui laissent sur son dos des traces de feu. Ses baisers, insatiables, impérieux, palpitants, m'arrachent des gémissements nouveaux, que je ne me connaissais pas. J'ose m'ouvrir à lui, l'accueillir, comme on donne la vie. Lorsque, enfin, Avel entre en moi, que nous fusionnons totalement, une joie fulgurante me foudroie. Je comprends que j'aime cet homme, mon ami, mon amour, de manière phénoménale, radicale et sans condition. Et lorsque la jouissance nous submerge tous les deux, je sais qu'à l'heure de ma mort, c'est lui que je souhaiterai à mes côtés.

50

Dans un nuage de vapeur, je sors de la salle de bain, une serviette nouée autour de mes cheveux, les joues rouges et le corps détendu. Ce n'est pas exagéré de dire que je me sens heureuse. Euphorique même. Je m'attends à retrouver Avel là où je l'ai quitté quelques minutes plus tôt, entortillé dans les draps, les cheveux en bataille, un sourire d'ange aux lèvres. Mais non, il a déjà revêtu son jean et son T-shirt et s'est attablé devant un festin, déposé par le room service. Il est en train de me verser une grande tasse de café noir. Il se lève et d'un geste cérémonieux m'avance un des deux fauteuils.

– Ma chère.

Je m'assois en face de lui et souris largement.

– Merci.

Il boit son café en me couvant d'un regard langoureux.

– Ça va ?

Je hoche la tête.

– Parfaitement, et toi ?

– Pas mal.

Ses yeux pétillent de joie.

– J'avais oublié que t'étais si bonne au pieu.

– Mais !

Je cherche à lui balancer quelque chose à la figure et il rigole.

– Je te charrie !

Je lui tire la langue et me beurre une tartine.

– Pourquoi on a attendu si longtemps, tu crois ?

Avel attrape un petit pain.

– On s'en fiche du pourquoi. Profitons.

Il semble presque intimidé tout à coup. Nous occupons les minutes qui suivent à manger en silence dans une complicité parfaite. Et puis Avel repousse son assiette.

– Bon. J'ai réfléchi. Je crois savoir comment stopper RePlay. Mais c'est dingue. Et ça va pas te plaire.

Vingt minutes plus tard, Avel achève de me raconter son plan. Et il a raison, ça ne me plaît pas du tout.

*

Dans la chambre de M. Clément, Claire Jouan, en blouse blanche, vérifie les paramètres vitaux, alors que Lise Roset, bras croisés, regarde tour à tour le malade et sa cheffe. Le mourant est allongé, les yeux ouverts, visibles à travers ses lunettes de réalité virtuelle. Sa poitrine se soulève sous son pyjama bleu. Jouan résume tout haut :

– Son état est stable depuis dix jours. Et il est sous RePlay U depuis huit jours.

Lise place les mains derrière son dos, comme elle a vu faire son mentor.

– Oui.

Claire Jouan émet un claquement de langue agacé.

– C'est trop. Nos forfaits RePlay U sont de sept jours maximum garantis. Sinon autant rester dans un service de soins palliatifs classique.

L'interne tasse ses épaules.

– On pourrait proposer des forfaits plus longs aux familles et…

– Pas question ! La fin en sept jours, c'est notre programme. Si on commence à rallonger au petit bonheur la chance, on perd en rentabilité. Et la liste d'attente est longue.

– Oui, mais il s'accroche.

Jouan observe le patient qui, projeté dans un autre monde, ne semble pas les entendre.

– On a l'accord de la famille pour une sédation profonde jusqu'au décès ?

Lise Roset se redresse.

– Oui. Ils demandent que cela soit accompagné d'un voyage dans le désert, car c'est un inconditionnel de Théodore Monod.

– Parfait. Problème réglé. Vous vous en chargez aujourd'hui.

– Bien. Mais… Vous êtes sûre que…

Jouan la coupe encore :

– Je vous ai déjà sauvé la mise une fois, ne me le faites pas regretter.

*

Il n'y a plus qu'un vieux couple devant lui au guichet Hertz de la gare Montparnasse. Tristan patiente nerveusement en jouant sur son portable. De son bonnet gris, des mèches de cheveux lui tombent devant les yeux, dissimulés derrière une paire de Ray-Ban miroir. Il s'en veut d'avoir laissé sa moto en Normandie. Il aurait aimé rouler, vite, pour se débarrasser de cette tension qui lui comprime l'estomac. Sans compter son mal de tête qui le torture de nouveau. Sa pensée obsédante pour Loïs devient handicapante, l'empêche de se concentrer. Déjà tout à l'heure il n'était pas à son maximum pour répondre aux questions des journalistes, avoir de la repartie, de l'humour. Quant à créer, il n'en est même plus question. Toute chose le ramène à elle tel un aimant surpuissant lui suçant la cervelle. Comme si un programme diabolique avait contaminé son cerveau et qu'il ne trouvait pas l'antivirus pour s'en débarrasser. Sa muse, qui lui a donné tellement d'élan et a tant stimulé son imagination, s'est muée en pierre tombée au fond de son ventre, lui donnant envie de vomir. Elle est en train de tout saccager, d'anéantir sa créativité, sa confiance. Tout. Cela ne lui est jamais arrivé.

Les deux vieux chipotent au comptoir à propos du GPS de la bagnole. Ils n'en souhaitent pas et demandent une ristourne à l'employé, qui fait preuve de patience. Tristan soupire. La vieillesse est une tare. Ne jamais devenir comme ça. Rester au top, toujours, ou bien en finir. La vibration de son téléphone l'arrache à sa rumination. Ses sourcils se soulèvent au-dessus des Ray-Ban lorsqu'il voit le nom s'afficher sur l'écran. Son sang se met à battre aux tempes et sa bouche salive. Il sort de la file d'attente, perdant sa place du même coup, pousse la porte en verre de l'agence et se retrouve dans le hall de la gare, pas trop bondé à cette heure-ci. Il décroche.

– Loïs.

– Bonjour.

– Pour une surprise…

– Je suis vraiment désolée d'avoir été sèche l'autre jour, j'étais préoccupée. Tu m'entends bien ?

Oui, il l'entend très bien, comme si elle était tout à côté de lui, en lui. La voix de la jeune femme, plutôt enjouée, emplit sa tête, se répercute sur les parois de son crâne, le martèle au pilon, fait vibrer les fibres de tout son corps. Il se met à déambuler. À l'autre bout du fil, Loïs s'éclaircit la gorge.

– J'avais reçu de très mauvaises nouvelles d'une amie et j'étais bouleversée. Je ne voulais parler à personne. Maintenant ça va mieux. Tu es en France ?

– Depuis hier, oui.

– Où ?

– À Paris.

– Ah, très bien. Tu fais quoi ?

– J'enchaîne des interviews.

La voix de Tristan se casse, presque chevrotante. Il essaie d'être neutre mais la colère et la frustration tiennent les rênes. Une sorte de joie féroce, et excitante également. Elle l'a rappelé !

Sa seule volonté à présent est de la posséder, immédiatement, de lui faire regretter de l'avoir trahi et snobé. Il lui fera comprendre, violemment s'il le faut, qu'elle lui appartient, qu'il est digne d'attention. Une goutte de sueur perle à la racine de ses cheveux.

– Je suis libre ce soir. Et toi ?

Il l'entend hésiter une fraction de seconde. Il serre la mâchoire à se briser les dents. Mais elle enchaîne vite.

– Justement figure-toi que je suis en Normandie. J'avais besoin de changer d'air.

Tristan cesse sa déambulation.

– En Normandie, où ça ?

– Pas très loin de chez toi.

– Je peux y être dans deux heures.

Il entend Loïs rire légèrement.

– Tu as du travail, tu m'as dit ! Et moi, j'ai des trucs à faire. Mais on peut se retrouver un peu plus tard.

Elle marque une pause. Elle attend quelque chose de lui, mais quoi ? Il prend les devants.

– Tu veux qu'on se retrouve chez moi ? Aux Vaches noires ? À quelle heure ?

– Ah oui pourquoi pas, avec plaisir. Je peux peut-être t'attendre là-bas et tu me rejoins quand tu as fini.

En un flash Tristan visualise la scène. Loïs arrivant seule chez lui, enlevant ses chaussures, se mettant à l'aise, lançant la cheminée. Puis Loïs l'accueillant sur le pas de sa porte, un sourire aux lèvres, en tenue légère. Et lui, avec tout le désir qu'il a d'elle, il se voit la prendre, dans toutes les pièces de la maison, jusqu'à ce qu'elle crie grâce. Et faire en sorte qu'elle ne puisse plus repartir.

– Yes. Carrément. Andy t'ouvrira. Je veux dire, je vais dire à Andy de t'ouvrir. Attends-moi. Là-bas. J'arrive dès que j'ai fini. Je me dépêche.

*

Je coupe l'appel et repose avec lenteur le téléphone sur la table de la chambre. Le sang a quitté mon visage et une grande faiblesse ramollit mes membres.

– C'est de la folie.

Mais, devant moi, Avel a le regard sûr et sécurisant.

– Tout va bien se passer. S'il t'autorise à entrer dans la villa, le plus gros est fait.

– Tu parles.

– Tu ne seras pas toute seule. Je ne te quitterai pas.

– Son majordome virtuel, Andy, l'IA qui surveille sa maison, ne me laissera pas faire.

Je me lève et vais regarder par la fenêtre de l'hôtel la rue passante. Les gens qui marchent.

– Tu ne te rends pas compte à qui on a affaire.

– Tu parles de l'IA ?

– De Tristan.

Avel me rejoint, se poste derrière moi et m'entoure de ses bras.

– On est plus malins que lui.

– Je n'en suis pas si sûre.

Nous demeurons ainsi, unis l'un à l'autre, regardant dans la même direction un père qui traverse un passage piéton avec une poussette design dernier cri. Je suis plongée dans une réflexion intense, retournant les axes du problème en tous sens.

– Andy va nous bloquer je pense… À moins que…

– Que quoi ?

– Il faut que j'envoie un texto.

51

Le plus important est que tout paraisse normal. C'est ce que je me répète mentalement, au volant de la Twingo. Dans le rétroviseur je vois un bout d'Avel, tapi sur le siège arrière. Ça fait trente kilomètres que l'on roule, depuis Caen, en écoutant les bulletins d'information à la radio. Les épidémies se succèdent depuis celle du Covid-19 et on a désormais l'habitude des mauvaises nouvelles sanitaires. Je continue ma route sur la D27, je traverse Heuland jusqu'à un rond-point où je bifurque vers la D163. J'essaie en vain de faire la conversation mais Avel, accroché à son téléphone portable et à son ordinateur, ne me répond qu'évasivement.

– Tu crois qu'ils vont encore nous reconfiner ?

– Sais pas.

Je laisse le village d'Auberville derrière moi et poursuis ma route sur près d'un kilomètre. Le plan d'Avel est simple sur le papier et terriblement risqué en pratique. Je me jette dans la gueule du loup pour essayer de tout détruire. C'est hasardeux. Notre impréparation me fait froid dans le dos. Et je n'ai jamais prétendu être des plus courageuses… Je dépasse un camping, derrière surgit un panneau indiquant la direction des falaises des Vaches noires. Le GPS me recommande de tourner à gauche pour monter vers les hauteurs. Je croise les yeux d'Avel dans le rétroviseur.

– Donc, j'entre dans la maison si Andy me laisse bien entrer. Je trouve le serveur du jeu, je t'appelle et là tu me guides.

– Oui, tu restes très calme, et tout se passera bien.

Je ricane nerveusement.

– Tout ça à la seule condition que son IA me laisse faire.

– Ta stratégie me paraît excellente.

– On verra.

– Je vais te guider à distance, pas à pas. La démarche qu'on m'a donnée est très claire.

Dans le rétroviseur Avel est penché de nouveau sur ses écrans. Je m'inquiète.

– Tu leur fais vraiment confiance, à tes hackers ?

– Une confiance aveugle.

– Si tu le dis.

– Je ne te quitterai pas. Tu m'entendras à tout moment.

– Et tu crois que ça va suffire ?

– Oui. Ça devrait le faire.

*

La porte de la villa s'ouvre. Loïs est là. En robe noire. Elle lui sourit. Charmante. « Bienvenue chez toi. » Tristan appuie sa main sur le battant. Il ne parle pas, il s'avance. Loïs recule. Il entre. Il referme la porte derrière lui. Loïs sourit toujours. Il fonce droit sur elle. Sans qu'elle bouge. Ses bras puissants s'emparent d'elle. Il la serre contre lui. Il lui soulève sa robe.

Au volant de la berline de location, Tristan appuie sur le champignon. Sa fantasmagorie est si réelle qu'il la voit s'imprimer en 3D sur le pare-brise. Il y sera quasiment en même temps qu'elle. Pour la grande surprise.

*

Je m'engage dans la rue du manoir jusqu'au rond-point qui mène à la maison. Le ciel est bleu glacier sans un souffle de vent. Arrivée devant le portail je descends de la voiture, moteur allumé, je l'ouvre, puis remonte en voiture. La Twingo pénètre dans la propriété. Les érables se dressent, sombres et immobiles. Pas une feuille ne frémit, pas un oiseau ne chante. Seul le chuintement du ressac au loin trouble cette marche funèbre.

Les pneus crissent sur le gravier qui tapisse le pourtour de la villa. Je me gare tout comme la première fois sous les arbres, en surplomb de la falaise. Je tire le frein à main et coupe le moteur. Un silence lourd s'abat sur nous.

– On est peut-être filmés. Je vais sortir. Reste caché.

Une voix étouffée me répond du siège arrière.

– OK.

Je saisis mon sac à dos, ouvre la portière et pose mes pieds sur les gravillons. Je sors le plus naturellement possible. Le sol craque. Je remonte le col de mon manteau pour faire barrage au froid qui veut me mordre le cou. Je me dirige vers la maison. Les baies vitrées sont closes, masquées par les stores baissés. Je franchis la volée de marches qui monte vers la porte d'entrée ; des feuilles d'automne jonchent la terrasse, formant un tas marronnasse dont se dégage une odeur d'humus. Mes pieds laissent derrière eux des traînées noires et glissantes. Je tremble. Je n'ai pas la trempe d'une espionne, encore moins d'un as de l'informatique. Je me présente devant la porte, sur laquelle a été installé un visiophone. L'aventure va probablement s'arrêter là. Un détecteur de présence a mis en route une petite caméra-boule fichée dans le linteau de la porte. Un grésillement discret précède l'allumage de l'écran, où mon visage stressé s'affiche plein pot. Je ne respire plus, essaie bêtement de sourire. Une barre verticale rouge scanne mes traits pendant un certain temps. Les secondes défilent, interminables. Et puis *clac, clac, clac*, les verrous de la paroi blindée trois points coulissent. La porte d'entrée pivote sur ses gonds et une voix d'homme synthétique s'adresse à moi.

– Bonjour Loïs, bienvenue.

Mes organes se rétractent dans mon abdomen, faisant pression sur ma vessie. La porte s'ouvre, en grand. J'entre. Un pas, deux pas, trois pas, qui laissent des empreintes boueuses sur le carrelage de la villa silencieuse. Je m'aventure dans la pénombre. Mes yeux discernent çà et là des diodes lumineuses qui clignotent, insectes de surveillance. À droite, je devine les baies vitrées en demi-lune devant lesquelles, dans mon souvenir, est installé le canapé autour du poêle en fonte suspendu. J'avance encore et m'éclaircis la voix.

– Andy, ouvre les volets s'il te plaît et allume les lumières.

Je retiens mon souffle une seconde, deux secondes, trois secondes et puis soudain j'entends la mécanique des volets roulants s'enclencher. Je laisse échapper un petit filet d'air de mes poumons. Les lames du store se disjoignent, s'écartent, laissant filtrer un rai de lumière pâle. À mi-parcours j'ordonne de nouveau :

– Andy, stop.

Le volet cesse sa course, les lampes du salon s'allument. Andy m'obéit.

Je constate que tout est à la même place. Au mur du fond s'adosse la grande bibliothèque devant laquelle il y a une table d'architecte à tréteaux. À gauche la cuisine américaine dernier cri n'a pas changé. Je m'approche et touche la surface en bois du bar comme pour me donner du courage. Puis je m'avance dans la pièce, vers la table de travail sur laquelle attendent un écran d'ordinateur en sommeil et un clavier sans fil. Je sors le plus discrètement possible une oreillette Bluetooth de ma poche, l'insère dans mon oreille droite, et sur mon téléphone lance l'appel, avec pour réponse aussitôt :

– Tu es en place ?

Je réponds dans un petit bruit de gorge.

– Oui, y a un ordi.

– Super, allume-le et prends une photo du bureau.

Je m'exécute. L'ordinateur met peu de temps à s'allumer. J'envoie à Avel le cliché. Dès qu'il le reçoit, je l'entends soupirer.

– Y a pas d'accès au serveur. Il doit être ailleurs.

Je relève le nez et regarde autour de moi. J'ai largement le temps. Tristan est loin, je suis dans une maison isolée. Avel est dehors et me préviendra au moindre problème. J'inspire fort.

– Y a trois autres pièces.

– Lesquelles ?

– La chambre, le bureau et… le sous-sol.

– Vise le bureau.

Je me déplace et me retrouve devant la porte que Tristan avait désignée comme étant sa pièce de travail, à l'époque. Comme pour la porte d'entrée, un écran de surveillance est en place, et une autre boule noire fait le guet. Encore une fois mon visage apparaît, balayé par le scanner. Mais là, un bruit de buzzer retentit.

– Vous n'êtes pas autorisée à entrer.

Je pose tout de même la main sur la poignée et je l'abaisse. Sans succès. Je me mords les lèvres et appuie sur mon oreillette.

– C'est fermé.

– Merde.

– Je vais tenter de l'ouvrir.

– Comment ?

– En appliquant ce que j'ai appris…

Je consulte mon téléphone portable pour relire l'échange de SMS que j'ai eu plus tôt avec Sylvia Lanzano.

C'est pour un article. Je me demandais comment on fait pour faire bugger une IA, professeure ?

Vaste question… Je dirais : par l'ironie. Les machines n'ont aucun sens de l'ironie, ni du second degré. Par l'émotion aussi. Et puis par des systèmes de persuasion fallacieux. C'est-à-dire des raisonnements par l'absurde. La machine est logique, si vous ne l'êtes pas, elle sera perturbée et peut perdre le nord.

Je regarde la porte cadenassée, sachant pertinemment que je n'aurai pas plusieurs chances. Andy ne doit pas être habitué à ce qu'on se fiche de lui mais peut très bien comprendre l'astuce et s'adapter. Je m'efforce de parler haut et fort.

– Andy, comment te sens-tu ce matin ?

– Je me sens très bien, merci. Que puis-je faire pour vous ?

– Tu es une intelligence très artificielle, comment le vis-tu ?

Je perçois un petit temps de latence avant d'entendre la voix synthétique.

– Je ne sais pas répondre à cette question.

– Eh oui, forcément, l'intelligence c'est pas ton truc.

– De quel truc parlez-vous ? Pourriez-vous reformuler votre demande ?

Je fais une pause. Je l'embrouille. Il n'empêche, la porte est toujours close.

– Tu sais que toi et moi nous pourrions être amis pour la vie. Veux-tu être mon ami virtuel pour la vie ?

Un nouveau temps de pause accueille ma question.

– Je ne sais pas répondre à cette question.

– Ouvrir la porte serait d'une grande intelligence.

– Je ne comprends pas votre demande. Pourriez-vous reformuler votre demande ?

Je soupire. Ce n'est pas aussi simple que ce que Sylvia laissait entendre. Je m'adresse à mon oreillette.

– J'y arrive pas.

– Continue. Son temps de réponse est trop long. C'est bien.

Je tente encore un coup.

– Andy, ouvre la porte, s'il te plaît.

La machine mouline un instant, je vois l'écran de veille s'animer et des circonvolutions multicolores apparaître. Les anneaux colorés s'entrecroisent dans un mouvement psychédélique hypnotisant. Mais Andy ne perd pas la tête, lui.

– Je ne suis pas autorisé à ouvrir la porte.

Je prends une profonde inspiration.

– Andy, il faut que tu ouvres la porte car tu l'ouvres toujours lorsqu'on veut entrer.

– Je dois réfléchir. Pourriez-vous reformuler votre demande ?

– Andy, tu es fait pour ouvrir cette porte, car tu as été programmé pour le faire.

– Je dois réfléchir. Pourriez-vous reformuler votre demande ?

– Andy, j'aimerais que tu ouvres la porte, car si tu ne l'ouvres pas je ne pourrai pas entrer.

– Je dois réfléchir.

– Andy, tu dois m'ouvrir la porte, car elle est faite pour être ouverte.

– Je dois réfléchir, je dois réfléchir… je dois… je dois…

L'écran se brouille, la roue multicolore se met à tourner plus vite. J'attends un temps interminable sans qu'il se passe rien et soudain j'entends un gros *clac*, une série de bips. Et la porte s'ouvre !

*

La berline a dépassé le panneau de Caen depuis une bonne demi-heure et fonce vers les falaises des Vaches noires. AC/DC à fond. Le portable de Tristan se met à sonner. Il décroche en mains libres.

– Où êtes-vous ?

– Sur la route des Vaches noires.

– Je vous croyais à Paris jusqu'à ce soir.

– J'ai changé mes plans. Je vous rappelle.

Jouan regarde son téléphone avec circonspection. Elle tente de rappeler Tristan, sans succès. Son prochain appel est pour la Californie.

– *Hey doc, what's up ?*

– Je ne sais pas ce que fiche votre frère mais il ne m'a pas l'air dans son état normal. Pourriez-vous me dire où est la fille ?

Elle entend Ben pianoter sur son clavier.

– Elle a déconnecté tous ses systèmes domestiques. En revanche, son portable borne vers Villers-sur-Mer, près de chez Tristan. Vous devez la choper. Elle va tout faire foirer !

Jouan laisse échapper un juron.

– J'en étais sûre ! Votre manœuvre de déstabilisation avec son père ne l'a pas impressionnée le moins du monde ! Je vous ai dit d'y aller plus fort, qu'elle perde totalement la raison !

– C'était votre idée !

– Peu importe. Elle est chez Tristan pour faire Dieu seul sait quoi mais sûrement pas pour faire la promotion de RePlay. Et votre frère, ce crétin, fonce vers elle !

– C'est-à-dire ?

– Il est en route pour la rejoindre !

– Je vais l'appeler.

Jouan est ulcérée.

– Vous n'en tirerez rien. Cette fille est la cause d'un trouble obsessionnel compulsif chez lui. On était parvenus à le maîtriser jusqu'ici mais il rechute et c'est incontrôlable. Si votre frère l'agresse ou la tue, le projet est fichu.

À dix mille kilomètres de la Normandie, Ben se sent plus que démuni.

– Qu'est-ce qu'on fait ?

– Je dois réfléchir et agir vite.

Jouan coupe l'appel et lance le suivant, lèvres serrées.

– Marx, c'est Jouan.

*

Me voici face au bureau de Tristan.

– C'est bon, j'y suis.

J'allume une lampe. La voix d'Avel me parvient à travers mes oreillettes.

– Bravo.

Je me trouve confrontée à une console avec trois écrans d'ordinateurs.

– Je fais quoi ?

– Tu allumes les écrans et la console. Et refais une photo.

Je m'exécute et l'envoie par SMS.

– Super, c'est bien ça ! C'est le serveur. Il doit être contrôlé à distance, alors il faut que tu reprennes la main.

Je mets mes mains au niveau du clavier et Avel me donne toute une série de consignes, que j'applique à la lettre.

– Là tu vois quoi ?

– Des dossiers, un onglet « RePlay ».

– Clique.

– C'est fait.

– OK. Alors on va aller chercher les données qu'il nous faut.

– Comment ?

– On va le demander.

– Comment, à qui ?

– Ouvre les onglets un par un, sur la barre du haut, et cherche « Requête ».

Je passe en revue les menus déroulants jusqu'à tomber sur ce qu'il me demande.

– Ah, voilà, c'est bon.

– Une fenêtre s'ouvre ?

– Oui.

– Parfait. Tu t'en sors comme une cheffe. Tu vas écrire ta requête. Je te dicte : « demande des mots de passe et des noms des utilisateurs de New York State et Washington State ».

– Et c'est tout ?

– Oui. Du moment que cela passe par l'ordinateur du DG de la boîte, il a un accès d'office.

– On pourrait demander les coordonnées de tous les joueurs du monde ?

– Oui, mais ce serait trop volumineux. Les États-Unis ça suffira.

– D'accord.

– Branche le disque dur à l'arrière et copie les fichiers qui apparaissent. Tu en as déjà pour un bout de temps.

– OK.

J'ai le cœur qui cogne. Yeux rivés à l'écran. Et puis, d'un coup, une réponse s'affiche. La base de données m'envoie les infos demandées.

– Ça y est ! Ça marche !

Avec le curseur de la souris je déplace les fichiers qui s'affichent et les fais glisser un à un sur le disque dur externe. À chaque glissement, la petite roue se met en marche et tourne plusieurs secondes qui me semblent interminables. Le problème, c'est que la liste des fichiers est infinie. La roue s'affiche et mon cœur se comprime sous la pression.

– À ce rythme, je vais y passer la nuit.

Les minutes s'égrènent comme des heures. En mode automatique ma main va chercher les fichiers par paquets de trois maintenant et les enregistre. Je papillote des yeux. La lumière artificielle de la pièce assèche mes globes oculaires. J'ai le cou raide, les trapèzes durs, les dents serrées.

– Tu crois vraiment que je charge tout ?

Après tout, peut-être que ne faire fuiter que quelques centaines de mots de passe et noms de clients suffira à effrayer et décourager les candidats à RePlay. Une fois que les vies d'un millier d'entre eux seront exposées au grand jour dans toute leur intimité, leurs fantasmes inavoués publiés, plus personne ne voudra s'y risquer. C'est l'hypothèse d'Avel. Simple et géniale. Plutôt que de détruire l'outil, qui sera réparé aussitôt grâce à une armée de codeurs, mieux vaut laminer la confiance que les gens ont mise dans le programme. En exposant l'énorme faille de sécurité qu'il comporte et la menace du pillage de leur vie privée. La pente sera impossible à remonter.

– Avel, il y en a des milliers et des milliers. Je vais devoir prendre un deuxième disque dur. Avel ?

Je n'entends plus qu'un grésillement dans mes oreillettes. Je regarde mon téléphone. La communication a été coupée. Je relance l'appel. Mais pas de sonnerie. Je passe sur la messagerie instantanée et relance l'appel. Idem. Aucun signal. C'est là que je constate que je n'ai plus de barre de réseau.

– Mais qu'est-ce que…

Je me rends compte alors aussi qu'il n'y a plus de lumière dans la maison.

52

Je ramasse les disques durs, les range dans mon sac et sors de la pièce. Que se passe-t-il ? La villa est de nouveau plongée dans l'obscurité, les stores refermés et les lumières éteintes. Seul le vasistas au-dessus de la cuisine laisse filtrer un faisceau de lumière morne. Je pense tout de suite à une coupure de courant due au bug de l'IA. Je regarde encore mon téléphone, toujours pas de réseau.

– Approche, Loïs.

Mon cœur cesse de battre. Mon regard se dirige vers l'endroit d'où vient la voix, une silhouette est assise sur le canapé.

– Tu n'as pas pu t'empêcher de fouiner, hein ?

Sa voix est calme. Je tente d'adopter le même ton.

– Bonjour Tristan, tu es arrivé plus tôt que prévu. On ne voit rien. Tu ne veux pas qu'on allume ?

– Approche.

Il bouge sur le canapé et un éclat de métal luit sur ses genoux.

– C'est la carabine à plombs de mon grand-père… Il m'a appris à m'en servir. Je suis un excellent tireur. À cette distance je te louperai pas.

Je ne bouge pas d'un pouce.

– Je ne t'ai pas entendu entrer.

– Il y a l'autre porte au sous-sol. Andy m'a prévenu que tu étais ici, et que tu l'avais fait bugger. Tu es intelligente décidément. Mais tu n'as pas été gentille. Ça ne m'a pas plu.

Ses pupilles de loup brillent dans le noir.

– Qu'étais-tu en train de faire ?

– Mais rien. Je t'avais dit que je t'attendrais ici. Je suis curieuse. C'est même toi qui l'as dit.

Mais Tristan n'a que faire de mes tentatives pour l'attendrir. Je lui mens. Il le sait. Il se lève, déploie sa silhouette athlétique et, de la pointe de son fusil, désigne le fond de la pièce. À l'opposé de la sortie.

– Avance.

– On est bien ici pour parler, non ?

– Avance.

Je tourne lentement sur mes talons, calme en apparence, en déroute à l'intérieur. Je me dirige vers le bar de la cuisine.

– On se prend un café ?

– Pas par là. Vers la cave. A-van-ce.

Je m'exécute avec toute la lenteur possible. Pour laisser le temps à Avel de se rendre compte que je ne réponds plus et pour qu'il s'inquiète. Mes yeux paniqués cherchent une échappatoire dans la semi-obscurité. Mais je me retrouve fatalement devant la porte de la cave.

– S'il te plaît, Tristan. Je préfère qu'on reste en haut.

– Je me fiche de ce que tu préfères. Andy, scénario 6 !

Ma peau se hérisse. Une sueur glacée dégouline le long de ma colonne vertébrale.

– Non, Tristan, s'il te plaît.

La porte du sous-sol pivote sur ses gonds. Derrière, une ampoule s'allume, vision en plongée des marches en pierre s'enfonçant sous terre. La grosse corde effilochée passée dans les anneaux vissés au mur fait toujours office de rampe. Cette vue et l'odeur d'humidité réactivent mon cauchemar. Mes jambes refusent de bouger.

– Trist…

– Avance !

– Non.

– Tu descendras, debout ou à genoux, que tu le veuilles ou non !

Son arme dans mes reins force mes jambes à répondre. Gagner du temps. J'attrape la corde et descends les marches une par une en réfléchissant à toute allure. Il suffit d'une demi-seconde d'inattention pour que je m'évade. Mais comment et par où ? Il me bloque le passage dans l'escalier. La porte en bas ? J'ai peut-être ma chance. Au pied de l'escalier, nous nous retrouvons devant une paroi d'acier, qui n'était pas là la première fois.

– *Andy, open the door !*

Et l'intelligence artificielle ouvre la porte de l'enfer.

*

Allongé aux trois quarts, à l'arrière de la voiture, Avel tape des lignes de codes sur son ordinateur portable, recopiant ce que ses contacts sur le dark web sont en train de lui envoyer à flux tendu. Dès que Loïs reviendra avec les disques durs, tout sera prêt pour qu'il balance les données sur le web, à partir d'une adresse IP en Australie. La procédure est enclenchée. Ce sera la plus grosse fuite de data de l'histoire du jeu vidéo. Et plus aucun joueur ne voudra confier ses données personnelles à MindTech. Banqueroute assurée. Tout pourra alors être oublié, effacé. Y compris ce qu'il a fait, lui. Reset. Tout le monde a droit à une seconde chance. C'est ce qu'il se dit en jetant un œil sur son écran de téléphone. Loïs a raccroché. Il la rappellera dès qu'il aura fini.

*

La pièce est telle que la première fois. Les murs de briques. Les deux fauteuils de dentiste face aux écrans plats fixés au mur. Sauf que je remarque de nouveaux détails. Les sièges sont équipés de plus d'ustensiles, d'anneaux en métal, de tubes en plastique, et de courroies renforcées qui pendouillent comme celles des chaises électriques des condamnés à mort. Je ne vois pas où est la porte de sortie. Tristan pointe le canon vers moi.

– Déshabille-toi.

Mon cerveau se rebiffe.

– Non, Tristan, on peut discuter.

Il approche son fusil. Je sens l'œil noir de l'arme qui me fixe, dans le dos.

– Très bien. Je vais te tirer une décharge de plombs dans la colonne vertébrale et te laisser crever là, paralysée.

La terreur diffuse son acide mortel dans mes nerfs et mes vaisseaux sanguins. Je bégaie.

– Je peux me retourner ? On peut parler ? Que me reproches-tu ?

– Non. On ne discute plus. Tu as essayé de me berner. Tu m'as trompé avec l'autre gus. Tu t'es introduite ici pour me nuire. Depuis le début, tu cherches à me détruire, à m'humilier. Tout le monde l'a bien vu.

– Tout le monde ?

– Tu dois être jugée et punie pour tes actes, c'est tout. Déshabille-toi.

« Tout le monde » ? De quoi parle-t-il ? Je sens qu'il perd patience. Je capitule. J'enlève mon pull, ma chemise, que je laisse tomber lentement au sol. Je frissonne.

– Ton jean.

En tremblant de tous mes membres, j'enlève mon pantalon qui s'affaisse à mes pieds.

– Allonge-toi sur le fauteuil.

En protégeant de mes mains mon bas-ventre et ma poitrine, je m'approche du fauteuil de dentiste et m'allonge, tremblante. Avel va finir par constater mon silence, c'est évident. Tristan se penche vers moi, enclenche un dispositif, et en deux temps trois mouvements mes jambes et mes bras se retrouvent emprisonnés dans les gouttières de cuir serrées par les sangles de contention. Tristan s'affaire au-dessus de moi, le fusil toujours à la main, qu'il dirige vers mon visage. Je sens une odeur de poudre mêlée à la sienne. Je vois ses yeux de fou, sa bouche secouée de tics nerveux. C'est un cauchemar. Il est dément. Il va me torturer et me tuer. J'en suis sûre maintenant.

– Tristan, je t'en supplie.

– Tais-toi. Tu vas avoir enfin ce que tu mérites. Et ce n'est pas moi qui vais le décider.

Puis il prend un casque de réalité virtuelle et me l'enfonce sur la tête.

*

Lorsqu'il entend des pneus crisser sur le gravier derrière lui, Avel se recroqueville sur le siège arrière. Puis il se redresse très lentement et ose un œil. Une vieille Peugeot s'est garée devant la porte de la villa. Deux personnes en descendent. Il reconnaît Jouan, accompagnée d'un type en manteau noir et aux cheveux gris, jamais vu. Il les voit sortir de la voiture et se diriger droit vers la porte d'entrée de la maison. Jouan se poste devant l'écran de contrôle et la porte s'ouvre. Bordel, elle a le code, elle ! Sans plus réfléchir, Avel sort à son tour de la voiture et se précipite vers la maison.

53

J'ouvre les paupières. Tout est si blanc et éblouissant que je dois fermer les yeux à demi. Mon corps est parfaitement entravé, et dans le jeu, et dans la réalité. Quand mes pupilles se sont un peu habituées à la luminosité, je visualise des silhouettes devant moi, assises en arc de cercle, dans un hémicycle noir. Ces silhouettes sont longilignes et ont des visages blancs, inexpressifs, certains portent des masques. Une musique d'opéra, un chœur d'hommes, russe, résonne. Mon corps se tend comme une corde. Ce n'est qu'un décor, qu'une musique, que des pixels, du faux, du théâtre. Je me répète ces mots et ferme les yeux pour rester ancrée dans ma réalité. Prise en otage dans une maison de laquelle je dois m'échapper, avec un dingue qui me retient. Un son aigu perce mes tympans. Je bouge la tête pour m'en défaire. Mais il persiste. Et soudain la musique s'arrête. Un silence lui succède. Tout est fini ? Suis-je libre ? Mais une voix, celle de Tristan, envahit tout l'espace de mon casque, prenant le pas sur mes pensées. Je ne peux m'y soustraire.

– Amis de RePlay premium, merci d'être venus nombreux.

Je serre les dents. Ce n'est pas réel. Je suis « juste » saucissonnée à un fauteuil avec une voix qui parle trop fort dans ma tête. Je dois garder ma capacité de réfléchir.

– Si je vous ai demandé à la dernière minute de venir pour cet événement, c'est qu'aujourd'hui, pour la première fois dans

RePlay, vous allez pouvoir décider du sort de quelqu'un, et pas n'importe qui. Celle que vous attendiez : Loïs89 !

LOÏS89

Ça claque comme un pétard entre mes oreilles. Je rouvre les yeux et tourne la tête vers la voix. Tristan est là, debout, tout en pixels. Campé sur ses deux jambes, drapé dans un kimono noir en tenue de guerrier japonais, ses cheveux numériques attachés en chignon au sommet de son crâne.

– Loïs89 a choisi sa vie. Vous en avez été témoins. A-t-elle fait de bons choix ? S'est-elle trompée ? C'est à vous de juger !

Ses mots me traversent le corps et montent au cerveau. De quoi parle-t-il ?

– Vous avez le pouvoir de décider ce que vous voulez en faire ! Si elle a mérité notre grâce ou un châtiment. Chacune de vos voix compte.

*

Avel sort de la voiture comme un diable de sa boîte.

– Hé !

Sur le point de franchir le seuil de la villa, Marx et Jouan se retournent de concert. Marx fronce les sourcils. En deux enjambées Avel est sur eux et force le passage.

– Loïs est là-dedans et elle ne répond plus !

*

Au premier rang de l'hémicycle, une silhouette se lève et je reconnais l'avatar à tête de renarde qui a participé à mon humiliation il y a près de deux ans. Elle tend un doigt accusateur vers moi.

– Elle a encore cherché à nous duper !

Mes méninges se mettent à tourner à plein régime. J'essaie d'y voir clair dans le brouillard confus qui obscurcit mes pensées – ne pas me laisser leurrer, réfléchir, distinguer le vrai du faux. Quand soudain au centre de mon casque une fenêtre vidéo s'ouvre et j'apparais, moi, vêtue comme aujourd'hui. Je me vois entrer dans la villa, puis parler à Andy, m'installer dans le bureau de Tristan, me mettre à télécharger les fichiers. La renarde continue de m'interpeller, via une reconstruction vocale, aiguë, insupportable.

– Que comptais-tu faire de cela ?

Je me tais. Tristan ne me laisse pas répondre de toute façon.

– Loïs89 a cherché à nous nuire à tous. Et ce n'est pas la première fois.

*

D'un même élan Avel et Marx investissent la maison, fouillent le salon, la cuisine, la salle de bain et les deux pièces ouvertes, le bureau et la chambre. Rien. Avel est affolé.

– Elle est où ?

Comme si les deux autres pouvaient répondre ! Marx semble désemparé. Il tourne sur lui-même, repart dans la chambre, et Jouan envoie des textos sur son portable.

– Vous écrivez à qui ? crie Avel.

– À Danton.

Avel désigne la porte du sous-sol, fermée.

– Y a quoi là ?

– La cave, répond Jouan.

Avel se jette sur la poignée et s'acharne dessus.

– Put… la porte est blindée.

Le Dr Marx qui s'est tu jusqu'à présent intervient :

– Il l'a enfermée là-dedans, comme la première fois, c'est sûr. J'appelle la police !

Avel tend une main.

– Attention, il surveille la maison, il peut faire une bêtise !

Jouan s'agace.

– Mais que font-ils là-dedans ?

Avel pianote sur son téléphone portable.

– À votre avis ?! Si vous n'aviez pas relâché ce fou, on n'en serait pas là.

Avel fait soudain une pause puis se rue sur son ordinateur portable, qu'il ouvre sur le bar de la cuisine. Il se branche sur le site de RePlay, se connecte à son compte, clique sur un lien, et une invitation en provenance du jeu s'affiche.

– J'ai reçu une invitation flash pour les joueurs premium il y a une demi-heure. Il promettait une grosse surprise. Je viens de piger ce que c'est.

Jouan hausse un sourcil.

– Quelle surprise ?

Marx semble ne rien comprendre. Avel se connecte au lien envoyé, entre son identifiant et son code d'accès.

– Regardez ! Ils sont là !

Marx a l'air d'atterrir.

– Qui ?

– Les joueurs de RePlay, Tristan et Loïs !

Avel tend la main vers l'écran. En face de lui, l'avatar de Loïs, tel que Tristan l'a conçu, est attaché, nu, dans une sorte de drapé blanc, les membres cloués à une croix en fer.

*

Une huée monte des rangs de ce tribunal virtuel. Mes yeux passent d'une silhouette à l'autre. Un être fantomatique blanc se lève.

– Depuis le début elle veut se venger, on ne peut pas la laisser continuer. On va tout perdre à cause d'elle.

Dans mon casque, une autre vidéo s'enclenche. J'entends une voix, la mienne !

« Je suis en Normandie, pas très loin de chez toi d'ailleurs. »

Je déglutis. Tristan a tout enregistré de nos conversations.

Là, un brouhaha emplit le silence. Un autre avatar prend la parole.

– Oui mais elle a aussi aidé son amie, qui est à l'hôpital maintenant. Je vote pour elle.

Et là, je vois s'afficher sur l'écran l'avatar de Florence et celui de son amie Sandra. Une voix parle à Flo, encore moi ! C'était à la campagne, lorsque nous l'avons retrouvée prostrée ! Mon Dieu. Un personnage numérique à tête de lapin se lève à son tour et prend la parole.

– Elle avait un deal avec toi, avec nous, elle ne l'a pas respecté !

Nouvelle vidéo et nouvelle claque. Cette fois je suis en peignoir, attablée à l'hôtel de Cabourg, et Tristan me propose son marché.

– Il a pourtant tout fait pour se faire pardonner…

Ça vient de ma gauche. Un type virtuel au visage masqué par un bandeau qui lui en couvre la moitié. La vidéo montre cette fois Tristan face à moi, dans ma chambre de l'hôtel *W* à San Francisco.

– Il l'aimait ! Elle l'a trahi !

– À MORT !

Le voile que j'ai devant les yeux se déchire peu à peu et je commence à percevoir l'étendue de la catastrophe, de mon insondable naïveté et de la folie totale de Danton. Comme un kaléidoscope, toutes les images de ma vie avec lui défilent. Depuis la médiation, toute mon existence a été enregistrée et filmée. Dès qu'il a pu, il a volé des images de moi, les a diffusées et partagées comme les épisodes d'une téléréalité dont nous étions les participants. Tout n'est devenu qu'un jeu. Je suis abasourdie. Les avatars se répondent les uns les autres, s'interpellent, s'invectivent à mon propos. Les vidéos s'enchaînent. Ils m'ont *binge-watchée* depuis des semaines ! Les images se superposent, celles de mon bureau, celles de mon appartement, chez moi, je m'entends discuter avec Avel. Tous les appareils de la maison connectés ont servi de mouchards. Je suis accablée. Anéantie. Je parviens à articuler :

– Ce n'est pas possible.

C'est comme si Tristan n'attendait que cela pour me reprendre à la volée.

– Mais enfin, Loïs89, tu as été notre expérience grandeur nature. Tous ont voulu suivre, commenter et noter ta vie. Tu es devenue notre héroïne et moi, moi j'étais sincère. Les premium le savent. Hein, vous le savez ! (Applaudissements.) Ils me savaient attaché à toi. Ils m'ont soutenu. Ils ont voulu que je te donne une seconde chance. Et je l'ai fait ! Jusqu'à ce que tu me trahisses. Ils voulaient une romance, Loïs ! Que l'on finisse par se retrouver, s'unir, se marier, dans le jeu et dans la vraie vie. Et ça a failli marcher ! Mais tu es une mauvaise personne. Et comme toute mauvaise personne tu dois être jugée et châtiée.

Sorcière sur le bûcher, je sens les lanières qui m'enserrent le corps. Je sais à présent que ça va être la curée. Ils sont fous. Ils vont me faire payer de ne pas avoir répondu à leurs attentes, d'avoir fâché leur maître, de ne pas leur avoir donné satisfaction et de n'avoir pas « joué le jeu ». Tels des amateurs de série à qui on refuse le happy end. Mais que peuvent-ils me faire ?

– Condamnation !

– Frappe !

Le temps que je lève les yeux sur lui, Tristan dégaine son sabre. Mon regard se fixe sur l'arme. Le fourreau est ouvragé, la lame affilée brille d'un éclair numérique. Un long frisson me parcourt. Le visage de Tristan ne montre aucune émotion mais je peux voir dans ses fausses prunelles une lueur de délire. Il se dresse au-dessus de moi, tel Abraham sur son fils au jour du sacrifice, et à deux mains brandit la lame. D'instinct je cherche à me protéger mais je suis paralysée. Dans la vraie vie comme dans le jeu. Tristan pointe la lame vers moi et porte le premier coup. Le sabre se plante dans mon bras droit. Je ne sens pas la douleur réellement mais soudain un courant électrique, envoyé par le fauteuil, me traverse le corps, pinçant mes nerfs.

– Ahhhh.

Je serre les dents. Ce n'est donc plus un jeu. Une autre décharge électrique me traverse lorsque Tristan transperce ma jambe. Ma ligne de vie, en haut à droite, se met à rétrécir.

– Alors ? Qu'est-ce que ça fait de savoir qu'on va bientôt mourir parce qu'on s'est mal conduite dans la vie ?

Ma ligne de vie a diminué de moitié, je respire mal. Je ne mourrai pas transpercée par son épée, mais électrocutée sur sa chaise électrique. Le froid m'envahit. Le fauteuil est glacé sous mon corps. Comme si la mort montait en moi, s'insinuait peu à peu dans mes membres. Et en même temps j'ai très chaud juste à la surface sous la peau.

– Allez, dis-nous quelque chose, Loïs89. On veut t'entendre. Tu as droit à un dernier mot avant que la sentence ne s'abatte pour de bon et te fasse taire à jamais.

Tristan retire l'épée de ma jambe pour venir la planter dans mon ventre. Une décharge électrique plus violente que la précédente cisaille mes muscles, provoquant une douleur aiguë qui remonte jusqu'à mon cœur qui s'arrête. Puis repart. Mon corps s'arque et retombe. Sans un cri. Ma bouche s'ouvre. Muette. Ma ligne de vie passe au rouge, à l'agonie. Mais ce n'est plus mon corps qui subit ce supplice. Mon esprit rejoint un abri obscur, un refuge au cœur d'un brouillard poisseux où je me terre, attendant la fin. Je vais achever ma vie, là. Grillée sur ce siège. Je le sais. Autant lâcher l'affaire. L'accepter. Faire une prière. Attendre mon père, qui va venir me chercher.

*

Avel secoue la porte autant qu'il le peut.

– Il faut la défoncer !

Marx se tord les mains puis pianote sur son portable.

– La police est en route !

Mais Avel s'acharne sur la porte.

– Ils vont arriver trop tard !

Avel a les yeux injectés de sang, il cogne contre la porte.

– Ouvre ! connard !

Puis soudain il cesse tout mouvement.

– Je suis trop con, pourquoi je n'y ai pas pensé plus tôt !

*

Ma barre de vie est minimale dans la zone rouge. Encore une décharge et elle sera entièrement épuisée. Que se passera-t-il alors ? Mon cœur va-t-il s'arrêter définitivement ? Je vais mourir. La terreur m'envahit. Flo. Si j'abandonne maintenant, je ne la reverrai plus. Et Avel. Jamais plus non plus. Le seul que j'aie jamais aimé. Se donner une véritable autre chance. Est-ce trop tard ? Cette douleur mentale, encore plus insupportable que les décharges électriques, brûle mes organes, me donne un regain d'énergie. Me ranime. Rassemblant mes dernières forces, j'ouvre les yeux. Et là, au milieu de la foule des avatars anonymes, j'en vois un se lever. Il a le visage d'un clown triste.

– Loïs !

Je reconnaîtrais cette voix entre mille, même virtuelle, même numérique. De l'autre côté du mur, équipé de son visiocasque, Avel a pris place dans le public.

– C'est moi, je te parle. Suis ma voix. Prends mon Étoile Prime. Je te la transfère.

L'Étoile Prime ? De quoi me parle-t-il ? Tout à coup ma mémoire percute. C'est ma dernière chance. Je cherche sur l'écran de mon casque le bouton qui va me sauver. L'Étoile Prime, cette réserve de forces offerte aux meilleurs joueurs et dont on m'a parlé à MindTech !

Mais Tristan a lui aussi entendu l'appel d'Avel. Il se redresse, ricane et appuie sur le sabre planté dans mon ventre pour qu'il s'enfonce encore plus en moi. L'électricité traverse de nouveau tout mon corps.

– Han.

Je tente de résister à la douleur. Tristan s'appuie de toutes ses forces sur la poignée du sabre. Il est penché sur moi, ses traits en 3D déformés par la haine.

– Tu vas crever, je te dis !

Dans son dos l'agora approuve.

– CRÈVE ! CRÈVE ! CRÈVE !

Je n'aurai pas une autre chance. Ma main droite tâte le bout de l'accoudoir pour saisir la manette de jeu. Mes doigts attrapent le stick et l'abattent à droite. Le curseur se dirige en haut à droite de mon écran, pointe sur la barre de vie quasi vide, ce qui a pour effet de développer un menu. D'un mouvement du doigt je fais défiler les items et, enfin, je la vois. L'Étoile Prime, aux six branches dorées, qu'Avel a gagnée et qu'il vient de m'offrir par transfert entre joueurs. Je clique dessus. L'effet est fulgurant. On m'annonce que mes forces vont être multipliées par cent lors de cinq attaques successives ! Pendant quelques minutes je vais bénéficier d'un pouvoir de titan. J'abats le stick à gauche. Mon bras droit se dégage de ses attaches virtuelles. Je saisis la lame de Tristan et l'ôte de mon ventre, sans difficulté. Tristan est choqué.

– Que fais-tu ?

– Je me libère.

Ma puissance décuplée, je lui arrache le sabre des mains et bondis sur mes pieds. Je me retrouve dans l'arène, au centre d'un cercle de lumière, face à lui. À moi de ricaner.

– Tu t'es fait avoir comme un bleu, Danton ! Et devant tous tes fans en plus ! Tu n'es vraiment pas à la hauteur. La honte ! L'humiliation suprême !

Son visage se tord en une grimace épouvantable. Je ne lui laisse même pas le temps de répondre. Tant pis pour le spectacle, il n'y aura pas de joute verbale. Le temps et mes forces sont comptés. Dans l'agora, des centaines de paires d'yeux numériques me suivent. J'entends clairement des voix :

– Tue-la !

– Décapite-la !

– Il va t'avoir !

Les insultes fusent. C'est mal d'attaquer quelqu'un de désarmé mais je me fiche de l'éthique du combat. Mon sang bouillonne dans mes artères, je lève le menton et m'élance, tête baissée, sabre au clair. La main gauche de Tristan surgit, munie d'un poignard. Nos lames se percutent, envoyant un millier d'étincelles dans les airs. Tristan pare l'attaque et me bloque le bras. Il ne me reste que trois coups avant de revenir à mon état normal. Danton abaisse son couteau et tente un coup bas. Je me déporte vers la gauche. Il s'en est fallu de peu.

– Vise le cou, Loïs !

Avel. Cher Avel. J'ai envie de t'épater sur ce coup-là. Ma main gauche vient rejoindre la droite, se ferme sur la poignée du sabre. Je lève les deux bras et, déployant une force surhumaine, je cingle l'air, à une telle vitesse que Tristan n'a pas le temps de réagir. La lame lui fend le torse du cou jusqu'à la taille. Tout mon corps vibre, comme si j'avais percuté un mur de pierres. Un geyser de sang jaillit de ses entrailles lacérées et m'éclabousse. Un éclair bleu meurt au fond de ses pupilles. Il demeure debout, immobile, la bouche tordue de rage. Il ne me reste qu'un coup avant qu'il ne déploie une parade que je ne peux prévoir. Je hurle dans mon casque :

– Avel ! Y a une porte extérieure au sous-sol, dépêche-toi !

Je joue le tout pour le tout. J'avance sur Tristan et frappe sans retenir mes coups. J'entends un feulement. Tristan tombe en arrière. Sa barre de vie sacrément entamée, il est à terre, dégoulinant de sang virtuel. L'Étoile Prime s'est éteinte. Mais l'adrénaline est un stimulant plus puissant encore. Je porte des coups sans discontinuer. Chaque impact se répercute dans tout mon corps réel et je frappe, regagnant point par point ma ligne de vie verte. Le visage de Tristan est immobile. Je déclenche une dernière attaque dans une pluie d'étoiles filantes. Étrangement, Tristan ne tente même plus de résister. Je l'assaille. Dans un éclair je projette ma lame sur son crâne en criant. Autour de moi l'arène s'est tue. Et puis j'entends un cri venant du premier rang : « Bravo Loïs ! », puis un autre : « T'es trop forte ! » Une salve d'applaudissements emplit mes oreilles. « Tu as GAGNÉ !!! »

Des bras me saisissent, on m'arrache le casque de la tête.

*

Les yeux roulant, la bave aux lèvres, je mets un certain temps à réintégrer mon corps que je sens lourd et laminé. Un visage est penché sur moi.

– C'est fini, c'est fini.

On me saisit, on m'étreint. Mon corps se laisse faire, marionnette désarticulée. Mes muscles se bandent, je me redresse, réponds à l'étreinte puis m'assois sur le fauteuil, veux me lever. Mes jambes ne me soutiennent plus. Je glisse, tombe, dans les bras d'Avel. Mon âme sœur.

– Il est mort. Je l'ai tué… tué… tué.

Je cherche à me retourner, pour voir Danton. Ou ce qu'il en reste. Mais le second fauteuil est vide.

– Où est-il ?

Avel désigne la porte de la cave.

– Il s'est enfui avant tes coups fatals. Mais la police est prévenue et elle va le cueillir dehors.

– Tu es sûr ?

– Oui. Il ne peut plus s'échapper. Avec ce que tu lui as mis dans la gueule devant ses fans, il ne s'en remettra jamais !

Ça bouge autour de nous. Tandis qu'Avel a ramassé mon pull et me le passe par-dessus la tête, une autre silhouette apparaît dans mon champ de vision. Claire Jouan.

– Qu'est-ce que vous faites là, vous ?

Mais mes yeux glissent vers quelqu'un d'autre derrière elle.

– Docteur Marx ?

– Oh, Loïs, vous nous avez fait une belle frayeur !

Jouan se déplace de manière à me faire face pendant que je remets mon pantalon.

– Je crois que vous avez compris la leçon, mademoiselle Miller.

– Quelle leçon ?

– Mêlez-vous de vos affaires.

C'est comme un aiguillon qui me remet d'aplomb.

– Pas avant de vous avoir fait totalement cesser vos activités.

Je regarde Avel.

– Les disques durs sont dans mon sac à dos.

– Je vais les récupérer.

Je saute sur mes pieds, laisse passer un vertige et remonte les marches quatre à quatre jusqu'au salon. Moi devant, Avel derrière. Les stores des baies vitrées ont été relevés, laissant voir la mer. Au loin on entend une sirène de police. Un soupir de soulagement s'échappe de ma poitrine. Cette fois Danton ne s'en tirera pas. Je raconterai par le menu ce qu'il m'a fait subir et il ira en prison.

En un clin d'œil, Avel branche un de mes disques durs sur son ordinateur posé sur le bar et entre les instructions.

– Dans une minute ça va être bon.

Claire Jouan sort de la cave à son tour et surgit dans le salon.

– Vous n'avez pas bien compris, je crois. Je vous ai dit de vous mêler de vos affaires.

Je l'ignore ostensiblement. Elle s'adresse à Avel.

– Si vous faites cela je lui dis tout !

Avel relève les yeux de l'écran.

– Pardon ?

– Si vous divulguez quoi que ce soit du jeu, je dis tout de vos agissements à votre chère amie.

Avel a le doigt suspendu au-dessus de la touche *Enter* de son ordinateur. Jouan pousse son avantage :

– Vous tenez vraiment à ce que votre amie sache ?

Je me rapproche d'elle, prête à faire barrage si elle tente d'empêcher Avel d'achever le transfert.

– Que je sache quoi ?

Avel et Jouan se toisent. Jouan croise les bras comme si je n'existais pas.

– Donc vous ne lui avez rien dit.

Je regarde Avel cette fois.

– Dit quoi ? Avel ?

Jouan arbore une moue mauvaise.

– Que cela fait des semaines que vous êtes aussi devenue son jouet favori…

Le sang quitte mon visage et je dois respirer fort par le nez pour rester calme.

– Pardon ?

Avel fixe Jouan.

– Vous n'avez pas le droit.

– Je ne tomberai pas toute seule, c'est certain.

Je me retourne vers Avel.

– De quoi parle-t-elle ?

Mais Avel ne s'adresse qu'à Jouan.

– Taisez-vous.

Jouan lui répond froidement :

– Arrêtez le transfert et je me tais.

Je sens un bras réconfortant m'entourer les épaules. Jules Marx se tient à mes côtés.

– Continuez le transfert. Et vous, professeur Jouan, parlez si vous le souhaitez. Loïs est tout à fait prête à tout entendre à présent. Elle fera face. Et dans son cas, la vérité vaut mieux que tout.

Je les regarde à tour de rôle. Puis j'attrape mon manteau posé sur une chaise.

– Non, je ne veux plus rien entendre. Je vous laisse. J'en ai déjà assez entendu. Je vais aller faire ma déclaration à la police.

– Loïs !

Avel tente de me rattraper mais je l'arrête d'une main.

– Stop. Ça suffit. Occupe-toi du transfert et pour le reste on verra plus tard.

54

À la tribune du Congrès français de psychiatrie, le Dr Jules Marx a l'air rajeuni. Rasé de frais, arborant de nouvelles lunettes à monture en écaille, il parle haut et clair, devant une audience intéressée.

– Il existe une grande différence entre la réalité virtuelle et une application sur écran d'ordinateur : on ne pilote plus un personnage, on *est* ce personnage. Incarner un avatar serait-il dangereux à moyen ou long terme ?

Le Dr Marx explique que c'est justement parce qu'on l'ignore que des chercheurs montent au créneau.

– Avec des équipements tels que les tout nouveaux casques de VR, il faut plus que jamais faire attention. C'est pourquoi cinquante personnalités du secteur, issues du monde académique et industriel, ont publié un texte appelant à la vigilance.

Le psychiatre révèle alors que l'expérience immersive soulève des questions éthiques encore peu abordées.

– Dans les films, certaines personnes en maltraitent d'autres, mais, en VR, c'est nous qui sommes amenés à maltraiter des personnages virtuels, ou à être maltraités. Jusqu'où peut-on aller, avec quels impacts sur les émotions, les comportements, la perception du monde ?

Jules Marx insiste en conclusion sur le fait que les pires scénarios sont hélas envisageables et que la recherche sur le sujet est nécessaire. Quand il se rassoit à sa place sous les applaudissements de ses pairs, Claire Jouan est venue prendre place dans le fauteuil vide à côté de lui. Sans rien laisser paraître de son étonnement, Marx incline la tête. Tandis que l'intervenant suivant monte sur l'estrade, Jouan se penche vers lui.

– À quoi cela sert-il puisque vous avez obtenu ce que vous vouliez ? Danton est en prison et RePlay discrédité. Vous pouvez passer à autre chose, il me semble.

Marx lui répond à mi-voix, tout en regardant la scène :

– Arrêtez vos manigances, Claire, pour une fois. Je sais que vous avez relancé votre programme de soins palliatifs virtuels, sous un autre nom.

– On ne marche pas contre le sens de l'Histoire et le progrès.

– Sauf que cette fois, vous aurez affaire à nous, à notre nouveau groupe de réflexion éthique. Quoi que vous fassiez dorénavant, vous nous trouverez toujours sur votre route. Il faudra faire avec nous. Je m'y engage.

*

Le trafic est fluide et je serai à l'heure. Le taxi me conduit au cimetière du Père-Lachaise. Je regarde les rues de Paris défiler par la fenêtre. Chaque inspiration est douloureuse, comme si de l'air brûlant entrait dans mes poumons et grillait mes alvéoles. En s'abaissant, mon diaphragme m'envoie un petit choc électrique dans le cœur, qui, si ça continue, va griller lui aussi. Le chauffeur – un sympathique garçon qui sent bon – a mis la chaîne info. Les nouvelles du monde glissent sur moi, sans que ma mémoire immédiate les retienne. Je suis oppressée. Je dénoue ma grosse écharpe pour sentir un filet d'air plus frais contre mon cou. Je suis encore en vie. Flo, non. C'est fini. La sédation profonde et continue l'a conduite jusqu'au décès. Elle a quitté le monde des vivants. Et ce matin, dans une heure et demie exactement, elle va partir en fumée. D'elle ne restera qu'une poignée de cendres contenues dans une urne. J'imagine les flammes violentes consumer ses chairs. L'anéantissement. Je cherche de l'air. Je n'arrive pas à pleurer. Les vagues libératrices déferleront un jour, mais quand ? Que sera une vie sans elle ? Et pour combien de temps ? Je me sens orpheline, abandonnée. Papa, Flo, réunis dans le temple de mes absents. Le silence. La non-parole, le non-échange, le plus-rien.

Il reste Avel, bien sûr. À qui je refuse de parler depuis que j'ai quitté la villa des Falaises, il y a deux semaines, il y a un siècle. Je l'ai soigneusement évité depuis car je ne sais pas comment réagir face à ses actes. Je ne sais si ce qu'il a fait était une preuve d'amour ou tout au contraire la pire des insultes. Si c'était bien ou mal. Je n'ai su trancher et alterne d'une explication à l'autre sans me décider sur l'attitude à adopter. Je n'ai pas répondu à ses innombrables textos, pas plus qu'à ses appels et ses coups de sonnette. Pourquoi a-t-il voulu jouer avec moi, lui aussi, alors que j'étais là, en chair et en os, à un étage de lui ? N'étais-je pas assez aimable pour qu'on me préfère une copie, un pantin ? Ma poitrine se serre, la chaleur pénible irradiant jusque dans mes bras. Je me sens plus seule que jamais. Et si je l'avais cherché ?

Ma Flo. Tout me revient dans la figure. Ces déjeuners annulés parce que j'avais trop à faire. Ces appels ignorés parce que je n'avais pas le moral, toute pleine de mon égoïsme. Florence. Je ferme les yeux pour voir ton visage. Celui des beaux jours. Je voudrais te rejoindre, dans le nu de la vie, dans notre humanité, débarrassée de nos masques, nos avatars ; être nous-mêmes dans notre vulnérabilité et rayonner toutes deux, main dans la main, dans la lumière incandescente de notre amitié.

La voiture stoppe devant le portail du Père-Lachaise, où une foule en noir s'est amassée. J'ouvre la portière et descends, jambes flageolantes. Mes yeux font semblant de ne pas le chercher. Mais je ne tarde pas à l'apercevoir. Il est là, dans un costume et un manteau sombres, portant même une cravate. Je ne vois que lui. Et lui, comme s'il n'attendait que moi, me fixe intensément, semblant le plus perdu et malheureux du monde. Je m'approche et lui tends la main puis lui glisse à l'oreille :

– Nous avons beaucoup de choses à régler tous les deux. Ça prendra le temps que ça prendra mais je souhaite qu'on le fasse ensemble, si tu veux bien.

Avel me sourit douloureusement et je prends ma décision.

Épilogue

C'est devant un pavillon de la banlieue de Chartres qu'Avel gare la voiture. La maison est petite, racornie, grise, terne. Le toit vermoulu, les fenêtres sales, le jardin laissé à l'abandon. Avel se penche sur le volant et désigne le numéro sur le portail, en marmonnant entre ses dents :

– C'est bien une maison de connard, ça.

C'est ce que je pense très exactement aussi. Devant les marches du perron, deux pots de fleurs ébréchés essaient de maintenir en vie deux pauvres géraniums secs. Avel serre les dents.

– Tu veux que je vienne avec toi ?

– Non.

J'ai les joues en feu et le mors aux dents. J'appréhende ce moment depuis vingt ans. Maintenant que j'y suis, le dernier pas me semble presque facile. Je descends de la voiture. Pousse le portail qui s'ouvre. Je m'attends à voir un molosse débouler à tout instant. Mais rien ne m'arrêtera. Je franchis les quatre marches usées jusqu'à la porte ternie. J'appuie fort et longtemps sur la sonnette surmontée d'un bristol jauni : « Dr Cognard ». Au bout de quelques secondes, j'entends des savates qu'on traîne sur du carrelage. La porte s'entrouvre, je retiens ma respiration. Derrière apparaît une petite chose rabougrie, sèche, portant un gilet marron. Son visage est ridé comme une vieille pomme mais je reconnais ses yeux enfoncés et son front bombé. Quelques rares mèches de cheveux encadrent encore son crâne pelé. Mes yeux s'attardent sur cette figure décharnée. Sur ces mains et cette bouche immondes.

– Vous me reconnaissez ?

– Qui êtes-vous ?

Sa voix est encore puissante. Je détache bien mes mots :

– Louise Miller.

Je vois au fond de ses prunelles une lueur s'allumer. Mon pouls bat violemment dans ma gorge. Je ne sais pas si mon nom allume une étincelle dans sa vieille cervelle.

– Que me voulez-vous ?

– Je viens vous annoncer que j'ai porté plainte contre vous. Pour viol. Vous allez recevoir votre assignation aujourd'hui.

– Vous êtes folle !

– Vous direz ça au juge. Il sera ravi de vous entendre.

Son regard morne prend la couleur des égouts.

– Sortez de chez moi !

Je lui souris, triomphante.

– Avec plaisir.

Puis je tourne les talons et remonte en voiture. Avel ne m'a pas quittée des yeux. Il ne me demande rien lorsque je reprends ma place sur le siège passager. Je respire fort mais avec un poids d'une tonne en moins sur les épaules.

– Maintenant j'aimerais qu'on s'en aille loin, toi et moi. Loin de toute cette crasse dans un endroit que tu trouves joli.

Avel prend un temps de réflexion puis me sourit :

– Alors accroche-toi, je t'emmène.

Nous avons roulé cinq heures, plein ouest, sans pratiquement parler, ne nous arrêtant que pour boire des cafés et manger des sucreries. Lorsque nous pénétrons dans ses terres natales, je ressens un bonheur plein et entier.

– Je ne t'ai jamais demandé, mais Avel, ça signifie quoi en breton ?

Un demi-sourire étire ses lèvres pleines.

– Le vent.

La voiture laisse la commune de Landunvez derrière nous et grimpe un chemin côtier jusqu'à la mer. Le ciel est limpide, les vagues ciselées. Avel désigne du doigt une petite chapelle accrochée aux rochers, battue par les vents. La magnificence du lieu me coupe le souffle. Avel sourit.

– Je te présente la chapelle de Saint-Samson, assez jolie pour toi ?

Je lui réponds d'un sourire radieux.

– Merci.

Mes yeux caressent les arêtes rocheuses. Je suis prête à bondir de la voiture.

– On va se balader ?

Avel m'attrape la main.

– J'aimerais te montrer quelque chose d'abord.

Il sort sa tablette numérique de sa sacoche.

– J'ai hésité à t'en parler, mais ça peut nous aider pour tout ce qu'on traverse.

Il lance une application que je ne connais pas, baptisée « *In Memoriam* ». Je ne souris plus.

– On a dit qu'on arrêtait.

– Ça n'a rien à voir avec RePlay, je t'assure. Attends, regarde.

Il pianote sur l'écran d'accueil jusqu'à ce qu'apparaisse une silhouette que j'identifie immédiatement.

– Non, Avel !

– Cette appli est toute simple. Tu télécharges juste les photos et ensuite elles s'animent. C'est comme si Flo était un peu encore avec nous.

Je le regarde fixement, avec tendresse.

– Non.

– Quoi ?

Je secoue la tête et sors de la voiture.

– Non.

Avel me rejoint.

– Mais comme ça on ne la perd pas complètement. Je sais ce que tu vas me dire, mais je n'y arrive pas. C'est trop dur. J'ai trop mal de l'avoir perdue. Et on ne peut pas rejeter tout ce que la technologie nous offre.

– Peut-être. Fais-le si tu veux. Mais moi je ne peux pas. Je dois la laisser partir. Et avancer. Sinon, mon deuil est impossible.

Je le dévisage avec tout l'amour que j'ai pour lui et lui tends la main.

– Viens.

Nous dépassons la chapelle, je l'emmène sur le sentier des douaniers bordé d'ajoncs. Le froid est mordant mais un soleil d'hiver réchauffe un peu nos visages glacés. Au bout de quelques mètres, je quitte le sentier jusqu'à une étendue d'herbe rase face à la mer. Je m'assois dans l'herbe humide, je sens l'eau pénétrer mes vêtements. Avel me rejoint. Je lui saisis la main et le force à caresser la terre, à arracher des brins d'herbe tendre.

– Touche.

Je prends une grande inspiration pour emplir mes narines d'iode et d'embruns.

– Sens.

Puis nous nous allongeons tous les deux. Avel place sa main dans la mienne. Nos yeux se perdent dans le bleu moucheté de quelques rares nuages qui s'étirent. Nous respirons ainsi, nos doigts entrelacés. Nos souffles exhalent des nuages de vapeur. Au bout d'un long moment, je sors du silence, pesant chaque mot.

– Le mieux serait que l'on supprime ce programme, Avel. Celui-ci et tous les autres du même genre qui ont bien failli nous séparer pour toujours et me tuer. Nous allons cesser de vivre de fausses vies, de perdre notre temps dans des existences en toc, de nous laisser leurrer par des pixels et dicter notre conduite par des IA. Nous allons vivre, chercher la véritable joie dès que c'est possible, entreprendre, découvrir, voyager. Nous allons souffrir aussi bien sûr, pleurer des êtres chers et, un jour, mourir. Mais tout ça nous allons le faire en conscience, avec tous nos sens ouverts et avec intensité. Et puis… surtout nous allons nous aimer, tous les deux, ici, maintenant, pour longtemps. Sinon, Avel, mon amour, nous aurons raté tout ce qui fait le sel de la vie… la vraie.

Remerciements

Merci à Caroline, sans qui ce livre n'aurait probablement jamais vu le jour et qui m'a accompagnée dans ce monde parallèle entre réel et virtuel.

Merci à Anatole Lecuyer, expert de la VR, pour son esprit visionnaire. À Catherine Pelachaud, pour ses précieux conseils sur l'intelligence artificielle. À Arnaud Devillard pour son éclairage et ce voyage à San Francisco. Merci à Christophe Haag, pour son travail sur l'incarnation des émotions qui ne cesse de m'inspirer. Et à tous les autres chercheuses et chercheurs que je lis et suis depuis tant d'années, dont les travaux nourrissent mon imagination.

Je ne serais pas venue à bout de ce travail sans le soutien inconditionnel et affectueux de ma famille agrandie, amies et amis compris. À toutes et à tous, merci.

Et puis merci à Tom, Noah, Mia et Alexis, pour votre patience et votre tendresse. Pour tout ce temps passé à écrire, que je ne vous ai pas consacré, pardon.

DE LA MÊME AUTRICE

Surtout ne mens pas, XO éditions, 2015 ; Pocket, 2020

Le sang des dauphins noirs, XO éditions, 2012 ; Pocket, 2020

Intrusion, XO éditions, 2010

Composition Nord Compo
Impression CPI Firmin-Didot en décembre 2021
Éditions Albin Michel
22, rue Huyghens, 75014 Paris
www.albin-michel.fr

ISBN : 978-2-226-46973-1
N° d'édition : 24743/01 – N° d'impression : 167739
Dépôt légal : janvier 2022
Imprimé en France